教育部人文社会科学研究规划基金项目资助
（项目名称："亨利·詹姆斯书信研究"，项目批准号：18YJA752017）

A Study of Henry James's Letter Writing

亨利·詹姆斯书信创作研究

魏新俊◎著

中国科学技术大学出版社

内 容 简 介

本书通过对亨利·詹姆斯文学生涯中不同阶段的书信进行分类研究，追踪詹姆斯文学作品背后的社会文化创作背景，探索詹姆斯文学艺术思想的发展规律，为中国当代的亨利·詹姆斯研究，尤其是詹姆斯书信的学术研究提供有益的借鉴。本书在吸收中外已有成果的基础上，从艺术人生的视角、创作动因的来源以及时代变迁的影响来研究詹姆斯书信，着重探索詹姆斯跨文化、跨地域的传奇生活经历，详细梳理其文学艺术思想的发展脉络，深入发掘其书信中的文化价值、审美价值和史料价值。本书适合英语专业高年级本科生、文学方向的研究生以及喜爱英美文学的学生阅读。

图书在版编目(CIP)数据

亨利·詹姆斯书信创作研究/魏新俊著.—合肥：中国科学技术大学出版社，2023.3

ISBN 978-7-312-05602-4

Ⅰ.亨…　Ⅱ.魏…　Ⅲ.詹姆斯(James，Henry 1843—1916)—书信—文学研究
Ⅳ.I712.076

中国国家版本馆 CIP 数据核字(2023)第 025082 号

亨利·詹姆斯书信创作研究
HENGLI ZHANMUSI SHUXIN CHUANGZUO YANJIU

出版　中国科学技术大学出版社
安徽省合肥市金寨路 96 号，230026
http://press.ustc.edu.cn
https://zgkxjsdxcbs.tmall.com
印刷　合肥市宏基印刷有限公司
发行　中国科学技术大学出版社
开本　710 mm×1000 mm　1/16
印张　17.75
字数　337 千
版次　2023 年 3 月第 1 版
印次　2023 年 3 月第 1 次印刷
定价　80.00 元

序

《亨利·詹姆斯书信创作研究》(*A Study of Henry James's Letter Writing*)系研究亨利·詹姆斯私人书信的一部学术专著,内容包括“詹姆斯书信编辑出版的历史嬗变”“詹姆斯书信文体特征的文化构建”“詹姆斯与家人亲属的通信”“詹姆斯与女性朋友的通信”“詹姆斯与作家同行的通信”“詹姆斯与后生晚辈的通信”等六个部分,通过对詹姆斯的“叙事”“达情”和“论理”书信进行系统的分类梳理和研究分析,尝试沿着书信的写作轨迹走进文学大师的内心世界,深入发掘其文学书信中所潜藏的文学思想、创作艺术和价值理念。

本书内容翔实丰富,形式新颖别致,文笔自然流畅,叙述通俗易懂,具有较强的可读性和实用性。虽然詹姆斯书信曾受不同社会思潮的影响,但是西方名人书信与中国文人书信并没有本质上的差别,经典的历史书信体现出共同的创作理念、审美诉求和道德标准,在这些方面两者不谋而合,为东西方书信的学术研究提供了相互参照和借鉴的可能。

综观全书的内容、结构布局和论述视角,我认为本书体现了以下三方面的内容:

第一,詹姆斯书信研究是一项艰巨而繁重的任务。詹姆斯书信反映的主题十分广泛,覆盖个人生活、文学事业及艺术、文学和评论问题,具有广阔的研究前景。本书以书信为载体,集中展现詹姆斯的文学艺术创作思想,全面剖析和解读詹姆斯书信的写作内涵,厘清詹姆斯文学批评理论体系的基本构架。在新的历史文化视阈下,研究詹姆斯文学批评理论对其书信写作和文化传播产生的影响,有助于揭示詹姆斯的艺术观,体现书信创作的历史文献价值和文学审美价值。本书深入研究詹姆斯书信的真实性、文学性和现代性,探讨书信文本中“叙事”“达情”“论理”

创作的文化意蕴,寻找文学创作与现实生活的关联性,有助于读者了解詹姆斯非凡的艺术人生以及独特的书信写作风格。

第二,詹姆斯书信研究突破的难点、重点颇具挑战性。詹姆斯书信研究包括多个维度:分析詹姆斯书信叙事发展的脉络;分析詹姆斯对文化生活的关注、对社会活动的参与以及作为孤独的小说艺术家与社会名流之间的关系;分析詹姆斯书信中所反映的其复杂的内心世界、多样的情感生活和怪异的行为方式以及理想的自我形象的重塑;分析詹姆斯书信自身审美价值的表现、文学理论的论述及其艺术思想的发展。可想而知,这项研究存在诸多难题:詹姆斯小说创作和文学书信之间的延续性;詹姆斯文学书信中语言的歧义与隐晦、真实与虚构、高雅与通俗之间的多变性;詹姆斯的小说艺术理论和书信艺术审美之间的差异性;詹姆斯书信的文化理念对中国书信文化实际问题的启示。所有这些尝试说明,本书从多元化的研究视角,采用多样化的研究方法,使詹姆斯书信研究具有鲜明的独特性和创新性。

第三,詹姆斯书信研究的第一手资料相对不足。作为一位著名的书信作家,亨利·詹姆斯书信的数量极其庞大。在浩瀚的书信之中,要想梳理出书信的头绪、找出众多通信对象的特点、发现书信中潜在的规律,是一个艰难而痛苦的思索和升华过程。有时候苦于不能及时了解国外此类课题的研究动向,很难找到国外完整的研究资料;由于研究时间紧迫和私人书信的内容限制,无法按照预先设计有效地组织研究,导致效果检验和预期目标往往会出现误差;此外,书信艺术审美和艺术欣赏是一个循序渐进的过程,是自身文学修养不断改进和提升的过程,这是一个长期性的问题,不能急于求成、急功近利,否则,欲速则不达。然而,本书作者在有限的时间内依然能够做出如此惊人的成绩,的确值得称道。

尽管如此,本书在通信对象、书信例证、文化审美等方面还有待进一步研究和探索。如有的通信对象介绍资料有所欠缺,没有形成完整性和统一性,有的书信例证年代相隔久远,前后不能形成连贯性和系统性,等等。

虽然有些许瑕疵,但本书仍如一块绝佳的美玉,这些不足之处丝毫不影响它的光泽、质感和整体艺术效果,反倒更加完美地呈现出它真实的一面。瑕瑜互现、浑然天成，更能说明亨利·詹姆斯是一位富有内涵的伟大小说家和书信作家，无论从纵向还是横向进行对比研究，无论做出多少艰苦努力都不为过，这也使得这部专著本身更加具有感染力和说服力，而且随着时间的推移和岁月的积淀，更加能够彰显其学术意义和实用价值。

魏新俊从硕士到博士一直跟随我从事专业学习和研究工作，他为人正直诚实、谦逊好学、刻苦钻研、孜孜不倦、勇于进取，尤其在亨利·詹姆斯书信研究方面取得了令人欣慰的成果，已成为我国当前詹姆斯研究队伍中很有发展潜力的年轻学者，我深信在不久的将来，他一定会在詹姆斯文学创作研究的过程中创造新的佳绩。

吕长发

2022年9月16日于河南大学

前　　言

亨利·詹姆斯(Henry James, 1843—1916)是19世纪和20世纪之交英美文学界重要的作家和小说家之一,其作品是现代英美文学研究,尤其是小说研究的热点。詹姆斯是英美文学从现实主义向现代主义过渡的一个关键人物,是大西洋两岸文化的亲历者和解释者。国内学者最为熟悉的是其国际主题的小说作品和心理现实主义的小说理论。殊不知,詹姆斯不仅是卓越的小说家、语言艺术家、文学评论家,还是一位杰出的书信作家。在他规模宏大的文学创作中,书信写作的数量特别庞大。这些书信具有丰富的内容、独特的风格和高雅的品位,是不可多得的文学精品。文学创作是詹姆斯一生追求的事业,书信写作则是他文学创作的自然延伸。当代英国传记作家菲利普·霍恩(Philip Horne)指出,詹姆斯书信的“文采和趣味”意味着它们“不仅仅是文学的附属品:它们本身就是文学,是他成就的一部分”。[①]詹姆斯书信具有很高的文学价值、审美价值和史料价值,是文学大师为世人留下的一笔宝贵的精神财富。

在长达半个多世纪的文学创作生涯中,詹姆斯结交了极其广泛的通信对象,他拥有众多的通信人。“亨利·詹姆斯作为一名孤独的艺术家,和儒雅的社会名流之间并不存在对立。他对社会时局非常关注,而且广泛参与社交活动。与社会上的各类人士打交道,力求挣得一种舒适的生活。”[②]詹姆斯的社会经历、情感生活、艺术创作无不浸润在他浩瀚的书信

---

① HORNE P. “Letters and notebooks” in Henry James in context[M]. Cambridge: Cambridge University Press, 2010: 69.

② HORNE P. Henry James: a life in letters[M]. New York: Penguin Group, 1999: xv.

之中。书信是这位文学大师真实的和最好的传记，也是研究詹姆斯文学艺术思想的最佳素材。本书聚焦不同的通信对象，运用分析、对比的手法，从历史发展的视角对詹姆斯书信进行系统的梳理和研究，具体从"叙事""达情"和"论理"三个层面对不同的书信文本进行全面的文化阐释和解读，尝试沿着这些书信的写作轨迹走进文学大师的内心世界，深入探索书信中反映的文化背景和社会风貌，充分发掘其书信中所潜藏的艺术价值。

本书共六章。第一章，通过对珀西·卢伯克、里昂·埃德尔和内布拉斯加三个不同版本的对比分析，详细论述詹姆斯书信编辑出版的历史嬗变过程及其对当代的文化启示；第二章，通过对众多的女性通信对象、丰富的文化生活图景和绝妙的文学隐喻内涵进行深入探讨，揭示詹姆斯书信文体特征的文化构建模式和文学艺术思想；第三章，以写给哥哥威廉的信和写给嫂子爱丽丝的信为例，研究詹姆斯与家人亲属之间的亲情关系；第四章，以写给"米妮""范妮"和将军夫人的信为例，研究詹姆斯与女性朋友之间的异性关系；第五章，以写给美国著名女作家伊迪丝·华顿的信和写给编辑、作家、评论家威廉·迪恩·豪厄尔斯的信为例，研究詹姆斯与作家同行之间的友情关系；第五章，以写给亨德里克·安德森、乔斯林·珀斯、霍华德·斯特吉斯和休·沃波尔四个年轻人的信为例，研究詹姆斯与后生晚辈之间的同性关系。

珀西·卢伯克(Percy Lubock)编辑的两卷本《亨利·詹姆斯书信集》(*Letters of Henry James*, 1920)、里昂·埃德尔(Leon Edel)编辑的四卷本《亨利·詹姆斯书信》(*Henry James Letters*, 1974—1984)，以及皮埃尔·A. 沃克(Pierre A. Walker)、格雷格·W. 扎卡利亚斯(Greg W. Zacharias)等编辑的三十卷《亨利·詹姆斯书信全集》(*The Complete Letters of Henry James*)等等，这些划时代的詹姆斯书信集的编辑出版，为研究詹姆斯与家人、朋友、同行和晚辈之间的私人书信提供了权威和可靠的参考资料。借助现有的文献资料和研究成果，全面剖析詹姆斯的情感交流、离情别绪和行为表现，尤其是分析维多利亚时代丰富多彩的文化背景、灵活多样的主题交融以及他对19世纪纷繁复杂的社交生活的积极参与，是本书的主要特色和创新之处。近年来，国内学界主要对亨利·詹姆斯小说创作和小说理论等进行研究,对詹姆斯书信创作进行全面、系统的研究较为鲜见。本书的研究成果从某种意义上填补了詹姆斯书信研究领域里的一项空白,具有重要的现实意义和较高的学术价值。

本书获得了教育部人文社会科学研究规划基金项目的资助(项目名称:"亨利·詹姆斯书信研究",项目批准号:18YJA752017)。本书的研究成果对英语专业高年级学生、文学方向的研究生以及喜爱英美文学的学生无疑将产生积极的影响,尤其对于很多对詹姆斯有浓厚兴趣的学者或文学爱好者具有一定的参考意义和欣赏价值。研究詹姆斯书信创作,理解书信的"叙事""达情"和"论理"的主题表达,从不同的角度阐释文学书信的价值意蕴,揭示不同时代、不同国度的社会状况,可以在中外书信文化和文学思想交流的视阈下指导我们更理智地认识生活,正确地处理好各种复杂的人际关系,培养积极、健康、向上的人生观和世界观。

由于笔者学术水平有限,加之时间仓促,本书疏漏之处在所难免,恭请各位专家、同仁和读者不吝赐教、批评指正,以便将来更正修订。热烈欢迎各位给予中肯的批评和建设性的建议,在此笔者表示诚挚的谢意!

魏新俊

2022年7月20日于中国药科大学

目　　录

绪　论

书信在中国古时候被称为“尺牍”，最早是指古人用于书写的长一尺的木简，可以记载事件、表情叙意、传递信息，后来逐步发展为信件的代名词，广泛指称信札、书信。书信是传记和历史的主要来源，它在述行、虚构和文本层面具有弥足珍贵的史料价值、文学价值和审美价值。书信可以展现文学作品背后的社会创作环境，是研究作家文学艺术思想发展的最佳途径。亨利·詹姆斯不仅是一位多产的小说家，而且是一位多产的书信作家。詹姆斯书信现存的数量超过 15000 封，而实际书写的书信则多达 40000 封。在长达半个多世纪的文学创作生涯中，他平均每天要撰写两封以上的书信。其信件数量众多、时间跨度久远，是文学史上通信作家之中罕见的。他的通信对象极其广泛，上至达官贵人下至平民百姓，几乎涵盖社会各个阶层，当然与之书信来往最多的还属文人雅士。詹姆斯的社会经历、情感生活、艺术创作无不浸润在他浩瀚的书信之中，书信构成了这位文学大师真实的和最好的传记。

随着对外文化交流与国际合作活动的迅猛发展，中外书信往来越来越频繁，形成了新时期独特的书信文化现象。在新的历史文化语境下，迫切需要重新思考私人信件在流行文化和文学发展中的定位。尽管詹姆斯书信与中国的文人书信写作时代不同，存在环境的变迁和文化的差异，但是书信中所体现的思想理念、审美判断和艺术标准不乏天然的相通之处，两者可相互借鉴。对亨利·詹姆斯书信创作进行全面研究，揭示詹姆斯书信尘封已久的隐秘人生，探索詹姆斯书信跨越时空的当代价值，构筑中西书信文化交流的学术平台，为解决当前中国书信文化的新问题提供有益的启示，并为未来书信文化的走向作出全新的思考，是新时代文学艺术发展亟待解决的重大课题之一。

一、詹姆斯书信创作研究之渊源

西方学界对亨利·詹姆斯书信的研究与传记文学的发展密切相关。二战以后欧美传记文学进入黄金时代，这与20世纪30年代中后期中国出现的自传文学创作的热潮时期大致相当。詹姆斯等小说家的传记创作就属于这一时期，许多传记作家也因此成名。论及詹姆斯传记创作的起始，自然会联想到最早为詹姆斯作传的美国著名的传记作家里昂·埃德尔。新传记的写作就像生活一样，有回顾的"倒叙、追溯、概括，从童年跳到成年，忆念过去，与瞻望未来"。[①]传记文学包括书信集、回忆录、日记、游记等私人文献。一部书信集记录作者一段历史时期的生活和思想历程，是一部严格意义上的编年体自传，是揭开作家作品的奥秘和探索作家文艺思想发展轨迹的有效途径。

詹姆斯文学传记衍化的过程表现为詹姆斯外传和自传两个方面的创作成果。五卷本《亨利·詹姆斯全传》(*Henry James: the Complete Biography*)内容包罗万象，被称为"20世纪最伟大的传记作品"；一卷本《亨利·詹姆斯的一生》(*Henry James: a Life*)扼要讨论了詹姆斯的家庭，扩充评论了他的私人关系和独身生活，以及"艺术创造生活、创造兴趣、创造价值"的观点。[②]《亨利·詹姆斯传：天才的想象力》(*Henry James: the Imagination of Genius*)讨论了詹姆斯家庭生活的困扰、作为艺术家的奋斗和侨居国外的岁月，记述了小说家富有创造性的想象力和久负盛名的私生活。聚焦作品创意的起源和灵感，没有严肃的文学评论，素材大都来源于詹姆斯的书信、日记和合作人讲述。《亨利·詹姆斯：年轻的大师》(*Henry James: the Young Master*)包含詹姆斯从出生到开创伟大文学事业的经历，阐述大师远离世俗的观念，对其惊人的文学创作能力作了全新的解释，但引发了关于詹姆斯个性与创造力关系的争论。此外，《亨利·詹姆斯自传集：童年及其他/作为儿子和兄弟的札记/中年岁月/其他作品》(*Henry James: Autobiographies — A Small Boy and Others / Notes of a Son and Brother / The Middle Years / Other Writings*)最广泛地收集了詹姆斯曾发表过的自传体作品，为这位具有显赫家世的美国顶级小说家提供了一幅启示性的完整自画像。

詹姆斯书信体自传的发展成果主要是詹姆斯书信集和个人笔记。两卷本《亨利·詹姆斯书信选》(*The Letters of Henry James*)着重把握书信作者的个人性格特质，让一封封完整的书信展示詹姆斯的独特形象，通过无声的文字再现当时的情景，窥探通信人内心纠葛的情感，唤醒沉寂已久的记忆，为读者揭开他既简单又复杂的奇异本性：詹姆斯热爱他所生活的这个世界，以不懈的努力创造出辉煌的艺术人生，文学创作给他带来的既有欣慰和快乐的一面，又有孤独和焦虑的一面。四卷

---

① EDEL L. Henry James: the complete biography[M]. New York: Avon Books, 1978: 8.

② EDEL L. Henry James: a life[M]. New York: Harper and Row Publishers, 1985: 5.

本《亨利·詹姆斯书信集》(*Henry James Letters*)特别强调书信本身的文学艺术成就,书信的选编原则突出文学性和审美意义,书信的划分类别依据詹姆斯职业生涯中所经历的早、中、晚三个不同阶段,让读者在欣赏大量书信文本的过程中清晰地梳理出詹姆斯文学艺术思想发展的脉络。《亨利·詹姆斯:书信中的一生》(*Henry James: A Life in Letters*)尤其侧重人生经历,从书信体自传的视角把书信列入他的文学作品之中,认为许多书信本身就是主要作品或包含主要写作,探索了书信创作中的激情叙事,揭示了这位伟大的小说家文学书信的真正艺术魅力。三十卷《亨利·詹姆斯书信全集》(*The Complete Letters of Henry James*)重点突显书信创作的学术研究价值,全面打造詹姆斯书信写作的精品成果,努力完成1997年内布拉斯加大学出版社所宣布的这套书信全集将在15年内出版30卷的既定目标,从21世纪初至今已有多卷书信集出版,超前、完美、实用的编辑理念和新颖、精致、充实的编辑风格犹如一股清流让读者耳目一新,并对后续研究成果的陆续面世充满期待。书信全集总共包括一万多封私人书信,基于这些真实和宝贵的传记素材,一位伟大的英语小说家和书信作家的崭新形象以学术版的方式得以全面呈现,在现代文学研究中取得了前所未有的突破。另外,《亨利·詹姆斯笔记全集》(*The Complete Notebooks of Henry James*)被称作詹姆斯写给自己的私人信函,是指导他创作优秀短篇小说和鸿篇巨制的路标,成为詹姆斯文学书信的重要组成部分。

由此可见,后来的英美作家编辑出版的詹姆斯书信集,从不同的侧面为詹姆斯研究提供了极其珍贵的资源。然而,出于不同的编纂目的,各有删减和增补,加之篇幅有限,只能就某些方面作简略评论,缺少系统化、理论化的综合性分析研究,更鲜有提及詹姆斯书信的当代价值。因此,与詹姆斯文学上的巨大成就相比,世人对他的研究还远远不够。

二、詹姆斯书信创作研究之我见

詹姆斯书信充分体现了功能的实用性、内容的广泛性和形式的灵活性,表现出独特的文体特征,具有极高的文学审美价值。詹姆斯的文学艺术思想,除了表现在后来的小说艺术的序言和小说作品里,还隐藏在大量个人书信的字里行间,并应用于他的整个文学创作实践过程之中。《小说的艺术》(*The Art of the Novel*)是詹姆斯小说理论的基石,小说是“最辉煌的艺术形式”,“一部小说存在的唯一理由就是它试图真实地反映生活”[1]等一系列的艺术主张反映了詹姆斯的美学观点，发挥了现代主义文学的社会功用，也表明了他的根本价值取向。文学支配着他的生活，写信是他人生奋斗的体现。他把书信文体的形式与文学批评理论的内容相结合，形成书信体文论这种独具一格的文学批评形式。詹姆斯书信涉及的主题非常广泛，从个人生活、文学事业到更大的艺术、文学和评论问题，具有无限广阔的研究前景。从艺术人生的视角、创作动因的来源以及时代变迁的影响来研究詹姆斯书信，着重探索詹姆斯跨文化、跨地域的传奇生活经历，详细梳理其文学艺术思想的发展脉络，深入发掘他书信中的文化价值、审美价值和史料价值。

对詹姆斯书信进行多视角、全方位的研究，探寻其理论价值和应用价值的源泉，是一项具有历史和现实意义的研究课题。书信研究的思想文化价值主要表现在历史文献和文学审美两个层面，二者决定了其学术研究价值。在研究中应当聚焦詹姆斯和通信对象之间的关系，分析他写给家人、朋友、文学同行等书信文本中的思想文化内涵，洞悉他所揭示的美国社会各个阶层的本质特征，评述他对19世纪末20世纪初美国的社会风貌的真实反映。研究詹姆斯文学艺术思想发展的轨迹，阐释其书信的文学价值和艺术审美意义。结合詹姆斯的文学批评实践，构建詹姆斯文学书信的批评理论体系是发掘其学术价值的重要途径。从詹姆斯书信的阅读中不断阐释文学书信的歧义现象、把握其无常形式、突破其界定困难，逐渐归纳他的文学批评理论阐释的机理。一方面，用詹姆斯的书信印证其错综复杂的小说风格，领略他宏富浩繁的书信对其文学作品的延续内涵；另一方面，尝试将书信从回忆录、自传、日记等的常规鉴定中分离出来，把书信当作一种独立存在的文艺类型，赋予它新颖的形式和鲜活的内容，搭建起詹姆斯文学书信批评的理论框架。

在研究詹姆斯书信的过程中，设定具体的研究目标：建构詹姆斯文学批评理论体系中书信批评的理论维度；探究詹姆斯“叙事”书信的内在关系和发展逻辑；分析詹姆斯“达情”书信的抒情手法和主题表达；揭示詹姆斯“论理”书信的文学理论的阐释和审美意义的论述；破解詹姆斯书信中编织的文化密码和哲学意蕴，以期为当代中国书信文化的发展提供借鉴。同时，制定切实可行的研究规划，按照完整的研究思路逐步落实。在宏观上坚持理论与实践相结合，运用文化诗学的方法和逻辑分析的方法；在微观上注重詹姆斯书信写作中的叙事手法、抒情技巧和文学批评的理论阐释，细读詹姆斯书信文本，分析书信语言的文体特征，增强书信阅读的审美意识。

---

① JAMES H. The critical muse: selected literary criticism[M]. London: Penguin Books, 1987: 188, 192.

以书信为载体，集中梳理詹姆斯的文学艺术思想，对其内涵进行分析和阐释，构建詹姆斯文学批评理论体系的新维度。在新的历史语境中，揭示文学批评理论对书信书写和文化传播的影响，突显詹姆斯的艺术创作理念和书信写作实践相结合对书信历史文献价值的提升以及对文学审美意义的扩展。分析詹姆斯书信的真实性、文学性和现代性等文类特质，梳理对书信文本的“叙事”“达情”和“论理”功能的文化阐释，寻找文学创作与现实生活相连的附着点，走进作者的内心世界，了解詹姆斯其人其文。

三、詹姆斯书信创作研究之程式

从不同的层面解读詹姆斯书信，考察这些信件的写作对象、历史背景、主题思想、艺术风格及其社会影响，从具体到抽象、从感性到理性，再回到其书信创作的实践过程之中，深层剖析作家当时所处的特定社会环境及由此产生的特殊心理状态，具体揭示书信中承载传统风格的现实主义思想内涵、富有时代特色的人文主义教育情怀和突显超前意识的现代主义文化艺术特征，最终实现对詹姆斯书信艺术的认知升华。对詹姆斯书信研究拟从以下三个层面展开：

（一）以“叙事”书信为研究对象，探讨詹姆斯的个性气质

根据詹姆斯书信集《亨利·詹姆斯：书信中的一生》（*Henry James：A Life in Letters*）、《亨利·詹姆斯书信集》、《亨利·詹姆斯书信》（*Henry James Letters*）等相关论述，研究詹姆斯书信的叙事结构，呈现以真实个人经历为中心的传记故事，剖析詹姆斯复杂的人际关系，解读其在写信这种形成性的文学活动和文化传播的过程中所造就的独特的个性气质。同时，具体研究詹姆斯文学创作与生活经历相连的多样性的附着点，以事实展现他的个人生活和内心世界，进一步了解詹姆斯精彩的艺术人生。

（二）以“达情”书信为研究对象，探讨詹姆斯的多面人生

根据詹姆斯书信集《威廉·詹姆斯的书信：威廉和亨利》（*The Correspondence of William James：William & Henry*）、《亨利·詹姆斯与伊迪丝·华顿的通信，1900—1915》（*Henry James and Edith Wharton：Letters*，1900—1915）、《慷慨的朋友：亨利·詹姆斯与四位女子的通信》（*Dear Munificent Friends：Henry James's Letters to Four Women*）、《心爱至深的朋友：亨利·詹姆斯写给后生的信》（*Dearly Beloved Friends：Henry James's Letters to Younger Men*）等相关论述，研究詹姆斯

与家人、朋友之间的私人书信，剖析他的情感交流、离情别绪和行为表现，尤其是分析维多利亚时代的文化背景、多样的主题内容以及他对19世纪女性日常生活的亲密参与，揭示其不为人知的一面，重塑詹姆斯的完整形象。

（三）以“论理”书信为研究对象，探讨詹姆斯的文学思想

根据詹姆斯书信集《亨利·詹姆斯书信全集》（*The Complete Letters of Henry James*，1878—1880）、《书信、小说、生活：亨利·詹姆斯和威廉·豪威尔斯》（*Letters*，*Fictions*，*Lives*：*Henry James and William Dean Howells*）、《亨利·詹姆斯书信选》（*The Selected Letters of Henry James*）等相关论述，研究詹姆斯书信早、中、晚三个不同时期的书信特点，发掘其书信自身的艺术审美价值。探索他的文学艺术思想的嬗变过程，追踪他在小说创作实践中形成的文学批评理论的根源，揭示他把艺术看作至高无上的美学信条，在艺术家生活的世界里寻求他与生俱来的艺术之美。

在对詹姆斯书信进行综合研究的基础上，概括出对这位跨世纪书信大师的整体认知。首先，对詹姆斯文学艺术思想禀赋的揭示。他既秉承艺术至高无上的美学信条，又强调艺术源于生活的创作理念。把经验当作理性的存在，用深厚的感情去理解人生，以鲜明的语体风格反映复杂的内心世界。早年形象化和纪实性的特点、中年简洁生动的笔调以及晚年悠闲自由的书写是詹姆斯文学艺术思想的具体体现。其次，对真实和完整的詹姆斯形象的建构。詹姆斯的文学作品提供的是一个“公共空间”的形象，而詹姆斯书信研究将还原一个“私人空间”的真实形象。詹姆斯具有复杂的性格特点、广泛的人际关系、自由的人文精神和强烈的创作激情，书信揭示詹姆斯通常不为人感知的一面，书信构成詹姆斯真实的和最好的传记。再者，对詹姆斯文学批评理论内涵的拓展。他把书信文体的特点和优势与文学理论批评结合起来，形成一种独特的文学批评模式。书信写作成为小说艺术创作的延伸，不仅拓宽了书信写作的表现空间，而且丰富了詹姆斯的文学批评理论体系。总之，詹姆斯书信研究会给我们带来一种跨越时空的艺术审美、文化交融和价值回归的全新尝试，詹姆斯书信批评研究和我国历史悠久的书信文化传统进行参照对比，相互促进，共同发展，为推动中外文学艺术和思想文化交流提供有益的参考。

尺牍传情，流芳后世。研究詹姆斯书信的创作，理解书信的“叙事”“达情”和“论理”的主题表达，从不同的角度来阐释文学书信的价值意蕴，同时揭示不同时代、不同国度的社会现实，在中外书信文化和文学思想交流的视阈下指导我们更理智地去认识生活，正确地处理好各种复杂的人际关系，培养积极健康向上的人生观和世界观，以便增加生活品位，提高生活质量，创建美好未来。当今人们疯狂地追

逐电子书信、微信群聊和博客更新，詹姆斯书信研究将会给我们带来一种别样的文化体验、审美诉求和价值回归，它必将吸引越来越多的学者投身于这项意义深远的文学事业。我们在洞察詹姆斯多姿多彩的书信人生的同时，也会得到一种美妙的艺术审美享受，从而展现出历史转折时期这位书信大师的非凡艺术魅力，重塑他既矛盾又统一的多面个体形象。

第一章 詹姆斯书信编辑出版的历史嬗变

亨利·詹姆斯是现代英美文坛上一颗耀眼的巨星，也是西方现代主义文学运动的重要先驱。这位出生在美国、长期生活在英国的小说家，既是英美文学从19世纪传统的现实主义向20世纪新兴的现代主义过渡的一个承前启后的关键人物，又是大西洋两岸文化的一个精准和权威的阐释者。作为小说家的詹姆斯在小说创作上取得了辉煌的艺术成就，而作为书信作家的他在书信写作上也为世人留下了宝贵的精神财富。写信是他文学创作的自然延伸，文学创作是他写信的根本动因。詹姆斯几乎可以称得上具有浩瀚的写作数量，特别是书信的数量极为庞大，其包罗万象的主题内容、隐秘动人的情感表达、幽默风趣的叙事方式、灵活多样的文体风格，自创作之日起就引起了不同社会群体的广泛关注，受到一代又一代读者的热烈追捧，无数学者竞相搜集、整理、研究乃至成为毕生追逐的事业，为顺应时代的需求，亨利·詹姆斯书信的不同版本在不同历史时期相继出版发行。

写信有其自身的复杂性，而编辑书信在诸多方面则更为复杂。亨利·詹姆斯书信的编辑出版经历了从汇编、选集到全集的历史嬗变过程。这期间出现的一系列书信汇编，数量日益增多，越来越引人瞩目。书信往来的对象主要包括：罗伯特·路易斯·史蒂文森（Robert Louis Stevenson）、H. G. 威尔斯（H. G. Wells）、约翰·海伊（John Hay）、埃德蒙·戈西（Edmund Gosse）、伊迪丝·华顿（Edith Wharton）、亨利·亚当斯（Henry Adams）、麦克米伦公司（The Macmillan Company）、哥哥威廉·詹姆斯（William James）以及威廉·迪恩·豪威尔斯（William Dean Howells）等。除此之外，最具影响力的当数两个标准的詹姆斯书信选集，它们分别是珀西·卢伯克（Percy Lubock）编辑的两卷本《亨利·詹姆斯书信集》（*Letters of Henry James*, 1920）和里昂·埃德尔（Leon Edel）编辑的四卷本《亨利·詹姆斯书信》（*Henry James Letters*, 1974—1984），以及正在编写之中的一整套预计三十卷《亨利·詹姆斯书信全集》（*The Complete Letters of Henry James*, 2006—），由皮埃尔·A. 沃克（Pierre A. Walker）、格雷格·W. 扎卡利亚斯（Greg W. Zacharias）和迈克尔·阿内斯科（Michael Anesko）等编辑，内布拉斯加大学出版社出版。

卢伯克版本(Lubbock's Edition),侧重展现作者的性格特质,力求通过书信完整地展现詹姆斯的独特形象,探视他内心交织的情感和记忆,揭示他形成奇异对比的简单和复杂本性。在他生活和热爱的这个世界上,詹姆斯享受文学创作带来安慰和快乐的同时,也经常遭受孤独和焦虑的困扰。

埃德尔版本(Edel's Edition),侧重文学艺术性,从审美的视角精选了最具文学性的书信,按照早、中、晚三个时期的划分清晰梳理出詹姆斯文学思想发展的脉络。

内布拉斯加版本(Nebraska Edition),侧重学术价值。早在1997年,内布拉斯加大学出版社宣布这套书信集将历时15年出版30卷,截至2019年已出版6集(1855—1884)共13卷。书信全集囊括一万多封书信,呈现了一位伟大的英语小说家和书信作家的艺术魅力,填补了现代文学研究中的一项重大空白。

长期以来,英美作家热衷于编辑出版各种不同类型的詹姆斯书信集,从不同层面对詹姆斯书信创作进行深入挖掘和详细研究,为世人提供了极其珍贵的信息资源和参考资料。然而,由于编纂目的不同,删减和增补内容各不相同。有的限于篇幅,只能就某些方面作简要分析和评论;有的规模宏大,力图进行系统化、理论化的综合阐释和论述。如何通过这些书信文本还原一个真正的詹姆斯形象则是詹姆斯书信编辑的重点所在,也是詹姆斯书信当代价值的具体体现。不同的版本表达了编辑的主观意图,既受到拥有这些书信版权的詹姆斯的亲人朋友等的制约,同时也受到不同编辑版本所处的不同时代的文化潮流的驱动。因此,在詹姆斯书信创作研究中,重点在于把詹姆斯形象的建构与詹姆斯作品批评的发展结合起来,沿着詹姆斯书信编辑出版跨越时空的演变轨迹,通过对詹姆斯书信三个重要版本的对比分析,深入研究和发掘其背后潜在的文化成因,从而确认詹姆斯的私人书信在流行文化和文学发展中的历史定位,力图为我国詹姆斯研究,尤其是当今詹姆斯书信写作的学术研究,提供有益的参考。

第一节　珀西·卢伯克版本

亨利·詹姆斯去世后不久,家庭成员便开始筹划编辑出版他的书信集,这样的文学纪念形式是詹氏家族的一个惯例。在哥哥威廉·詹姆斯(William James)的带领下,他们出版的第一本书是父亲老亨利·詹姆斯(Henry James Sr.)的著作选

《亨利·詹姆斯遗著》(*The Literary Remains of Henry James*,1884)[①]。后来,又以同样的方式出版了妹妹爱丽丝·詹姆斯(Alice James)的《日记》(*The Diary of Alice James*, 1894)。经过认真讨论,詹姆斯家族决定选择珀西·卢伯克来编辑詹姆斯书信,而排除了其他几位更有经验的编辑候选人,其中包括埃德蒙·戈斯(Edmund Gosse, 1849—1928)[②]。卢伯克之所以能够受到委托,是因为詹姆斯临终时他的突出表现让詹姆斯的家人颇为感动,加之他写过的一些文章也深受他们的喜爱。[③]遗憾的是,他们当时根本没有考虑过对詹姆斯情有独钟的女作家伊迪丝·华顿(Edith Wharton, 1862—1937)极力支持詹姆斯的往事,也不太清楚对詹姆斯忠心耿耿的抄写员西奥多拉·鲍桑葵(Theodora Bosanquet, 1880—1961)青睐詹姆斯的隐情。他们只是请戈斯随时监督卢伯克的工作进展情况。

卢伯克是亨利·詹姆斯晚年生活中最好的朋友,在詹姆斯去世之后成为他文学上的追随者和他的书信编辑人,似乎在情理之中。同时,选择卢伯克也代表了詹姆斯生前的心愿。在“纽约版”(New York Edition)小说编辑完成之后,詹姆斯便着手整理他所熟悉的自己的书信,在书信中他的天赋表现得如同在小说作品中一样完整,为此他要找到一位称心如意的编辑担当此任,这位编辑需要在选择上足够谨慎、能力上完全胜任、评论上才智出众且富有同情心。[④]显然,编辑詹姆斯书信的人选非卢伯克莫属。然而,卢伯克在编辑准备期间并没有看到全部的原始信件,可见詹姆斯的家人还没有完全信任他,他们认为在亨利·詹姆斯去世后,卢伯克不可能迅速辨别出哪些信件适合读者和哪些不宜公开。相反,家庭成员审查了大量的信件,决定哪些应该收录书内和哪些应该排除在外。在哈佛大学霍顿图书馆里,亨利·詹姆斯的许多书信至今还显示蓝色铅笔标记,可能是某位家庭成员当时用方括号或圆括号标出的部分以及“省略”说明。

“隐瞒”(concealing)与“披露”(revealing)同样是编辑亨利·詹姆斯书信中的

---

① 父亲老亨利·詹姆斯著作选《亨利·詹姆斯遗著》(*The Literary Remains of Henry James*)于1885年面世。在该书的序言中,小说家亨利·詹姆斯表述了自己的宗教观,认为生动的宗教经验比宗教教条更重要。

② 亨利·詹姆斯生前与埃德蒙·戈斯有数十年的交往,其间写给戈斯400多封书信,论及从日常平庸到文艺精湛的各种话题,同样以他小说中特有的细心和优雅来对待整个内容,足见两人之间的深厚友情。详见 POOLER M. Reading the language of friendship in Henry James's letters to Edmund Gosse[J]. The Henry James Review, 2014, 35 (1): 76-86.

③ 里昂·埃德尔对詹姆斯家族选择珀西·卢伯克编辑亨利·詹姆斯书信作过详细解释。详见 JAMES H. Henry James letters[M]. Cambridge: Belknap-Harvard University Press, 1974(1): xii-xxiv.

④ WATERLOW S. The problem of Henry James[J]. Athenaeum, 1920, 4695 (4): 537.

相关概念。[①]卢伯克在编辑中很难把握具体方向，每次同詹姆斯的家人交谈，总感觉他们始终谨小慎微、犹豫不决、严密防范。其实，他们对詹姆斯异乎寻常的性格特质知之甚少，若是了解了他过人的机智和嘲讽的才能，他们会更加坐立不安。经过反复商议，他们要求卢伯克删除一些有关生计和表达欠妥的地方，去掉詹姆斯那些时常为健康和金钱担忧的部分，以及省略那些写给后生晚辈的长篇书信中充溢着激情的内容。在实际操作中，詹姆斯的书信手稿都先经过家人审阅，入选和排除一部分内容，形成打字稿，然后再交给书信编辑作者卢伯克。这期间的更正、增补和删减工作大部分都是由詹姆斯的侄子，即威廉·詹姆斯的儿子哈里·詹姆斯(Harry James)完成的。在精心打造这部未来五十年内标准版詹姆斯书信集的过程中，詹氏家族对原书信进行了层层过滤、筛选，尽可能消除各种隐患，减少别人的曲解。就在这两卷本书信集即将付梓之际，詹氏家族的主要成员再度审阅把关，坚持要做进一步删减，卢伯克最后只好遵从家人的意愿。可想而知，在那个时代，卢伯克必须完成一项极其精细的工作，以回应詹姆斯的亲属经常出现的病态顾虑，他们急于保护隐私，并使自己免遭可能的诉讼，尽力避免因不谨慎而出现纰漏的情况。

卢伯克两卷本《亨利·詹姆斯书信集》的出版，由于战争耽搁下来，在詹姆斯去世4年之后才得以面世。这个版本寄托着家人对詹姆斯的怀念。“虽然它是一个批判版本(critical edition)，因为它的编辑者——詹姆斯家族和珀西·卢布克——对于在版本中收录什么和删减什么做出了选择，但它并不是一个学术版本(scholarly edition)”。[②]它不包含除省略标记之外的任何注释，旨在说明出版的文本与它所代表的手稿之间的差异。作为编辑，卢伯克提供了帮助读者更清楚地了解詹姆斯书信的信息。他收录了一些传记小品文，介绍书信序列和詹姆斯的部分生活，作为对一些书信的简短批注以及该版本中的脚注。这种补充材料对不熟悉书信细节的读者会有一些意想不到的启发。此外，《亨利·詹姆斯书信集》是修改过的明文(clear-text)版本。[③]卢布克和詹姆斯家族所选择的手稿和打字稿反映的是他们认可的亨利·詹姆斯的“最终意图”(final intention)，他们为该版本所选编

---

① ZACHARIAS G W. “Timeliness and Henry James's letters” in a companion to Henry James[M]. West Sussex: Blackwell Publishing Ltd., 2008: 264.

② ZACHARIAS G W. “Timeliness and Henry James's letters” in a companion to Henry James[M]. West Sussex: Blackwell Publishing Ltd., 2008: 265.

③ 密文，明文，均是密码学的术语。密文(cipher-text)，是指经过某个加密算法，把明文变成另一些文字。明文(clear-text 或 plain text)，是指没有加密的文字或者字符串，普通读者都能看懂。

的这些书信并不是通信人打开任何一封信阅读时所看到的内容。拼写错误得到纠正,书信格式标准化,私人信件这样被改变以适应当时的规范,从而成为大众文学(public literature)。

自1920年出版以来,卢布克的两卷本《亨利・詹姆斯书信集》在长达50多年的时间里一直是詹姆斯书信的主要选集,直到埃德尔的四卷本《亨利・詹姆斯书信》于1974年、1984年相继问世。卢伯克编辑时优先考虑詹姆斯晚年的书信,重现20世纪伦敦和纽约所熟知的具有独特风格的小说家,为后人确立了一位庄重的大师形象——"小说的立法者"(fictional lawgiver)[①],尽管他的作品似乎没有让读者一睹艺术家为构建那种文化身份所进行的职业奋斗,但这也许就是卢伯克在各种限制下工作的结果。这两卷卢伯克版书信集以颂扬和纪念为主,几乎概括了詹姆斯毕生的事业成就。编辑及其主题很大程度上是值得称道的,因而受到了读者批判性地接受。在小说家的书信中可以找到一个完整的亨利・詹姆斯,而在他的小说中很可能就回避了这一点。如果撇开令人敬畏的书信文体,我们就能够认识一个以他自己的方式表现平易近人的詹姆斯。"书信反映真正的亨利・詹姆斯"。[②]他的书信风格清晰直接,情感表达热情奔放,这些都是一般读者从来不会对这位杰出书信大师产生怀疑的特质。詹姆斯的文体特征与他的实际形象形成了一种强烈的反差:语言自由活泼、大气唯美、随和可亲,而实际生活却简单质朴、远离尘嚣、孤凄无聊。詹姆斯的忠实伙伴和文学知己,《大西洋月刊》的编辑威廉・迪安・豪威尔斯(William Dean Howells, 1837—1920),写信告诉卢伯克,"人们非常喜欢詹姆斯先生,但不能忍受他的故事"。[③]可见,詹姆斯在当时并不是那种能赢得大量读者的作家,他的艺术创作只是阳春白雪,而非下里巴人,未能达到雅俗共赏的境地。中年的詹姆斯正值文学事业发展的最佳阶段,一个巨大的艺术世界展现在他的面前,但他移居伦敦后却常常有一种无法排解的孤独感。1877年8月7日,他写信给好友格蕾丝・诺顿小姐(Miss Grace Norton):

> 然而,我没有产生亲密的关系——甚至没有亲近的熟人。我倾向于相信,我已经过了结交朋友的年龄;或者每个人都过了这个年龄。我见过

① JAMES H. Henry James letters[M]. Cambridge: Belknap-Harvard University Press, 1974(1): xxii.

② Matthews, Brander. Letters that give the real Henry James[J]. New York Times Book Review, 1920, 4 (4): 151.

③ JAMES H. The letters of Henry James[M]. London: Macmillan and Co., Limited, 1920(2): 10.

不少人，也和他们谈过一些，但几乎没有一个人是我熟悉的。说实话，我发现自己比一般的英国文化人更像是一个世界主义者（多亏了这块大陆和美国的结合，形成了我的命运）；由于环境的力量，要成为世界主义者，就必须是一个独来独往的人。①

这里的詹姆斯是一个可以真切感知的形象。难怪后来的编辑哀叹卢伯克作品中维多利亚时代的缄默和拘谨，而与詹姆斯亲近的同代人则庆幸作家生活中出乎意料的率性和洒脱。"他可能戴着一顶大礼帽，但他仍然没有扣上扣子。或者可能未拉上拉链"。②像詹姆斯在《童年及其他》（*A Small Boy and Others*，1913）中那样处理书信，难免会牵涉到詹姆斯的整个家族。③这也许是卢布克版本与詹姆斯书信其他版本的共同之处，每个编辑或编辑组都会有选择地再现原始信件，以提供符合他们对小说家判断的詹姆斯特定版本，他们并没有试图替代原始信件本身。

卢伯克版本呈现出来的是一个积极的、正面的和无瑕疵的小说家形象。它既是编辑主观意图的反映，又是詹姆斯亲人制约的结果，而且，也应该是当时文化潮流塑造的产物。西方文学批评的发展经历了由作家创作到作品文本、再由作品文本到读者接受的演变轨迹。19世纪末至20世纪初正值英美小说批评的形式主义传统产生和形成的主要时期，它标志着小说从现实主义向现代主义的过渡，相应地，文学研究的重点也实现了由创作到文本的形式、结构的一次历史性转移。美国小说家亨利·詹姆斯就是这种形式主义传统的主要奠基人。他的单篇文论《小说的艺术》（*The Art of Fiction*，1884）提出了英美文学界具有现代意义的小说理论，成为现代主义文学的一个宣言。"1880年代到1920年代被认为是英国小说从现实主义转向现代主义的关键时期……詹姆斯的这篇论文是对这个文学转型的理论

---

① JAMES H. The letters of Henry James[M]. London: Macmillan and Co., Limited, 1920(2): 55.

② ANESKO M. "God knows they are impossible": James's letters and their editors[J]. Henry James Review, 1997, 18 (2): 142.

③ 在撰写《童年及其他》这本书时，詹姆斯首次采用哥哥威廉写的书信，一些信件是由嫂子爱丽丝转交给他的，他对信的内容随意更改，为己所用。此消息一经传出，便招致侄子哈里的严词抗议。书信的使用和出版有关整个家族的隐私和利益，往往会引发家人之间的矛盾和争端。详见 ANESKO M. Monopolizing the master: Henry James "publishing scoundrels" and the politics of modern literary scholarship[J]. The England Quarterly, 2009, 82 (2): 205-234.

说明。”[①]卢伯克编辑出版詹姆斯书信集也正是1920年，他所树立的詹姆斯“小说的立法者”的形象，无疑受到当时这种文学批评思潮的影响。詹姆斯把小说当作“最光辉的艺术形式”，“一部小说存在的唯一理由就是它试图真实地反映生活”。[②]詹姆斯与传统小说家的创作目的不同：他关注的不是“在这个世界上人怎样才能生存下去”，而是“生活中真正的经验和感受是什么”。[③]他对小说的形式和技巧进行了大胆的试验和创新，再用实际行动重新为小说立法，以摆脱英美文学创作长期受实用主义和清教思想的束缚。他既是现代小说理论的倡导者，也是践行者。

第二节　里昂·埃德尔版本

里昂·埃德尔（Leon Edel，1907—1997），北美著名的文学评论家和传记作家，被认为是20世纪亨利·詹姆斯生平与作品研究方面的最高权威。埃德尔关于詹姆斯的著作赢得了美国国家图书奖和普利策奖。五卷本《亨利·詹姆斯传》（*Henry James：A Biography*，1953—1972）概括了詹姆斯一生的成就。四卷本《亨利·詹姆斯书信》（*Henry James Letters*，1974—1984）可以说是对这几卷传记的最佳“补充”。

卷帙浩繁的詹姆斯书信文件最终收藏在哈佛大学霍顿图书馆（Houghton Library），处在詹姆斯的侄子哈里的严密守护之下。哈里早年毕业于哈佛法学院，后来参与哈佛的校务管理。1930年，他曾给那些希望阅读和引用这套家族文献的学者订立严格的规章，甚至拒绝试图撰写学术论文的学生提出的参考申请。埃德尔非常敬仰亨利·詹姆斯，他在无形之中参与到竞争哈佛詹姆斯档案独家使用权的行列。这位加拿大出生的犹太学者深得哈里的赏识，因为他的鉴别能力、踏实为人和敬业精神。自从创作詹姆斯传记开始，埃德尔便有幸赢得了

---

① 蒋晖.英美形式主义小说理论的基石：亨利·詹姆斯的《小说的艺术》[J].清华大学学报，2014(1)：86-99.

② JAMES H. The ritical muse：selected literary criticism[M]. London：Penguin Books，1987：188.

③ DAY M S. A handbook of American literature[M]. New York：Queensland University Press，1975：185.

詹姆斯家族的信任，1947年哈里的去世也丝毫没有影响这种情感。翌年，哈里的弟弟比利（Billy James）写信给埃德尔，代为表达家族的重托，只准许他一人撰写亨利叔叔。对于埃德尔来说，这是一份期盼已久的殊荣，也是他成就詹姆斯书信编写的基石。埃德尔在得到詹姆斯家人的支持以后，享有接触詹姆斯存放在哈佛大学图书馆的书信和文件的特权。当他提及那些无望接触这些信件的其他学者时，称之为“侵入者”（trespassers）。[①]对詹姆斯书信的珍藏本，埃德尔更是尽一切可能严加防守，设法阻止其他人查阅。作为詹姆斯的传记作者，埃德尔像詹姆斯的家人一样时刻维护着詹姆斯留下的这份宝贵遗产，俨然成了一位忠实可靠的大管家。名义上是为了保护詹姆斯家族的隐私，而实际上是为了达到独享这些资料的目的。

至于以什么样的书信为“代表”，埃德尔从未真正明确过，宣称他的“主要标准”是“文学内容”（literary content），包括“文献性的，说明人物或个性，或描绘家庭背景”的书信[②]。埃德尔阅读了其他编辑未曾接触到的大量书信，在他的版本中想要提供一个“无拘无束”型的詹姆斯（“unbuttoned” version of James），并明确区分了值得收录的书信和不值得收录的书信类别。他比较喜欢收录的书信包含“令人难忘的表达方式……这种风格充溢在他的日常生活之中”，这些书信能够充分展现詹姆斯的“思想游戏”（play of mind）[③]。他尽可能避免“累赘”（redundancies）的书信，旨在提供“最好的”书信，最“有代表性的”“有用的”书信，“以及作为‘书信詹姆斯’（epistolary James）指南”[④]。其余的他都认为“无关紧要”，属于“电话对讲”（telephone talk）。1871年4月24日，詹姆斯写信给朋友丽兹·布特（Lizzie Boott）：

> 我羡慕你在贝洛斯瓜尔多（Bellosguardo）筑巢的甜蜜劳动，如果我是天使，我会从自己的翅膀上拔下最柔软的羽毛来装饰你独特的角落。但我不是天使，我只是一个可怜而疲惫的写信人（这是我今早写的第六封

① ANESKO M. Monopolizing the master：Henry James and the politics of modern literary scholarship[M]. Stanford：Stanford University Press，2012：142.

② ANESKO M. “God knows they are impossible”：James's letters and their editors[J]. Henry James Review，1997，18 (2)：145.

③ JAMES H. Henry James letters[M]. Cambridge：Belknap-Harvard University Press，1974(1)：xxviii，xxiv.

④ JAMES H. Henry James letters[M]. Cambridge：Belknap-Harvard University Press，1974(1)：xxv，xxxvi.

信),却认为你是天使。[1]

这是高度文学性的语言,优美典雅而富有诗意,思想情感自然流露。书信艺术在于语言上的魔力。詹姆斯的社交书信以精湛的技艺编织出一张可爱的闪闪发光的“蜘蛛网”,充分展现了小说家深情、健谈、友好的一面。

埃德尔更加现实地认识到“在许多图书馆里大量的詹姆斯档案文件将为未来几年扩增内容和进一步收集资料提供机会”。[2]在这个四卷本之前,埃德尔还有一个单卷本《亨利·詹姆斯书信选》(*Henry James*, *Selected Letters*, 1955),共包括1069封书信。大多数是完整的书信,只有少数缺少附言,而其他的可以被视为故意作了改动。埃德尔版本是批评性的,而非学术性的,信息性注释很少。像卢伯克版本一样,埃德尔的《亨利·詹姆斯书信》也是一个明文版,它符合当时许多类似的版本,旨在表现亨利·詹姆斯的“最终意图”,实则都是编辑理解的意图。埃德尔的四卷本《亨利·詹姆斯书信》,也许是他创作五卷本《亨利·詹姆斯传》这部不朽传记作品的产物,传记的成功在很大程度上取决于詹姆斯的往来信件。在从事书信和传记编写工作的时候,埃德尔严格把控着查阅这些信件的途径。尽管在哈佛大学霍顿图书馆查阅最大规模的书信库现在并不受限制,但一些装有詹姆斯信件的文件夹上仍然写着诸如“为埃德尔教授保留”之类的标注。《时代》杂志曾发表一篇名为《谁拥有亨利·詹姆斯?》(*Who Owns Henry James*?)的文章[3],显然,纽约大学一位名叫里昂·埃德尔的教授已经拥有了好多年。至少就文本及其读者而言,埃德尔对詹姆斯研究的主导地位以及他走向这一地位的历程是毋庸置疑的。

埃德尔清楚自己版本的编辑理念:书信“应该像人阅读的书籍一样为阅读而编辑:避免括号和节省脚注。‘&’当然应该读作‘和’(and),草率书写的所有缩写和简写都应该拼写出来”。[4]他所阐述的编辑准则也代表了他身处的时代特色。后来的书信编辑均采用学术性的(scholarly)和批判性的(critical)方法。学术性注释第一次让读者在埃德尔版本中根据詹姆斯自己所作的修改再现手稿文本的原貌。虽然该注释被分配到每卷书信的后面,要求读者从书信快速翻阅到注释去寻找再现原

---

① JAMES H. Selected letters of Henry James[M]. London: Rupert hart-Davis, 1956: 14.

② JAMES H. Henry James letters[M]. Cambridge: Belknap-Harvard University Press, 1974(1): xxx, xxxvi.

③ ANON. Who owns Henry James? [J]. Time, 1962, 80 (11): 98.

④ JAMES H. Henry James letters[M]. Cambridge: Belknap-Harvard University Press, 1974(1): xxxv.

稿文本,但是这种再现使得随时查阅原始文档的读者能够追溯詹姆斯的构思过程,仿佛是在观看他当时思索这封信的意义。而且,当编辑实践是一个明文文本时,编辑没有纠正错误,而是设法保留了书信手稿的大写、标点和拼写格式。因而,詹姆斯作为作家的一些创作特色首次在书信版本中得以体现,但并不仅仅是他的"最终意图"。同时,对书信的格式也作了一些规范化的修改,把书信中一些不符合规范的语句或标点改正过来,其中包括与引号相关的标点符号的规范化,像"anyone"或"any one"这样的复合词的间隔,按照詹姆斯的习惯性做法以及詹姆斯下划线的方法稍微加以标准化。这种改变也可能会误导读者理解詹姆斯实际书信的内容。尽管如此,埃德尔版本使读者更密切地接触到亨利・詹姆斯的原始书信。

埃德尔选择的书信既不包含"电话对讲",也不包含"只是出于礼貌的废话"(mere twaddle of graciousness)①,他断定这些内容亨利・詹姆斯及其亲属是不准许出版的。关于读者应该喜欢什么由编辑做决策,这在当时似乎不足为奇。毕竟,埃德尔的地位在很大程度上取决于詹姆斯,而能否获得这种地位又最终取决于詹姆斯家族。因此,虽然埃德尔在传记中保护性地提到詹姆斯的"同性恋倾向"(homoeroticism),但在与哈佛大学出版社编辑马克・卡罗尔(Mark Carroll)的通信中,他直接把詹姆斯的一些书信称为"同性恋书信"(homosexual letters)②。埃德尔与他之前的卢伯克不同,提供的信件大部分内容都没有删减,但是为了尊重家人对亲属隐私的保护,他可能对书信本身做了特别选择。这些私人信件不是用后即扔的一次性物品,而是某些读者和传记作者的珍宝。这种选择也表现了埃德尔将《亨利・詹姆斯书信》中的詹姆斯形象与传记中的詹姆斯形象相互协调的策略,竭力为读者呈现一个自由自在、无拘无束的真正的亨利・詹姆斯。

埃德尔的四卷本《亨利・詹姆斯书信》是 20 世纪一位伟大文学家编辑的一部恢弘之作。在创作同样具有权威性的五卷本传记《亨利・詹姆斯传》的过程中,埃德尔阅读了许多能够得到的书信,即便不是大多数,他取得的杰出成就也在很大程度上影响了 20 世纪后半叶亨利・詹姆斯研究的格局。埃德尔不无自豪地说"我享受着迄今为止没有一位詹姆斯书信编辑所拥有过的自由"③,但值得注意的是,他的自由超越了詹姆斯书信前所未有的获取权限。他选择书信所依据的条件是这种

① JAMES H. Henry James letters[M]. Cambridge: Belknap-Harvard University Press, 1974(1): xxx, xxxii.

② 埃德尔对亨利・詹姆斯的认识,从创作传记到编辑书信,随着研究的深入在逐步发生改变。

③ JAMES H. Henry James letters[M]. Cambridge: Belknap-Harvard University Press, 1974(1): xxxiv.

自由的一个要素,就是让这些书信创建一幅詹姆斯肖像且与他的传记中所描写的相一致。埃德尔编辑信件的明文法(clear-text approach)则是这种自由的另一个要素,虽然缺乏记录埃德尔对书信进行修改的文字注释,但这种方法符合他那个时代的一般标准和读者的期待视阈。该版本的影响力在于它塑造了我们对詹姆斯书信的总体印象,从而也塑造了我们对亨利·詹姆斯本人的印象。不过,这种印象可能与书信本身的完整文本不一致。此外,他对这些书信的编辑和描述可能给读者留下对书信手稿和詹姆斯作为书信作者的片面认识乃至错误认识。

"埃德尔版本"的詹姆斯形象构建同样也受到时代文化思潮的促动。20世纪影响规模大、延续时间长的西方文艺批评流派之一是现代西方心理学文艺理论。心理学的发展推动了文学心理学的发展,文学心理学的发展扩大了文学研究的思维空间。最具代表性的是西格蒙德·弗洛伊德(Sigmund Freud, 1856—1939)创立的精神分析批评,他把作家纳入精神分析的框架之中,认为作家能窥破人的内心世界并描述这个世界。[①]詹姆斯的文学创作与精神分析的要求不谋而合。"詹姆斯从小说中人们所熟悉的传统开始,然后将注意力转移到小说创作中迄今为止那些为人们所忽略的方面,而恰恰是这些方面使詹姆斯在很大程度上成为现代实验小说的先声。"[②]这些为人们所忽略的方面,就是对人物心理状态及其细微变化的探索与刻画。詹姆斯这种叙事文学的创作手法被称为"心理现实主义"。以现实主义为基础,通过心理描写与心理分析来揭示人物的内心世界,是文学发展史上的一个创举。此外,亨利·詹姆斯的创作理念还受到哥哥威廉·詹姆斯意识流理论的启迪和影响。威廉·詹姆斯是美国哲学家和心理学家,被后人尊为"美国心理学之父"。在《心理学原理》(*The Principles of Psychology*, 1890)中,威廉·詹姆斯首次提出"意识流"(stream of consciousness)的概念。他认为意识是一个连续的整体,像河流一样流淌不息,因此称之为"思想流,或是意识流,或是主观生活之流"[③]。但他并没有对意识流理论作进一步的深入探讨,而这种研究领域里的缺憾由他的小说家兄弟亨利·詹姆斯在一定程度上作出了弥补。20世纪上半叶,亨利·詹姆斯未受到足够的重视。他在世时一直渴望得到大众的认可,尤其是晚年特别感伤于世人不理解他成熟时期的作品,反倒对他早期的作品有所偏爱。20世纪下半叶,随着文学心理学突飞猛进的发展,人物心理描写的方法和技巧越来越深入人心。到了70、80年代,西方社会进入相对稳定的发展阶段,欧美文学中突显了"有

① 张首映.西方二十世纪文论史[M].北京:北京大学出版社,2003:96-97.

② DAY M S. A handbook of American literature[M]. New York: Queensland University Press, 1975: 185.

③ 威廉·詹姆斯.心理学原理[M].唐钺,译.北京:北京大学出版社,2013:55.

闲阶级”(leisure class)的传统审美情趣和现代文化内涵,这也正是詹姆斯文学作品表现的主题内容。此时适逢埃德尔编辑出版詹姆斯书信的历史时期,人们逐渐认识到,从理论到实践、从外表到内心,很有必要重新审视詹姆斯文学作品的艺术价值,重新塑造詹姆斯的自由形象。这是历史的召唤和时代的需要,也是大众的共识和人文的诉求。

第三节 内布拉斯加版本

内布拉斯加州大学出版社正在编辑出版的三十卷《亨利·詹姆斯书信全集》(*The Complete Letters of Henry James*),无论以什么样的标准来衡量,都堪称“一项浩瀚工程”[①]。编辑们亟待完成的艰巨任务之一就是整理詹姆斯书信先前的版本,尽管是部分工作,但它却被形象地喻为清理“奥吉亚斯的牛圈”(Augean stables)[②]。随着这套鸿篇巨制的陆续出版,读者可以按照原写作顺序及时地阅读詹姆斯遗留下来的所有信件。

《亨利·詹姆斯书信全集》的编辑目的是为了给读者提供一个可靠的和可读的原件替代品。“可靠性”(reliability)是指它能够忠实地表述历史文献中有意义的细节;“可读性”(readability)则指其内容吸引人的程度,本身具有的阅读和欣赏价值。学术版的这两个特点既产生“张力”,又形成互补。“内布拉斯加版本”采用纯文本格式(plain-text format),在转录的书信文本中有效地利用了一组有限的编辑符号,其中包括詹姆斯使用过的图画,以表示原稿中的取消、插入和强调。“引用这

① ANESKO M. “God knows they are impossible”: James’s letters and their editors[J]. Henry James Review, 1997, 18 (2): 142.

② Augean stables,直译为“奥吉亚斯的牛圈”,意译为“肮脏的马厩”,源自古希腊神话中关于赫拉克勒斯(Heracles)的英雄传说。奥吉亚斯(Augeas)是古希腊西部厄利斯(Elis)的国王,他有一个面积很大的牛圈,里面养了3000头公牛,30年来从未清理过,粪秽堆积如山,肮脏不堪。赫拉克勒斯改变了阿尔斐俄斯河的流向使其流过牛圈,从而在一天之内将奥吉亚斯的牛圈清洗得干干净净。赫拉克勒斯完成这项十分艰巨的任务,成为他的十二项英勇业绩之一,以此证明了他的非凡的勇气、无比的力量和超人的智慧。在这里,引用这个典故比喻《亨利·詹姆斯书信全集》的编辑们承担了这项规模宏大的工程,他们面临的艰巨而繁杂的任务之一就是清理詹姆斯书信先前版本,把它比作“奥吉亚斯的牛圈”的确恰到好处。

些标记对于学者来说会很棘手"[①]，这不只是"可读性"(readability)，还是"可再现性"(reproducibility)问题。在版面设计或普通文字处理程序的符号集中，该版本的几种标记没有确切的对等符号——用来表示詹姆斯介于"&"和"+"之间的"缩写and"符号——菱形形状代表一个难以辨认的字符，竖线或斜线表示取消或改写标点，以及涉及两条线以上的下划线或交叉线。詹姆斯的拼写和标点得以保留，书信文本的其他元素也同样保留下来，比如他用缩进(或不缩进)的方式来表示开始一个新的主题。该版本还提供了比以往任何版本的亨利·詹姆斯书信都更完整的注释。作为对已出版的詹姆斯书信准确呈现的补充，注释能够帮助读者像詹姆斯的通信人那样理解任何特殊的书信。詹姆斯书信的先前版本经过编辑表明他的"最终意图"，可能给人的印象是，他的书信像他的小说和评论一样进行过加工润色。现版本能够看到詹姆斯所删除的内容和他所替换的被取消的材料，就好像看到写作时詹姆斯的"思想在行动"(his mind in action)[②]。呈现在读者面前的不是死气沉沉的文字材料，而是作者鲜活跳跃的创作思维。虽然他出版的小说和评论的草稿很少保存下来，但是每封信自身都包含着"草稿"(draft)，因为它提供了对意义作出的调整。

编辑极不情愿修改书信文本，要么提供原稿中的空白和遗漏，要么纠正因疏忽造成的错误。空白的近似尺寸和难以辨认的单词是"历史文献的文本中有意义的细节"[③]，纯文本版完全可以把它们呈现出来。例如，1873 年 5 月 9 日和 11 日，詹姆斯在给莎拉·巴特勒·威斯特(Sarah Butler Wister)的一封信的附言中写道："我本应该更多地了解母亲(née)缪塞夫人。总有一天我会的。对父亲(pére)勒菲弗和他的谎言(fibs)这些法国人应该有足够的了解。""fibs"很可能是转录者的错误，"pére"可解释为"father"(父亲)。[④]在这种语境下，詹姆斯很可能写下的是法语单词"fils"(son，儿子)，而不是"fibs"(lie，谎言)。转录者把他的 l 误写为 b。编辑在处理这封信时进行不同寻常地干预，不顾及作为历史文件的书信复本，在书信之外自由地推测，重建了詹姆斯丢失的亲笔信。书信手稿中的偶尔遗漏和笔误很常

---

① TURSI R. The complete letters of Henry James：1855—1872[J]. Henry James Review，2008，29：212-215.

② ZACHARIAS G W. "Timeliness and Henry James's letters" in a companion to Henry James[M]. West Sussex：Blackwell Publishing Ltd.，2008：270.

③ JAMES H. The complete letters of Henry James：1855—1872[M]. Lincoln：University of Nebraska Press，2006,8(1)：369.

④ JAMES H. The complete letters of Henry James：1855—1872[M]. Lincoln：University of Nebraska Press，2006,8(1)：289，290，291.

见，通常既没有纠正也没有注释。1873年3月24日，詹姆斯从罗马写信给他的母亲："这里，仲春已经来临（Here，midspring is already upon）+我穿着夏天的衣服走出国门（walked abroad）+随之暖和起来"。[①]根据上下文，可以把句子的"来临"修改成"upon us."一个可以接受的折中办法可能是在方括号中提供明显的单词，作为不引人注目但又清楚明白的编辑干预："Here，midspring is already upon（us）"。编辑通过对文本进行类似的干预来合理地消除任何不确定性。

詹姆斯对动词的怪异选择往往需要添加注释。1873年8月14日他写信向父母报告，"我的健康状况显著改善"，"如果在家的话，我会紧紧抱住母亲纤细的腰（I would cease mother round her delicate waist），把她高高举起以示庆贺"。[②]当代英国传记作家菲利普·霍恩巧妙地把"cease"这个单词读成"close"[③]；如果"cease"确实是詹姆斯所写，那么这就是一种不同的笔误——他无意中写下一个听起来几乎与他的意思一模一样的单词："我要停止/抓住母亲纤细的腰。"（"I would cease/seize mother round her delicate waist."）"内布拉斯加版本"曾提到这一笔误——不是在书信的注解里，而是在第二卷后面的"总编按语"（General Editors' Note）里。编辑们把它看作一个拼写错误的特例，詹姆斯"把一个单词错拼成另一个拼写正确的单词"，他们"没有给出拼错的注释，因为问题是误用（一个发音双关语）而不是拼写错误"。[④]"总编按语"阐述了注解的原则和依据：每卷都重复出现，但每次都用不同的例证加以说明，这些例子大多取自该卷内容，争取做到既恰如其分又具有吸引力。然而，"注释"中给出的解释和示例在对相关书信的文本注解中没有重复；它们也没有与注解交叉引用，以免造成遗漏或者在需要时找不到。这些具体说明和限定条件可以让该版本阅读起来比实际情况更加确定。

编辑沃克和扎卡里亚斯引用《小说的艺术》（*The Art of Fiction*，1884）中的一句话："我们的责任是要'尽可能地完善'。"[⑤]完善原则（principle of completeness）的目的是要出版所有的书信，而不必揣测哪一项对读者有用。该原则也深深地影响着对书信文本中上下文-释义性注释的编辑。由于认识到"没有任何一套注释能

---

① JAMES H. The complete letters of Henry James：1872—1876[M]. Lincoln：University of Nebraska Press，2008，11(1)：241.

② JAMES H. The complete letters of Henry James：1872—1876[M]. Lincoln：University of Nebraska Press，2008，11(2)：33.

③ HORNE P. Henry James：a life in letters[M]. London：Allen Lane，1999：56.

④ HORNE P. Henry James：a life in letters[M]. London：Allen Lane，1999：269.

⑤ JAMES H. The complete letters of Henry James：1872—1876[M]. Lincoln：University of Nebraska Press，2008，11(1)：367.

使每个读者都满意”，编辑们表示“宁可犯错也要过多地提供信息，决不让信息太少”。[①]可是，内布拉斯加编辑们的上下文注释并不总是从詹姆斯独特的兴趣和强调的重点中寻找线索，有时会省略解释对詹姆斯来说重要的东西，反倒对不重要的背景信息提供注释。众所周知，詹姆斯是一位善于引经据典的作家，他的书信精辟、诙谐，富含各种英语、拉丁语以及意大利语散文和诗歌的文学典故，最常见的是莎士比亚和《圣经》的典故。遗憾的是，这些晦涩难懂却能体现詹姆斯式魅力(Jamesian charm)的一类书信几乎被排除在注释之外。编辑詹姆斯书信不仅要注意书信的纪实历史地位，而且还要注意想象力在书信中发挥作用的文学特征。詹姆斯书信的“文采和趣味”意味着它们“不仅仅是文学的附属品：它们本身就是文学，是他成就的一部分”。[②] 1870 年 5 月 20 日，詹姆斯在写给格蕾丝·诺顿(Grace Norton)的信中说：

> 我昨天去了绿荫山(Shady Hill)吃午饭。当我告诉你那是多么可爱时，请不要以为我很残酷——一年当中心情最为甜蜜的时刻——树叶丰满几近完美，翠绿清新毫无瑕疵。草地上长满了金黄的金凤花，树上盛开着银白的苹果花，天空中撒满了灿烂的阳光，空气中飘散着和煦的微风。[③]

詹姆斯在与友人分享自己的见闻和感受，借景抒情、情景交融，在日常生活琐事中则能体现出文学大师独特的艺术品位和高超的语言技巧，这正是 20 世纪早期形式主义文学流派所倡导的文学作品的“文学性”(literariness)。阅读詹姆斯书信能够使我们真正懂得高雅与低俗、精英与大众两种不同文学格局的妙用和差别所在。

“内布拉斯加版本”的规模如此之大，篇幅如此之长，成就如此显著，在书信编辑史上是绝无仅有的。詹姆斯在《小说的艺术》中鼓励那些勇于尝试不可能的作家：“你要努力成为一个凡事莫不让你产生印象的人！”[④]学术编辑应该努力成为这样的人，但是任何学术版本都不可能避免某种程度的欠缺，注释在很多方面的欠缺

---

① JAMES H. The complete letters of Henry James：1872—1876[M]. Lincoln：University of Nebraska Press，2008，11(1)：376-377.

② HORNE P. “Letters and notebooks” in Henry James in context[M]. Cambridge：Cambridge University Press，2010：69.

③ JAMES H. The complete letters of Henry James：1855—1872[M]. Lincoln：University of Nebraska Press，2006，8(2)：359.

④ 亨利·詹姆斯. 小说的艺术[M]. 朱雯，译. 上海：上海译文出版社，2001：15.

让人觉得都有情可原;最重要的是,新一代读者能够可靠地查阅文本本身。詹姆斯所倡导的文学艺术也许更像学术研究:以相互协作和自我补充为主,“依靠讨论问题,……依靠交流观点和比较立场”。[①]最新几卷《亨利·詹姆斯书信全集》提供了更为广泛的讨论、交流和比较的范围。除了在编辑过的书信页面上提供以前从未包含在内的书信细节之外,这个版本还提供了全部书信,但避免了替读者选择书信,或对詹姆斯形成一种特定的观点。相反,该版本将包含所有现存的和可用的詹姆斯书信、笔记和电报。尽管编辑希望这个版本能够生命长久、意义永存,但他们也意识到,就像之前或之后的任何一个版本一样,这个版本是编辑、读者和他们生活的这个时代的产物。这个版本立意高远、前景光明,迄今为止它的真正价值是难以估量的,衡量它的方式将根据最终使其成为可能的学术著作和评论作品来确定。

“内布拉斯加版本”致力于构建詹姆斯的学术形象,尽可能做到尽善尽美,这也是当代西方文学批评发展的必然趋势。20世纪西方文学批评流派繁多、更迭迅速、关系复杂,呈现多元化的态势。21世纪的今天,文学创作更加多姿多彩,对文学研究的认识论和方法论提出了更高的要求。在新的文化语境中,对詹姆斯文学作品的批评和接受也随之上升到一个新的高度。一方面,詹姆斯文学艺术思想经久不衰的魅力在于它的丰富性。复杂的性格特质、广泛的人际关系、自由的人文精神和强烈的创作激情造就了詹姆斯富有弹性和充满活力的文学思想,各种新兴的现代主义、后现代主义的文学思潮往往借用它来解决面临的实际问题,不同学派的学者倾向于从不同的视角挖掘詹姆斯作品的内涵,詹姆斯几乎可以拿来与西方文学史上任何一个卓有成就的作家进行纵向对比。另一方面,詹姆斯独特的小说和文学艺术思想还具有陌生性。他秉承艺术至高无上的美学信条,强调艺术源于生活的创作理念。他的题材选择、人物塑造、语言风格以及所展现的生活方式无不带有欧洲的异域特色,他以独特的哲学思辨和艺术想象把美国文化置于欧洲文明的大视野中,从伦理的高度洞察现实问题,为现代人提供一种理性思考和价值判断,这种小说艺术既吸引了美国人,也吸引了欧洲人。当代西方文学经历了后现代主义、乃至后现代之后叙事模式的狂热追逐,在反映当今瞬息万变的现实世界的创作和批评中似乎已经穷途末路,又不得不重新反思过去、审视现实和展望未来,试图尝试对现实主义传统的“回归”之路。人们极力追求“多元化”成为后现代的典型特征。[②]在多元文化的时代背景下,全面研究詹姆斯书信、重温詹姆斯的文学艺术思

---

① JAMES H. Literary criticism Ⅰ: essays on literature, American writers, English writers[M]. New York: Library of America, 1984: 44-45.

② 沈之兴.西方文化史[M].广州:中山大学出版社,2019:288.

想、重构大师的完整形象显然是一种自然循环。“内布拉斯加版本”立足于学术研究的现实需求,迎合当代多元文化的社会时尚,编辑出版一整套詹姆斯书信全集正是学术创新、文化审美和大众意识的体现,当代读者也许能从中得到意想不到的文化启示和精神滋养。

小　结

通过追踪詹姆斯书信几个不同版本的历史嬗变过程,我们领略到编辑所遵循的原则标准、使用的方法手段以及体现的风格特点不尽相同,既有文化知识的传承又有思想观念的创新,各自发挥了应有的社会效用,表现出无可替代的史学价值。卢伯克两卷本《亨利·詹姆斯书信集》特别选取詹姆斯晚年的书信,为大师设定了庄重的艺术形象,在长达50多年的时间里成为主要的詹姆斯书信选集;埃德尔四卷本《亨利·詹姆斯书信》则是半个世纪以来第一部采用“完整书信集”(the full epistolarium),由一位普利策奖得主的传记作家编辑而成,重塑了自由的詹姆斯形象,在诸多方面表现出明显的优势。[①]无论根据什么逻辑准则判断——从范围、规模或深度上——埃德尔的作品必将超越他的前辈卢伯克。正如“埃德尔版本”的出版超越了“卢伯克版本”作为詹姆斯书信主要选集的历史地位,“内布拉斯加版本”的出现又一次开创了詹姆斯研究的新局面,这套三十卷《亨利·詹姆斯书信全集》最终也必将取代“埃德尔版本”。然而,面对新版詹姆斯书信备受关注的繁杂难懂的问题,最好的处理办法就是力求文本简洁明了而又毫无保留,当然能做到完美无缺也是读者对未来版本的理想期盼。

詹姆斯的文学作品提供一个“公共空间”的虚构形象,而詹姆斯的完整书信将还原一个“私人空间”的真实形象。“卢布克版本”使读者看到的正是一个全面的亨利·詹姆斯,“埃德尔版本”展现的是一个可感知的亨利·詹姆斯,“内布拉斯加版本”将投射出一个更加立体化的亨利·詹姆斯。他复杂的性格特质、广泛的人际交往、自由的人文精神和强烈的创作激情,无不散落和聚合在他书信文本的字里行间,共同点缀和勾勒出这位跨世纪书信大师的总体认知形象,使我们能够清晰地了

① JAMES H. Henry James letters[M]. Cambridge: Belknap-Harvard University Press, 1974(1): xx, xxii.

解他的多面艺术人生。书信拓展了詹姆斯的文学艺术创作内涵和研究领域。以詹姆斯书信的不同版本为参照，更能够彰显我国优秀的书信文化传统。“他山之石，可以攻玉”，相互借鉴，取长补短，更有力地推进民族文化事业的快速发展。在文化复兴、社会繁荣的时代，在人们的物质和精神追求日益多元化的今天，詹姆斯书信的编辑出版将会为我们呈献一场又一场新颖别致、丰富多彩的文化盛宴，让我们品尝一道又一道新鲜美味、丰盛可口的精神大餐。

第二章　詹姆斯书信文体特征的文化构建

众所周知，亨利·詹姆斯不仅是一位著名的小说家、文体学家和文艺评论家，而且是一位杰出的书信作家。在漫长的写作生涯中，詹姆斯养成了一个生活习惯，在处理完一天繁忙的工作和社交活动之余，他通常每晚还要撰写三至四封书信。他的书信数量之多、影响之广、价值之高，令人叹为观止。就其通信对象而言，几乎涉及当时社会的各个阶层，既有名流权贵也有平民百姓，其中最引人瞩目的当数他众多的女性朋友。詹姆斯与女性朋友的通信，展现了维多利亚时代晚期和爱德华时代早期丰富的文化生活图景，表达了他对英美生活幽默、热情的见解，也见证了他对19世纪女性日常生活的亲密参与。这些书信揭示了小说家詹姆斯鲜为人知的人性化的一面，在浩瀚的书信海洋里映射出这位书信作家曲折的社会经历、多变的情感生活和无尽的艺术想象。书信是构成詹姆斯传记的真实的和最好的材料来源，借此我们可以研究和探索詹姆斯不同寻常的文学艺术思想和他独树一帜的书信文体特征，从史料价值、文学价值和审美价值上对詹姆斯书信进行全面透彻的评析和解读。詹姆斯书信的价值不仅在于书信在文化层面上涵盖广泛的纪实性(documentariness)，而且还在于作家丰富的想象力在书信中发挥作用的文学性(literariness)，这也正是詹姆斯书信创作研究的魅力所在。詹姆斯书信的写作本身经历了一个复杂的历史过程，其编辑出版也经历了从汇编、选集到全集的历史嬗变，无疑会受到不同历史时期各种文化思潮的影响，从而为学者们的研究提供了一个良好的契机。珀西·卢伯克编辑的两卷本《亨利·詹姆斯书信集》(*Letters of Henry James*, 1920)出版时，《纽约时报书评》(*New York Times Book Review*)头版刊登大标题："书信反映真正的亨利·詹姆斯"，同时还附加了一个生动的小标题："一部了不起的书信集，像亲密朋友一样去认识这位著名的小说家，这一定会是他写的最受欢迎的书"[①]。詹姆斯传记作家里昂·埃德尔不无遗憾地指出，前辈们牢

① MATTHEWS B. Letters that give the real Henry James[J]. New York Times Book Review, 1920(4): 152.

牢地“为后代确立了庄重的大师形象”——“小说的立法者”(fictional lawgiver)，却没有让我们一睹一位艺术家专业上的奋斗，去实现(或者，其实是，去创建)那种文化身份。[①]也许正是这种动因促使他编辑出版了四卷本《亨利·詹姆斯书信》(*Henry James Letters*，1974—1984)。当代英国传记作家菲利普·霍恩指出，“亨利·詹姆斯并不完全符合孤独的艺术家和儒雅的社会名流之间的对立。他非常关注社会时局，并且广泛参与社交活动。他与社会上的各类人士打交道，力求挣得一种舒适的生活”[②]。詹姆斯小说提供的是“公共空间”的虚构形象，而詹姆斯书信还原的是“私人空间”的真实形象。他可能给人以孤僻、冷漠、严谨的印象，但在冰冷的外表下却隐藏着火一样的激情。《亨利·詹姆斯书信全集》(*The Complete letters of Henry James*，2006—2021)的编辑格雷格·扎卡里亚斯指出，现版本的詹姆斯书信仿佛让我们看到詹姆斯写作时的“思想在行动”(his mind in action)[③]。原本死气沉沉的书信文本材料，经过学术版加工整理，显然变成了作者生机勃勃的创作思维。书信这个领域具有无限的丰富性，正如詹姆斯自己所言，一封书信的真正魅力在于它“会给予它最伟大的文学所有的荣耀”[④]。霍恩毫不夸张地说，“文学支配着他的生活，书信是他人生的奋斗”。[⑤]书信建构出詹姆斯的完整形象，书信反映了詹姆斯的多面生活。他的思想与他见证和经历的世界是分不开的。本章主要聚焦于詹姆斯的女性通信对象，尝试探讨詹姆斯书信的文体特征，解读詹姆斯书信的文化构建，找准詹姆斯私人书信在社会文化发展中的历史定位，重塑詹姆斯的艺术人生。

---

① JAMES H. Henry James letters[M]. Cambridge：Belknap-Harvard University Press，1974(1)：xxii.

② HORNE P. Henry James：a life in letters[M]. New York：Penguin Group，1999：xv.

③ ZACHARIAS G W. “Timeliness and Henry James's letters” in a companion to Henry James. West Sussex：Blackwell Publishing Ltd.，2008：270.

④ JAMES H. Henry James letters：1895—1916[M]. Cambridge：Belknap-Harvard University Press，1984：123.

⑤ HORNE P. Henry James：a life in letters[M]. New York：Penguin Group，1999：xx.

第一节　众多的女性通信对象

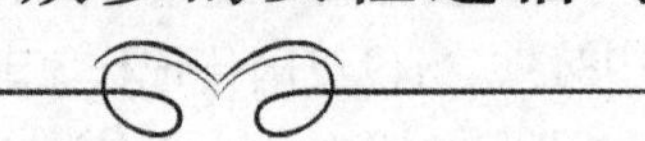

19世纪末至20世纪，正值亨利·詹姆斯生活和创作的主要时期，他参与广泛的社交活动，结识了大量的女性朋友，他有众多的女性通信对象，留下无数精彩的书信。在詹姆斯的950多名通信者中，有近450名是女性，几乎占到他通信总人数的一半，其中许多是有权势的男人的妻子、女儿或姐妹。从结交女性朋友的动因上来看，詹姆斯似乎意识到了先辈们的共识：女性因其赋予生命的神秘力量而应该受到钦佩。因为他直觉上明白这一点，所以他寻找女性并与她们交朋友。他的这些女性朋友们在生活中很少得到公众的认可，这可能看起来无关紧要，但詹姆斯却深知认可的重要性。这也是她们愿意接近他并与他交往的关键。随着书信往来，他和这些女性朋友们无话不谈，关系越发亲密无间。

就詹姆斯的女性通信者自身而言，她们大多数也都有一定的社会地位，生活相对优越。例如，伊迪丝·华顿（Edith Wharton），是一位"靠自己奋斗取得成功的"（self-made）美国杰出女作家，也是一位普利策奖的获得者，在1927年、1928年和1930年还获得诺贝尔文学奖提名，她的丈夫是富有的波士顿银行家爱德华·罗宾斯·华顿（Edward Robins Whrton）；爱丽丝·豪·吉本斯·詹姆斯（Alice Howe Gibbens James）是小说家亨利·詹姆斯的嫂子，她的丈夫威廉·詹姆斯（William James）是美国伟大的哲学家和心理学家之一；玛丽·卡德瓦拉德·琼斯（Mary Cadwalader Jones）是伊迪丝·华顿的嫂子，她的丈夫弗雷德里克·莱茵兰德·琼斯（Frederic Rhinelander Jones）是当时富有的纽约社会名流；玛格丽特·弗朗西斯·布彻·普罗瑟罗（Margaret Frances Butcher Prothero）是一位教授夫人，她的丈夫是剑桥历史学家、皇家文学学会会长乔治·普罗瑟罗爵士（Sir George Prothero）；路易莎·沃尔斯利女士（Lady Louisa Wolseley）是一位将军夫人，她的丈夫是女王陛下军队总司令加内特·沃尔斯利子爵（Viscount General Garnet Wolseley）。这些女性与丈夫有着共同的影响力，她们也是有权势的人物。

这里最值得提及的通信者是小说家伊迪丝·华顿。她从小爱好阅读文学作品，尤其对亨利·詹姆斯的小说情有独钟。在成长过程中，她主要以詹姆斯为榜样，不断追求自己的文学创作梦想，后来有幸结识了她所崇拜的这位文学家，尊称他为“最亲爱的大师”(Cherest Maître)[1]。这段友谊见证了她艺术发展最迅速的时期，她接连创作了三部作品，《伊桑·弗洛美》(*Ethan Frome*，1911)、《暗礁》(*The Reef*，1912)和《乡土风俗》(*The Custom of the Country*，1913)，被认为是她的巅峰之作。在《回首往事》(*A Backward Glance*，1934)这部回忆录中，华顿专门用一整篇的篇幅回顾好友亨利·詹姆斯，开篇便强调他出现在她生活中的重要性：“因此，描述我自己的成长过程就必须描述这些友谊的激励和启迪性的影响。”[2]

追溯詹姆斯与华顿的通信离不开两人共同的文学兴趣。詹姆斯比华顿年长近20岁，表面上看是两个互不搭界的人，一个功成名就，另一个初出茅庐。其实，华顿自始至终被詹姆斯伟大的艺术魅力所吸引，但在她对其人其书没有更多的了解之前，他的伟大形象在她心目中充满了一种神秘感。为此她一直在坚持不懈地寻找机缘想真正认识詹姆斯。1895年，在詹姆斯命运多舛的戏剧《盖伊·多维尔》(*Guy Domville*，1895)上演之际，华顿为他送上了一份美好的祝愿。在1月5日那个可怕的下午，詹姆斯写信给米妮·布尔热(Minnie Bourget)说：“今晚8点半……我可怜的短剧将被搬上舞台，”并补充说，“代我向华顿夫人表示感谢，感谢她的支持。”[3]然而，正是文学作品的实际交流才真正开启了他们之间的友好关系。1899年，华顿寄给詹姆斯一本短篇故事集《高尚的嗜好》(*The Greater Inclination*，1899)。1902年，华顿又给他寄去了她的意大利小说《抉择之谷》(*The Valley of Decision*，1902)，他也回赠了自己以意大利为背景的小说《鸽翼》(*The Wings of the Dove*，1902)。1902年8月17日，詹姆斯写给华顿夫人的一封现存最早的书信，清楚地表明他们两人早期关系的实质：

> 我刚刚请斯克里布纳夫妇寄给你一部我冗长的小说(但愿不会沉重得让人绝望)，他们打算在本月底出版(书名叫作《鸽翼》)，我多么希望不要事先向你说这事。我恳切地告诉你，特别是因为我最近读了《抉择之谷》，十分欣赏，留下了如此深刻的印象，以至于我几乎无法告诉你，在这几个星期里，我一直在等待一个写信的借口。事实上，我之所

---

① POWERS L. Henry James and Edith Wharton：letters，1900—1915[M]. New York：Scribner's，1990：327.

② WHARTON E. A backward glance[M]. New York：Appleton-Century Company，1934：169.

③ JAMES H. Henry James：letters，1883—1895[M]. Cambridge，Mass.：Harvard University Press，1980：506.

以这么想，是因为你的书的确让我有太多的话要说，它让我在阅读的时候进行了大量的思考，以最深切的同情、最真诚的评论、最善意的体谅和最亲密的口吻，我一页一页、喋喋不休地说给你听，在我的意识中积累得如此之多，以至于我确实难以抑制。我无法用这种笨拙的方法来卸掉心理负荷。唯一可能的解脱是与你愉快的交谈，而这种奢侈，由于事物的普遍反常，似乎变得遥远而朦胧。对此我感到非常遗憾——我似乎看到了我们一起打谷的景象，如果机会眷顾我们的话，就会收获许多金灿灿的谷粒。[①]

进入20世纪，他们之间的友谊得到迅速发展，而且一直延续了下去，造就了两位作家职业生涯中的重要时期。对詹姆斯来说，这种友谊的重要性在于，为他提供了一种他长期以来一直需要的但从未真正找到的素材搭配（combination of ingredients）。在他生命的最后20年里，也许巧合的是，从1895年他在戏剧界的失败中，詹姆斯越来越感到存在的孤独，越来越需要生活的温暖，他比早年更需要亲密的交往。詹姆斯在华顿身上所发现的是“知性优雅”（intellectual grace）与“道德义气”（moral spontaneity）两种品质的结合[②]。也许伊迪丝·华顿代表了詹姆斯理想的年轻女性，正如《使节》（*The Ambassadors*，1903）中所描写的查德·纽瑟姆（Chad Newsome）和玛丽·德·维奥内特（Marie de Vionnet）之间的依恋之情，在他与华顿书信传递的思想碰撞中，詹姆斯找到的是那种他一直想要的精神寄托和心理安慰。

伊迪丝·华顿只是詹姆斯众多的女性通信者中的一个杰出的代表，如何轻松自如地应对这样一个特殊的社交群体，对小说家詹姆斯来说是一个充满挑战的现实问题。出乎意料的是，就像他喜欢在拉伊小镇“兰姆别墅”（Lamb House）花园里发现的变色龙一样，詹姆斯能够适应各种各样的环境并随意“改变颜色”。就这样，他成了这些女人的一切：父亲、兄弟、知己、家中常客。他参加她们的社交活动，并在家庭出现危机时为她们提供建议，帮她们排忧解难。他和她们一起购物、聊天、旅行。在妹妹爱丽丝的闺密凯瑟琳·洛林（Katherine Loring）的帮助下，他照顾妹妹度过了最后的病痛。当哥哥威廉·詹姆斯1910年去世时，他成了嫂子爱丽丝·詹姆斯最可靠的精神支柱。他支持过许多女性作家，与罗达·布劳顿（Rhoda

① POWERS L H. Henry James and Edith Wharton：letters，1900—1915[M]. New York：Scribner's，1990：33-35.

② JAMES H. Henry James：letters，1843—1875[M]. Cambridge，Mass.：Harvard University Press，1974：208.

Broughton)和玛丽·伊丽莎白·布兰登(Mary Elizabeth Braddon)等感伤小说家交朋友。他从这些女性身上学到的东西丰富了他的写作。在他自己的小说文本中,最有影响力、最有趣的人物是女性。例如,《一位女士的画像》(*The Portrait of a Lady*, 1881)中的伊莎贝尔·阿切尔(Isabel Archer)、《波音顿的珍藏品》(*The Spoils of Poynton*, 1887)中的弗利达·维特(Fleda Vetch)、《鸽翼》(*Wings of the Dove*, 1902)中的米莉·希尔(Milly Theale)、《金碗》(*The Golden Bowl*, 1904)中的玛吉·弗弗(Maggie Verver)等,都是不畏艰难和思想独立的女性人物,就像詹姆斯现实生活中的那些著名女性通信者一样。如果没有参与朋友们的日常生活,詹姆斯就不可能如此生动地描绘他的文学女主人公。

也难怪,詹姆斯在当时的社交圈会有令人羡慕的女人缘。"回顾詹姆斯在伦敦女主人们那里混得很成功,一位朋友写道,'亨利看待女人似乎和女人看待她们自己一样。女人把女人看成人;男人把她们看作女人'"。①这种倾向反映在詹姆斯后来的小说中就不足为奇了。有人习惯地把他看作女权主义作家,而且"女权主义者批评家"也如此认为。然而,危险之处在于,这些批评家有时可能更具政治色彩,而非文学色彩;这样有时候可能会造成对他的误读或者曲解。坦率地说,詹姆斯从来都不是狭隘的女权主义者,他的小说并不是辩论性的(polemical)。他在塑造女性人物形象时善于抓住她们作为人的本质特征,而非人为地附加在她们身上的外在属性。

从20世纪初开始,以非理性主义思潮为核心的现代西方文化逐渐得以确立。非理性主义思想发展在文学艺术上的一个突出的表现就是,带有强烈反理性倾向的西格蒙特·弗洛伊德的精神分析学的形成。詹姆斯与女性的通信正是受这一文化思潮影响的结果。19世纪末20世纪初的美国社会十分商业化,男人作为物质财富的创造者在社会生活中起主导作用,而处于被动社会地位的女性感情备受冷落和压抑。为了生存,女性必然与男性抗争、与社会抗争,她们用书信表达自己的真实情感和心理诉求,她们代表的是真正的社会文明。作为心理现实主义作家,詹姆斯极其关注在特殊历史时期女性人物的前途和命运,这完全符合他一贯倡导的以道德为主题的文学创作理念。他以书信文体的艺术形式记录女性生活、书写女性形象、反映社会思潮,构建出独具特色的时代文化。

---

① HOLLERAN A. Ground zero[M]. New York: Morrow, 1988: 84.

第二节 丰富的文化生活图景

詹姆斯出生在一个古怪的家庭,这可能使他偏离了传统维多利亚时代男性的成长道路。父亲老亨利·詹姆斯(Henry James Sr.)是一位非正统的宗教思想家和作家,母亲玛丽·罗伯逊·詹姆斯(Mary Robertson James)是一位家庭主妇,在抚养五个孩子的同时,还能容忍丈夫的怪癖。老亨利是一个标新立异、颇有争议的人,提倡施维登博格学说(Swedenborgianism)[①]。他继承了丰厚的遗产,过着优越的生活,一生致力于宣传他的激进思想。他希望自己的孩子将来能够独立,所以经常带他们到欧洲一些国家旅行,把他们从一个学校转到另一个学校,努力追求最好的教育方式。他把子女置身于国际社会的大舞台,"使他们成为世界公民"[②]。另外,父亲老亨利还喜欢结交文人雅士,爱默生、卡莱尔、霍桑、萨克雷、卢梭等都是家中的常客。他们谈古论今,各抒己见,家庭俨然"成了知识文化交流和传播的中心"[③]。在这样的文化环境熏陶下,小亨利·詹姆斯超越了他的父亲。他留下了大量的文学作品,包括短篇小说、长篇小说、散文、传记、自传、评论和文论等不同文类。除此之外,他还写了几万封私人书信,与众不同的性格特质赋予了这些书信独特的文体特征和别样的文化内涵,从而成为他文学创作不可分割的一部分。

书信是詹姆斯创造个人亲密关系的一种自然方式。19世纪的人们认为书信文体(epistolary genre)是一种女性文体(feminine genre),写信是一种私人的谈话形式,这实际上强化了女性在私人空间最舒适的观念。尽管她们并非总是足不出户,但那种认为家庭生活对女性来说是自然的,写信是一种可以接受的活动(因为

① 施维登博格学说指伊曼纽尔·施维登博格(Emanuel Swedenborg,1688—1772)提出的哲学和宗教学说体系,强调宇宙的精神结构、与灵魂直接接触的可能性和基督的神性。这一学说为施维登博格的追随者们建立新耶路撒冷教会(或新教会)提供了基础。

② BELLRINGER A W. Modern novelists:Henry James[M]. New York:St. Martin's Press,1988:6.

③ EIMERS J. "A brief biography of Henry James" in a companion to Henry James[M]. Oxford:Blackwell Publishing Ltd.,2008:278.

这种谈话仅限于发信人和收信人)的观念在维多利亚时代仍然是一种文化幻想(cultural fiction)。女性对书信文体的喜爱被归因为性别：

> 自然赋予了她们(女性)更灵活的想象力、更细腻的组织性。她们更敏感、更活泼,能接触到的对象也更广泛……由此可知,任何事物都有柔韧多变的特点,这在她们的书信中也常常可以看到;这种能力使我们可以毫不费力地从一个主题跳到另一个完全不同的主题上,过渡出乎意料但又非常自然。①

通过书信与女性保持牢固的友谊,让詹姆斯得以以一种文化认可的方式体验亲密关系。这种变换的流动关系对他来说至关重要,尽管他是个单身汉。亲密关系只发生在某些家庭成员、他亲近的女性朋友和他所钟爱的年轻男性之间。虽然他从未与任何一位恋人建立过永久的关系(而今天几乎不可能找出原因),他却与这些女性建立了持久的友情。因此,只有从文化构建的视角才能真正解读詹姆斯的书信文体特征,深刻领悟詹姆斯书信的女性文体内涵,全面揭示詹姆斯书信的社会文化本质。

詹姆斯自己的性取向(sexual preferences)和他不选择终身伴侣的决定,或许让他得以沉溺于与异性的温馨友谊之中。他不受婚育要求的束缚,自由地参与妇女生活,不怕牵扯。她们反过来向他吐露心声,并在情绪危机时依赖他。考虑到19世纪对性别更为严格的建构,詹姆斯与女性的友谊使他能够跨越性别界限而不会危及他自己。从一个近距离但受到保护的有利位置观察她们的生活,这可能使他成为一个偷窥者,但也使他成为一个敏锐的生活记录者。因此,詹姆斯与女性的通信展现了维多利亚时代晚期和爱德华时代早期丰富多彩的文化图景:健康治疗、社会丑闻、历史事件、婚姻市场、生育抚养和居家生活等。

在1905年8月22日写给琼斯夫人的信中,詹姆斯非常关心她当时的生活状况,并表达了温暖的情意。詹姆斯很赞赏健康养生的饮食法“细嚼慢咽”(fletche-

---

① GOLDSMITH E C. Writing the female voice：essays on epistolary literature[M]. Boston：Northeastern United Press，1989：53.

rization)[①],建议琼斯夫人把它推荐给女儿贝娅特丽克丝(Beatrix)。

> 你可怜的塞利马尔(Célimare)深感欣喜,你现在的情况并没有那么糟糕(在我看来,还不足以让你从第十一号街一路走来,然后被逐出门外),而当我得知贝娅特丽克丝从卡莱斯巴德(Carlesbad)惶恐不安地回来时,我很难过——噢,如果我能了解她的话就好了,使她明白这样一句金玉良言,她的灵丹妙药就在我送给你的那本浅绿色的小书皮上——在"细嚼慢咽"之中。[②]

詹姆斯几乎终生与疾病相伴,对病痛有着特殊的情感体验。在写给友人的信中,他乐此不疲地谈论健康疗法,这正是对现实生活和流行文化的真实写照。

伊迪丝·华顿是詹姆斯和琼斯夫人共同的朋友。他们都担心伊迪丝患精神疾病的丈夫泰迪(Teddy)最终会毁掉她,詹姆斯在很多书信中也透露了这种忧虑:

> 在我离开之前的整个下午和晚上,我确实在山上看到了泰迪——他在新不伦瑞克(New Brunswick)钓了三个星期的鲑鱼,身体状况很好,回到山上——他已经康复——又开始了新一轮的家暴——不断加剧。对他来说,这完全正常(我是指他的内心很幼稚);我完全相信,除非他们两个人分居(她会给他"补贴"),否则她绝对会在精神紧张和心脏危险中被他毁掉。[③]

泰迪·华顿的生活放荡不羁,一度精神崩溃,时常用家暴对待伊迪丝·华顿,这也是小说家詹姆斯痛心疾首的社会丑恶现象,更何况这种事发生在才华卓著的

① 霍勒斯·弗莱彻(Horace Fletcher, 1849—1919)是一位美国营养学家。他在19世纪晚期开始推广自己慢慢咀嚼食物的技术,这一理论要求人们把食物咀嚼成极小的块状,以促进身体更好地吸收;另外,增加咀嚼次数,可以减少食物的摄入量。他的"细嚼慢咽"饮食法被称为"Fletcherism"(详见 FLETCHER H. Fletchersim: what it is, or how I became young at sixty[M]. Carlisle, MS: Applewood Books, 2008)。尽管"细嚼慢咽"被认为是一种帮助消化的方法,但事实上亨利·詹姆斯认为在6年的时间里使用这种方法使他得了严重的胃病,他在1910年停止了"细嚼慢咽"。

② JAMES H. Dear munificent friends: Henry James's letters to four women[M]. Ann Arbor: University of Michigan Press, 1999: 141-142.

③ JAMES H. Dear munificent friends: Henry James's letters to four women[M]. Ann Arbor: University of Michigan Press, 1999: 161.

女作家身上。

在1901年1月30日写给嫂子爱丽丝的信中，詹姆斯谈及维多利亚女王的葬礼，表达了沉痛的哀悼之情：

> 本周六是女王的葬礼——从奥斯本到温莎的路上，盛大的军人游行队伍横穿伦敦；外国国王和皇帝（德国、俄罗斯、葡萄牙、希腊等）行进在前列。我们仍然笼罩在老妇人逝世的阴影下，人们似乎普遍认为，60年来，她确实是一位在政治和慈善上极具影响力的人物。简而言之，这个国家仿佛失去了母亲——在某种程度上我也有同感。如果你孤身一人生活在这里，你就会明白我的意思。这使我想起她时倍感亲切。但是，过分称赞未免言过其实——即便是对新国王。[①]

维多利亚女王的葬礼是一桩举世瞩目的历史事件，除此之外，詹姆斯在书信中还记述了备受关注的战争新闻。1914年8月20日，他写信向嫂子爱丽丝报告当时的战局：

> 显然，法国坚定的行为和完善的组织最为精彩。你会知道，当然，你能意识到，目前为止发生了什么，我们所知道的是什么；德国势不可当的入侵计划从一开始就失败了，这是由于令人钦佩的小比利时永远不会被遗忘的立场，以及法国人沿着他们的路线聚集而赢得的时间，他们现在拥有大量兵力。与此同时，俄罗斯已经开始向德国的另一端迅速调集兵力。赢得时间可能会带来巨大的改变——但是，天知道，人们最担忧的是生活在一个充满傻瓜的天堂里。在过去一两个星期内，我们完成了向法国派遣10万英军的任务，而德国舰队却丝毫没有表现出自己有能力阻止或干涉；这个事实可以被视作是我们有能力的标志——几乎没有人能事先想到会发生这种事。[②]

1915年1月2日，在写给嫂子爱丽丝的信中，詹姆斯详细讲述了侄子哈里在欧洲旅行时的所见所闻，共同感受他亲眼目睹的在战争摧残下法国当时的社会现状，

---

① JAMES H. Dear munificent friends：Henry James's letters to four women[M]. Ann Arbor：University of Michigan Press，1999：44-45.

② JAMES H. Dear munificent friends：Henry James's letters to four women[M]. Ann Arbor：University of Michigan Press，1999：111-112.

从不同的侧面反映了战争带来的深重灾难和滔天罪恶。

> 整个瓦朗谢讷、康布雷、杜埃、圣·昆廷等地区的法国的上层阶级,都逃离了他们的地产和家园,这并没有给他们带来什么特别的荣誉;留下那些不富裕的人,那些无法“跳进汽车里”的人,(留下的人对哈里说:“凡是能上汽车的人都走了!”)这种情况在他看来并不比比利时轻松,因为那里有更多的业主,国有企业的业主,一直坚持下去;他坚定地认为,让那些已经离开的人返回他们的岗位,以便站在他们的人民和德国人之间,绝对是唯一体面的做法。①

亨利·詹姆斯是一位富有道德和良知的小说家,他对战争深恶痛绝,在书信中深刻揭露了战争所造成的灾难性的后果。因此,1915 年,也就是他去世的前一年,詹姆斯决定加入英国国籍,以此表明他坚定的反战态度和立场。他不仅为世界和平发出了正义的呼声,而且付出了实际的行动。

从 19 世纪中后期到 20 世纪初期,詹姆斯结交的女性朋友可以被定义为妻子、女儿和姐妹。虽然当时的时代普遍忽视了女性,但詹姆斯并没有。相反,他把女性朋友视为强大而有趣的人。这些朋友都属于中、上层阶级,她们生活在维多利亚和爱德华时代,当时的世界正在发生巨变。詹姆斯的女性朋友们是历史上最后一批能够令人满意地、毫无愧疚地从丈夫手中获得自己地位的女性。她们主宰着自己的家庭和许多洲际协会,小心翼翼地行使权力,从安全的位置引导事态发展,称之为“边缘化”则否定了她们的成就。“女性参与教学、社会工作和共同的家庭事业,这让女性领域是私人领域(private sphere)、只有男性在公共领域(public sphere)运作的观点变得毫无意义。”②事实上,她们的权力远远超出了客厅的范围。20 世纪的婚姻可能比早期维多利亚时代的婚姻更不平等,当时家庭和商业世界的界限更为多变。

维多利亚时代和爱德华时代的女性令人好奇的是,如何在公共和私人领域之间实现几乎是天衣无缝的交替转换呢?简单地说,在不放弃传统的性别权力的同时,她们利用这种典型的女性权力来影响她们的世界。她们的一个古老力量来源是婚姻市场:“在维多利亚和爱德华时代的英国,对绝大多数女性来说,婚姻是最重

---

① JAMES H. Dear munificent friends: Henry James's letters to four women[M]. Ann Arbor: University of Michigan Press, 1999: 119.

② PETERSON J M. Family, love, and work in the lives of Victorian gentlewomen[M]. Bloomington: Indiana University Press, 1989: 188.

要的社会制度。”[①]金钱在安排婚姻时至关重要，复杂的协商保护了妇女的利益。但父母也不太可能把女儿卖给出价最高的人，维多利亚时代的女性比前几个世纪等待结婚的时间更长。[②] 1877 年，女性的平均结婚年龄为 25.7 岁，男性为 27.9 岁。[③]这个社会对婚姻的态度极其务实：维多利亚时代的人意识到，虽然中介婚姻可能不会带来完全的幸福，但他们会确保女性在社会中的中心地位。维多利亚时代的婚姻，至少是中、上层阶级女性的一种职业，是她们认真对待的一种共同的伙伴关系：“婚姻和丈夫非但没有把妇女置于决策的范围之外，反而扩大了她们的经济权力范围。”[④]母亲们会为女儿们的这项事业做好充分准备，深知良好的婚姻将确保她们享有特权和权力。她们帮女儿们举办“亮相”派对（“coming out” parties），把年轻女子介绍给可接受的追求者。这些活动本身既昂贵又累人，反倒成为维多利亚时代女性工作的重要组成部分。

詹姆斯经常谈论适婚女儿，批评受经济驱使的婚姻，话语中不无讽刺。1887 年，在伦敦见到沃尔斯利夫妇（Lord and Lady Wolseley）的独生女弗朗西斯（Frances）时，詹姆斯对她的母亲说：“我只冀希于弗朗西斯小姐不要早婚。”[⑤]在 1880 年 1 月 5 日写给妹妹爱丽丝的信中，他这样评论康斯坦斯·弗莱彻（Constance Fletcher）：

> 我不知道该告诉你什么，除了温特沃斯勋爵（Lord Wentworth）在最后一刻打倒了弗莱彻小姐这个不幸的消息……他本来是要在 29 日娶她的。这对可怜的姑娘是一个残酷的打击，她原以为自己会被提升到受人尊敬的地位，由于她母亲的不轨行为，她从未享受到这种待遇，我在罗马听说她病得很重。但是她彻底摆脱了那个半疯狂和不修边幅的追求者

---

① JALLAND P. Women，marriage，and politics：1860—1914[M]. Oxford：Clarendon Press，1986：4.

② HILL G. Women in English life：from medieval to modern times[M]. London：R. Bentley and Son，1906：97.

③ JALLAND P. Women，marriage，and politics：1860—1914[M]. Oxford：Clarendon Press，1986：79.

④ PETERSON J M. Family，love，and work in the lives of Victorian gentlewomen[M]. Bloomington：Indiana University Press，1989：123.

⑤ JAMES H. Dear munificent friends：Henry James's letters to four women[M]. Ann Arbor：University of Michigan Press，1999：249.

(他本人应该是英国最肮脏的人)。[①]

詹姆斯同情的显然是弗莱彻小姐,一个从未结过婚的小作家和剧作家,詹姆斯在后来写给范妮·普罗瑟罗(Fanny Prothero)的信中不断嘲讽她。他认识到这种婚姻对清贫的弗莱彻小姐在经济上的必要性,但他也认同安排这些错综复杂的婚姻所付出的代价。

在维多利亚和爱德华时代的英国,婚姻市场是女性的一个古老力量来源,而生育和抚养孩子则是另一种真正的权力来源。不过,这里说生育只是妇女的义务是一种简化论者的观点。维多利亚时代的人一致认为,成功的婚姻会生儿育女,但一旦生育了孩子,照顾者就要为其负责。丈夫从一开始就参与其中。即使是复杂的怀孕,大多数的分娩都是在丈夫在场的情况下在家里进行的。[②]与 19 世纪流行的"母性神话"(myths of motherhood)相反,维多利亚时代的妇女对孩子的依恋并不比其他任何时代的妇女强烈。一些人密切参与孩子的日常活动,而另一些人则把孩子交给他人代管。儿童作为一个整体代表着家庭的延续,是对传统权力的继承。"如果说 19 世纪中上层社会的家庭中没有母性的神秘性(mystique),那么许多维多利亚时代的人肯定有一种方式可以看到他们的后代:他们是家庭传统的传承者,他们给父母和祖先带来了尘世的延续和不朽。"[③]

詹姆斯在信中同情朋友们复杂而艰巨的任务,认识到生孩子为妇女提升了地位。毫无疑问,他经常享受自己没有孩子的清闲状态,但却总是羡慕别人的孩子。1915 年 9 月 3 日,詹姆斯写信给画家贝·埃米特·兰德(Bay Emmet Rand)的母亲埃伦·坦普尔·亨特(Ellen Temple Hunter),也是他写给这位表妹的最后一封信,信中他这样夸赞她的外孙:

> 无所适从的老单身汉做梦都想成为摄影托儿所的中心,他渴望能做到直抒胸臆、坦率明了。为此,我期盼着你告诉我寄来的那张甜蜜的新照片——还没有收到。请不要让我失望——每一个新鲜的幻影都有助于我想象你的存在。就在我写字的地方,墙上挂着一张布兰查德美丽的照片,

---

① JAMES H. Dear munificent friends: Henry James's letters to four women[M]. Ann Arbor: University of Michigan Press, 1999: 7.

② JALLAND P. Women, marriage, and politics: 1860—1914[M]. Oxford: Clarendon Press, 1986: 144.

③ PETERSON J M. Family, love, and work in the lives of Victorian gentlewomen[M]. Bloomington: Indiana University Press, 1989: 104.

小克里斯托弗似睡非睡地坐在他的大腿上(她的女婿和外孙),很难说父亲和儿子谁更可爱。[①]

詹姆斯并没有把妇女局限在一个生育和抚养孩子的世界里,而是高度赞扬了这份职业带给她们的丰富生活。他既承认她们的孩子的重要性,又把他的朋友们当作有着许多其他兴趣的个体。她们过着健康、充满活力的生活,超越了社会对她们的限制。

詹姆斯成了这些女性的重要知己,分享她们的日常追求。其实,与今天一样,个体的日常生活结构最能定义个体本身。詹姆斯知道家务、购物和社交生活——女性所有的日常活动——都是维多利亚时代和爱德华时代的生活。他对好友玛丽·凯德瓦尔德·琼斯(Mary Cadwalader Jones)滔滔不绝地谈论她送给他的一只碗。这些朋友送给他的礼物通常都是些装饰性的家居用品。

那只可爱的异域小碗,纹饰搭配协调,是你一直留心才偶然为我淘来的吧——比这里吸引我们的天空还要深邃、神圣,再也没有比一个包裹不期而至更美好的事了——其实,它本身就是一件可爱的东西,但对我来说,更可爱的是思想和记忆。[②]

他和沃尔斯利夫人(Lady Wolseley)讨论室内装饰、衣服和食物。在写给她的一封信中,詹姆斯表达了对罗斯伯里勋爵(Lord Rosebery)乡间别墅的赞赏:"这是乔治时代早期最珍贵、最令人愉快的红砖老房子,到处是白色的油漆和红色的地毯,古老的赛马图片和充满阳光的长走廊,走廊里满是蓝色的瓷器和怡人的书籍——这是全世界最漂亮的房子。"[③]他还谈到食物:"你的无花果和你的性格一样美丽——尽管并不那么持久。它们已经甜美地融化了——但我尽可能长时间地保存着,使它们成为我早餐桌上的骄傲。"[④]他又提到服装:"伦敦非常漂亮,像春天一

① JAMES H. Dear munificent friends: Henry James's letters to four women[M]. Ann Arbor: University of Michigan Press, 1999: 8.

② JAMES H. Dear munificent friends: Henry James's letters to four women[M]. Ann Arbor: University of Michigan Press, 1999: 133.

③ JAMES H. Dear munificent friends: Henry James's letters to four women[M]. Ann Arbor: University of Michigan Press, 1999: 10.

④ JAMES H. Dear munificent friends: Henry James's letters to four women[M]. Ann Arbor: University of Michigan Press, 1999: 268.

样，人们几乎不知道‘该穿什么’。”[①]

除了家庭琐事外，詹姆斯还谈论他们共同的朋友。他是一个非常有趣、喜欢八卦的人。詹姆斯曾写信给女作家安妮·萨克雷·里奇女士（Lady Anne Thackeray Ritchie），她是英国著名小说家威廉·梅克比斯·萨克雷（William Makepeace Thackeray）的女儿。信中，詹姆斯调侃一位他们共同认识的熟人，可能是一位叫麦卡布（McCabe）或麦凯（Mackaye）的小作家。他先是告诉里奇女士对这位老相识的看法，她显然问过詹姆斯，在一起待过一段时间之后是否更喜欢这个人：

> 不，亲爱的安妮·里奇，我不能说“我更喜欢他”——恐怕，要糟糕得多！他实在太可怕了，真叫人受不了，我麻木地坐在你的家里经受长时间的忍耐。我也能忍受每隔五分钟——两分钟——听他说你很可爱，他很崇拜你，但我不能忍受的是，他总是说你觉得他很可爱、很崇拜他……他是上帝降下的灾难（Scourge of God）——是他那个时代的阿提拉（Attila）。他变得如此难以控制，就像喝醉酒了一样——唷！——真的让我多活了10年……他很快就要和你在一起了，你那么急切地期待着他的到来——当他倾诉时，这让我想起了你，倍感沮丧，心生怜悯——想提醒你，拯救你，联系你……对你说“远走高飞吧！”但是他是命中注定的——我们必须服从他。除了死亡，别无他法。因此，我们必须互相依附。这是一个更重要的原因。[②]

显然，詹姆斯一定很享受他与女性之间的亲密友谊，才使得他如此公开地写信给她们。在给玛丽·亨特（Mary Hunter）的信中，当告诉她星期一要去伦敦看她时，他觉得自己的表现很可笑：

> 然后我快乐而愉快地预订了24日。我要把我所有的最好的东西——尽管是小东西——都放进我的橱窗里，我那可怜的旧橱窗！提前准备；努力做这样一个组合，可能会让你猛地停下，微笑着慷慨地寻找所需的分钟总数！是的，我正在狂热地研究橱窗装潢艺术，恐怕只会呈现出

---

① JAMES H. Dear munificent friends：Henry James's letters to four women[M]. Ann Arbor：University of Michigan Press，1999：10.

② JAMES H. Dear munificent friends：Henry James's letters to four women[M]. Ann Arbor：University of Michigan Press，1999：11.

卖完停业的样子。[①]

事实证明，他写给这些女性的书信都充满了人性的温暖。虽然一些关于詹姆斯的生活和写作的评论家发现他沉默寡言、孤僻内向、几乎是无性恋，但那一封封热情洋溢的书信表明他是一个充满活力、充满爱心和机智的人，书信改写了亨利·詹姆斯原有的性格特质，再度颠覆了这位小说家的传统形象。

20世纪初到第一次世界大战前是现代派文学发展的萌芽阶段，现实主义文学开始向现代主义文学过渡，亨利·詹姆斯正是这一历史时期的一个关键人物。他在创作实践中把小说艺术移置到书信的写作之中，以新颖的书信文体形式反映现代文明中“有闲阶级”女性丰富多彩的物质文化生活，表达西方社会传统的审美情趣和现代文化内涵，这恰好符合19世纪末20世纪初流行的形式主义的文学思潮。形式主义理论强调文学的本质在于形式，以形式观照文学，体现艺术作品的文学性(literariness)。詹姆斯浩繁的书信创作使他的文学创作得以无限地延伸和升华，他用书信构建出的是一个自由的私人空间、一个多变的女性世界、一个独特的文化王国，从他与女性的通信中我们能够更深入地了解文化、品味生活、感悟人生。

第三节　绝妙的文学隐喻内涵

詹姆斯是一个善于引经据典的作家，他的书信中不乏精辟、诙谐的语句和段落，各种英语文学典故俯拾即是，最常见的是莎士比亚和《圣经》的典故。1909年1月12日，詹姆斯写信给范妮·普罗瑟罗诉说病痛的折磨和内心的焦虑，每当他掏出随身携带的药片时便会联想到莎翁的剧情，戏称自己“就像剧中的哈姆雷特或罗密欧”，而普罗瑟罗夫人则“更接近奥菲利亚或朱丽叶”[②]。借用典故加以渲染，前后照应，语义双关，产生张力。也正是这些晦涩难懂之处才能够体现出具有詹姆斯魅力(Jamesian charm)的书信文体特色。正如菲利普·霍恩所说，詹姆斯书信的“文采和趣味”意味着它们“不仅仅是文学的附属品：它们本身就是文学，是他成就

① JAMES H. Dear munificent friends：Henry James's letters to four women[M]. Ann Arbor：University of Michigan Press，1999：11.

② JAMES H. Dear munificent friends：Henry James's letters to four women[M]. Ann Arbor：University of Michigan Press，1999：204-205.

的一部分”①。1909年10月29日，在写给伊迪丝·华顿的信中，詹姆斯开篇就以夸张的修辞手法，充分展现出语言的幽默风趣：

> 你的来信走进我这片潮湿的沙漠，就像混合香料的气味或肉桂糖浆的味道，可能会随同一支“天方夜谭”的商队飘散到某个被攻陷的绿洲。如果把巴黎的日子换成这些日子，你就会受到我鼻孔的烦扰。②

詹姆斯的信中包含着如此难懂的语法、复杂的词汇和巧妙的文学典故，以至于没有受过教育的女性根本无法理解他的才华和学识。而詹姆斯的书信本身则表明了他的通信者所受教育的广度和深度。尽管没有接受正规教育（詹姆斯本人也是如此），但这些女性通信者对知识的关注并不局限于感伤小说、家政管理文本和宗教材料。许多维多利亚时代的女性是求知欲极强的读者和颇有建树的作家。男人、父亲和其他人帮助教育女孩。整个19世纪，女性都在听课：一般来说，女性（至少在詹姆斯经常出入的社交圈里）应该很有见识。③她们学习语言，阅读复杂的文本，关注时事政治。

詹姆斯也向他的女性朋友评论他自己和其他人的作品，特别是在写给嫂子爱丽丝·詹姆斯和好友米妮·琼斯的信中。他对哥哥威廉经常攻击他的小说的反驳通常是通过爱丽丝来传达的。其中有一封信谈及他对威廉在《一位女士的画像》（*The Portrait of a Lady*）中对反派人物吉尔伯特·奥斯蒙德（Gilbert Osmond）评论的看法。这部小说在《大西洋月刊》（*Atlantic Monthly*）上以每月连载的形式刊登，威廉批评了第一章中奥斯蒙德的人物塑造，詹姆斯这样回应：

> 请告诉威廉，我衷心感谢他对我小说的评论——尤其是对堕落的奥斯蒙德这个人物的评论。然而，时至今日我恐怕已无力使他改变多少。不论他如何故意令人不快和失望，威廉似乎都察觉不到，也许故事后来的数量已经证明我对他的最初描写是正确的。我觉得总的来说他（吉尔伯

---

① HORNE P. “Letters and notebooks” in Henry James in context[M]. Cambridge：Cambridge University Press，2010：68-79.

② POWERS L H. Henry James and Edith Wharton：letters，1900—1915[M]. New York：Scribner’s，1990：125.

③ PETERSON J M. Family，love，and work in the lives of Victorian gentlewomen[M]. Bloomington：Indiana University Press，1989：33-40.

特·奥斯蒙德)会被认为是好的——亦即,极讨厌的。[①]

在詹姆斯写给女性朋友的书信中,文学特征最为突出是绝妙的隐喻,有时比小说的隐喻更密集。不同的隐喻往往是出于对新事物表达的需要,而文学隐喻(literary metaphor)则是文学家个人对事物独特的感受和对人生不同的体验。又如,在1900年2月14日给嫂子爱丽丝·詹姆斯的信中,詹姆斯把改善哥哥威廉的健康状况比作带小猪去赶集:

> 你谈到威廉的"阴郁的早晨",经历恶劣天气、身体时好时坏——谈到他去看西加德医生(Dr. Sigard)和西加德所说的话。对此,我由衷地高兴。唉,病人补助金中断——但是所有的改善都是如此!这就像带小猪去赶集:有时它会在你身后绕来绕去,你不得不把它带回来。但最终你还得把它带到集市上——同时,你一直都在去集市的路上。请威廉原谅我朴实的比喻,但这是他的自然进步。[②]

詹姆斯信中谈及哥哥威廉饱受疾病之苦,健康状况反反复复、时好时坏、时进时退,但最终趋于好转,正如带小猪去赶集,它总是不肯离开,但又不得不违愿前行。这个比喻形象生动、幽默风趣,把一个人遭受病苦折磨和病情的自然改善描写得惟妙惟肖,读后令人忍俊不禁。

从他所在的拉伊小镇的乡间别墅,詹姆斯写信给沃尔斯利夫人,用巧妙的比喻来描述写信本身的行为:

> 现在夜已经很深了,小镇睡在"兰姆别墅"身旁,就好像一个健康幸福的巨大婴儿室里一张张小小的婴儿床,一位戴眼镜的老保姆在灯下守候,勤俭地缝补着袜子。亲爱的沃尔斯利夫人,我为你把这只旧袜子补好——这只漂亮的旧袜子,多年来我一直把我们的友谊珍藏在其中。谢天谢地,它的状况尚好,我的针头能钻出比以前大得多的洞来。[③]

---

① JAMES H. Dear munificent friends: Henry James's letters to four women[M]. Ann Arbor: University of Michigan Press, 1999: 23-24.

② JAMES H. Dear munificent friends: Henry James's letters to four women[M]. Ann Arbor: University of Michigan Press, 1999: 36.

③ JAMES H. Dear munificent friends: Henry James's letters to four women[M]. Ann Arbor: University of Michigan Press, 1999: 272.

写信人亨利·詹姆斯夜晚伏案写信，一字一句交织着浓厚的情感，就好像一个戴着老花镜的辛勤老保姆，一针一线地缝补着一双珍藏着友谊的长袜。读者仿佛看到灯光下詹姆斯写信的身影，那么认真、那么痴迷。这种比喻源于生活，随感而发，妙不可言，它能打动和融化每一个读者的心！

他写信告诉邻居范妮·普罗瑟罗，在文学家埃德蒙·戈斯家的一顿晚餐很像一个水果拼盘："戈斯家的宴会是一个冷三明治混合水果拼盘（主要是香蕉）——你可以在这里品尝——午夜晚餐。"[①]詹姆斯写信给知心伙伴玛丽·卡德瓦拉德·琼斯，把送给他的圣诞礼物红鸡蛋拟人化："一个个小红帽，翘首以盼，自觉大胆，好像因与你的关系而感到无比自豪。"[②]此外，詹姆斯还赞美天气、他的旅行、他的花园和他的家。

虽然詹姆斯的女性通信者来自不同的背景，有着不同的兴趣，但她们都深爱着她们的朋友亨利·詹姆斯，部分原因是他肯定并承认了她们在社会中的核心地位。如果暂且抛开令人敬畏的书信文体不谈，以他自己的方式呈现在我们面前的是一个平易近人的詹姆斯，而书信反映的是真正的詹姆斯。其书信风格清新典雅，情感热情奔放，表达直接明了，这是一般读者对这位杰出书信作家达成的共识。但是詹姆斯的文体特征与他的实际形象却存在着明显的反差：其语言诙谐幽默、高雅唯美、亲切感人，而实际生活却简洁朴素、喜好独处、寂寥乏味。《大西洋月刊》的编辑威廉·迪安·豪威尔斯（William Dean Howells，1837—1920）曾这样评价他，"人们非常喜欢詹姆斯先生，但不能忍受他的故事"[③]。可见，詹姆斯在当时并没有赢得大众的欣赏，他的艺术创作只是限于少数的高端人群，未能做到雅俗共赏。詹姆斯的书信为读者提供了一个可以真切感知的形象。我们既要看到在维多利亚时代的作品中，作家詹姆斯缄默和拘谨的一面，又要看到在实际生活中，詹姆斯意想不到的率性和洒脱的一面。

女士们都愿意接受詹姆斯本来的样子，他的特质只会让她们更喜爱他。就像简·奥斯汀（Jane Austen，1775—1817）在她早期的书信体作品《苏珊夫人》（*Lady*

---

① JAMES H. Dear munificent friends：Henry James's letters to four women[M]. Ann Arbor：University of Michigan Press，1999：195.

② JAMES H. Dear munificent friends：Henry James's letters to four women[M]. Ann Arbor：University of Michigan Press，1999：136.

③ JAMES H. The letters of Henry James[M]. London：Macmillan，1920：10.

Susan,1794)[①]中的创作手法一样,詹姆斯与女性的通信也是一种创造性的、虚构的声音,能够操纵和破坏社会习俗。通过这种声音,詹姆斯既攫取了女性的力量,又维护了自己的作家地位,即使在他的小说写作生涯结束之后也是如此。詹姆斯自己的温暖和友爱,有时不被注意到,充分渗透在与这些女子的通信之中。女性对他的力量一部分在于她们允许他无条件地爱她们。

詹姆斯书信写作中文学技巧的广泛运用是他书信文体特征的具体体现,同时也是西方文化思潮的现实反映。纵观西方文学理论的发展,文学研究的对象经历了作者创作—作品文本—读者接受的演变轨迹,文学研究的重点呈现出从文学外部走向文学内部、再从文学内部回到文学外部的发展趋势。20 世纪初西方盛行的形式主义理论强调文学研究的主题在于文学作品本身的文学性,詹姆斯的书信创作与这种理念不谋而合,他把书信的主题内涵巧妙地融入书信的艺术形式之中。书信既反映了小说家詹姆斯驾驭语言的非凡能力和独特的想象力,又反映了他的女性通信人具有宽广的知识面和高雅的文学趣味。詹姆斯用高超的文学语言技巧创作优美的书信内容,描绘丰富多彩的女性社会文化生活,构建出具有鲜明时代文化特征的书信文体风格。

小　结

在电子通信时代,当我们可以在瞬间发送信息到全球各地时,我们已经失去了写信的艺术。我们不禁会感叹,在无比忙碌的现代生活中人情比任何时候都更加可贵。快速的生活节奏和近似残酷的生存竞争致使人们片面地追求"更快、更高、更强",却忘记了放慢速度,沉静下来,仔细观察世界和品味人生是一种更高的人文修养和艺术享受。亨利·詹姆斯深夜在他安静的绿色房间里写下难以计数的书信文字,捕捉到了一个辉煌的维多利亚和爱德华时代的世界——一个已经消失的世

① 《苏珊夫人》是英国女作家简·奥斯汀创作的一部中篇书信体小说,讲述寡妇苏珊夫人为自己寻找新欢,并决定嫁出女儿的计划,充分展现了奥斯汀作品的讽刺特色。详见 AUSTEN J. Lady Susan, the Watsons, sandition[M]. Harmondsworth: Penguin Books Ltd., 1975: 1-68.

界的精髓。尽管詹姆斯把通信者写给他的大部分信件都烧掉了[①],但如果他知道新一代的读者会发现并喜欢他的书信,他可能会倍感欣慰。也正是在这样一个多元化的时代,我们才有幸遍览詹姆斯写给女性朋友的不寻常的书信,重温他所失去的精彩纷呈的多元世界,在剖析詹姆斯书信文体特征文化构建的同时,还原一个真实的亨利·詹姆斯的多面艺术人生。

---

① 詹姆斯晚年曾两次焚烧个人书信文件:一次是在1909年11月,另一次是在1915年10月,均发生在他在拉伊的家中。其原因大体相同,都与他的身体状况和精神状态有关。詹姆斯先后两次患上严重的心脏病,饮食量过少,加上收入欠佳,导致他越来越抑郁,在情绪极度低落时,把自己的私人文件付之一炬。详见 POWERS L H. Henry James and Edith Wharton: letters, 1900—1915[M]. New York: Scribner's, 1990: 26.

第三章　詹姆斯与家人亲属的通信

在与家人亲属的通信中，亨利·詹姆斯与哥哥威廉·詹姆斯之间的通信延续时间最长，存留数量最多，涉及内容最广，从日常琐事到国际局势，从旅行见闻到文学艺术，从健康养生到哲学思辨几乎无所不谈。兄弟俩在长达49年的通信中实现了完整的思想交融。对他们来说，最重要的莫过于这份弥足珍贵的手足之情。因此，这些书信也是最有价值的"达情"书信。本章以"达情"书信为研究对象，探讨亨利·詹姆斯与家人亲属之间的情感交流。伊格纳斯·K.斯克鲁普斯科利斯(Ignas K. Skrupskelis)和伊丽莎白·M.伯克利(Elizabeth M. Berkeley)编辑出版的十二卷本《威廉·詹姆斯通信集：威廉和亨利》(*The Correspondence of William James: William & Henry*，1992—2004)，其中前三卷专门用来介绍亨利与威廉之间的通信，后来在此基础上他们精选的一卷本《威廉和亨利·詹姆斯书信选》(*Selected Letters of William and Henry James*，1997)，为研究这对世界闻名的超级兄弟提供了权威性的参阅版本。通过细读现存的詹姆斯兄弟的完整通信，力图消除对他们兄弟关系中手足之争的先入之见，探索两位极具影响力的人物对彼此的真实反应，寻觅他们思想上碰撞、交错和链接的痕迹，揭示他们之间的冲突、对立、误解以及关爱、认同、赞赏，还原詹姆斯兄弟二元关系的真相，进而发掘他们通信中的达情内涵及其文化启迪。

除了与哥哥威廉的通信之外，亨利·詹姆斯还有大量现存的与嫂子爱丽丝·詹姆斯的通信，内容主要涉及她的孩子们的健康、教育和福利，对嫂子在困难时期的关心、爱护和帮助，以及对嫂子欣赏、品评和赞叹他作品的回应。在整个詹姆斯家族中，对威廉、亨利或其他所有人来说，爱丽丝的一生都扮演着极其重要的角色，她的地位是无人能够取代的。因此，亨利·詹姆斯写给嫂子爱丽丝的信是其书信创作中不可或缺的一个重要组成部分。

第一节　写给哥哥威廉的信

威廉·詹姆斯(William James,1842—1910)是20世纪颇具影响力的心理学家和哲学家之一,著有《心理学原理》(*The Principles of Psychology*,1890)、《实用主义》(*Pragmatism*,1907)、《真理的意义》(*The Meaning of Truth*,1909)等经典作品。亨利·詹姆斯和哥哥威廉·詹姆斯年龄只相差一岁,兄弟俩关系极为密切。在成长的过程中,威廉的学术思想和道德观念对亨利的小说创作和批评理论的形成产生了潜移默化的作用。兄弟之间的真切交流都记录在他们长期往来的书信之中,是他们友爱手足、相互影响、共同奋斗和成就未来的最有力见证,也为后人提供了大量翔实的研究资料,这些书信具有不可估量的审美价值、艺术价值和史学意义。在大多数有关詹姆斯的传记文本结构中,我们看到的主要是二元结构关系(binaristic structure)。[①]然而,在书信实际阅读中我们唯一没有感受到的情感似乎就是"手足之争"(sibling rivalry)。历史和传记往往渴望对比和绝对,在处理威廉和亨利的关系时更倾向于表现其矛盾的极端。对于兄弟二人之间的对立冲突,也是20世纪研究亨利·詹姆斯生平和作品的最高权威——美国著名的文学评论家、传记作家里昂·埃德尔宣扬的一种观点。[②]而致力于詹姆斯研究的当代小说家霍尔曼则认为,除了矛盾对立的分离关系,重要的还有相生共存的一体关系。[③]

一、手足情深

亨利·詹姆斯的早期书信(early letters)大都是写给家人的。早年写给父母的书信属于旅行书信,记录了他在伦敦、罗马、巴黎等地的生活。1882年父母相继去世,此后主要是亨利和哥哥威廉之间的通信。在接下来的30年里,小说家和哲学家之间跨越大西洋的交流,延续着温暖和浓厚的手足之情,充分显示了联结他们

① TINTNER A R. Review of letters: William & Henry James[J]. English Literature in Translation, 1998, 41(4): 492-495.

② EDEL L. Henry James: a life[M]. New York: Harper and Row Publishers, 1985.

③ TEAHAN S. Review of Wm & H'ry: literature, love, and the letters between William & Henry James by J. C. Hallman[J]. The Henry James Review, 2018, 39(3): E17-E19.

思想和心灵的奇异纽带。对家庭的忠诚和眷恋，在詹姆斯家人之间表现地非常强烈。善于表达的一家人在交换书信中找到了高效表达的办法。“在这些书信中不需要任何手段，没有讽刺，没有铺垫。”①这些书信与其说是日常生活的记录，倒不如说是对现实世界的反思，是他们之间迅速产生的思想共鸣，偶尔对时事加以评论，也有个人家庭事务的讨论。

亨利是家中的第二个男孩子，虽与哥哥威廉年龄相仿，但性格截然不同。威廉活泼外向、积极主动、争强好胜；而亨利则文弱内向、沉默寡言、随和谦让。从童年时代，亨利就经常追随在威廉身后，处处以哥哥为学习的榜样。他曾无可奈何地说：“威廉绘画是因为他会画，我绘画主要是因为他绘画……”②威廉的出色表现无形中给弟弟带来了一种心理压力，使亨利焦虑不安，“亨利某种程度上总是生活在威廉的阴影里”。③直到1910年威廉去世以后，亨利才开始写他的第一部自传体小说，命名为《童年及其他》(*A Small Boy and Others*, 1913)，显然是在怀疑童年时代的他和哥哥究竟哪个是这个小男孩。小说的主题表现和“主要人物”的塑造离不开他们早年的生活，影射威廉·詹姆斯这个在他心中挥之不去的“阴影”。一个“内在的世界”围绕这个中心人物便很快构建出来，那就是小说家亨利·詹姆斯难以忘怀的童年记忆。

对亨利和威廉成长影响最大的当数他们的父亲老亨利·詹姆斯。老亨利是一位很有修养的哲学家和神学家。他每天潜心攻读，专事写作，颇具文采，但并未做出为世人所认可的成绩。早年的神学教育，使他的性格变得有点古怪。他总是抱有不切合实际的自我幻想，与当时追求“美国梦”的社会愿望背道而驰，一生很不得志。最终，老亨利的友善原则和新奇理论在对子女的教育中找到了施展的机会。他不赞成正统的学校教育，喜欢带领子女旅行，经常往返于大西洋两岸，饱览欧洲风景名胜，领略各地风土人情，让孩子们在自然的状态下成长。目的是让他们享有更加广阔的国际舞台，“使他们成为世界公民”。④小说家亨利·詹姆斯“到21岁时

---

① JAMES H. Selected letters of Henry James[M]. London: Rupert Hart-Davis, 1956: 24-25.

② JAMES H. A small boy and others[M]. New York: Charles Scriber's Sons, 1913: 264.

③ BELLRINGER A W. Modern novelists: Henry James[M]. New York: St. Martin's Press, 1988: 4.

④ 吕长发.西方文论简史[M].开封:河南大学出版社,2006:144.

约有三分之一的时间是在国外度过的"[①]。老亨利还专门聘请家教,全方位培养孩子的能力。亨利从小就表现出超常的语言天赋,能说一口流利的法语,连他的法国朋友也自叹不如。可想而知,后来他创作国际主题的作品时能够驾轻就熟,足见其扎实的语言功力和丰厚的文化底蕴。

詹姆斯家中藏书众多,亨利尤其喜欢古今文学名著。他熟读了欧文、萨克雷、狄更斯、莎士比亚等作家的经典作品。"在纽约家中爸爸的图书室或在奥尔巴尼祖母家中散发着皮革气味的阅览室里,他欣赏了任何他所接触到的东西,并且在读书过程中也度过了最为充实的时光。"[②]更重要的是,父亲老亨利广交社会名流,爱默生、卡莱尔、霍桑、萨克雷、卢梭等都是家里的常客。文人雅士欢聚一堂,谈古论今,詹姆斯家中俨然"成了知识文化交流和传播的中心"。[③]优渥的生活条件和浓郁的文化氛围造就了亨利·詹姆斯小说家的优秀品质和高雅情怀,也为他文学作品中不同类型的人物塑造提供了必要的素材。

亨利·詹姆斯经过不懈努力最终在文学事业上获得成功,可以说他找到了安身立命的职业;他选择伦敦作为居住地,从而成功地摆脱了威廉的"阴影",成为一个独立的自我。父亲老亨利在对宗教的执着追求中找到了自己的上帝,最后踏上一条通往天堂的寻觅之路。哥哥威廉·詹姆斯在事业的选择中长期受父亲的掌控,游荡在艺术、科学和哲学之间。威廉是一个充满矛盾的人:他爱好绘画艺术,却走上了科学研究之路;学习医学解剖专业,却写出了惊人的科学巨著;从事心理学研究,却又转入哲学探索。哈佛的教授职位使威廉心满意足,他赢得了众人的羡慕,得到了社会的认可,最终被世界接纳,解决了生存与抉择的根本问题,可以说他跳出了父亲的"如来神掌",辉煌的事业见证了他的奋斗历程,漫长的岁月考验了兄弟间的深厚情谊,书信往来记录了他们人生的点点滴滴。

詹姆斯兄弟之间的通信是1861年开始的。当时哥哥威廉19岁,弟弟亨利18岁。现存的第一封书信是收到亨利的来信后威廉写的回信。威廉在纽波特(Newport)学习一年绘画之后最终放弃了艺术,进入哈佛大学劳伦斯科学学院(Lawrence Scientific School)学习化学。离开纽波特的家人,威廉颇感孤寂,当接到亨利的来信时他甚是欣慰。他在回信中提到莎士比亚,报告参观波士顿阿瑟纽

---

① BELLRINGER A W. Modern novelists: Henry James[M]. New York: St. Martin's Press, 1988: 6.

② KAPLAN, FRED. Henry James: the imagination of genius, a biography[M]. New York: William Morrow and Company, Inc., 1992: 23.

③ EIMERS J. "A brief biography of Henry James" in a companion to Henry James[M]. Oxford: Blackwell Publishing Ltd., 2008: 278.

姆画廊的雕塑作品,同时表明他所缺乏的“内心平静”(equanimity)。“自从来到这里,一想到在纽波特留下的一切,我就感到一阵阵痛苦,尤其是对这个地方的感情。在这里我丝毫没有在家里的感觉。”[①]年轻的威廉是如此恋家,思念家中父母、弟妹,特别是与他年龄仅一岁之差的亨利。

他们经常通信,谈论阅读书信的激动,告知等待信件的急切,以及描述写书信的快感。早期书信时常表达对语言无法真正传达体验的失望,通信与谈话相去甚远。在接下来的几年里,随着威廉和亨利各自完成了个人的首次“大旅行”(Grand Tour)[②],他们亟须彼此精神上的陪伴。在心情最沉重的日子里,正是弟兄的来信给彼此带来了继续奋斗和战胜困难的勇气。他们无论走到哪里都如影随形,心有灵犀。威廉和亨利在许多方面都好像是“双胞胎兄弟”(twin brothers)。随着年龄的增长,威廉和亨利对友谊的渴望也在持续增长,他们在大西洋两岸定居下来,建立了截然不同的社交生活和几乎完全不相容的美学观。

1893 年,两兄弟都刚刚过了 50 岁。当回顾詹姆斯家族日渐衰微,包括父母去世以及几年后两个弟弟和妹妹也相继离世,威廉比以往任何时候都强烈地感觉到他和亨利是“整体的一个组成部分”(formed part of a unity)。[③]人生无常,不觉老之将至。他们不断向死亡迈进,但书信往来并没有就此终结。他们一直保持通信,书信包含了兄弟之间的分歧和争论,也记录了一份愈加深厚的兄弟情义。

1910 年,就在威廉去世前的几个月,亨利的情绪极度低落。他一直在尝试哥哥推荐的营养咀嚼疗法(chewing cure),但效果适得其反,他只剩下忘记如何消化食物的肠胃了。他的来信语气几近疯狂,流露出的是恐惧和孤独。“呜,期盼回信!”[④]他哭了起来。威廉打算前去探望。“我觉得,随着你的到来,病情也将大为好转,”亨利高兴地说,“那是我的解药。”[⑤]威廉五月份前往安慰弟弟,不幸于八月

① SKRUPSKELIS I K, BERKELEY E M. Selected letters of William and Henry James [M]. Charlottesville: University Press of Virginia, 1997: 2.

② “大旅行”,也称为“大陆游学”,是旧时英美富家子弟到欧洲大陆主要城市进行的观光旅行活动。借助海外旅行,学习外国的语言,考察外国的文化、礼仪和社会,成为其教育不可或缺的一部分。这种以教育和求知为目的的旅行类似于中国传统观念所说的“读万卷书,行万里路”。教育旅行实践深受英国贵族和乡绅的欢迎,17 世纪后半期和 18 世纪颇为盛行。

③ SKRUPSKELIS I K, BERKELEY E M. Selected letters of William and Henry James [M]. Charlottesville: University Press of Virginia, 1997: 295.

④ SKRUPSKELIS I K, BERKELEY E M. Selected letters of William and Henry James [M]. Charlottesville: University Press of Virginia, 1997: 516.

⑤ JAMES W. The correspondence of William James: William and Henry, 1897—1910 [M]. Charlottesville and London: University Press of Virginia, 1994: 419.

去世。兄弟俩坚持通信近半个世纪，在漫长的人生旅程中相濡以沫，诉说着难以割舍的离情别绪。

二、共生相争

在共同的成长过程中，亨利和威廉·詹姆斯之间形成了一种共生和相争相互交替的特殊关系（symbiotic and rivalrous relation）。一方面，他们被想象成一对孪生兄弟，相同的审美情趣将他们紧密联系在一起。“早在现存的通信开始之前，威廉和亨利就一起孕育在艺术的摇篮里（womb of art），在巴黎和伦敦博物馆的漫游中结下兄弟情谊……威廉和亨利从未真正离开过艺术的摇篮”。[①]在这个孕育比喻中，他们被描绘成未出生的连体双胞胎（conjoined twins），永远处于艺术欣赏的产前边缘。另一方面，这种矛盾连体关系（ambivalent conjoinment）必然被分歧和对立所取代，兄弟之间呈现出明显的二元关系：威廉“主要是‘主动’，活泼和外向”；亨利“相比之下，则显得‘被动’；他很安静，生活在‘印象的世界’”。[②]他们似乎遵循着相生相克的自然法则，在相互对立中共同进步，在相互关爱中共同发展。

威廉和亨利·詹姆斯的二元关系历来是学界争论的焦点：是手足之情，还是手足之争？这还得从兄弟俩的通信中追本溯源。对亨利·詹姆斯研究的最大贡献发生在1992年至1994年，弗吉尼亚大学出版社出版了由伊格纳斯·K.斯克鲁普斯科利斯和伊丽莎白·M.伯克利编辑的《威廉·詹姆斯通信集》（*The Correspondence of William James*，1992—1994）前三卷，内容包括威廉和亨利·詹姆斯兄弟俩之间的主要通信。1997年，由原编辑再度编辑修订，从前三卷中选编出一卷本《威廉和亨利·詹姆斯书信选》（*Selected Letters of William and Henry James*，1997），与前者可能受到限制的学术读者相比，后者会有更广泛的读者群。两个不同版本相结合，详细再现了真实的兄弟关系。沿着威廉和亨利·詹姆斯近半个世纪的通信轨迹，我们可望找到问题的正确答案。

一卷本《威廉和亨利·詹姆斯书信选》中的216封书信是从740封书信和明信

---

① HALLMAN J C. Wm & H'ry: literature, love, and the letters between William & Henry James[M]. Iowa: University of Iowa Press, 2013: 37, 43.

② HALLMAN J C. Wm & H'ry: literature, love, and the letters between William & Henry James[M]. Iowa: University of Iowa Press, 2013: 37.

片中挑选出来的，尽管这个数量“可能还不到原来的一半”[①]。编辑选择这些书信的原因是，“它们比其他书信更能体现兄弟俩对彼此的反应，正如人们所料，这些反应不时地流露出冲突、对立和误解”[②]。但他们之间自始至终都有着深厚的情感联系，在最后的岁月里他们为自己的成就感到骄傲。除了展示兄弟俩对彼此的反应，编辑们的主要目的还在于“让读者在闲暇时可以一次又一次地拿起这本书，从中获得愉快的阅读体验”[③]。这本书信选从 1509 页中提取了 570 页。书信集的前三卷都很精彩，重要的书信无一缺失。阅读这个精选本的总体印象是，兄弟俩关系格外亲密而且自由地表达了他们对家庭生活和自己的创作生活最深切的关注。在阅读中似乎并未感受到“手足之争”(sibling rivalry)。兄弟二人之间的对立冲突，也是詹姆斯的传记作家里昂・埃德尔过去经常宣扬的一种观点。

人们历来把最亲密的情感称作手足情深，而亨利和威廉这对兄弟之间是否真的只有深情而不存在纷争呢？或者正好相反，那么埃德尔论点的依据又是什么呢？在他有关亨利・詹姆斯生平的最后一个版本《亨利・詹姆斯传》(*Henry James*：*A Life*，1985)中，埃德尔重复描述了威廉・詹姆斯对《金碗》(*The Golden Bowl*)的反应。威廉读过这部小说后发表了很有分寸的评论。埃德尔引述信中的话说：“就像你最近的大部分长篇故事一样，(它)让我脑子里一片混乱。”[④]“精雕细琢”的叙事方法(method of elaboration)有悖于威廉自己的写作动机。威廉希望亨利开启“第四种方式”[⑤]，因为他有这个能力。所谓的“第四种方式”，是与亨利的前三种写作方式相对而言的，它源自格特鲁德・阿瑟顿(Gertrude Atherton)重复的一句妙语，“这里有三个詹姆斯：詹姆斯一世，詹姆斯二世，和詹姆斯伪装者”[⑥]。这句妙语反映了一种既定的观点，即亨利・詹姆斯从 19 世纪 90 年代开始的作品，以细腻的描写和一个接一个地堆砌着限定从句但很少使用动词的句子而闻名，代表了他的

---

① SKRUPSKELIS I K，BERKELEY E M. Selected letters of William and Henry James [M]. Charlottesville：University Press of Virginia，1997：xxix.

② SKRUPSKELIS I K，BERKELEY E M. Selected letters of William and Henry James [M]. Charlottesville：University Press of Virginia，1997：xxix.

③ SKRUPSKELIS I K，BERKELEY E M. Selected letters of William and Henry James [M]. Charlottesville：University Press of Virginia，1997：xxix.

④ JAMES W. The correspondence of William James：William and Henry，1897—1910 [M]. Charlottesville：University Press of Virginia，1994：301.

⑤ JAMES W. The correspondence of William James：William and Henry，1897—1910 [M]. Charlottesville：University Press of Virginia，1994：301.

⑥ GARD R. Henry James：the critical heritage[M]. London：Routledge & Kegan Paul，1968：362.

第三种风格。这种风格显然不是威廉想要的。

事实上,埃德尔的引言不够完整。他遗漏的那些部分表明,威廉承认尽管他对与他自己不同的叙事方法持反对意见,但他也承认《金碗》是一部成功的作品,而且非常精彩。威廉还在同一封信中写道:“尽管如此,书中还是有一种赏心悦目的效果,尤其是有一种高雅的社会氛围,是那样独具一格和与众不同。你的方法和我的理想似乎正好相反,完全不同——但我不得不承认你在这部书中取得了巨大的成功。”①

威廉在1906年2月1日的信中写道:“我不得不承认,在《金碗》和《鸽翼》中,你勉强成功地达到了目标,尽管这种方法有悖常理,而且我不是唯一一个对此感到遗憾的人。”② 当《美国景象》(*The American Scene*)以期刊的形式刊出时,威廉还称赞了它的部分内容,尤其是首次发表在《北美评论》上关于波士顿的那部分“是整篇文章中写得最好的”③。1907年5月,关于《美国景象》,他补充说,“在我看来,它独特的方式棒极了”。“你知道你的整个‘第三种方式’(third manner)的创作与那些使我粗俗的……情感……活跃起来的文学理想是多么的格格不入呀。但你这么做,真奇怪!而且取而代之的是以大规模的暗示和复杂化的联想作为引证,这样给读者造成的困扰是,通过该过程使结果变得难以改变,他必须从类似的感知开始。”④

当然,他继续抱怨这种方法“似乎有悖常理”,并建议亨利证明他可以用自己的老方式写一些东西:“给我们提供一段插曲;然后继续你已经养成的‘文学的好奇心’。”⑤虽然他不赞成这些方法,但他还是不得不承认这是一个巨大的成功。“嗯,是激情和活力让你把自己的方法保持下去……所有这些密密麻麻印刷的页面透露出某种奇妙的东西,而且有些页面注定是不朽的。”⑥威廉批评的重点在于,他自己

---

① JAMES W. The correspondence of William James: William and Henry, 1897—1910 [M]. Charlottesville: University Press of Virginia, 1994: 301.

② JAMES W. The correspondence of William James: William and Henry, 1897—1910 [M]. Charlottesville: University Press of Virginia, 1994: 301.

③ TINTNER A R. Review of letters: William & Henry James[J]. English Literature in Translation, 1880—1920, 1998, 41(4): 494.

④ JAMES W. The correspondence of William James: William and Henry, 1897—1910 [M]. Charlottesville: University Press of Virginia, 1994: 337-338.

⑤ JAMES W. The correspondence of William James: William and Henry, 1897—1910 [M]. Berkeley. Charlottesville: University Press of Virginia, 1994: 338.

⑥ JAMES W. The correspondence of William James: William and Henry, 1897—1910 [M]. Charlottesville: University Press of Virginia, 1994: 338-339.

不得不承认，关于后来出版的《美国景象》（*The American Scene*）的最终作品确实取得了巨大的成功。“你关于佛罗里达的那一章的前几页，我刚刚读给巴里太太（Mrs. Barry）听，她听得兴致勃勃也重新焕发了我的兴致——我自己也刚刚读了近50页这本书中的新英格兰部分，简直融化在阅读彻科鲁瓦（Chocorua）部分的喜悦之中。显然，这本书会经久不衰，经得起反复阅读——一次只读几页，这是所谓适合‘文学’的正确方式。”①

威廉对亨利的批评远多于赞扬，这种批评很早就开始了，而且从未真正减弱过。例如，他猛烈抨击亨利早期两个故事中的“日常”要素，然后解释说，“我以教条的方式说出了这一段冗长的老话，正如一个人对自己说的那样，当然，你只会大量地使用它，用你自己的方式加以处理，以便达到更好地为你服务的目的”②。威廉批评一种日益增长的趋势，片面追求“过度文雅”（over-refinement）或迂回曲折”（curliness）的风格。1872年他写道，“我认为，任何详细的批评，即便是来自一个错误判断，对你都应该是有用的，因为在别人那里你不会得到太多的批评”③。

对于威廉的批评，亨利在很大程度上表示同意。“我希望你尽可能继续提供你对我的表现所产生的自由印象。如果让一个人把他当作第三人称来写自己的事情，那就太好了，你是唯一一个会这样做的人。”④但是，亨利并不同意威廉所有的“限制”（strictures），虽然出于过度保护的心理。威廉建议亨利向“新闻性”（newspaporial）靠拢，或者专注于“大众化”（popular kind）的写作。这些所谓的“限制”遭到亨利的反对。“我越来越相信，大众绝对没有品位——至少一个有思想的人是不会顺从的。为少数人写作无疑是赔钱，但我不怕挨饿。”⑤众所周知，亨利的写作对象往往只关注那些有较高文化修养的中上层阶级，而非面对具有普遍性的社会大众，他的作品追求高尚的道德内容和优美的语言形式的统一，因此无法做到雅俗共赏，难免显得曲高和寡。

亨利事业有成后，仍让威廉为之担心。亨利的英勇气概和他的实际创作有时

① JAMES W. The correspondence of William James：William and Henry，1897—1910［M］. Charlottesville：University Press of Virginia，1994：346.

② JAMES W. The correspondence of William James：William and Henry，1861—1884［M］. Charlottesville：University Press of Virginia，1992：37.

③ JAMES W. The correspondence of William James：William and Henry，1861—1884［M］. Charlottesville：University Press of Virginia，1992：176.

④ JAMES W. The correspondence of William James：William and Henry，1861—1884［M］. Charlottesville：University Press of Virginia，1992：308.

⑤ JAMES W. The correspondence of William James：William and Henry，1861—1884［M］. Charlottesville：University Press of Virginia，1992：170.

并不一致。即使撇开他投机涉足的戏剧不谈,他的故事也往往是重复的——他一遍又一遍地挖掘主题,把同样的想法卖给各种各样的场所——他很清楚自己的某些作品是低劣的。具有讽刺意味的是,那些正是威廉最喜欢的作品。例如,亨利否认了威廉喜欢的整部小说《另一所房子》(*The Other House*, 1896)。他写道,"如果这就是那些白痴想要的,我可以让他们吃个饱"[①]。

威廉只是勉强接受亨利最大胆的方法。当他终于读完《波士顿人》时写道,"如果人们确实承认这种做法,那就再好不过了"[②]。威廉竭力理解亨利到底想要达到何种目的,早期书信中严肃的批评逐渐被温和的建议所取代。随着年龄的增长,亨利对威廉的懊恼保持沉默。最让威廉迷惑的是,亨利小说中一切都是模棱两可的。他无法想象为什么会有人想要以这种方式写作,这与他写作时的想法背道而驰,而且他也无法对此不加理会。1907 年,他仍然试图理解他们方法上的差异:

> 我的意思是,用一句话把一件事尽可能说得直接明了,然后永远放下它;你的做法是,避免直抒胸臆,而是反反复复围绕着它长吁短叹,以唤起读者的共鸣,他们可能已经有了类似的感觉……对一个实体的幻觉。[③]

亨利永远不会确认威廉是否能在正确的轨道上来理解他的作品,但对于他们的相互影响不能带来相互欣赏的问题,他深表失望:

> 当我听到你阅读我的任何作品时,我总是感到遗憾,总是希望你不会——在我看来,你天生就不能"欣赏"它,因此注定要从一个与我完全不同的角度来看待它……它显示出我们之间的距离有多远,以及我们要追求各自的精神生活……目的又多么不同。但我却能着迷地阅读你。[④]

其实,亨利并非没有顺从威廉的写作意愿,只是他不愿意承认而已。他一直在

① JAMES W. The correspondence of William James: William and Henry, 1885—1896 [M]. Charlottesville: University Press of Virginia, 1993: 416.

② JAMES W. The correspondence of William James: William and Henry, 1885—1896 [M]. Charlottesville: University Press of Virginia, 1993: 39.

③ JAMES W. The correspondence of William James: William and Henry, 1897—1910 [M]. Charlottesville: University Press of Virginia, 1994: 337.

④ JAMES W. The correspondence of William James: William and Henry, 1897—1910 [M]. Charlottesville: University Press of Virginia, 1994: 305.

创作富有想象力的文学作品,用自己的雄厚实力有效地包围最值得攻克的哲学堡垒,也许威廉没有充分地意识到这一点。亨利已经志愿加入威廉发起的攻坚战,毫无疑问,亨利是他最勇猛的战士,也是获得勋章最多的士兵。兄弟俩之间的通信也正是在这种共生和相争相互交织的二元关系中进行的。

日复一日地写信,可能对两兄弟来说都是一种可怕的负担。然而,唯一比他们的写作更糟糕的事情是等待收信的过程。1869 年,威廉写道:"的确,为了能体会到那种如释重负的美妙喜悦,花上三周的时间苦苦等待信件是值得的。"[①] 1873 年,亨利写道:"毕竟写作是一件多么糟糕的事情啊! 尽管如此,还是给我回信吧。"[②]看来他们只好屈服于写信的压力和等待的煎熬,这也许是对几十年来坚守那份难得的兄弟之情的考验。

综上所述,哥哥威廉既有对弟弟亨利文学创作方法的认可,也有对他那种标新立异方法的反对,既有对彼此的赞赏又有对彼此的批评,尽管很多时候批评多于赞赏。两人的争执主要表现在不同的创作理念上。正是我们现在能够阅读到的这些疏漏,使得埃德尔依赖于这些书信对兄弟之间的争执作出的表述,不再像以前那样令人信服了。因此,要想消除兄弟二人关系中手足之争的先入之见,最好仔细阅读这些现已出版的完整书信。也许,它留给我们的总体印象不是对立,而是两兄弟之间非同寻常的支持。多年来书信一直伴随着他们的成长和发展,他们既有在心理和情感上互相给予的帮助,又有坦诚地谈论在一个大家庭中不可避免地出现的某些矛盾和问题。这些书信不仅对那些对詹姆斯兄弟感兴趣的人来说是一种真正的享受,而且对任何想要了解一个不同寻常家庭的两个成员的真实反应的人来说也是如此。阅读詹姆斯书信,研究威廉与亨利和亨利与威廉之间互动反应,让我们能够了解他们之间的微妙关系。这些书信也许会让我们走进詹姆斯的新生活,更加接近詹姆斯生活的实际情况。

三、内在关注

威廉和亨利·詹姆斯通信给人的第一印象应该是对"平凡中的平凡"(ordinary

① JAMES W. The correspondence of William James: William and Henry, 1861—1884 [M]. Charlottesville: University Press of Virginia, 1992: 116.

② JAMES W. The correspondence of William James: William and Henry, 1861—1884 [M]. Charlottesville: University Press of Virginia, 1992: 189.

of ordinariness)[①]的坚持。他们的生活与大多数人坚守的平凡生活别无二致，但“富于想象”和“朴实无华”的持久存在吸引着人们一次又一次地回顾兄弟俩之间的通信[②]。这对历史上著名的兄弟以通信的方式留下了自己的印记，呈献给世人一个万花筒式的丰富多彩的人生版本，所涉及的人物、地点和事件横贯欧美大陆，时间跨度从1861年一直延续到1910年威廉·詹姆斯去世，让我们今天共享这场名副其实的有关个人、社会和文化的视觉盛宴。然而，我们对这些书信如此广泛、持久和忠实的迷恋，并不只是因为兄弟俩在各自的事业上都作出了杰出的成就。如果说他们是有影响力的作家、心理学家和哲学家，那么历史上也不乏如此优秀的人物，但其他人的书信并没有像他们的书信那样吸引住我们的注意。究其原因，正是其优美的散文文体、流畅的词语转换、强烈的描述力量和醉人的文学优雅所装点出的最平凡的情感、事物和事件。

在1869年来自牛津的信中，年轻的亨利·詹姆斯称赞他的东道主奥古斯都·乔治·弗农·哈考特(Augustus George Vernon Harcourt)：“一个人在正午的阳光下，和一个从海上突然闯入他的生活、他既不认识也不关心的动物一起，用尽全力跋涉了三个小时，这当然是一个不小的恩惠。他的回报将在天堂。”[③]在哈考特的陪同下，亨利·詹姆斯参观了牛津大学的学院花园。“这些花园是牛津最美丽的地方。关闭在古老的青翠中，隐藏在古老的围墙后，充满了树荫、音乐、香水和隐私——有闲散的学生和迷人的孩子——有浓郁的学院老窗户在上面严防把守——在这里可以永远躺在草地上，怀着快乐的信念，世界就是一个英国花园，时间就是一顿美好古老的英式下午茶。”[④]这本来是一些再平常不过的事情了，甚至是一些极其无聊的事情，在亨利·詹姆斯的笔下却被描写得有声有色，美妙动人。

威廉·詹姆斯在借景抒情、驾驭语言上丝毫不比亨利·詹姆斯逊色。将近四

---

① MCDERMOTT J J. “Introduction” to selected letters of William and Henry James [M]. Charlottesville: University Press of Virginia, 1997: ix.

② 《威廉和亨利·詹姆斯书信选》(*Selected Letters of William and Henry James*, 1997)是由编辑 Ignas K. Skrupskelis 和 Elizabeth M. Berkeley 从他们所编辑的十二卷本《威廉·詹姆斯通信集》(*The Correspondence of William James: William & Henry*, 1992—1994)评述版的前三卷中精选出来的。接下来的九卷书信以威廉·詹姆斯与家人、朋友和专业同行的书信往来为主要内容。细细品味这版约200封的书信选，会激励读者继续欣赏色彩更加缤纷的完整通信锦集。

③ SKRUPSKELIS I K, BERKELEY E M. Selected letters of William and Henry James [M]. Charlottesville: University Press of Virginia, 1997: 42.

④ SKRUPSKELIS I K, BERKELEY E M. Selected letters of William and Henry James [M]. Charlottesville: University Press of Virginia, 1997: 43.

十年后，威廉这样描写新罕布什尔(New Hampshire)的风景：

> 时值炎热的印度夏季，第二天一大早我就径直来到这里，想要最后品尝这个国家的甜蜜。把美国的风景和英国的风景作比较是没有用的——因为它们没有共同点。人们对英国的事物了解如此之快，以至于新罕布什尔州这个秋天的多愁善感在我看来几乎令人心碎。烟雾缭绕，无风的热浪，地面落下一片片色彩斑斓的树叶，树上残留的树叶足以使整个秋景变得红黄相间，人世间一切事物的匮乏和寒酸，虚弱憔悴的病态，以及所有大自然影响下阴柔的隐秘，是那么悲凄可怜！没有声音，没有人，大地和天空都空荡荡的，它们的空虚几乎令人惊恐。英国风景的精妙，美国风景的朴素，很难被一个人的赞美所左右，最好的策略是尽量少对两者评头论足。①

诸如此类的描写不胜枚举，几乎在所有的书信中，都能找到让我们吃惊、困惑、反思或仅仅是赞美的词句。通信中还有无数符合个人品位的记录，阅读时让人爱不释手，回味无穷。

从纵向看，这是詹姆斯兄弟俩通信四十九年(1961—1910)间几乎为每一次经历提供的语言品质：忧郁、悲伤、恼怒、喜庆、期待、失败、成功、忧虑和巧合。他们感兴趣的是，各式各样的人、容貌、举止、自然光、天气、声音、地形以及环境，几乎所有的东西。无论他们的心情如何，是激动还是沮丧，是放松还是忧虑，他们的散文始终保持着一种召唤、激发和卓越的品质。在《威廉·詹姆斯通信集》(*The Correspondence of William James*)第一卷的导言中，杰拉尔德·E.迈尔斯(Gerald E. Myers)很中肯地写道："和他们的父亲一样，威廉和亨利选择了知识分子的生活。两个儿子是在他们的父亲的语言创造力的基础上成长起来的，就像柏拉图的《斐多篇》(*Phaedo*)中的苏格拉底一样，他们开始相信，就语言而言，糟糕地表达自己不仅是错误的，而且会对灵魂造成伤害。"②威廉和亨利·詹姆斯书信，用优雅的散文文体，记录最为平凡的事件，反映共同的人类情感和人生体验。

我们不禁要问，究竟是什么让他们做出长期不懈而且似乎无穷无尽的努力以保持彼此的联系？他们信中乐此不疲地谈论的中心主题(central themes)是什么？

---

① SKRUPSKELIS I K, BERKELEY E M. Selected letters of William and Henry James [M]. Charlottesville: University Press of Virginia, 1997: 497-498.

② JAMES W. The correspondence of William James: William and Henry, 1861—1884 [M]. Charlottesville: University Press of Virginia, 1992: xxix.

仔细阅读便会发现,这些书信有它们的内在关注(internal focus),健康、金钱、工作、家庭、死亡以及间接而强大的个人和道德勇气。

在二人共同关心的问题中,个人健康排在首位,他们对健康的讨论更恰当地描述为对身体功能的一种终生的、有时是病态的关注,尤其是那些与人类肠道有关的功能。还有一个明显的表现,他们几乎总是抱怨便秘而不是腹泻。1869 年 10 月 25 日威廉给亨利的信中写道:"在我看来,你的肠道里某个地方一定有一堆旧粪便堵塞住了。"①后来,继续这种兄弟间的准医疗诊断,威廉写信告诉亨利使用"硫酸镁"(sulfuric acid)非常有效,他在自己身上做过试验。②对排便的专注让兄弟俩进入了细嚼进食健康法(Fletcherism)③的古老世界,这是一种以咀嚼食物的复杂和积极动作为特征的秘方。早期对细嚼进食健康法疗效承诺的热情慢慢被对该方法的苛刻要求的愤怒和对其价值增加的怀疑所取代。最后,亨利·詹姆斯拜访了名医威廉·奥瑟尔爵士(Sir William Osier),他使亨利相信这种细嚼进食健康法"把我的消化系统折磨得几乎半死不活"④。

除了这些消化上的苦恼,兄弟俩还详细描述了他们对头痛、水疱、痛风、背痛、失眠和忧郁的担忧,这些都是慢性疑病症的主要症状。尽管如此,这些个人的疾病和对忧虑的持续担忧,并没有阻止他们写出精彩的作品和出版大量的著作。这种行为在 19 世纪被称为"神经衰弱"(neurasthenia)⑤。简单地说,神经衰弱是一种人类的存在状态,其特征是内在情感的身体表达。由于威廉和亨利·詹姆斯两个人都极度敏感和神经衰弱,所以对他们来说身体上的影响是极其明显的。幸运的是,

---

① JAMES W. The correspondence of William James: William and Henry, 1861—1884 [M]. Charlottesville: University Press of Virginia, 1992: 112.

② SKRUPSKELIS I K, BERKELEY E M. Selected letters of William and Henry James [M]. Charlottesville: University Press of Virginia, 1997: 57.

③ 弗莱彻主义(Fletcherism),又称细嚼进食健康论,是一种主张将食物细嚼慢咽的健康疗法。倡导人霍勒斯·弗莱彻(Horace Fletcher)在不到 40 岁时就已老态龙钟,而且宿疾缠身无法工作。无奈之下他开始细嚼慢咽,让食物被唾液充分浸润,到胃里时全都变成液态,以减轻消化系统的负担。为此他每餐要咀嚼 2500 次,同时改变饮食习惯,由贪求重口味的食物到逐渐偏好各种简单、天然的食物。最终霍勒斯的健康状况得到极大的改善,他不仅身体瘦了下来,而且所有的病痛均在半年内消失。

④ SKRUPSKELIS I K, BERKELEY E M. Selected letters of William and Henry James [M]. Charlottesville: University Press of Virginia, 1997: 517.

⑤ 参见 LUTZ T. American neruousrless: 1903[M]. Ithaca: Cornell University Press, 1991. 尤其是关于神经衰弱(neurasthenia)和威廉·詹姆斯(第 63—98 页)以及亨利·詹姆斯(第 244—275 页)的章节。

他们没有被高科技药物所控制，如果他们经过化验、检查、用药和施行手术，今天我们就无缘见到他们书写疾病的作品，也见不到他们记录病痛的书信。

整个书信中引起共鸣的又一个主题是财务。亨利·詹姆斯直截了当地写道："像你一样，我也一门心思'想着挣钱'。"[①]在1885年7月24日亨利写给威廉的信中有一个关于金钱的典型段落。

> 我和奥斯古德继任者的交易拖延了很长时间，部分原因是我自己最后的耽搁；但在你得到这个消息之前，他为我支付了4000多美元给华纳，我已告知华纳从这笔钱中拿出1000美元还给你，这样我相信整个事情将在8月1日之前解决。我很快就会把钱的问题完全理顺，现在我可以保证在账单到期之前为雪城大厦支付1000美元（除非账单很快到期，也就是说我可以在1月1日前轻松地支付这笔钱）。因此，既然这是一个非常明确的约定，我宁愿你不要扣留我的那份房租——但还是继续付给爱丽丝吧。当我告诉你这么做的时候，我不明白1000美元是我应该支付的最高限额，甚至包括付给鲍勃的预付款。我以为总数会更大。我现在看到这笔钱可以从其他来源的当前收入中支付；我再重复一遍，如果你愿意，请在下次写信时告诉我，你最早在什么时候需要支付修理费。我可以在1月11日前完成。既然如此，由我来出这笔钱，请继续把租金付给爱丽丝。[②]

威廉和亨利经常有诸如此类的通信，有时还会引起激烈的争吵，例如，对纽约雪城(Syracuse)继承财产维护的决定，父亲遗嘱中对"其他"两兄弟威尔基(Wilkie)和罗伯逊(Robertson)的股份的分配，而最为激烈的是对亨利购买英格兰拉伊的兰姆别墅所支付价格的争吵。在后面的这项交易中，亨利对威廉的干涉非常愤怒，以至于对房产的价格是否公平合理提出质疑，他在信中写道："在你非常清晰的告诫下，我的快乐已经枯萎，但它还会重新绽放"。[③] 对于这一指责，威廉回复说："当发现我们关于购买房屋的书信'把你惹恼了'，让这个家充满了悲伤。你太把它们当

---

① SKRUPSKELIS I K, BERKELEY E M. Selected letters of William and Henry James [M]. Charlottesville: University Press of Virginia, 1997: 352.

② SKRUPSKELIS I K, BERKELEY E M. Selected letters of William and Henry James [M]. Charlottesville: University Press of Virginia, 1997: 175.

③ SKRUPSKELIS I K, BERKELEY E M. Selected letters of William and Henry James [M]. Charlottesville: University Press of Virginia, 1997: 384.

回事了,但我知道你的感受!”[①]

乔治·桑塔亚纳(George Santayana,1863—1952)[②]在谈到威廉·詹姆斯时说,他有自己的优势,那就是雪城房产的继承权,这是祖父在奥尔巴尼的投资。没错,但这绝不是一个能让兄弟俩摆脱经济压力的优势。遗产分给了许多人,财产似乎总是出现这样或那样的问题:维护、火灾和外住者所有权所带来的困难。不过,从基本精算的角度来看,他们两个都没有以一种尴尬、令人不快的方式陷入贫困或经济依赖。考虑到他们对旅游的狂热和威廉的大家庭,他们不得不通过各种渠道维持稳定的收入。中年以后,威廉可以拿到哈佛大学的薪水[③],而亨利则靠出版著作的版税维持生计。就像他们身体上的病痛一样,对钱的抱怨并没有妨碍他们好好地活着,亨利可爱的兰姆别墅和威廉在新英格兰的两所宽敞的房子都有仆人照料。

“工作”是一个平凡、渺小却很有影响力的词语,工作是他们生活中的精神支柱。对亨利来说,最重要的是他对写作技巧的关注。他是个典型的作家。他的思想被他的情节、场景,尤其是他虚构的人物所吸引,其中许多都已成为公众人物,他们早已超越了自己最初的文学背景,长篇小说《鸽翼》(*The Wings of the Dove*,1902)中的米莉·希尔(Milly Theale)和中篇小说《黛西·米勒》(*Daisy Miller*,1878)中的黛西·米勒(Daisy Miller)就是如此。对威廉来说,关注的焦点则是人类行为,最初是它的生理基础,后来是它的心理表现。在他的后期作品中,他提出了有关道德和宗教态度与经验的问题。特别是在他生命的最后十年,威廉·詹姆斯发展了一种极具独创性和开拓性的形而上学和认识论的方法。

在工作上,亨利和威廉·詹姆斯一直都相互关心,但在他们的通信中却找不到

---

① SKRUPSKELIS I K,BERKELEY E M. Selected letters of William and Henry James [M]. Charlottesville:University Press of Virginia,1997:385.

② 乔治·桑塔亚纳,哲学家、文学家,批判实在主义和自然主义主要代表。生于西班牙,1872年移居美国。1882年就读于哈佛大学。1889年获哈佛大学哲学博士学位,后在该校任教。1912年辞教职去欧洲。1925年定居罗马。主要著作有:《美感》(1896)、《理性的生活,或人类进步诸相》(五卷,1905—1906)、《怀疑主义和动物的信念》(1923)、《存在诸领域》(四卷,1927—1940)等。

③ 威廉·詹姆斯一直在抱怨他在哈佛的薪水,他并不反对到别处去找工作。例如,他考虑过接替约翰霍普金斯大学(Johns Hopkins University)的斯坦利·霍尔(G. Stanley Hall)。他调动的理由在当代教授中引发了一种熟悉的共鸣:“但我确实相信要继续进行下去,而且我知道,每一个为了在别处获得更高工资而离开大学的人,都有助于改革我们的智力工作薪酬过低的体制。”详见 SKRUPSKELIS I K,BERKELEY E M. Selected letters of William and Henry James [M]. Charlottesville:University Press of Virginia,1997:198.

对彼此严肃作品的任何犀利分析。因为除了许多睿智和有趣的评论之外，也许两人都不理解对方作品的深度。威廉对任何类型的文学作品的诠释，虽然非常固执己见，但很少有不同寻常的启发性。1878 年，亨利写道：

> 我读你的来信时，你对《欧洲人》(*Europeans*)的痛苦反思使我非常沮丧；但是现在，一个小时过去了，我开始稍稍抬起头来；越是这样，我越认为我自己对这本书的评价是非常公正的，我也意识到它非常微不足道。我认为你把这些东西看得太死板了，太缺乏想象力了——就好像一场艺术实验是一种行为，一个人的一生不知何故都会投入其中；但我认为你说这本书“单薄”“空洞”也非常正确。不过，对写一些丰满、厚重的东西我一点也不感到绝望。同时我希望你尽可能继续留下对我表现的自由印象。让某个人向一个人讲述自己的事情俨然他是另外一个人，是一件很了不起的事情，你是唯一一个会这样做的人。无论如何，我并不认为你总是对的。比如你反对《黛西·米勒》(*Daisy Miller*, 1878)的结尾段落，在我看来很奇怪和狭隘，我搞不懂你的观点。[1]

三十年后威廉在写给亨利的一封信中，对《金碗》(*The Golden Bowl*, 1904)提出尖锐的批评，包括对兄弟的如下忠告：“但你为什么不坐下来写一本新书，只是为了取悦哥哥，情节上没有模糊或陈腐，行动上极具活力和果断，对话中没有唇枪舌剑，心理上不作评论，风格上绝对直率？以我的名义出版，我会承认的，并给你一半的收益。”[2]威廉的这个傲慢而又滑稽的建议引起了亨利的强烈反应：“作为对你来信的回应，我想努力在小说中创造一些离奇的东西，让你做兄长的感到满意——但让我说，亲爱的威廉，如果你真的喜欢它，我会感到羞愧难当，因此，现如今还是将就一点吧，听到你所赞赏的东西，我宁可落个不光彩的下场，也不愿意把它们写出来。”[3]

亨利从来没有像威廉那样批判他的作品，当然也从来没有像他那样刻薄。更确切地说，那些复杂的哲学材料似乎对他毫无影响。1884 年，亨利在给威廉的信

① SKRUPSKELIS I K, BERKELEY E M. Selected letters of William and Henry James [M]. Charlottesville: University Press of Virginia, 1997: 118.

② SKRUPSKELIS I K, BERKELEY E M. Selected letters of William and Henry James [M]. Charlottesville: University Press of Virginia, 1997: 463.

③ SKRUPSKELIS I K, BERKELEY E M. Selected letters of William and Henry James [M]. Charlottesville: University Press of Virginia, 1997: 466-467.

中写道："我怀着钦佩的心情抨击了你的两篇心灵文章，但还是失败了。"[1]其中一篇为《论内省心理学的一些疏漏》（*On Some Omissions of Introspective Psychology*），它被认为是威廉·詹姆斯早期散文中最重要的一篇，因为它成为《心理学原理》（*Principles of Psychology*，1890）中著名章节"思想流"（*The Stream of Thought*）的基础，也是他后来的激进经验主义和实用主义认识论的基础。这些哲学材料很难理解，似乎没有理由指望兄弟的忠诚来克服这一障碍。至于在评价彼此的作品上的兄弟之争[2]，尽管随着各自不断取得成就而减弱，但这种争执仍持续存在，在1890年威廉的不朽之作《心理学原理》出版之后尤其如此。

亲切和频繁的赞扬也存在。1907年，亨利这样描写威廉的《实用主义》（*pragmatism*）：

> 究竟为什么我在读了你的《实用主义》之后没有写信给你——现在我对此有所隐瞒——除了这本书对我施加的魔法本身（兴趣和迷恋）这一事实之外，我现在无法解释：我只是在它的影响下，深陷顺从和同化之中，以至于任何反应，差不多，甚至对致谢的反应，我几乎都会有异议或逃避的嫌疑，然后我迷失在惊奇之中，乃至我的一生（像茹尔丹先生一样[3]）在不知不觉中被实用主义化了。[4]

虽说不那么热情洋溢，却又表现出几分热情，威廉在1908年写道："我读了《罗德里克·赫德森》（*Roderick Hudson*），这本书自从1875年第一次出版以来我还没看过。我的大脑几乎什么都不懂，更不用说享受了，但它恢复了往昔的魅力。你真是个了不起的能人，竟又用语言来说明这一切！我不确定，在这种情况下，无论如何，它既不是劳动力损失，也不是更简单和更天真的原版措辞所保持的一种更加美

---

① SKRUPSKELIS I K，BERKELEY E M. Selected letters of William and Henry James [M]. Charlottesville：University Press of Virginia，1997：160.

② 对兄弟之争的存在和程度的解释性争议作出的裁决，详见 FOGEL D M. "Introduction" to the correspondence of William James：William and Henry，1885—1896[M]. Charlottesville：University Press of Virginia，1993：xliv-xlvi.

③ 这里指的是莫里哀（Molière）的《贵人迷》（*The Bourgeois Gentilhomme*）剧中的主人公茹尔丹先生（Monsieur Jourdain）。

④ SKRUPSKELIS I K，BERKELEY E M. Selected letters of William and Henry James [M]. Charlottesville：University Press of Virginia，1997：489.

好的和谐。但让我吃惊的是，你脚踏实地的写作能力！”[①]

一如既往，兄弟俩或互相批评，或互相赞赏。尽管有诸多问题，但他们的通信所围绕的支点和共同生活的核心，无论相距有多远，都是他们的家庭。通信中所涉及的家庭成员主要有：双亲老亨利·詹姆斯（Henry James, Sr.）和玛丽·沃尔什·詹姆斯（Mary Walsh James），姨妈凯瑟琳·沃尔什（Catharine Walsh），子女威廉（William）、亨利（Henry）、加思·威尔金森（Garth Wilkinson）、罗伯逊（Robertson）和爱丽丝（Alice）。同样引人注目的还有爱丽丝·豪·吉本斯·詹姆斯（Alice Howe Gibbens James），是威廉·詹姆斯的妻子，她在这个复杂的家庭关系中是一个关键的人物。

谈及詹姆斯的家人，问题的节点包括威廉和他父亲的关系、才华横溢却饱受心理折磨的妹妹爱丽丝鲜为人知的生活、亨利潜在的同性恋行为以及威尔基和鲍勃的“破碎的命运”（broken fortune）[②]。“记忆是重建，而不是旧病复发。”[③]这也是亨利·詹姆斯在他删节的《自传》（*Autobiography*）中采取的明智的做法：“在生动的形象和具体的场景中，我看到了记忆和感情的全部内容；这是生活给予我的唯一体验。”[④]然而，对于这个与众不同的家庭，虽然说不上最幸福，但并没有异乎寻常地充满不幸或灾难。诚然，问题是存在的。这是一个第三代爱尔兰裔的美国家庭，拥有所有的优点、弱点、缺点和负担。这个家庭中只有妹妹爱丽丝·詹姆斯有勇气和忍耐力来认识这个自卑的爱尔兰血统的重要意义。

对家庭爱尔兰身份的这种矛盾心理，亨利在阅读爱丽丝死后出版的日记时进行了明确说明。[⑤]

> 然而，书中所说的——跟我实际发现的一样——她确实是一个爱尔兰女人！——被移植、变形了——尽管她的智慧比爱尔兰人高明得多——但从根本上还是民族性的。她对自治问题的感受是绝对的，只有一个爱尔兰女人（而不是英国化的）才能体会到。这是她的一种强烈情

---

① SKRUPSKELIS I K, BERKELEY E M. Selected letters of William and Henry James [M]. Charlottesville: University Press of Virginia, 1997: 496-497.

② 霍华德·马文·范斯坦.就这样，他成了威廉·詹姆斯[M].季广茂，译，北京：东方出版社，2001.

③ SANTAYANA G. Scepticism and animal faith [M]. New York: Scribners, 1923: 156.

④ JAMES H. Autobiography[M]. New York: Criterion Books, 1952: 4.

⑤ EDEL L. The diary of Alice James[M]. New York: Dodd, Mead, 1964.

感——用其他方式都无法解释——完全可以用“返祖”(atavism)来解释。真可惜她不是在那里出生的——因此才有了她的健康问题。她本可以成为(如果她没有成为讨厌的患者——一个很大的“如果”)民族的荣耀!①

在爱尔兰家庭用语中,问题(problem)和麻烦(trouble)二者之间是有区别的。问题可以通过修补、悬置来解决,或者坚定地等待它过去,让时间来化解困难。然而,麻烦则是另一回事。它意味着人已智穷力竭。努力是可能的,而且在精神上是有帮助的,但似乎没有什么办法可以缓解。从这个意义上讲,威廉和亨利·詹姆斯有问题。加思·威尔金森·詹姆斯(Garth Wilkinson James)也有一些问题,很大的问题,他三十八岁时英年早逝使人无法知道这些问题是否难以解决。然而,罗伯逊·詹姆斯(Robertson James)和爱丽丝·詹姆斯(Alice James)却遇到了麻烦,陷入了困境,使家里的其他人总是忧虑苦恼、烦躁不安。

罗伯逊·詹姆斯是个酒鬼,尽管回顾性的医学诊断根本不能确定,但他确实是一个临床酒精中毒者,也就是说,他不仅仅是一个有饮酒问题的人。有时,他勇敢地尝试战胜自己的疾病,甚至在纽约州的丹斯维尔精神病院(Dansville Asylum)待了几年,因为上瘾而接受了不幸和虚假的治疗。②由于无法获得真正的康复计划,罗伯逊一次又一次旧疾复发,直到他1910年去世。

威廉和亨利·詹姆斯对这个一生挥之不去的家庭噩梦的反应是可以预见的,即挫折和破灭的希望,每一种都是可悲的和可以理解的,因为正是酗酒行为的不可预测性造成了最大的压力,并产生了一些与罗伯逊的困境不相称的反应。③有两次威廉称罗伯逊为“可怜虫”(poor wretch),并一度希望他死。他在给亨利的信中写道,“但我希望这个可怜的家伙能在一次疯狂的狂欢中死去——这样他和家人就可以避免很多未来的痛苦”④。五个月后,威廉称罗伯逊“真的疯了,可怜虫,对任何

---

① SKRUPSKELIS I K, BERKELEY E M. Selected letters of William and Henry James[M]. Charlottesville: University Press of Virginia, 1997: 308.

② MAHER J. Biography of broken fortunes: Wilkie and Bob, brothers of William, Henry and Alice James[M]. Hamden: Archon, 1986: 185-188.

③ 在晚年,威廉·詹姆斯对“酒精对人类的影响”更加敏感,他认为“醉酒的意识是一种神秘的意识,我们对它的总体看法必须在我们对这个更大的整体的看法中找到它的位置。”详见JAMES W. The varieties of religious experience[M]. Cambridge: Harvard University Press, 1985: 307.

④ SKRUPSKELIS I K, BERKELEY E M. Selected letters of William and Henry James[M]. Charlottesville: University Press of Virginia, 1997: 188.

一分钟的实际困难或不确定性都变得疯狂”[①]。在回应威廉的愤怒时，亨利提到“鲍勃的疯狂发作”和“他骂人的现状”[②]。

关于罗伯逊的类似的判断性词语经常出现在书信中。亨利把他描述成一座“火山”，“冲动鲁莽”，并表示他在等待“下一次爆炸”。威廉写道罗伯逊是一个“坏父亲”。然而，不可预测性与酒精中毒的疾病相一致，威廉在1890年报告说鲍勃“走上了正途”，在1898年说他“一直从鲍勃那里得到最佳新闻”，1904年当发现鲍勃不喝醉的时候给人留下“极好的印象”他非常高兴。然而，正是亨利那句话“鲍勃不可言喻”说出了真相。

如果说人们之所以对加思·威尔金森和罗伯逊的生活如此关注，完全是因为他们在詹姆斯家族中的存在，那么对于五个孩子中最小的、也是唯一的女性爱丽丝·詹姆斯来说就不是这样了。诚然，人们第一次注意到她的重要性，要追溯到她与两个名闻遐迩的哥哥威廉和亨利的关系。不过，如果她的《日记》不受家庭背景的影响，那么由于她的思想品质、她的写作内容以及从独特的视角对她所处时代的精彩呈现，她仍然会受到高度赞扬。[③]

确切地说，很难知道究竟是什么医学病理困扰着爱丽丝·詹姆斯。每一篇新发表的评论，都会提供另一个回顾性诊断。说到爱丽丝，正如其他人所说的，她是一个“病人”(invalid)，“像许多其他19世纪的女性一样，她‘纤弱’‘敏感’‘紧张’，而且常常虚脱。19岁时她第一次精神崩溃，在她生命的不同时期，她的情况被称为神经衰弱、歇斯底里、风湿性痛风、抑制性痛风、心脏并发症、脊髓神经症、神经性过敏和精神危机”[④]。显然，这些都是由临床、神经递质原因或功能、情境原因导致的抑郁渗透状态所产生的症状的诊断。爱丽丝呈现出来的完全是一副弱不禁风的病态形象。无论家里其他人对她有什么看法，她都认为自己是一个奇怪的人，被一种责任感、一种使命感孤立、疏远和隔绝。关于这个家族，可以说，威廉有父亲关心，亨利有母亲爱护，威尔基和罗伯逊则选择内战作为对出身的追溯，这听起来有点讽刺。罗伯逊曾提出一个令人不安的假设，他认为自己可能是个弃儿。威廉后

---

① SKRUPSKELIS I K, BERKELEY E M. Selected letters of William and Henry James [M]. Charlottesville: University Press of Virginia, 1997: 287.

② SKRUPSKELIS I K, BERKELEY E M. Selected letters of William and Henry James [M]. Charlottesville: University Press of Virginia, 1997: 304, 305.

③ 第一个打算把爱丽丝·詹姆斯作为一个享有自己的权利的思想家认真对待的作家是F.O.迈锡森。详见 MATTHIESSEN F O. The James family[M]. New York: Knopf, 1947: 272-285.

④ STROUSE J. Alice James: a biography[M]. Boston: Houghton Mifflin, 1980: ix-x.

来的哲学思想和宗教观点在很大程度上受古怪的父亲老亨利的影响，亨利酷爱阅读文学经典的嗜好自幼受慈母的熏陶，而威尔基和罗伯逊在成长过程中则先后经历了应征参战、创业失败、失去遗产乃至自暴自弃，因此，即便出生于同一个家庭的兄弟也会有不同的自我感受。

爱丽丝·詹姆斯没有资格参加内战，但作为家中最小的孩子和唯一的女性，受到的过度保护使她又不可能像两个哥哥那样自由奔放、四处旅行。就这样，她待在家里，和家人在一起，受到家人的保护。作为维多利亚时代一个新婆罗门家庭中第三代爱尔兰裔美国女性，她也许会认为处境对她很不利。无论出于什么原因，她的才华和她的爱好都被压抑了。直到后来她的日记和传记出版，爱丽丝·詹姆斯的聪明才智才逐渐为世人所熟知。

威廉和亨利·詹姆斯通信中包含的对爱丽丝·詹姆斯的讨论，与他们分享的那些关于罗伯逊·詹姆斯的书信有着惊人的相似性。两人情况都具有极大的不可预测性和不确定性，因为罗伯逊和爱丽丝都被精神疾病困扰，而发生意外是这种疾病极其痛苦的标志之一。因此，有时候这些书信是乐观的，正如威廉在1869年写道，“爱丽丝明显好转了”①。与爱丽丝在欧洲停留一段之后，亨利·詹姆斯天真地写道，“我想在家里的宁静悠闲中爱丽丝会发现，她的脑海里充满了令人愉快的画面和记忆”②。遗憾的是，宁静从来就不是爱丽丝·詹姆斯的命运。大约六年后，当爱丽丝的情绪处于非常糟糕的状态时，亨利写信给威廉：“是的，我知道在剑桥，这一定是个悲伤的夏天，我的思绪总是在昆西大街，但我注意到你所说的关于可怜的爱丽丝病情好转。她一定经历了一段悲惨的时光，但我真诚地希望它正在消失。”③

爱丽丝的“发作”总是反反复复，但它们从来就没有“消失”。事实上，直到1891年5月被诊断出患有乳腺癌和肝癌，爱丽丝并没有享受到一丝平静。在决定命运那个月的《日记》中，她写道：

> 功夫不负有心人！我的愿望也许有些古怪，但我现在不能抱怨它们没有得到很好的实现。自从生病以来，我一再渴望着某种可以触摸到的

---

① SKRUPSKELIS I K, BERKELEY E M. Selected letters of William and Henry James [M]. Charlottesville: University Press of Virginia, 1997: 39.

② SKRUPSKELIS I K, BERKELEY E M. Selected letters of William and Henry James [M]. Charlottesville: University Press of Virginia, 1997: 82.

③ SKRUPSKELIS I K, BERKELEY E M. Selected letters of William and Henry James [M]. Charlottesville: University Press of Virginia, 1997: 115-116.

> 疾病,不管它传统上会有多么可怕的标签,但我总是在巨大的主观感觉驱使下独自摇摆不定,作为一个富有同情心的“医生”,除了向我保证我个人要对此事负责任外,没有比这更高的灵感了,他公然带着一种优雅自满的神气推卸对我的责任。①

尽管威廉·詹姆斯对人类的心理行为有着敏锐而深刻的理解,但他并没有领会到爱丽丝对自己生活的认识有多丰富。在收到亨利发来的宣布爱丽丝死亡的电报后,威廉回复说:“可怜的小爱丽丝! 过着什么样的生活呀! ……回想起来,她的小生活萎靡不振却又充实丰满,如今在我看来就是那样;我相信,从今以后,这也是我们看待它的最深刻的方式。终于可以说‘使命已完成’是一桩多么幸福的事啊!”②

威廉·詹姆斯知道,不应该用悲情的方式看待爱丽丝。爱丽丝收到他 1891 年 7 月 6 日的来信,信中尽是教她如何面对死亡,之后她用一把未出鞘的书信双刃剑作了回复。她在第二段写道:“你的这种转变哲学完全是我的,在这个遥远的地方,我冒昧地祝贺你‘快 50 岁了’才到达我 15 岁时的起点! 过去总是这样,但你通常和现在一样,及时赶上了。”③

“亨利永远是兄弟俩中最可爱的一个。”④至于爱丽丝,“关心她的人比她遭受的痛苦更多”。⑤这也许是一种家庭特征。1906 年旧金山地震后,威廉写给亨利的信便是证明。“悲伤和痛苦一般来说只有在远处的人才能感受到,尽管直接受害者最容易遭受身体上的痛苦,但那些在活动现场的人没有任何感情上的痛苦。”⑥遗憾的是,他告诉亨利自己在地震中并未受伤,而事实上并非像威廉信中所写的那

---

① EDEL L. The diary of Alice James[M]. New York: Dodd, Mead, 1964: 206-207.

② SKRUPSKELIS I K, BERKELEY E M. Selected letters of William and Henry James [M]. Charlottesville: University Press of Virginia, 1997: 265.

③ MATTHIESSEN F O. The James family[M]. New York: Knopf, 1947: 282. 参见 STROUSE J. Alice James: a biography[M]. Boston: Houghton Mifflin, 1980: 296-317. “神圣的终结”(Divine Cessation)一章,讨论爱丽丝·詹姆斯生命中的最后两年(1890—1892)。

④ JAMES W. The correspondence of William James: William and Henry, 1897—1910 [M]. vol. 3. Charlottesville and London: University Press of Virginia, 1994: xxiv.

⑤ STROUSE J. Alice James: a biography[M]. Boston: Houghton Mifflin, 1980: 296-317.

⑥ SKRUPSKELIS I K, BERKELEY E M. Selected letters of William and Henry James [M]. Charlottesville: University Press of Virginia, 1997: 473.

样，经历那场悲剧后他的身体和情感完全处于混乱状态。[①]但当我们阅读詹姆斯全家人的所有通信便会清楚地发现，詹姆斯家的五个孩子都知道如何面对死亡，即沉着镇定和勇敢无畏。文艺复兴时期法国思想家米歇尔·德·蒙田（Michel de Montaigne，1533—1592）曾经说过，“哲学化就是要学会死亡”。[②]詹姆斯一家就是这样，他们每个人：威廉、亨利、威尔基、罗伯逊和爱丽丝，都以自己的方式死亡，将接受和尊严黏合在一起，这也许是对生命和死亡的最好诠释。

四、思想交融

书信，不加修饰，原汁原味，充溢真情，饱含智慧。威廉和亨利兄弟俩的通信承载着艺术的气息和生命的活力。一生致力于威廉和亨利·詹姆斯书信研究的小说家霍尔曼万分感慨地说，“如此具有影响力的两个人物之间，如此完整的书信思想交融（epistolary commingling of minds），绝无仅有”。[③]亨利·詹姆斯是一位从现实主义到现代主义过渡时期的重要作家，他以僧侣似的奉献精神从事自由职业，创作了大量的故事、小说和评论，许多现代文学经典都可以追溯到他的心理现实主义小说影响的痕迹；威廉·詹姆斯是美国现代心理学之父、实用主义的创始人和比较宗教开创性著作的作者，他从当初的艺术家逐渐成为科学家和哲学家，在哈佛任教40年，他的工作在许多学科中都得到了回响。成就如此卓越的兄弟俩本身就极具吸引力，他们之间近半个世纪的通信更是极其精彩的看点。在一些传记作品中，威廉和亨利的关系通常被当作矛盾的极端看待：一种充满爱的较量（a loving rivalry）。阅读威廉和亨利的通信，不仅能看到兄弟间存在的争端和分歧，而且能发现他们在文学和思想上的共同点及相互影响。他们之间既有激烈的理念之争，又有完整的思想交融。鉴于兄弟俩对哲学、宗教、科学、艺术和文学的影响，他们的书信称得上是对20世纪许多思想的一种原始的和详尽的预示。

威廉和亨利最初书信的思想交融起始于对疾病的共同关注。兄弟俩终生与疾病相伴，对疾病有着特殊的情感体验。他们年轻时期的背痛便是其中一例。1861年，亨利在救火时背部受伤，他的背部问题随之成为不言自明的生理性伤害。当时

① JAMES W. The correspondence of William James：William and Henry，1897—1910 [M]. Charlottesville：University Press of Virginia，1994：313n.

② de MONTAIGNE M. The complete works of Montaigne [M]. Stanford：Stanford University Press，1957：56-68.

③ HALLMAN J C. Wm & H'ry：literature，love，and the letters between William & Henry James[M]. Iowa：University of Iowa Press，2013：viii.

正值美国内战时期，18 岁的亨利因此未能被征召参战。这种"有益的背痛"(beneficial back pain)，"让他从事最想做的事情——花费时间阅读和写作"。[①]无独有偶，威廉也患上了背痛病。1867 年 9 月，威廉写信告诉朋友汤姆·沃德(Tom Ward)，"……我的背部得了个可喜的病症，这使得哈里(指亨利)兴奋异常"[②]。当威廉乘船前往法国时，亨利等不及第一封信从巴黎寄来，便开始写信询问："想听到你在旅途中所经历的一切，我急切的心情难以言表……你的背痛就是我想听到的。"[③]除了背痛之外，1867 年后亨利还患上了慢性便秘、频发偏头痛和偶尔尿路感染。他和威廉经常热情地写信，谈论疾病、肠道、寄生虫、骨科之谜。威廉兴致勃勃地透露他所遭受病痛的最隐秘的细节。他曾染上头癣，"未消的毒火"蔓延到他的脸和脖子上。在隐私处出现瘙痒，经检查证明是"一次虱子灾"，"他腰间长了疼痛的疖子"。[④]令人感到迷惑不解的是，威廉的疾病与亨利的疾病紧密地联系在了一起。尤其是，两人都有背部问题，一时间成为一件新鲜事。[⑤]亨利在自传中对哥哥威廉的疾病进行了生动描述，他不费吹灰之力，神不知鬼不觉地从"他"滑向了"我们"。[⑥]似乎这对患难兄弟成了一个战壕里的战友，他们俩都把疾病看作对手足之情的确认。不过，这只是兄弟亲密关系中一个偶然巧合的例子。

1886 年，亨利在英国站稳了脚跟，从事令人眼花缭乱的小说和评论写作。威廉担心他缺乏足够的运动，便提出送他一台举重机。[⑦]"举重疗法"(lifting cure)具有双向性，它恰好隐喻了文学研究的艰辛。单调的研究让人厌倦，就像一个人可能会厌倦永不停歇地举重一样。亨利信中写道，"持续读写让人感到恶心"。[⑧]文字和

---

① KAPLAN F. Henry James: the imagination of genius[M]. London: Hodder and Stoughton, 1992: 55-56.

② PERRY R B. The thought and character of William James[M]. Boston: Little, Brown, 1935: 244.

③ JAMES W. The correspondence of William James: William and Henry, 1861—1884[M]. Charlottesville and London: University Press of Virginia, 1992: 13.

④ JAMES W. The correspondence of William James: William and Henry, 1861—1884[M]. Charlottesville and London: University Press of Virginia, 1992: 78.

⑤ 霍华德·马文·范斯坦.就这样，他成了威廉·詹姆斯[M].季文茂，译.北京：东方出版社，2001:293-294.

⑥ JAMES H. Notes of a son and a brother[M]. New York: Charles Scriber's Sons, 1994: 444.

⑦ JAMES W. The correspondence of William James: William and Henry, 1885—1896[M]. Charlottesville and London: University Press of Virginia, 1993: 37.

⑧ JAMES W. The correspondence of William James: William and Henry, 1861—1884[M]. Charlottesville and London: University Press of Virginia, 1992: 285-286.

身体很难相容,必须诱导身体才能进行长时间的文学创作。为此,亨利自己也设计了锻炼与静坐相结合的健康计划。殊不知,写信本身也具有治疗和安慰的双重效果。“我的精神因收到最温馨的兄弟来信而得到振奋。”[①]“书信,虽然常常是一种治疗方法,但书信采用的都是语言,因此可能成为它们自身的弊端。”[②]两兄弟每天要写大量的书信,难免都抱怨通信浪费时间。威廉:“刚刚写了 15 封信”;亨利:“(这)是第 11 封信……一早上我都在写信”。[③]尤其是对亨利来说,写信俨然成了一种病症。亨利生病时,不仅书信写作的数量在增加,而且他的许多主要情节都与疾病有关,在本质上通常是模糊不清的或本体论的。写作和疾病对于亨利基本上是相互交织的:“关于疾病的写作成了他检验写作理论的实验室。他后来的情节往往取决于角色是否真的有病,不管是精神上的还是身体上的,确实都是语言难以攻破的堡垒。”[④]在小说创作中他强调疾病主题的价值和病态人物的塑造,疾病书写成为他的小说艺术的一大特色。

像威廉一样,亨利也一直受消化不良困扰。大便不畅羞于启齿,排便运动无济于事,这种难言之隐只有在兄弟俩的通信中诉说。小说家霍尔曼在传记中说:“1869 年长期的‘危机’即使没有改善他的肠道,也改善了亨利的文笔。”[⑤]亨利的信中有一篇关于肠胃的长篇大论,被威廉戏称为“感人肠道剧”(moving intestinal drama)[⑥],而亨利则乐意称之为人物塑造。

> 这些思考使我充满一种强烈的欲望,渴望我的肠胃有所改善。我从中不仅看到一种特殊的局部情感问题,而且看到我身体状况的总体变化,以及我生活上的一次幸福革新——在快乐的地平线上再现,在我长久以来习惯于注视的那一大堆模糊的偶然事件之后永远沉没的快乐地平线。

---

① JAMES W. The correspondence of William James: William and Henry, 1861—1884 [M]. Charlottesville: University Press of Virginia, 1992: 116.

② HALLMAN J C. Wm & H'ry: literature, love, and the letters between William & Henry James[M]. Iowa: University of Iowa Press, 2013: 8-9.

③ JAMES W. The correspondence of William James: William and Henry, 1885—1896 [M]. Charlottesville: University Press of Virginia, 1993: 21, 65.

④ HALLMAN J C. Wm & H'ry: literature, love, and the letters between William & Henry James[M]. Iowa: University of Iowa Press, 2013: 10-11.

⑤ HALLMAN J C. Wm & H'ry: literature, love, and the letters between William & Henry James[M]. Iowa: University of Iowa Press, 2013: 11.

⑥ JAMES W. The correspondence of William James: William and Henry, 1861—1884 [M]. Charlottesville: University Press of Virginia, 1992: 138.

这将导致在相对较短的时间内,回归平静——阅读——希望和想法——摆脱这个讨厌的懒惰世界。①

即使解除了便秘的滑稽烦恼,书信也在描绘兄弟俩工作的轨迹。他们各自都陷入到哲学和美学研究之中,各自都把意识(consciousness)作为他们研究的一个侧重点。威廉想要精确解释意识,或者至少找到一种描述它的方法。亨利甚至试图在书信中描述它。他的书信输出因生病而爆发——他生病时写得更多。1910年,亨利写下他描述最近一次患消化不良症的疯狂书信,同一封书信让威廉横渡大西洋走向生命的终结。

但对我自己来说,我的诊断非常清楚——如果我能多逗留一段时间,我的诊断将会得到证实。发生的事情是,通过奇怪的、最持久的、最令人沮丧的胃病危机日益显著增加,我发现自己在某个特定的时刻越来越开始失去吃东西的能力:越来越厌食。这种状况自然地越来越削弱、损害和"降低"我的能力——最后迅速和极度消瘦,虚弱和空虚的增加——营养不良,使我颇感恐惧。我在荒野中挣扎,偶尔会有一些虚假的改善。……而且18天前,我昏倒了,卧床不起。②

普通的语言和特殊的书信起着药物的作用,既能致病又能治病。无论是否有意识地将其理论化,威廉和亨利的通信给我们提供的都是"创造性阅读"(creative reading)③的典型材料,这些书信写作本身表现了文学不可预见的独特之处。

在亨利与哥哥威廉的二元关系中,既有积极主动的一面,又有消极被动的一面。亨利想要"根据自己的信念行事"④,但又始终无法摆脱威廉的影响。他们的关系很大程度上取决于情感因素。这种关系不仅仅是情感上的,而且是思想上的。研究亨利和威廉之间的关系必然涉及意识流隐喻(stream of consciousness meta-

① JAMES W. The correspondence of William James: William and Henry, 1861—1884 [M]. Charlottesville and London: University Press of Virginia, 1992: 110.

② JAMES W. The correspondence of William James: William and Henry, 1897—1910 [M]. Charlottesville and London: University Press of Virginia, 1994: 410.

③ BENNETT A, NICHOLAS R. This thing called literature: reading, thinking, writing [M]. New York: Routledge, 2015: 16.

④ PHIPPS G. Henry James and the philosophy of literary pragmatism[M]. New York: Palgrave Macmillan, 2016: 10.

phor)。从19世纪70年代末开始,威廉撰写了一系列文章,对意识进行明确陈述。对意识的兴趣大多是哥哥传给弟弟的。受威廉的影响,亨利也对人的内心世界产生了浓厚的兴趣,他报告说自己被"隐藏的自我"(hidden self)[①]所吸引。到了1890年,亨利承认他非常渴望得到《心理学原理》。在出版日期最终到来后威廉第一时间给弟弟订购了一本。威廉提醒说,"这本书的大部分内容都很难懂"[②]。引导亨利学习"自我意识"(consciousness of self)那一章。虽说当时威廉已经创造了"意识流"(stream of consciousness)这个词语,但完整的意识形象只是在这里才出现:

> 所以,意识,在它自己看来,并不像切成碎片的。像"锁链"或是"贯穿"这些名词,并不能够形容得适当。因为意识并不是衔接的东西,它是流动的。形容意识最自然的比喻是"河"或是"流"。此后我们说到意识的时候,让我们把它叫作思想流,或是意识流,或是主观生活之流。[③]

在亨利的早期旅行札记中,有一个段落描写罗马东南几英里处的阿尔巴诺湖(Lake Albano),他对自然景观的勾画精彩绝伦,美不胜收,堪称"画中之画"(the picturesque amid picturesqueness):

> 这个美丽的池塘——几乎绝无仅有——占据着史前火山的火山口——像一只完美无缺的圆形杯子,由炉火铸造和熔炼而成。杯子的边缘高高耸起,浓密的树木环绕着平静湛蓝的池水,有一种大自然的鬼斧神工之美。长圆形的波光和轮廓令人叹为观止;从来没有一个湖泊像现在这样迷人。据说它深不见底;虽然石蓝色的湖水乍一看似乎是沸腾熔岩的无害替代品,但它却带着一种邪恶的外表,暴露了它危险的前身。风从来都吹不到它,它的表面也从来都激不起涟漪;但它那深邃的平静似乎掩盖了罪恶的秘密,你能想象它是在与大自然反复无常、变幻莫测的力量进行沟通交流。它的颜色本身就呈现出一种忧悒不欢之美——一种像凝固的熔岩一样冰冷而不透明的蓝色。由于自己神秘的运动而形成的条纹和褶痕,看起来恰似传说中的瑶池仙境,因而,我轻而易举地相信了,只需要

① JAMES W. The correspondence of William James: William and Henry, 1885—1896 [M]. Charlottesville: University Press of Virginia, 1993: 133.

② JAMES W. The correspondence of William James: William and Henry, 1885—1896 [M]. Charlottesville: University Press of Virginia, 1993: 150.

③ 威廉·詹姆斯.心理学原理[M].唐钺,译.北京:北京大学出版社,2013:55.

> 坐下来耐心等待，到晚上就可以看到古典仙女和奈亚特的鬼魂，将它阴沉的洪水劈开，用不可抗拒的手臂向我招手。[①]

亨利对阿尔巴诺湖的描写是一种对流动主题的隐喻性处理：把他哥哥的意识流应用于水体。这种描写并不是从各种角度对一个特定的物体进行徒劳的渲染，而是从对湖泊的印象开始，引发一系列额外的印象，这种多样的印象使它成为一幅肖像，不是湖泊的肖像，而是感知它的心灵的肖像，这才是更重要的主题。

《鸽翼》(*The Wings of the Dove*，1902)这部小说的内部运作也是如此，它几乎完全由预测事件过程中的流动思想组成，里面出现大量用水作比喻的描述。例如，米莉·塞尔(Milly Theale)最终的命运在她周围制造了“一艘大船沉没所产生的水流漩涡”，就连默顿·丹什(Merton Densher)也把焦虑的时刻比作“尼亚加拉瀑布的急流”。[②]他还认识到，每个人物的各种思想之流(streams of thought)源于一个单一的源头，流向一个共同的蓄水池：

> 在接下来的两三个小时里，另外几种印象使他逐渐产生一种满足感……毫无疑问，其中一些人比另一些人更加深沉；他至少特别清楚，他似乎遇上了麻烦，难以解脱。他在水中四处走动，悄无声息；他浮出水面，默默游行；他们聚在一起，就这一点而言，宛若一个水晶池里的鱼群。[③]

《鸽翼》是亨利尝试满足威廉的口味而创作的故事。然而，威廉阅读《鸽翼》时完全没有意识到这一点。他被弄得一头雾水，大声呼喊为什么亨利要讲那些实际上毫无意义的故事。“我的东西，尽管是这样，”亨利回答，“对我来说是不可避免的。”[④]几个月后，亨利给威廉一个含蓄善意的暗示：

愿你漂到你的瀑布之上——我所说的瀑布并不是指任何形式的瀑布，而是指

---

① JAMES H. Transatlantic sketches[M]. Boston：James R. Osgood，1875：165-166.

② JAMES H. The wings of the dove[M]. New York：Modern Library，1937：74，119，289，283.

③ JAMES H. The wings of the dove[M]. New York：Modern Library，1937：382-383.

④ JAMES W. The correspondence of William James：William and Henry，1897—1910[M]. Charlottesville：University Press of Virginia，1994：222.

滔滔不绝的尼亚加拉瀑布，无论在激流之上还是在激流之下，都是如此。[①]

在兄弟俩共生对立的二元关系中，还存在一个创作优先权的问题，它涉及对作品“来源”(source)问题的探讨。“这些书信有时让人觉得亨利是心理洞察力的源泉……在更多数情况下，亨利为自己的小说巧妙地挖掘了威廉的作品。”[②]从亨利早期的短篇故事中也可以明显看出他对意识的专注。“一桩离奇案件”(a most extraordinary case)讲述一个从睡梦中出现或处于半朦胧状态的人物；“布里塞克斯先生的心上人”(the sweetheart of Mr. Briseux)的情节围绕着一幅被称为“心灵的图画”的画作展开。这是亨利一直痴迷于威廉作为心理学家的进步所产生的结果。亨利的另一个短篇“可怜的理查德”(poor richard)描写连续的心理步骤，威廉声称他是一个无与伦比的“脆弱心理学家”(delicate national psychologist)[③]。

亨利利用威廉的作品来理解创作过程。例如，在《悲剧缪斯》(*The Tragic Muse*，1890)中尼克·多默(Nick Dormer)意识到自己的“双重人格”(a double nature)的经历，以叙述者的自由间接话语作了明确表述，这归因于威廉对思维能力双重性的兴趣。威廉的意识理论和亨利的小说创作相互照应，互为补充。“巴尔扎克的教训”(the lesson of Balzac)也许是亨利从哥哥那里接受教训的最佳例证。他在作品中借用了威廉的论点，即自动绘图源于无意识的“内心的暗示”(suggestion from the inner mind)[④]。亨利创作的“巴尔扎克的教训”是对这种暗示理论的回应。他认为，小说中最重要的东西，一个作家特有的“空气的颜色”(color of air)，“在不知不觉中渗透”到“来自冥想的心灵本身”的文本之中。[⑤]亨利喜欢的作家类型仅限于单一颜色的空气，他们因没有受到多样化思想的影响而更富有神秘感。亨利很可能挖掘了威廉的作品，但这正是作家们的所作所为。可以推想，亨利还挖掘了莎士比亚、英国诗人和无数其他小说家的作品。这种表现是互文性(intertextuality)，而不是衍生性或延迟性的。所以，亨利·詹姆斯的艺术成长轨迹和创作实践过程或多或少地带有前辈作家的影子。沿着互文关系这条线索也许

---

① JAMES W. The correspondence of William James：William and Henry，1897—1910[M]. Charlottesville：University Press of Virginia，1994：240.

② HALLMAN J C. Wm & H'ry：literature，love，and the letters between William & Henry James[M]. Iowa：University of Iowa Press，2013：20.

③ SKRUPSKELIS I K，BERKELEY E M. Selected letters of William and Henry James[M]. Charlottesville：University Press of Virginia，1997：210.

④ JAMES W. A case in autom natic drawing[J]. Popular Science Monthly，1904，64：200.

⑤ JAMES H. The question of our speech and the lesson of Balzac[M]. Boston：Houghton，Mifflin，1905：80.

能寻觅到艺术大师们在文学生涯中所留下的碰撞、交错和链接的痕迹，最终找到解开一些尘封已久的文学之谜的锁匙。

威廉的实用主义哲学思想（pragmatism）同样对亨利的文学创作产生了不可抗拒的影响。在小说写作过程中，亨利用文学叙事手法来展现哲学理论构想，使高深的概念通俗化、严肃的问题戏剧化、抽象的事物形象化，一切都变得那样具体、生动、真切、可感。小说中的人物体现了特定语境中的哲学思想。虽然亨利・詹姆斯小说表面上的"物质"形式感觉很轻微，但它背后所承载的思想内容似乎确实很沉重。亨利的小说作品有效地践行了威廉的哲学理念，是实用主义的最佳例证。小说家霍尔曼认为"把亨利的全部作品描述为威廉对意识的思考延伸的一个漫长计划也许是公平的"[①]，似乎詹姆斯的小说只是对威廉哲学计划的叙事化。正如意识流的比喻是由威廉"提出"的，只是被亨利所"运用"。亨利在1907年承认，"我的一生……在不知不觉中被实用主义化了"[②]。1909年他写道，"作为一名艺术家和创作者（creator），我能掌握、坚持实用主义，把它应用于写作和生活"[③]。亨利的小说证明了威廉的"真理的方法"（method of truth）[④]。亨利将威廉概念性作品的洞察力工具化：威廉是理论，而亨利是实践。当然，交互影响，尤其是对于伟大的创造性和思辨性作家而言，并不是根据优先性和次要性理论，也不是根据假定可识别的影响来源运作的。

亨利・詹姆斯小说描绘的是个人与社会之间的复杂关系，个人的精神层面建立在社会制度的物质层面之上。通过人生经历的不确定性，也就是，生活缺乏稳定性和安全感，反映个体与社会的关系，因此，他的故事情节往往围绕着爱情、家庭和友谊展开。他喜欢描写年轻女性或寻求婚姻的男性人物。正如弗吉尼亚・福勒（Virginia Fowler）所说，美国女孩（American girl）是詹姆斯小说中美国文化和文明的终极典范。而"现代的、'男性的'商业和科技时代"在很大程度上与他的人物所处的世界完全相反。[⑤]例如，亨利・詹姆斯有三部小说作品都涉及美国年轻女

---

① HALLMAN J C. Wm & H'ry：literature，love，and the letters between William & Henry James[M]. Iowa：University of Iowa Press，2013：21.

② JAMES W. The correspondence of William James：William and Henry，1897—1910 [M]. Charlottesville：University Press of Virginia，1992-1994：347.

③ JAMES W. The correspondence of William James：William and Henry，1897—1910 [M]. Charlottesville：University Press of Virginia，1992-1994：393.

④ HALLMAN J C. Wm & H'ry：literature，love，and the letters between William & Henry James[M]. Iowa：University of Iowa Press，2013：91.

⑤ FOWLER V. Henry James's American girl：the embroidery on the canvas[M]. Madison：University of Wisconsin Press，1984：6.

性,不妨作为实用主义的个案研究:《鸽翼》(*The Wings of the Dove*, 1902)中的米莉·西亚尔(Milly Theale)、《金碗》(*The Golden Bowl*, 1904)中的玛吉·弗弗(Maggie Verver)和《华盛顿广场》(*Washington Square*, 1880)中的凯瑟琳·斯洛普(Catherine Sloper)。这些作品恰好反映了文学实用主义的特点,从一个哲学框架和男性主导的物质社会的世界过渡到一个文学和"女性"的婚姻情节、错综复杂的关系和情感纠葛的世界。

1904年亨利·詹姆斯应邀回到美国,其间他便着手编辑出版"纽约版"(New York Edition, 1907—1909)二十四卷本《亨利·詹姆斯作品选集》。"纽约版"被誉为一座"文学纪念碑",一个完整的、高耸的结构,作为一个"统一的、权威的自我定义行为"①。亨利相信威廉能够在他的实用主义著作中获得类似的东西。1909年他在信中与威廉讨论了阅读实用主义著作的效果(包括《实用主义》《多元宇宙》和《真理的意义》):"通过真正富有创造性的和不可磨灭的创作,你肯定使哲学比以往任何时候都更有趣和更生动。"②经过一番动情的话语之后,亨利总结说:"简而言之,最亲爱的威廉,你现在这卷文集——我以前都单独读过的——对我来说,它的影响似乎都是那么精妙和可爱,可以说是神圣的,因此,就我而言,我觉得实用主义的不可战胜性已经建立。这种选举权对从事这项事业将会大有裨益!"③亨利将实用主义等同于一座永久性的大厦,一座经久不衰的建筑。这种完整的思想主体形成了一个坚不可摧的精神支柱,代表了一种全新的哲学模式,对亨利来说,它高于所有其他哲学。

由此可见,威廉和亨利·詹姆斯兄弟堪称一对黄金搭档。隐喻性的"意识流"只是一种纯粹方法论,必须把它与反抗邪恶的现实相结合才能产生实际的结果,否则毫无价值,因此它是实现文学实用主义理论思想的手段。兄弟俩在通信中实现了思想的交融、心灵的碰撞、艺术的升华和事业的共进。

---

① MCWHIRTER D. "Introduction" to Henry James's New York edition: the construction of authorship[M]. Stanford: Stanford University Press, 1995: 6.

② JAMES W. The correspondence of William James: William and Henry, 1897—1910 [M]. Charlottesville: University Press of Virginia, 1994: 404.

③ JAMES W. The correspondence of William James: William and Henry, 1897—1910 [M]. Charlottesville: University Press of Virginia, 1994: 404.

小　结

亨利·詹姆斯和威廉·詹姆斯通信自始至终都表现出明显的二元关系。他们年轻时共同孕育在艺术的摇篮里，在成长中结下了难解难分的"手足之情"，在发展中也产生了思想上的对立和分歧，难免会在有意无意间引发"手足之争"。詹姆斯兄弟在通信中，有时是互相批评，有时是互相赞赏，有时只是对各自活动和结果的认可。他们也许并不总是喜欢彼此的工作，但毫无疑问，他们却在关心彼此的工作。持续不断的兄弟之争形成了一种根深蒂固、经久不衰的纽带，能够轻而易举地经受住后来的批评家任何心理传记式的吹毛求疵。通信揭示了詹姆斯兄弟二元关系的真相，打破了判定他们兄弟关系的先入之见，使我们能够跨越时空走进他们的情感世界，分享两位学界泰斗完整的思想交融，体验他们共生相争的别样关系，在情感的浸润和文化的熏陶中，感受兄弟如手足的亲情之爱，品味"达情"书信的平凡之美。

威廉和亨利的通信中不乏大量新颖别致和富有创造性的精彩段落，然而，这些书信永久的艺术魅力并不在于它们奇特迷人的外在表现，而在于它们朴实厚重的内在体验。"威廉和亨利兄弟俩之间的通信中最优秀的部分不包含新闻，不包含闲话，不包含争论，也不包含哲学草案。它们只是自画像(self-portraits)。"[①]文学技巧的运用要求读者不能一味被动地阅读故事，而应当积极主动地去发现其中潜在的乐趣，把自己的智力应用到为故事服务的过程之中。最有价值的故事是为了满足读者的渴望而写的。威廉和亨利的通信也许有意或无意地迎合了不同时代的读者对知识的渴望、对精神的需求和对文化的探索。因此，只有敏锐地把握这种阅读的述行之维，具备丰富的人生阅历和饱含深厚的文学情感，才能将自己的期待视域与兄弟俩的书信作品真正融为一体，在字里行间深刻感悟詹姆斯兄弟独特的二元关系。

---

① HALLMAN J C. Wm & H'ry: literature, love, and the letters between William & Henry James[M]. Iowa: University of Iowa Press, 2013: 121.

第二节　写给嫂子爱丽丝的信

爱丽丝·豪·吉宾斯(Alice Howe Gibbens, 1849—1922),是美国波士顿的一位小学教师、钢琴家。这位特殊的通信人是亨利·詹姆斯的嫂子,著名心理学家和哲学家威廉·詹姆斯相伴一生的妻子。爱丽丝1849年2月5日出生在美国马萨诸塞州,父亲是一位乡村医生,母亲是一位上流社会的新英格兰人。1856年,吉宾斯一家搬到加利福尼亚,吉宾斯医生在那里尝试经营牧场,但最后以失败而告终。也许不善交际的父亲性格上的弱点对爱丽丝影响极大。从小时候起,她就是个很严肃的孩子,长着一张圆脸,五官端正,眼睛又黑又大。

爱丽丝是在苦难中成长起来的一个顽强的女性。为了与酗酒和经济困难作斗争,父亲吉宾斯医生在内战爆发时加入了联邦军队;战争结束后,在去波士顿的途中自杀身亡。16岁的爱丽丝从此便支撑起了这个家,她身穿朴素的白色衣裙,椭圆的脑袋后紧紧地束着一个小圆发髻,显得特别精明、干练、利落。三年后,吉宾斯太太和三个女儿启程去了德国,爱丽丝跟从著名钢琴家克拉拉·舒曼(Clara Schumann, 1819—1896)学习声乐。五年后,因再度陷入经济困境,吉宾斯家的几位女性不得不返回美国,爱丽丝靠教书供养母亲和妹妹。这时,她变得极其刚毅和沉稳,这些品质深受詹姆斯两兄弟的喜爱。

一、通信伊始,饱含温情

1876年,老亨利·詹姆斯在波士顿的激进俱乐部(Boston's Radical Club)遇到年轻的爱丽丝。他回到家里,向长子威廉宣称自己已为他找到一位理想的新娘。对这桩突如其来的婚事,威廉和爱丽丝都很认真和谨慎。当他们宣布订婚时,小亨利于1878年6月7日写了一封文采斐然的信,欢迎爱丽丝·豪·吉宾斯加入詹姆斯家族。这是许多温暖的书信中的第一封,她的余生一直都保持着这种温情。

> 所以我不仅在形式上而且在精神上祝贺你们。我希望你能多见见其他人——我认为在婚约中你差不多是与整个家族订了婚。在这种情况下,你会发现我们都是善良的人,安全可靠且通情达理。另一方面,我的

母亲和父亲都给我写了信，他们对你的看法毫无疑问。但我并不想写这么多——我只是想亲自把我哥哥所要的东西送给你——我的祝福。我送给你所有可能的和不可能的美好祝愿——我冒昧地向你的母亲和姐姐致以最诚挚的问候。①

爱丽丝和威廉于1878年7月结婚，第二年他们的第一个孩子出生了。威廉·詹姆斯以哲学家和心理学家的身份享誉国际，而婚后的爱丽丝则相夫教子，甘愿作绿叶陪衬。起初，她被才华横溢的小叔子亨利惊呆了，担心他会发现她在学识方面的欠缺和不足。1883年元旦，在老詹姆斯去世后不久，她这样写信给威廉：

我觉得你弟弟哈里（指亨利）以一种令人费解的美妙方式让人痛苦不堪。他一直在努力让我来完成他的全部职责，但我知道正是厄运把我推向了他，虽然我努力使自己对他温和一些，尽量使自己免受惊吓，但我因缺乏成功而不断被改变。②

然而，他们之间的友谊与日俱增。十年后，她给丈夫威廉写信说："我将永远爱哈里，因为他对我和每个人都很友好。而'兄弟们'却很难对他和颜悦色。"③无论对威廉、亨利还是其他所有人来说，爱丽丝终其一生在詹姆斯家都是一个举足轻重的人物。1892年，当詹姆斯一家乘坐"弗里斯兰号"（Friesland）轮船去欧洲旅行时，爱丽丝照顾生病的孩子，整夜不能睡觉。在威廉的弟弟鲍勃（Bob）出现酗酒问题后，爱丽丝在昆西街（Quincy Street）的家中收留了他。当为丈夫的成功而拍手称快时，她也曾为自己缺少公众角色而痛悔不已。1907年，威廉在拉德克利夫学院（Radcliffe）演讲时，她告诉亨利——自己亲密的朋友和信任的知己之一：

他在拉德克利夫学院校友会上作了一个关于高等教育考试的非常精彩的简短演讲，"慧眼识人的能力"。这个演讲睿智、感人、优美。我一边听他说一边想，这是我唯一成功通过的考试——但也许我自鸣得意，我就

① JAMES H. Dear munificent friends: Henry James's letters to four women[M]. Ann Arbor: University of Michigan Press, 1999: 22.

② JAMES H. Dear munificent friends: Henry James's letters to four women[M]. Ann Arbor: University of Michigan Press, 1999: 18.

③ JAMES H. Dear munificent friends: Henry James's letters to four women[M]. Ann Arbor: University of Michigan Press, 1999: 18.

是为詹姆斯家而生的![1]

亨利一开始就非常珍视他与嫂子的亲情关系,就像珍视他与威廉的血缘关系一样。亨利常拿哥哥威廉开玩笑,他设法让爱丽丝发泄出与这样一个才华横溢、充满爱心但又反复无常的丈夫结婚后不可避免的挫败感。詹姆斯的信中既有对威廉研究主题的喜爱,也有温和的嘲讽,但他总是赞成爱丽丝。不像威廉那样经常批评弟弟的写作风格,爱丽丝则非常欣赏亨利的作品。他的小说《悲剧的缪斯》(*The Tragic Muse*, 1890)深深地打动了她:

> 两天前,我读完了《悲剧的缪斯》。一点儿不落地读完之后,我才知道它是多么优美。在我看来,你已经越过边界,进入了伟大的王国,进入了少数大师们通过他们自己的法则和无限进行生活和创作的境界。这本书是如此标新立异,如此与众不同——以至于也许今天或明天人们都不会接受它,但它的问世只是时间的问题。[2]

1890年7月9日,亨利·詹姆斯写信给嫂子爱丽丝,感谢她对《悲剧缪斯》的赞美:

> 几天前在佛罗伦萨收到你6月22日令人欣慰和感动的来信,我真不知如何感谢你才好。它给了我极大的快乐,让我热泪盈眶。没有什么能比知道我的一些"作品"被一个敏锐而杰出的头脑所珍视更让我感到满足的了——或者说从来没有过。你如此慷慨地表达了对目前这部作品的兴趣,真是太好了。这让我重新燃起了对它的兴趣——这种兴趣总是会消失和衰退,取而代之的是对更长远和更美好的东西的愿景和计划——一旦我的一部作品完成得差不多了。所以我不能"接受"别人说的话,不管是赞美还是责备:事情已经完成——或者没有完成;无论如何,这种尝试已经结束——我就不谈论它了。但是,感谢上苍,我可以享受它的一些成果——比如,亲爱的爱丽丝,你那迷人而慷慨的话语。当这本书写完时,我觉得我好像对它就漠不关心了——对它的关注只持续了足够长的时间

① JAMES H. Dear munificent friends: Henry James's letters to four women[M]. Ann Arbor: University of Michigan Press, 1999: 19.

② JAMES H. Dear munificent friends: Henry James's letters to four women[M]. Ann Arbor: University of Michigan Press, 1999: 20.

来完成它。但我对你这样的回应不会无动于衷。[①]

二、关爱晚辈，珍视亲情

亨利·詹姆斯写给嫂子爱丽丝的许多热情洋溢的信都涉及她的孩子们的健康、教育和福利。在1891年3月23日的一封信中，他们为给爱丽丝的第四个儿子取个合适的名字而争论不休。威廉坚持要给孩子取名为弗朗西斯·特威迪(Francis Tweedy)，而亨利更喜欢为他取名为罗伯逊(Robertson)："在收到我那封关于小宝宝名字的信后，你所写的最后一封友好和宽容的来信已收悉，只想向你道一声谢谢！"在仔细考虑各种理由之后，决定不叫孩子坦普尔或特威迪，而是选择罗伯逊这个名字，他最后说："代我向威廉和所有人——特别是向那个不开口说话或叫不出命字的婴儿问好。我希望他茁壮成长。"[②]

1892年2月15日，亨利写信给嫂子爱丽丝，讨论她和威廉在欧洲旅行时应该在哪里"安置"自己的孩子：

> 只要我能帮你解决出国时要做什么以及该怎么做的问题，我都会非常高兴。可是，我还不知道你打算如何安置这些孩子——把他们放在国外还是这里。在国外，无论如何，你的花费似乎会更多；当然，我非常希望你和威廉理所当然能来这里。伦敦不适合他们——至少在夏天不是理想的去处——而对于推荐沉闷的英国海滨度假胜地，人们总会感到畏缩。但我们必须想清楚。[③]

1892年，亨利邀请嫂子爱丽丝离开在瑞士的家人到他那里去，尽管他的邀请让她很动心，但她仍然坚守自己的职责：

> 我非常感谢你，亲爱的哈里，谢谢你对我的盛情邀请，我多么希望自

---

① JAMES H. Dear munificent friends：Henry James's letters to four women[M]. Ann Arbor：University of Michigan Press，1999：26-27.

② JAMES H. Dear munificent friends：Henry James's letters to four women[M]. Ann Arbor：University of Michigan Press，1999：28-29.

③ JAMES H. Dear munificent friends：Henry James's letters to four women[M]. Ann Arbor：University of Michigan Press，1999：30.

己能够接受。但我不想把孩子们交给陌生人照看。我也不太可能有其他的监护人。这也许会让你觉得我的心肠很软,但如果我的存在是为了证明自己,那就必须通过其他的生活来证明,而孩子们现在需要我,他们每一个人都需要我。①

亨利·詹姆斯帮助嫂子爱丽丝找回了她过去所拒绝的知性生活,以另一种方式弥补了她人生中的缺憾。她的真诚思想和心灵感悟一直支撑着威廉的生活和工作。许多个夜晚,爱丽丝坐在他们位于昆西街家中的书房里,听威廉朗读他的演讲稿,经常为他提供所需要的引语。是爱丽丝找到了威廉为内战英雄罗伯特·古尔德·肖(Robert Gould Shaw)纪念碑献词时演讲的结束语;是亨利·詹姆斯为她在那一天的重大事件中所扮演的角色及时写信称赞了爱丽丝。1897 年 6 月 15 日,詹姆斯在信中写道:

告诉威廉,我和他一起欢呼,在他之上,在他之下,在他周围,以各种方式,情不自禁。我认为他的演讲构思非常巧妙,令人钦佩,如果恰如其分地表达出来——显然是这样,那么它一定能以你我所能期望的那种强烈的热情吸引住大众。只是一些小细节让我有一种感觉,我本想把我的重量——我的意思是在准备的时候——以另一种方式放入天秤。②

这里亨利·詹姆斯指的是,威廉在圣·高登斯③所创作的联邦军上校罗伯特·古尔德·肖和马萨诸塞州第 54 黑人步兵团纪念雕塑落成典礼上发表的演讲。在内战期间,这是第一个在自由州招募的黑人步兵团,詹姆斯四兄弟中排行老三的加斯·威尔金森·詹姆斯(Garth Wilkinson James)也在其中服役。1863 年 7 月 18 日,肖在南卡罗纳州的要塞瓦格纳堡(Fort Wagner)的袭击中英勇牺牲。正如亨利所说,威廉的演讲非常成功。可见,威廉·詹姆斯事业上的成功离不开爱丽丝这样一个贤内助,还有弟弟亨利·詹姆斯的及时鼓励和支持。

---

① JAMES H. Dear munificent friends: Henry James's letters to four women[M]. Ann Arbor: University of Michigan Press, 1999: 19-20.

② JAMES H. Dear munificent friends: Henry James's letters to four women[M]. Ann Arbor: University of Michigan Press, 1999: 32.

③ 奥古斯塔斯·圣·高登斯(Augustus Saint-Gaudens, 1848—1907),被视为 19 世纪美国最伟大的雕塑家。

詹姆斯很认同爱丽丝在抚养孩子、帮助丈夫和招待家里的许多朋友等方面所承担的艰巨任务。他是她的可靠知己，她的坚强后盾。1899年5月21日，她向亨利诉说威廉的病情和她所承受的心理负担：

> 但是，世界上再也没有人比威廉更难伺候了！你不知道，我是多么想让他摆脱那些比工作更让他疲惫的挫折，尽可能制定一个井然有序的生活计划？[①]

1899年8月19日，詹姆斯在写给嫂子爱丽丝的信中质疑哥哥威廉对侄女佩吉(Peggy)选择学校的看法：

> 我很想写信告诉你关于佩吉的学校问题；我们得好好谈谈。你希望为她选一所"高雅"的学校，让我看是否受到威廉的嘲笑，我感到既困惑又震惊。他会支持上一个什么样的学校——像天堂一样？告诉他，在英国岛屿上任何一所二流的女子学校都很可怕——学校必须拥有"最优秀的人"，否则就无法存在。这种观点很奇怪。对苏维德小姐(Mlle. Souvestre)的学校有一种反对意见，它绝对属于"中产阶级"。但这里所有的学校都是这样——把女孩子送到那里，即使是最好的，也被认为是非常可怕的。我们要用光明照亮这个主题。[②]

1904年1月19日，亨利·詹姆斯信中谈及明年(1905年)访美的打算，哈佛大学的劳伦斯·洛厄尔(Abbott Lawrence Lowell, 1856—1943)[③]已提前写信预约，邀请他做8次关于英国作家的演讲，不过，他觉得条件还不具备。他即将完成《金碗》(*The Golden Bowl*, 1904)的写作，并开始创作另一部小说，同时在《北美评论》(*North American Review*)上连载。

> 我之所以这样推断，是因为你似乎认为我理所当然地接受了他的提议。如果我知道你一直这样做，我就会回到这个话题上来，具体来说，提

① JAMES H. Dear munificent friends: Henry James's letters to four women[M]. Ann Arbor: University of Michigan Press, 1999: 19.

② JAMES H. Dear munificent friends: Henry James's letters to four women[M]. Ann Arbor: University of Michigan Press, 1999: 36.

③ 劳伦斯·洛厄尔，1909—1933年担任哈佛大学校长。

醒你考虑目前困扰我的一些因素，让我承诺洛厄尔做八次演讲，指定的时间是明年冬天和春天，这是一个不切合实际的梦想。我已经答应在未来的好几个月里做许多其他的工作，以至于我完全不能再准备演讲了。即使不忙，我也不打算由于经济上或其他方面的原因，把这样一项艰巨的任务加入到我的美国之行中。①

然而，1905年3月13日，詹姆斯在信中说他已经同意做一系列演讲来帮助支付旅行的费用，尽管早些时候他曾向爱丽丝表示坚决不能做演讲。他在芝加哥的演讲很成功，接着去了圣母大学（University of Notre Dame）继续演讲。

我在这里演讲过两次，都非常成功（毫无疑问），人们的热情好客和迫切要求深深触动了我，如此宏大、坦率和亲切让我热泪盈眶，即使筋疲力尽，也在所不惜。我既不能给你作概述，也不能给你讲细节（必须等待时日，在家里长谈才行），但事情的全过程很精彩、很奇妙、很有趣。②

爱丽丝暑假在新罕布什尔州乔科鲁亚（Chocorua）的家庭农场劳作，操持一个大家庭，招待客人，照料孩子，始终确保威廉放松心情。1905年9月8日，亨利回国后写信提醒爱丽丝一定要注意休息，她自己也需要一种“更轻松的生活”（easier life）。

尽管如此，我还是要情不自禁地告诉你，在这件事中你拥有我最深切的同情，甚至比这种可恶的探望更加长久——它的寓意是，你需要一种更轻松的生活，你迫切地需要它，如果在我们所有人中不能成功地看到你绝对得到它，你将彻底灭亡，让我们一无所有。因为你长期被命运的重担所累，这就是你要面对恶魔攻击的原因。太多人依靠你生活，尤其是太多的陌生人和局外人，再加上你如此众多、如此出色和挥霍的家人！③

---

① JAMES H. Dear munificent friends：Henry James's letters to four women[M]. Ann Arbor：University of Michigan Press，1999：47-48.

② JAMES H. Dear munificent friends：Henry James's letters to four women[M]. Ann Arbor：University of Michigan Press，1999：52.

③ JAMES H. Dear munificent friends：Henry James's letters to four women[M]. Ann Arbor：University of Michigan Press，1999：57.

1909年2月20日，詹姆斯写信告知嫂子爱丽丝，他带侄子亚力克(Aleck)去观看自己的剧作《出高价》(*The High Bid*)首场演出的感受。

但我相信它会有令人羡慕的前景，而且从根本上(至少在这里)它是一部日场剧。但是，这小小的欢呼已经是人们所希望的全部了——亲爱的小亚力克睁大眼睛，充满惊奇——我会向你报告他观看首次演出显然十分着迷的感觉，他的到场对我来说也是整个事件中最幸福的事。关于他，现在完全可以放心。目前的一切困难都已过去，他恢复了平静——今后几个月的混乱局面已完全消除。①

三、相互爱护，患难与共

随着友谊的不断加深，亨利的信越来越长，对嫂子爱丽丝生活的方方面面都给予更多的关心和爱护。当威廉出现严重的健康问题时，亨利的信中包含着亲切的劝慰和鼓励。1910年威廉去世后，亨利和爱丽丝一起待在新英格兰，解决遗产问题，哀悼他们失去的亲人。他一如既往地非常关心她的孩子们的生活：哈里的事业蒸蒸日上，佩吉的抑郁和她在布林莫尔学院的入学，比尔和富有的社交名媛爱丽丝·伦内尔斯的婚姻，以及最小的亚力克先是在西方旅行然后在艺术上努力寻找自我。

1911年8月27日，威廉逝世一周年之际，詹姆斯写信给嫂子爱丽丝，诉说自己来到位于埃塞克斯的玛丽·亨特(Mary Hunter)乡村庄园，表达对已逝亲人最深切的怀念和哀痛之情。

我想趁自己还在这里的时候给你写信——这有助于我(拿起纸笔写下来)稍微驱散这个黑色周年纪念日的黑暗。我一直特别害怕这一天——在一年前所有的回忆和痛苦的阴影下，我一直是这样渡过的这一周，你和佩吉会这样渡过，比尔也一样；但奇怪的是(足够奇怪)，在这里这样做是一种软弱无能，多亏了你的支持和难以言喻的宽容，我才彻底地摆脱了自己那致命的痛苦，与你一起奋力前往德国的瑙海姆。②

① JAMES H. Dear munificent friends：Henry James's letters to four women[M]. Ann Arbor：University of Michigan Press，1999：71.

② JAMES H. Dear munificent friends：Henry James's letters to four women[M]. Ann Arbor：University of Michigan Press，1999：76.

就这样,亨利·詹姆斯很长一段时间都是在失去哥哥的痛苦中度过的。1911年9月24日,在写给嫂子爱丽丝的另外一封信中,亨利说,他正在爱丁堡短暂停留,故地重游,睹物思人,这使他更加思念已故的哥哥威廉。

> 因为我与它的各种联系,正是与威廉和你在这里的那段时光,记忆最为清晰,也最让人悲伤——尽管我确实发现,每次对威廉的联想,或是对他的回忆,或是从他那里窥视,都会遇到我,都会对我说话——以一种如此痛苦的方式为代价!有一种抛弃他的感觉,一种离开他继续生活的感觉——甚至去做他非常关心的、对他有益的、令他愉快的事情:几乎每一件发生的事情都使我的心情更加激动——当然,最亲爱的爱丽丝,你当然比我更清楚,更能感觉到,而且用这种阴沉的方式对你说话,根本不是我的本意。①

1912年3月21日,亨利在信中报告了英国的煤矿罢工扰乱人们生活的总体情况,表达对时局的深切关注和对民生的忧虑。

> 首先谈谈我们这里的情况,有一个很重要的事实是我们的煤矿大罢工的黑色阴影,它充满了我们所有的意识,并产生了非常令人沮丧的效果,在幽暗之中我们别的什么都不想。情况日益严重,而且还没有结束,这让我们前所未有地认识到,煤炭在这个国家不是一种特色或配饰,而是所有生命和存在的潜在动力,是我们生存必要的气息。这个问题迫在眉睫,却根本看不到解决方案——一切都在不祥地萎缩和崩溃——所有的产业停工、所有的工作终止、供应迅速中断,已造成巨大的贫困和匮乏。②

1912年7月23日,亨利·詹姆斯写信向嫂子爱丽丝表示祝贺,因为侄子哈里(Harry)刚获得洛克菲勒医学研究所(Rockefeller Institute for Medical Research)研究员的新职位。

---

① JAMES H. Dear munificent friends: Henry James's letters to four women[M]. Ann Arbor: University of Michigan Press, 1999: 79.

② JAMES H. Dear munificent friends: Henry James's letters to four women[M]. Ann Arbor: University of Michigan Press, 1999: 85.

你知道此时我对哈里接受洛克菲勒的新职位有何看法,我很高兴你从一开始就有了与我一样清晰、尖锐的观点。在我看来,谈论反复掂量过的事情,或者对它的价值有任何怀疑,都是在浪费口舌。但我把这一切都告诉了哈里,我对这件事的强烈感受——我们大家如此一致,这是一件令人高兴的事情。唯一让人感到痛苦的是,在我们看来,威廉并不像这件事给他带来的骄傲与安宁那样愉快、欣喜地参与其中。但不知何故,这一切都是为了他,也为了我们其他人,他的幸福是通过我们表达出来的。我在血液和脉搏中感受到了他的幸福,也使我自己的幸福得到充实和加强。①

1912年8月26日,在威廉去世两周年之际,亨利·詹姆斯想象着爱丽丝在一间闹鬼的房间里独自一人坐在灯下的情景,便写信表达对亲人的关爱和慰问:

三天前收到了你12日的来信,描绘出你孤单一人的形象,在那个闹鬼的房间里,在那张巨大的桌子旁,我能看到你、感觉到你,所以我不可能不给你一个回音——尤其是在这个梦想中的夜晚,这个我们黑色周年纪念的前夜。你过着多么英勇的生活啊——用你所有艰辛和昂贵的劳动,单枪匹马、孤身一人,但为了如此美好、正确和理想的结局。你提到你现在每天所有的费用,让我所剩无几的几根头发都竖了起来,我想到你是怀着一种难以言表的愿望去迎接它的。②

1913年3月15日,詹姆斯的健康状况让他不得不依赖一把巴斯轮椅(Bath chair)进行郊游,他写信告诉爱丽丝这把椅子充满"诱人的魅力"(sweet appeal)。他出行时常常回忆起与威廉和爱丽丝在巴特西公园(Battersea Park)散步的情景。

直到今天,我又开始出门了,一连四次坐在巴斯轮椅上郊游——每一种指令的安装都便于操作。我担心,坐巴斯轮椅的习惯或恶习现在太有可能成为我的标志了。这当然不是"真的"——感谢上帝,从长远来看,或者更确切地说,从长期(甚至是短期)的爬行中,我出色的双腿对我来说仍

---

① JAMES H. Dear munificent friends: Henry James's letters to four women[M]. Ann Arbor: University of Michigan Press, 1999: 88.

② JAMES H. Dear munificent friends: Henry James's letters to four women[M]. Ann Arbor: University of Michigan Press, 1999: 93.

然是一种依赖、资源和补救;只是,如果你从未尝试过,巴斯轮椅有它自身诱人的魅力,能让人沉思默想;我所处的位置比我想象的要好,恰好就在伦敦,多亏了泰晤士河边那长长的堤岸,它平坦、可爱、迷人,提供了一条非常理想的路线,既适合喧闹(从多样性的意义上说),又适合宁静(从另一个意义上说,没有人和什么东西挤来挤去,也不用走路小心翼翼)。①

爱丽丝仍然很欣赏詹姆斯的作品,尤其是在他人生的最后阶段写的自传。她读完《童年及其他》(*A Small Boy and Others*, 1913)后说:"我无法告诉你我是多么喜欢这本书。我怀疑你在那里留下了一个孩子的永不磨灭记录——一个不朽的孩童。还有优雅、温柔和魅力!"②像19世纪的其他女性一样,爱丽丝·豪·詹姆斯充满活力、思维敏捷、知识丰富,她就许多文本向小叔子亨利提供了机智的回应。当她读完詹姆斯1914年的《作为儿子与兄弟的札记》(*Notes of a Son and Brother*, 1914)时,她热情洋溢的回应一定让詹姆斯觉得他至少有一位敏锐的读者:

在这个寂寞的夜晚,在空荡荡的图书室里,如果可以的话,我非常想告诉你一些我对你的"札记"的感受。在我看来,它美得出奇,甚至比它的前一部作品《童年及其他》还要完美。这部书是如此丰富——既蕴藏在它所赋予的深刻内涵之中,又隐含于它是如此优美、如此巧妙的不言而喻之中!这本书的基调又如此亲切。昨晚我告诉哈里,我觉得自己仿佛看到了一位伟大的君主,一位血脉亲王,把他的追随者一个接一个地遣散,向每个人亲切地告别。③

1915年1月2日,亨利写信给嫂子爱丽丝,详尽地描述了侄子哈里在饱受战争蹂躏的比利时的旅行经历。通过亨利·詹姆斯的通信,我们可以穿越时空了解到一战背景下,比利时真实的社会现状和奇异的人世百态。

他们看到了所有的地方,被蹂躏的和未被蹂躏的,最重要的是看到了

① JAMES H. Dear munificent friends: Henry James's letters to four women[M]. Ann Arbor: University of Michigan Press, 1999: 98.

② JAMES H. Dear munificent friends: Henry James's letters to four women[M]. Ann Arbor: University of Michigan Press, 1999: 20.

③ JAMES H. Dear munificent friends: Henry James's letters to four women[M]. Ann Arbor: University of Michigan Press, 1999: 9.

许多上流社会的比利时人，令人惊讶的是，有很多人还留在那里，他们受到了宽待。我认为，一种巨大的魅力包围着他们，对他们来说没有什么比这更好的了，也没有什么太能表达感激和欣赏——他说到比利时，甚至有一个非常富有的当地企业主和金融家洛克菲勒盛宴招待了他们，但我忘记了他的名字，而且奇怪的是，他拥有宴会所需的材料。在这种极其不正常的情况下，事情很奇怪，似乎奢侈品，尤其是食品，有很多聚集的商店；战争爆发时大经销商掌控的那些物品从未被调配或使用过，因此一直囤积在他们手中。①

1915 年 5 月 26 日，已知詹姆斯最后一封写给爱丽丝的书信，除了送去对亲人的祝福，还特别表达了对战争时局的关注，他担心英国能否招募到足够的军队志愿者，为此发出一个有良知的小说家的正义的呐喊，期望共同努力、停止战争、远离灾难，祈盼人人都能享有一个和平、安宁、祥和的世界。

即便现在一场巨大的危机仍在这里肆虐，你当然知道，因为我们迄今“野蛮”的自由，只是还没有像德国那样全力以赴和大规模地组织起来进行战争，也没有像法国那样与这个国家形成抗衡。最后，这根本行不通，我们必须进行巨大的改变，才能以百倍的信心更有效、更有力地继续前进。这将会发生，但前提是那些被自由宠坏的人必须付出巨大的努力，服从一种从未知道的行为准则。通过简单的志愿活动，我们已经筹集了 200 多万人，但还必须再筹集 200 多万人，其他一切都按比例进行。军队的质量是崇高的，但现在必须增加过多的数量。它会的——不可能不会，战争还将持续一年。当令人钦佩的个体生命一个接一个地进入血腥的深渊时，前景令人胆战心惊。②

威廉即将去世的时候请求爱丽丝，让她在亨利最后的日子里一定要过去照看。因此，1916 年 2 月 28 日，当亨利·詹姆斯弥留之际，爱丽丝一直守候在那里，替丈夫威廉，也是为了她自己，了却一桩心愿。她曾这样向好友吐露心迹：“我也很感激能来到亨利身边，陪他一起走完人生的最后一程。在肉体的摧残和精神的迷惘中，

① JAMES H. Dear munificent friends：Henry James's letters to four women[M]. Ann Arbor：University of Michigan Press，1999：118.

② JAMES H. Dear munificent friends：Henry James's letters to four women[M]. Ann Arbor：University of Michigan Press，1999：121-122.

产生一种精神的启示,如此挺拔、如此坚贞、如此不朽,以至于回想起来似乎只是一段插曲。这很容易想到他身在异国他乡。"①

亨利·詹姆斯去世后,爱丽丝偷偷把他的骨灰带回美国,安葬在剑桥的詹姆斯家族墓地。晚年她经常独自坐在漆黑的书房里那张巨大的书桌前,阅读她亲爱的小叔子写的那些有趣而感人的书信。那时,她的头发已经花白,脸上布满皱纹,面容显得憔悴,穿着黑色衣服。1922 年,爱丽丝在昆西街 95 号的家中离世,带着她对詹姆斯家族的记忆和怀念。

小 结

在亨利·詹姆斯众多的女性通信人中,爱丽丝·豪·吉宾斯的身份比较特殊,她既是 20 世纪美国著名的心理学家和哲学家威廉·詹姆斯的妻子,又是当时英美文学界杰出的心理现实主义小说家和文体学家亨利·詹姆斯的嫂子,双重身份使她有一种耀眼的光环。她是小说家亨利·詹姆斯一生的挚友,更是他长期爱护和惦念的亲人,他们之间的通信自然成为人们关注的热点话题。爱丽丝·詹姆斯年轻时是一名教师,精通钢琴演奏,有较高的文化学识和艺术修养;她和威廉姆斯·詹姆斯有五个孩子,一生操持家务、任劳任怨,是一位贤妻良母。1910 年,威廉·詹姆斯去世后,她和她的孩子们一起在美国度过了一段孤苦难熬的时光,而在亨利·詹姆斯生命的最后几个月里,爱丽丝来到英国一直陪伴在他身边,体现了家人之间的无限关爱和深厚情谊。从 1878 年到 1915 年,詹姆斯至少给她写了 140 封书信。

亨利·詹姆斯写给嫂子爱丽丝·詹姆斯的书信主要是关于孩子们的健康、教育和福利等问题,有时候涉及一些日常家务和生活琐事。例如,在为她的第四个儿子取名字的事,家人之间竟然展开一场热烈的书信讨论;在侄女佩吉(Peggy)选择学校时,他又适时适当地给出作为叔叔的诚恳建议和热情指导;当侄子哈里(Harry)获得洛克菲勒医学研究所研究员的新职位时,他又不失时机地送去长辈的美好祝福。可见,在一些细节上亨利·詹姆斯真心实意地在为他的侄子、侄女们着

① JAMES H. Dear munificent friends: Henry James's letters to four women[M]. Ann Arbor: University of Michigan Press, 1999: 20.

想，他设身处地关心孩子们的成长和未来的发展。亨利对嫂子的身心健康倍加呵护，经常写信嘘寒问暖，而嫂子爱丽丝也非常关心小叔子文学事业的发展。每当遇到困难和挫折时她总是写信安慰，替他分担忧愁；每当他取得成绩和进步时，她则为他感到欣喜和高兴。两人似乎有着共同的命运，患难相随，荣辱与共。每当亨利的一部新作完成时，嫂子爱丽丝总是充当他的第一读者，及时地对他的作品作出批评性的回应。不像威廉那样喜欢严厉批评、指责、挑剔弟弟亨利的作品，嫂子爱丽丝则更多地喜欢、欣赏、品评和赞叹他的作品。无形之中，嫂子爱丽丝已经成为他体贴入微的知己、最值得依赖的亲人和抒发情怀的合适对象，这种亲情超过了一般的家人。在写给这位熟知的家人的信中，亨利·詹姆斯的语调非常随和，时常展现出他作为一个热情、风趣、机敏的批评家的风采，处处流露出他作为一个活力充沛、聪明活泼和才华横溢的小说家的魅力。因此，毫不夸张地说，亨利·詹姆斯与嫂子爱丽丝·詹姆斯之间的通信是詹姆斯书信创作中最有价值的一部分“达情”书信。

第四章　詹姆斯与女性朋友的通信

亨利·詹姆斯一生中结识了众多的女性朋友，在长期的交往中她们有些成了他的忠实可靠的通信者，书信传情也使他和这些女性朋友之间结下了深厚的友谊，书信真实地记录了发生在他们之间点点滴滴的人生琐事，见证了值得回顾的一个个隐秘的历史瞬间，激起了人们对小说家思想情感的无限遐思和不懈探寻。除了其他章节所论述的手足之情、朋友之谊、同行之交以外，男女之情是詹姆斯感情生活中不为人熟知的另一面，他在写给女性朋友的信中吐露了另一种绵绵的男女情谊。本章以“达情”书信为研究对象，探讨詹姆斯的多面人生。这里主要论及与詹姆斯经常保持通信的三位女子，她们各自在他的中年和老年时期的社会交往和家庭生活中占据着重要地位：玛丽（米妮）·卡德瓦拉德·琼斯[Mary (Minnie) Cadwalader Jones，1850—1935]，纽约人，也是伊迪丝·华顿的嫂子；玛格丽特·弗朗西斯（范妮）·普罗瑟罗[Margaret Frances (Fanny) Prothero，1854—1934]，詹姆斯在拉伊小镇的邻居，嫁给了剑桥学者乔治·普罗瑟罗爵士（Sir George Prothero）；以及路易莎·厄斯金·沃尔斯利女士（Lady Louisa Erskine Wolseley，1843—1920），她的丈夫沃尔斯利子爵（Viscount Wolseley）是英国军队的总司令。通过细读詹姆斯与女性朋友的私人书信，剖析他的情感起伏、离情别绪和行为表现，尤其是分析维多利亚时代的文化背景、多样的主题内容以及他对19世纪女性日常生活的亲密参与。正如传记作家菲利普·霍恩所说，“亨利·詹姆斯并不完全符合孤独的艺术家和儒雅的社会名流之间的对立。他对社会时局非常关注，而且广泛参与社交活动。与社会上的各类人士打交道，力求挣得一种舒适的生活”[①]。亨利·詹姆斯的“达情”书信揭示了其情感生活的丰富性，在某种意义上重塑了詹姆斯的完整艺术形象。

---

① HORNE P. Henry James：a life in letters[M]. New York：Penguin Group，1999：xv.

第一节　写给“米妮”的信

玛丽(米妮)·卡德瓦拉德·罗尔·琼斯拥有一段特殊的成长经历,这一切似乎在为后来她和亨利·詹姆斯之间建立亲密关系做准备,詹姆斯的书信体现了这种亲密关系。她与父亲的亲密关系使她比大多数19世纪的女性对世界有着更广阔的视野,并使她能够将男女友谊视为世界上最自然、甚至是最令人向往的事情。

一、缘分成就知己

玛丽·卡德瓦拉德·罗尔,1850年12月出生于费城,父亲是威廉·亨利·罗尔(William Henry Rawle),母亲是玛丽·卡德瓦拉德(Mary Cadwalader)。她后来在私人印刷书籍《幻灯》(*Lantern Slides*)中这样说:

> 第二年我出生了,显然让我父母感到失望,因为母亲一心想要个儿子,父亲早已打算按照家族的法规传统来抚养他。但这也无济于事,我似乎下定决心要活下去,所以过了一段时间,父亲接受了他的损失,我们之间的友谊开始了,我十分感激,它使我的生活充满了乐趣。①

米妮的父亲经常带她去费城,把她介绍给许多名人。他把自己对书籍和诗歌的热爱传递给了她。维多利亚时代英国著名小说家威廉·梅克比斯·萨克雷(William Makepeace Thackeray, 1811—1863)1855—1856年的冬天访问美国,当时他就在卡德瓦拉德的家里吃饭,常把她抱到宽阔的膝盖上并为她画画。后来,罗尔先生带她去听出色的女演员范妮·肯布尔(Fanny Kemble, 1809—1893)②朗读查尔斯·狄更斯(Charles Dickens, 1812—1870)小说和莎士比亚戏剧。

---

① JONES M C. Lantern slides[M]. Boston: Merrymount Press, 1937: 17.

② 范妮·肯布尔(Fanny Kemble, 1809—1893),演员查尔斯和玛丽·肯布尔的女儿,1809年11月27日出生在伦敦。她第一次登台是在1829年10月5日,在她父亲制作的作品《罗密欧与朱丽叶》(*Romeo and Juliet*)中扮演朱丽叶。范妮取得了巨大的成功,随后又扮演了其他一些角色。除了在戏剧中露面,范妮还朗诵莎士比亚的作品。她于1893年1月15日在伦敦去世。

1860年米妮的弟弟和母亲相继去世,在双重的家庭悲剧发生之后,父女关系变得更加亲密。后来她声称,母亲去世使她早熟:“在父亲的家里和他的朋友们中间,我不得不尽我所能代替母亲的位置,我觉得与老人在一起比与同龄的男孩和女孩在一起更自在,因为我从未‘入柜’(in),所以也不正式‘出柜’(coming out)。”①这种被逼迫出来的成熟使她比许多维多利亚时代的女孩更开放、更爱冒险,这些品质后来让她受到詹姆斯的喜爱。

内战期间,罗尔带着他活泼的女儿去白宫会见林肯,1865年她与父亲一起航行到南卡罗来纳州,参加在萨姆特堡举行的仪式。在谈到和父亲一起在这些海军舰艇上航行时,她说:“我认为船员们喜欢一个年轻女孩,对他们能给她看的任何东西都非常感兴趣,老实说,我从来没有跟这么彬彬有礼的人在一起过。”②她做父亲的私人秘书,下午和他一起骑马,晚上熬夜为他写案子。米妮意识到这种亲密的陪伴使她能够更容易与其他男人交朋友:

> 虽然我不同意弗洛伊德的说法,衷心地希望他从未出生过,但我相信最自然的友谊是男人和女人之间的友谊。也许我的成长经历与这种信念有关,但在我的一生中,我的亲密朋友,除了少数例外,都是男人,我发现如果他们受到公平对待,就像正人君子对待彼此,而不是像通常那样被女人欺骗或利用,有个医学术语这样说,他们的“疗效”很不错。③

她18岁时,父亲与母亲的表妹再婚。失去了父亲的陪伴,米妮也许因为感到很孤独,第二年便嫁给了作家伊迪丝·沃顿的哥哥弗雷德里克·琼斯(Frederic Jones),随后搬到了纽约生活。然而,她在婚姻中所追求的亲密关系却未能实现,因为他们的结合并不幸福。但即使与丈夫疏远了,她仍然和小姑子伊迪丝保持着密切的关系。在纽约的家中,她举办了温馨的周日下午联谊会,建立了一个精心设计的社交网络,亨利·詹姆斯也加入其中。她还成为纽约市医院学校的志愿者,后来成为护理学校咨询委员会的主席。1892年,就在唯一的女儿比阿特丽克斯(Beatrix)10岁生日之后,她与弗雷德里克·琼斯(Frederic Jones)分居。1896年,两人离婚。④

---

① JONES M C. Lantern slides[M]. Boston: Merrymount Press, 1937: 103.

② JONES M C. Lantern slides[M]. Boston: Merrymount Press, 1937: 90.

③ JONES M C. Lantern slides[M]. Boston: Merrymount Press, 1937: 113-114.

④ BROWN J. The gardening life of beatrix Jones Farrand, 1872—1959[M]. New York Viking, 1995: 10-11.

根据现存的詹姆斯书信，詹姆斯和玛丽·卡德瓦拉德·琼斯是于1988年3月在纽约编辑埃德温·戈德金家（Edwin Godkin）的晚宴上相识的。詹姆斯的传记作品《作为儿子和兄弟的札记》中记述，他最喜欢的表妹明妮·坦普尔（Minny Temple）于1869年秋天在纽约认识了"罗尔小姐"，那是在她与弗雷德里克·琼斯订婚之后，所以詹姆斯很有可能在1883年之前通过他的表妹认识了米妮，表妹认为罗尔小姐"有灵魂"（had a soul）。[①]同年7月下旬，在波士顿居住期间，詹姆斯到缅因州的沙漠山岛看望了琼斯夫人，之后写了许多很感动人的信，第一封彬彬有礼地向她致谢，还给她寄了一本书。1886年，他告诉威廉他在那里看望过她："琼斯夫人缓解了我停留时的痛苦，我非常清楚地记得她，就连她的费城口音也还记得。"[②] 1895年，他在信中再次告诉威廉，琼斯夫人和其他许多人一起，一直在"擂"他的德维尔花园门。[③]

虽然他们直到下个世纪才见了面，但他们追求的是相同的兴趣。詹姆斯完善写作的同时，米妮也在探索写作技巧。1900年，她出版了《女性欧洲之旅》（*European Travel for Women*），这是一本女性独自旅行指南。这本书显示出她的独立和智慧，这两种品质后来为詹姆斯所钦佩。她首先声称，"越来越多的女性在欧洲旅行，经常参加不包括男子在内的聚会，她们没有理由不去旅行，因为获得的快乐和利益远远超过了所付出的辛劳……"[④]书中充满了健康的常识。她建议妇女们愉快地适应外国习俗："记住，当你到一个陌生的国家去的时候，那里的居民并没有派人来请你；你大概是自愿到他们中间去的，他们的风俗习惯在你看来不可能比你的在他们看来更陌生。"[⑤]她建议多读书学习，提醒读者参观卢瓦尔河时不要忘记带上詹姆斯先生的《法国掠影》（*A Little Tour in France*，1884）。

事实上，正是她自己的旅行意愿使他们的友谊得以恢复。米妮知道自己会在英国，于是把伊迪丝·沃顿的《关键时刻》（*Crucial Instances*）和《试金石》（*The*

---

① JAMES H. Notes of a son and brother[M]. Princeton：Princeton University Press，1983：533-534.

② JAMES H. Henry James Letters[M]. Cambridge：Harvard University Press，1980：132.

③ JAMES W. The correspondence of William James[M]. Charlottesville：University Press of Virginia，1993：366.

④ JONES M C. European travel for women：notes and suggestions[M]. New York：Macmillan，1900：vii.

⑤ JONES M C. European travel for women：notes and suggestions[M]. New York：Macmillan，1900：2.

Touchstone)寄给詹姆斯,以重拾他们昔日的友谊。[①]詹姆斯与她的下一次通信是在1902年,当时她去了英国;在那之后,他们的友谊加深了。每年八月,米妮和女儿比阿特丽克斯都会去苏格兰福法尔郡的米尔登(Millden)旅行。在她的堂兄约翰・卡德瓦拉德(John Cadwalader),这位当时纽约著名律师的狩猎营,米妮享受到女主人般的待遇。在这些旅行中,她经常见到她拉伊的朋友。1904年和1905年,詹姆斯住在她纽约第十一街的家里,1911年哥哥威廉去世后,詹姆斯再次住在那里。在最后那一次拜访中,他告诉伊迪丝・华顿,玛丽・"卡德瓦尔"(Mary "Cadwal")是他"最温柔的保姆"。[②]

米莉森特・贝尔(Millicent Bell)研究了很久以前詹姆斯写给琼斯夫人的手稿,她的《伊迪丝・华顿和亨利・詹姆斯》(*Edith Wharton and Henry James*)[③]这本书里涉及琼斯夫人,讨论了她与詹姆斯的关系,并引用了他写给她的几封信,以此来展示他的思维方法。给她的信开始写得很正式("亲爱的卡德瓦拉德夫人"),但在后来的信中,他称她为"最亲爱的恩人"和"慷慨的好朋友"。他和她的女儿比阿特丽克斯成了朋友,她后来成为美国杰出的园林师之一;他和米妮都很爱护伊迪丝・华顿。他们都担心伊迪丝的丈夫泰迪(Teddy)会毁了她,詹姆斯的很多书信也透露了这种担心。他在一封信中宣称,

> 我确实在山上看到了泰迪——在我离开之前的整个下午和晚上,他在新不伦瑞克钓了三个星期的鲑鱼,身体状况很好,回到了山上——因为他已经完全康复了——而且他不断地制造一次又一次的暴力场面——使他的能力不断增强。对他来说,他是完全正常的(我是指他内在的孩子气),而且我绝对相信,除非他们两个人分居(她会给他"补贴"),否则他绝对会在最后的精神紧张和心脏危象中毁掉她。[④]

米妮和詹姆斯这两个朋友在参与华顿家的斗争中关系变得更加亲密了。他在

---

① BROWN J. The gardening life of Beatrix Jones Farrand, 1872—1959[M]. New York Viking, 1995: 82-83.

② JAMES H. Henry James letters[M]. Cambridge: Harvard University Press, 1984: 574.

③ BELL M. Edith Wharton and Henry James: the story of a friendship[M]. New York: George Braziller, 1965.

④ JAMES H. Dear munificent friends: Henry James's letters to four women[M]. Ann Arbor: University of Michigan Press, 1999: 161.

感情上支持米妮，帮助她解决婚姻和经济上的困难，就像他支持他的嫂子爱丽丝扮演家庭角色一样。米妮在1911年向威廉・迪恩・豪厄尔斯（William Dean Howells）宣布，“我深深地爱慕詹姆斯先生，一生挚爱”[1]。她的感情得到了回报。1911年8月30日，詹姆斯告诉霍华德・斯图吉斯（Howard Sturgis），斯图吉斯和玛丽・卡德瓦拉德・琼斯“是我最好的朋友”[2]。

当堂兄约翰・卡德瓦拉德于1914年去世时，詹姆斯希望遗嘱中能提到米妮的名字。尽管她从遗产中几乎什么也没有得到，但詹姆斯还是写信安慰她：

> 有人告诉我，他没有孩子，也“没有负担”，他留下一大笔财产——就此，我想到它会使凄凉的状况得到极大的缓解，给紧张的生活和工作带来巨大的帮助，这些都是他亏欠你们娘俩的。然而，男人们经常做出的奇怪表现再次征服了我，我开始怒吼，咬牙切齿。[3]

1918年，当米妮的前夫弗雷德里克・琼斯（Frederic Jones）在巴黎去世时，米妮和伊迪丝・华顿并没有为他的死而哀悼，尽管两年前两个女人都曾为詹姆斯的死而悲伤。华顿夫人称赞米妮，她“最近遭受了很多打击”，但她很勇敢。米妮继续着她的学术兴趣，翻译了圣蕾妮・泰兰迪尔夫人（Mme. Saint-Renée Taillandier）的《比利时救济委员会的灵魂：胡佛救济工作的法国视角》（*The Soul of the "C.R.B.": A French View of the Hoover Relief Work*, 1919），以及雷蒙德・雷科利（Raymond Récouley）的《战争赢家福煦》（*Foch, the Winner of the War*, 1920）。1935年，她在伦敦的一家旅馆里突然去世，她比她亲爱的朋友多活了将近20年。伊迪丝・沃顿安排了她的葬礼，将她安葬在英国赫特福德郡的作家汉弗莱・沃德夫人（Mrs. Humphry Ward）旁边，浪漫的玫瑰花瓣枯萎、飘零，永远离开了。

二、书信见证友谊

晚年的詹姆斯居住在英国乡下的拉伊小镇（Rye），位于英格兰的东南部，从伦

---

① JAMES H. Dear munificent friends: Henry James's letters to four women[M]. Ann Arbor: University of Michigan Press, 1999: 129

② JAMES H. Dear munificent friends: Henry James's letters to four women[M]. Ann Arbor: University of Michigan Press, 1999: 129

③ JAMES H. Dear munificent friends: Henry James's letters to four women[M]. Ann Arbor: University of Michigan Press, 1999: 181.

敦到那里坐火车只需要1.5小时，靠近海边，平静而安宁，号称英国最靠近天堂的地方。这个海港小镇保留着完好的中古时期的特色建筑，有别致的鹅卵石铺设的小路、16世纪的木质结构小屋以及坚固的石建城墙防御堡垒，小镇中央有一座庄严肃穆的圣玛丽大教堂，这一切让人感受到一种典雅的古朴气息。在小镇漫长的历史发展中，有不少著名的英国作家和艺术家都曾选择在此居住，也许他们希望在这里能找到启发文学艺术创作的灵感。亨利·詹姆斯就是一个典型的例子。他习惯于循着午夜的钟声开始伏案写信。坐在靠墙的书桌旁，手里拿起一支钢笔，面前展开一张牛皮纸，上面印着"兰姆别墅，拉伊，苏塞克斯"(LAMB HOUSE, RYE, SUSSEXE)的字样，他便奋笔疾书，字迹潦草，几乎难以辨认。詹姆斯每天都在惦念着生活中的好朋友，向他的各类通信人分别致意。到凌晨一两点钟声敲响时，他大概已经写完了三四封信。这就是文学大师的生活和工作的常态。1912年6月15日，他写信给第一位女性朋友玛丽(米妮)·卡德瓦拉德·罗尔。

亲爱的玛丽：

以此向你传达"塞利马尔"[①]最热切、最温柔和最诚挚的欢迎。他等着你、问候你，并提议在这里拥抱你。没有什么能诱使他不这么做。哦，他多么希望你到了这里，能得到安慰(通过一段平静的插曲)，而不是紧张(通过一段激烈的插曲)。无论如何，他是那么渴望看到你的音容笑貌，所以他打算在晚饭后一个适当的时间到场，只是想看看，尽管你可能很累，是否能忍受他半个小时的唠叨，毕竟有那么多的话要相互倾诉！那大约是9点，我数着9点之前令人疲惫的时间。所以你看，我比以往任何时候都更像你自己的老"塞利马尔"。[②]

米妮是一个没有什么钱的女人，她和丈夫离了婚，这位丈夫正好是伊迪丝·华顿的哥哥。她每年只花部分时间为一个苛求挑剔、很难伺候的堂兄做管家，以此来养活她自己和她的女儿。然而，与其他成千上万处境相似的爱德华时代的女性不同，她有自己的情感资源。这个资源是一个充满爱心和关怀的朋友，他在她所有的烦恼中安慰她，这封信只是他在过去30年里给她写的许多温暖、深情的信中的一封。那个朋友是亨利·詹姆斯。虽然一些关于詹姆斯的生活和工作的评论家发现

① "塞利马尔"(Célimare)，是玛丽·卡德瓦拉德·琼斯(Mary Cadwalader Jones)对亨利·詹姆斯的爱称。

② JAMES H. Dear munificent friends: Henry James's letters to four women[M]. Ann Arbor: University of Michigan Press, 1999: 2.

他沉默寡言、孤僻内向、几乎是无性恋，但这些书信表明他是一个充满活力、充满爱心和机智的人。试着想象一下，一个情感饥渴的女性，得到这样一份知己的体贴和关爱，她肯定会惊喜交集、感激涕零的。

詹姆斯写给玛丽(米妮)·卡德瓦拉德·琼斯已知的第一封现存书信，时间是1883年8月16日，感谢她在缅因州巴尔港(Bar Harbor)家中的热情款待。他还寄给她一本书，让她"在某个潮湿的星期天"阅读。

波士顿市弗农山街131号

1883年8月16日

亲爱的琼斯太太：

我现在生活在非常大的压力之下，因为我正试图把返回欧洲的"无限期"的最周密的准备工作压缩到几个小时内完成。不过，在我走之前，我还是要再次感谢你两星期前在我们短暂的访问中所给予的盛情款待和善意帮助。你把对我的盛情款待塞进这段短暂的时间中，就像我努力把大量的书籍和衣服塞进少量行李中一样。你给我们装满了值得赞美的东西，我思想的盖子，就像我旅行箱的盖子一样，很难关上。我敞开心扉，向你致以最美好的祝愿。自从离开你的北方天堂以后，我就一直在别的海岸上徘徊——纽波特和科德角——没有一刻安静地向你表达我的敬意。请相信，你赋予了我对沙漠山印象一种非凡的魅力，并准备好(如果有必要做准备的话)倾听，尽管习惯上有所保留，甚至有所批评，但我在任何时候、任何地方都能听到对那个岛屿满怀激情的赞美之词。我昨天遇见了亚瑟·罗奇(Arthur Rotch)，为了你的四堵墙而拥抱了他。我希望它们现在包含了所有的健康和幸福。我寄给你一本小书，也许你会在某个潮湿的星期天读到它，而不会被绝望的波士顿人打扰(就像你在我们那个雾蒙蒙的安息日一样)。如果我的亡命徒同胞(威廉·詹姆斯)在这里，他会非常亲切地问候你。但幸运的是他在纳罕特(Nahant)，我用自己的方式向你保证，我是你特别感激和非常忠实的仆人。

亨利·詹姆斯[①]

事隔多年之后，詹姆斯很高兴地收到琼斯夫人的来信，1902年7月23日他便

---

① JAMES H. Dear munificent friends: Henry James's letters to four women[M]. Ann Arbor: University of Michigan Press, 1999: 130.

写信盛情邀请她和女儿比阿特丽克斯到拉伊小镇去找他，但愿她们母女能面对“一个谦和的单身隐士相当简朴的招待”。[①]

琼斯夫人多次寄来礼物以表对朋友的关爱，詹姆斯逐一回信致谢。在1903年6月9日的信中，詹姆斯感谢琼斯夫人寄来的包裹，并询问了她的健康状况，希望她在巴尔港(Bar Harbour)看日落：

> 物品昨天寄到，完好无损。我之所以要对你毫不留情地解释清楚，其中一个原因就是为了感谢你，这是事件发生后我收到的第一封美国邮件。我确实是这样收到的(否则我不会这么做)，但在这种情况下，“感谢”显得吝啬刻薄和微不足道。一个人不表达谢意——几乎是羞于表达谢意，与之相关的表达感激之情的行为，比如在邮局买邮票，在晚餐吃土豆，有人帮着穿大衣以及享受有限的福利。令人羡慕的异域小碗，配以协调的修饰，你一直留心才偶然为我发现的——比这里吸引到我们的蓝天更深邃、更神圣，再也没有比一个未购买的包裹突然降临更美好了——事实上，它本身就是一件可爱的东西；但对我来说，更可爱的是思想和记忆，这是推动着它前进慷慨回归的思想(mind)标志。它把我的思想固定在这些事情上，为了不让自己感觉到——几乎不堪重负。简言之，我觉得杯子和盖子很令人羡慕(碟子也没什么问题)，但是，如果在这令人惊喜的第一阶段，我意识到，我没有做任何事情来促使它们的到来，那么，在另一方面，我已经毫无保留地投入到接受温和的交流(communication)元素之中。那么，让我们尽可能多地交流，不管有杯子还是没有杯子，有碟子还是没有碟子；而且，最重要的是，别让我觉得自己几乎是在幻想，你那包装精美的小盒子代表着目前没有能力制作其他标志。我听到了一些模糊的传言——从那以后我听到过一些——说你在去年冬天身体不好，但这似乎是不负责任和含糊不清的，我想最好还是把它当作你秋天不舒服的回声吧。希望这真的没有留下任何严重的后遗症——希望你们已经完全恢复，特别是，你们的高特性能量。我希望在这几个月里，纽约对你来说已经有了温柔的一面，我真的想让你甚至现在就在巴尔港呼吸新鲜空气，观看日落，倾听水声(不要掺杂太多人声)。我不能送给你更慈善或更虔诚

---

① JAMES H. Dear munificent friends: Henry James's letters to four women[M]. Ann Arbor: University of Michigan Press, 1999: 131.

的祝愿，是吗？——从恢复活力和放松身心的角度来看。[1]

在1903年9月27日写给琼斯夫人的信中，詹姆斯感谢她送来了松鸡，并向她诉说他的精神生活受到夏季来访者的冲击，一直备受困扰，苦不堪言。

我耽搁得太久了，没有像往常那样对你道谢——不过，使我不能这样做的，只是我的处境带来的持续不断的压力，我的家庭差不多到了走投无路的地步。压力——人的沉重压力是恒久不变的、难以克服的；不过我向你保证，在这转瞬即逝的时刻，你的介入使我的心情大为好转：此刻你那美丽的肥松鸡仿佛是带翅膀的利箭，从盾牌和格子花呢的后面，以一种勇敢的高地增援的形式刺穿了围攻者。我的意思是说，在吃它们的时候——在我的管家无与伦比的"管理"下，他们还在吃松鸡——他们既安静又专注，就好像你真的把他们杀死了一样。这一事实向你表达我的感激之情——尽管这并没有给我足够的时间给你写我想写的那么长的信，但我很抱歉错过了见到你的快乐——因为坦率地说，在这尴尬的日子里，我并没有想到会来到小镇；我的"精神生活"(intellectual life)——我指的是重要作品的一项非常紧迫的工作——这个夏天在家里的冲击下已经彻底崩溃了，以至于我现在不能休息几天，几天时间去乘火车、坐马车、参加疏远的桌游，而不去担心自己临近困境的危险。白天从这里出发，只花几个小时就会清楚——意味着要坐好几个小时的火车，而另一方面，眼下的一切都不利于我在外面睡觉。所有这些都让我明白了一个越来越可怕的事实，那就是我们所有人都在一起尽我们所能地破坏和消除空余和闲暇、时间和空间。越早结束，越早安睡！[2]

在1903年12月31日写给琼斯夫人的信中，詹姆斯感谢她寄来的圣诞礼物红鸡蛋。他和乔纳森·斯特奇斯(Jonathan Sturges)一起在拉伊小镇度过了这个圣诞节。尽管条件简陋，但这一天"屠夫男孩、面包师、蜡烛匠"一应俱全，家中充满了热闹祥和的节日气氛。同时，睹物思人，圣诞礼物红鸡蛋像一个个欢快翘首的小红帽，无疑会使詹姆斯更加思念自己惺惺相惜的慷慨的好朋友。

---

① JAMES H. Dear munificent friends：Henry James's letters to four women[M]. Ann Arbor：University of Michigan Press，1999：133-134.

② JAMES H. Dear munificent friends：Henry James's letters to four women[M]. Ann Arbor：University of Michigan Press，1999：135-136.

在圣诞节的早晨,正当我正要坐下来喝茶祝酒时,你那高贵的电报以世界上最优雅的方式传到了我的面前,我们有才华的小乔纳森(斯特奇斯)陪伴着我,他几天前从伦敦过来,和我一起欢度圣诞……邮递员、清洁工、屠夫男孩、面包师、蜡烛匠,他们不间断地出现使门阶前充满了勃勃生机……我们真的觉得你的信息是一个非常有效的小小祝福,那天早上,你的心灵似乎真的和我们一起坐在餐桌旁。水煮鸡蛋小红帽,它们自动地、非常自觉地和勇敢地翘起了头,好像因为它们与你的联系而感到骄傲似的。[①]

1905年,詹姆斯第一次回到阔别20多年的美国。在1905年1月23日写给琼斯夫人的信中,他向好友倾吐了自己的内心感受,并告知她在他未来的旅行中,他将通过庞德办事处(Pond bureau)做了三四次演讲来帮助支付他的旅行费用。

你看,可怜的塞利马尔[②]漂浮在深不可测的大海上!这一切(包括华盛顿)都非常有价值、得体、愉快、随意和宜人——但我对单调的、众多的人的单调作出不同的反应,他们在虚空中喧嚷,彼此难以分辨。但是,看在上帝的份上,把这种信心留给你自己吧——善良和友爱像天使般的美好,只是它们使我预先惧怕天堂的唱诗班。我将来只做三四次演讲——我这样做只是为了收取点费用,除了很少的社团外其他的都不愿意提供。这比我"租用出租汽车"支付的还多;我想,它足够支付我所有的(未来的旅行费用)。[③]

在1906年10月2日写给米妮·琼斯的信中,詹姆斯感觉米妮一直保持沉默,所以他"绞尽脑汁"地问自己是否激怒了她。他回想起在她纽约的家中度过的日子是"他一生中最浪漫的时光"。

---

① JAMES H. Dear munificent friends: Henry James's letters to four women[M]. Ann Arbor: University of Michigan Press, 1999: 136-137.

② 塞利马尔(Célimare)是米妮·琼斯对亨利·詹姆斯的爱称,取自于法国喜剧作家欧仁·拉比什(Eugén Labiche, 1815—1888)的戏剧《惹人爱的 Célimare》(1863)中一个人物的名字。这个戏剧化的人物塞利马尔有过许多风流韵事,受到众多女性的喜爱。

③ JAMES H. Dear munificent friends: Henry James's letters to four women[M]. Ann Arbor: University of Michigan Pres, 1999: 139-140.

我渴望见到你，但我的渴望是徒劳的，你长时间的沉默真的伤了我的心，使我困惑，使我沮丧，几乎使我恐慌，甚至使我怀疑，可怜的无意识和溺爱的老塞利马尔是否在某种黑暗的精神梦游中“做了”什么，而它可能不可思议地给了你一个糟糕的时刻，或是一个错误的印象，或是一个“似是而非的借口”，或者简而言之，任何找出来的带着他那温柔和忠诚假象的借口。他既无法想象，也无法设想——他绞尽脑汁——然后他想知道你是不是病了，是不是在财富或精神上受到了摧残，是不是因为任何奇怪的原因而心烦意乱，或者是被误导或是被邪恶所困扰——他躺在床上，夜不能寐，以泪洗面，沾湿了硬枕(他喜欢硬枕头——作为女主人——你会记住的)。无论是什么事情，他都一如既往地温柔地爱着你；什么也不能把他和你分开，直到生命的最后一刻；他记得在第十一号街度过的那些独处的时光，那些用电话传送的随想曲，是他一生中最浪漫的时光。[①]

1907年10月5日，詹姆斯在午夜时分写信给琼斯夫人，感谢她寄来的短信，重温了他最近对苏格兰的访问，回顾两人相见时的幸福时刻，称赞她在第十一号街的家是“绝佳去处”(the great good place)。

苏塞克斯，拉伊，兰姆别墅
1907年10月5日

最亲爱的玛丽·卡德瓦拉德：

这句短小简单的话语，一句微不足道的话语，正适合午夜时分——事实上，时钟已经敲响深沉、责备的声音，像是严肃告诫的嗡嗡声！——只不过是想告知收到火车上那支摇摇欲坠的铅笔书写的短信的甜蜜，你走得越远，我就越深受感动，越想从你那里得到它。我记得那天天气很好，随后这里也一直是好天气——直到48小时之内——因此，我一直希望，同样的安宁与富足(超脱的温和)会一路伴你前行。现在，那些可爱的、古老的、带有模糊的“中间距离”的帝国式的房间，安全地把你包围起来，我祈祷——真是令人惊讶，真是不可思议，我发现我的灵魂如何感激地永远萦绕在它们的周围——或者更确切地说，它们是如何不知不觉地转动桌

① JAMES H. Dear munificent friends: Henry James's letters to four women[M]. Ann Arbor: University of Michigan Pres, 1999: 146.

子,这个神秘的地方本身萦绕和重温我逝去的身份。我仍然清晰地记得,在那个12月的夜晚,一个疲惫而困惑的朝圣者,我爬上你的门廊,第一次向你问好,我感到自己来到了一个绝佳去处,我不知道当时没有你我该怎么办。就在9月最近那幸福的5天里,我感受到了无上的尊贵和殷勤的款待。其价值是无法言喻的,而且每一刻都是永恒的。我们明年必须重新延续。我向你们所有的3个人问候——包括你们俩之间的J. C.(她的堂兄约翰·凯德瓦拉德)(John Cadwalader)——永远都那么温柔。

你永远最受宠爱的

塞利马尔[1]

在1909年12月27日写给琼斯夫人的信中,詹姆斯再度回忆起六年前和她在第十一号街度过的那个美好的圣诞节,那段时光永远铭记在"芳香四溢的浪漫干玫瑰花瓣中"。

很高兴收到你的来信,你获得了灵感,为可怜的与世隔绝和自我封闭的塞利马尔制作了一个忠实的小标志。这是一个沉重而多余的时刻,一个人必须毫无畏惧地面对幸福,而不是悲伤地哀号。你知道,我们认为这里的情况很恶劣,不管你怎样"躺平"(注:潜伏起来,不露声色),英国的巨浪依然会向你猛冲过来并淹没在水中——一小时。今年我一直蹲在家里——在这之后的一段时间里,我缺席了三四次实验:但我几乎不知道哪门课程更令人绝望和沮丧。我曾经有过——现在仍然有——一个孤独、寂寞、困苦不堪、备受压抑的老朋友,但是对和我一起承受的压力心存感激;然而,我相信他明天就要离开,最坏的情况无疑已经过去。我总是温柔而浪漫地想起六年前在十一号街度过的那些转瞬即逝的圣诞节(不是吗?)在你和特里克斯之间,用一层一层的金纸保存着;但整个时期你的保护和款待对我来说生命更加长久——使我永远铭记在芳香四溢的浪漫干玫瑰花瓣中。[2]

在1905年8月22日写给琼斯夫人的信中,詹姆斯非常关心她目前的生活状

---

① JAMES H. Dear munificent friends: Henry James's letters to four women[M]. Ann Arbor: University of Michigan Press, 1999: 150.

② JAMES H. Dear munificent friends: Henry James's letters to four women[M]. Ann Arbor: University of Michigan Pres, 1999: 153-154.

况，表达了暖暖的情意。当时她住在苏格兰，在她堂兄约翰·凯德瓦拉德的狩猎营地当管家。詹姆斯很赞赏健康养生的“细嚼慢咽”饮食法（Fletcherization），建议琼斯夫人把它推荐给女儿贝娅特丽克丝。

> 你的塞利马尔很高兴今天早上终于收到你的来信。因为他终于开始有点担心，你可能会在茂密的石南丛中迷了路，再也无法找回，或者迷失在向北进发的荒野里，带着装备、枪盒、猎犬、钓竿、系带鱼缸以及其他疯狂的交通工具。我仍然不太明白你在漂亮的乡间别墅里过着怎样的生活——因为我认为你和贝娅特丽克丝不会光着腿、戴着“束发网”（snoods）走来走去吧（不管束发网是什么——沃尔特·司各特时代的年轻女人都佩戴它们）。但当我们见面时你会告诉我，与此同时，你可怜的塞利马尔深感欣喜，你现在的情况并没有那么糟糕（在我看来，还不足以让你从第十一号街一路走来，然后就被逐出门外），而当我得知贝娅特丽克丝从卡莱斯巴德（Carlesbad）惶恐不安地回来时，我很难过——噢，如果我能了解她的话就好了，使她明白这样一个金玉良言，她的灵丹妙药就在我送给你的那本浅绿色的小书皮上——在“细嚼慢咽”之中。[①]

在1913年10月31日的信中，詹姆斯建议“妈妈”米妮·琼斯处理好女儿贝娅特丽克丝（Beatrix）即将与麦克斯·法兰德（Max Farrand）结婚的问题：如果感到失落，她可以过来和他一起生活，体现了詹姆斯对米妮体贴入微的关怀，尽显一代文豪生活中柔情似水的一面。

> 几天前特丽克丝（Trix）亲切地给我写信，作为对她的回复和诚挚的祝贺，我给你捎了个口信——口信中只能说我尽快给你回信。这不是尽快回信，而是快速地行动——没有什么能比得上我现在的速度。重要的一点是，我甚至不想说“妈妈会怎么样？”——原因很简单，除了妈妈英勇地和无限慷慨地挺身而出之外，再也没有任何东西能使她成为妈妈了；遗憾的是，除了她这个优雅的习惯，她不能为了她对女儿的兴趣而设定一个女儿不能结婚的条件。相反，在我看来，最亲爱的玛丽，发现孩子的状态变化是最有活力的兴趣和感觉，对你自己来说，这也将是一种状态的变

---

① JAMES H. Dear munificent friends: Henry James's letters to four women[M]. Ann Arbor: University of Michigan Pres, 1999: 141-142.

化、一种同情和信心的亲切延伸(extension)。所以我对这件事情没有任何看法,但你却把它看成是对你自己的一般人类“乐趣”的收获,而不是损失——这是我真心希望你知道的。我相信已婚的女士总是比未婚的过得更好,在同样的信念下,我认为你失去女儿的感觉反倒会变得更加甜蜜,甚至更有趣味。此外,如果你感到很失落,你可以直接过来和塞利马尔一起生活。因为一个未婚绅士的处境有时是完全无望的,无法改善的。难道这次冒险——我的意思是说对特丽克丝及其对你自己的不良影响——不知何故给你带来了更多的自由吗?①

詹姆斯一直牵挂着米妮·琼斯的生活状况,尽力想维护她的利益,帮助她渡过生活中的难关。当听到她的堂兄约翰·卡德瓦拉德(John Cadwalader)的死讯时,詹姆斯并没有马上给米妮写信,因为他本能地倾向于等待事态的进一步发展。在1914年4月11日写给米妮·琼斯的信中,他认为米妮应该从堂兄的遗嘱中受益,作为对她多年来为他服务的回报。同时,他迫切地希望米妮能到伦敦来。

你和特丽克斯,以你们体面的身份,是不会做这种事的——所以让我独自享受这份空虚的奢侈吧。整个情况使我非常想见到你,最亲爱的老朋友——但也许只是使这种可能性蒙上了一层阴影。我真希望你今年终于能独自过来,来做一点自由贸易,就像你在那么长时间里没有做过的那样,和我们可怜的亲爱的老伦敦在一起。然而,如果没有特丽克斯,没有你的“服务”,不知怎的,我觉得这样的朝圣之旅对你来说是相当孤独、凄凉,也相当消沉、乏味。哦,这一切真是太可怕了——但你的几句话也许会让我感觉好一点。②

三、爱心传递真情

在詹姆斯写给米妮·琼斯的信中多次提及伊迪丝·华顿,因为她是他们两人共同的朋友。米妮·琼斯的丈夫是伊迪丝·华顿的哥哥弗雷德里克·莱因兰德·

---

① JAMES H. Dear munificent friends: Henry James's letters to four women[M]. Ann Arbor: University of Michigan Press, 1999: 178-179.

② JAMES H. Dear munificent friends: Henry James's letters to four women[M]. Ann Arbor: University of Michigan Press, 1999: 181.

琼斯(Frederic Rhinelander Jones),伊迪丝原来的姓名是伊迪丝·琼斯(Edith Jones),华顿是她结婚后随其丈夫的姓氏,她的丈夫是爱德华·泰迪·华顿(Edward Teddy Wharton)。因此,米妮是伊迪丝的嫂子,伊迪丝又是詹姆斯一生中要好的女性朋友之一,三人的情感关系可以从他们的书信往来中窥见一斑。

在1903年6月9日写给米妮·琼斯的信中,詹姆斯幽默地询问沃顿夫人(Mrs. Wharton)是否为了一只小狗而抛弃了他们,声称他愿意为了华顿夫人而抛弃他的小狗。

> 华顿夫人已经移居到另一个星球了,还是只回到了莱诺克斯、纽波特或别的什么地方?许多个星期以前,她在这儿向我们保证过——我让她签字盖章后生效。但是,在我看来,从那以后黑暗已经完全吞没了她,而在我耳中则是一片寂静。我听到一个荒唐的故事,说她为了一条小狗把我们抛弃了,但我的内心拒绝接受这个可怕的传说。我自己现在也有一只漂亮的小狗(全是我自己的,不只是你看到我这么憔悴的受托人),但我愿意为了华顿夫人马上把它抛弃。①

在1909年10月23日写给米妮·琼斯的信中,詹姆斯讲述了他和霍华德·斯特吉斯(Howard Sturgis, 1855—1920)、瓦尔特·贝里(Walter Berry, 1859—1927)三人去莱诺克斯(Lenox)看望了伊迪丝·沃顿,赞叹美国的金秋美不胜收,令人出乎意料。

> 不必多说,我在这里过得很快乐,被大自然的每一种可爱和艺术的每一种奢华包围,受到的善待让我热泪盈眶。这个金灿灿的美国秋天对我是一种启示;我正在学习从内在(唯一的方式)看到动力,并按比例来实现它。霍华德·斯特吉斯来了,还有迷人的沃尔特·贝里②,我们是一个非常和谐快乐的小聚会。③

---

① JAMES H. Dear munificent friends: Henry James's letters to four women[M]. Ann Arbor: University of Michigan Press, 1999: 134-135.

② 沃尔特·贝里(Walter Van Rensselaer Berry, 1859—1927)是美国律师和伊迪丝·华顿的密友。

③ JAMES H. Dear munificent friends: Henry James's letters to four women[M]. Ann Arbor: University of Michigan Press, 1999: 139.

在1906年6月18日写给米妮·琼斯的信中,詹姆斯传来了华顿夫妇的消息,说他很高兴"如此意想不到的财富和自由他却无缘分享。"

你这个时候可能已经从我们的莱诺克斯夫人(伊迪丝·华顿)那里得到了我的一些消息,她一定已经回家了——尽管我没有从她那里得到很多很多关于你自己的生动有趣的消息(这也许是可怜的塞利马尔病态判断的过错,是他复杂创作生涯的结果!)也许你再也不会被雨淋了。无论如何,她并没有告诉我,你们两个在健康、财富或精神上都受到了过分的阻碍:不告诉我也是好事。我想,华顿夫妇他们仅仅驾车穿越可怕的海洋,经历了一段相当沮丧、支离破碎的时光——虽然这似乎最适合他们,而且我敢说,他们在法国度过了更为成功的日子之后,带着一种丰富的冒险精神又重新踏上了旅程。可怜的塞利马尔,总是对每件事都进行道德说教,而不是感谢上帝,他观察到,在这里的几天时间里,稍微参与其中,而如此意想不到的财富和自由他却无缘分享——如此不连贯,如此梦魇般的不断更新的选择和决定,如此大的过剩的挑选余地,确实给生活增添了沉重的负担![1]

詹姆斯和华顿的友谊建立在共同的文学兴趣之上,在詹姆斯的书信中谈及这位好友时,除生活琐事之外,更多的是关于文学创作。1906年11月18日写给米妮·琼斯的信中,詹姆斯询问了华顿《欢乐之家》(*The House of Mirth*)的戏剧版,还谈到了《美国景象》(*The American Scene*)的出版:

我刚收到沃顿夫人的来信,说他们大约在1月7日启程前往瓦伦街18号过冬,我打起精神——非常感激——这一有趣的活动为我打开了通往令人生畏的巴黎的朝圣之旅。在我略显忧虑和迷惑的眼睛里,即使这只是进一步说明野性、毫无意义的自由和不稳定的财富,以及它的奇妙艺术,当它与能力相结合时,将同样的东西与如此积极和富有成效的秩序的文学集中协调起来,那也是很有趣的。但总的来说,我开始对汽车产生无政府主义的憎恨!关于所有这些,《欢乐之家》剧本完成得怎么样了?你在写信的时候就打算在纽约看到它,请告诉我。我对这个问题很感兴

① JAMES H. Dear munificent friends: Henry James's letters to four women[M]. Ann Arbor: University of Michigan Press, 1999: 145.

趣——我想如果它真的有一个成功的机会，那么获得的财富一定是巨大的。但我想问你的事情太多了。[①]

1907年12月8日写给米妮·琼斯的信中，詹姆斯谈到华顿夫妇，希望他能够和他们一起去巴黎或意大利旅行，但詹姆斯认为已经“最后一次跨过了荒谬的海峡”。他发现伊迪丝的新书《树上的果实》(*The Fruit of the Tree*)在某些方面比《欢乐之家》(*The House of Mirth*)更出色。

此刻，华顿夫妇一定已经在多风寒冷的海上了，她告诉我，出色的司机库克已经登上了了不起的好汽车。我预见到当她和泰迪真正接受这一点时会有一些摩擦，尽管他们热情好客，但无论是在巴黎还是在意大利，我都不可能和他们一起。事实上，他们肯定已经领会了——因为我把它写得又大又粗，所以必须离开。事实上，我告诉过他们一个残酷的事实，这种事不会再发生了，我真的，绝对地是在我生命中最后一次越过了荒谬的海峡。这太奇妙了，太荒唐了——如果你或他们愿意的话；但从今以后，没有什么能超过我对“出国”的厌恶。它对我来说已经死了、已经完了，我对它来说也毫无用处。前景带来的是一种超越理解的和平。所以无论你什么时候来，我都会在这里陪着你——这就是这种安排的无比美好之处。与此同时，我们的朋友们——伊迪丝和泰迪的精力(尽管我认为他的精力一定会减弱)使我心中充满了深沉而凝重的敬畏。对我来说，这样的生活安排将是最可怕的噩梦。但我对幸福的概念更多的是蜷缩在一堵中国墙后面，或者至少是在一堵古老的英国褐色砖墙后面。我真希望能从你那里听到“接受”的消息——怎么样了——“树上的果实”[②]。我读这本书的时候，非常钦佩书中大部分的表现方式——一直以来都很有才华。但它的组成和结构却出奇地虚弱——似乎她没有考虑到这一点。这里有两三理智的人读过我的副本后，觉得它在《欢乐之家》之后“令人失望”。那不是我的感觉。我倒觉得它更优越，认为“欢乐之家”的仰慕者如

---

① JAMES H. Dear munificent friends: Henry James's letters to four women[M]. Ann Arbor: University of Michigan Press, 1999: 148.

② 这是伊迪丝·华顿的最新小说，亨利·詹姆斯基本上赞同，尽管其他评论者认为他并不喜欢它。

果不同样支持它,他们会把自己弄糊涂的。[①]

共同的志趣和文学爱好增进了亨利·詹姆斯与伊迪丝·华顿之间的友谊。在詹姆斯写给米妮·琼斯的信中,除了谈及文学艺术创作,他还关注他们的共同朋友伊迪丝·华顿的婚姻和家庭生活。1909 年 12 月 27 日詹姆斯在信中说,他担心伊迪丝的丈夫泰迪·华顿精神错乱的状态会影响到她的日常生活和文学创作。

> 你跟我说的泰迪·华顿的精神状态——心理和身体的状态——在你们当中都有这样的印象,我能很好地理解我所听到伊迪丝——从字里行间可以看出,他一直表现得过于兴奋和疯狂,而事实上并不是特别有启发性的把戏,他似乎又回到纽约去了,我相信,其结果是为了补救,而不是加重。不管怎么说,在我看来,在最近几个月里最令人担忧的是她的命运——我同意你的看法,他再长时间的参与,也不能使他成为任何关系中不可缺少的人。但是,富人、伟人和巴黎人的情况就是这样;他们对我的贫穷、我的中等身材、我的乡村小镇的环境给予了极大的安慰。我希望伊迪丝,为了她的幸福,只能简化一点;但她又不得不拥有这么多东西——这么多;我似乎以惊恐和无光泽的眼睛看着他们所组成的可怕的东西。如我所说,"她需要"一切,除了泰迪!至于他的超能力,我很担心情况会如何发展,然而,当说到这个问题时,我相信他有能力乘风破浪,顺势而动。[②]

在 1910 年 6 月 24 日写给米妮·琼斯的信中,詹姆斯仍然很担心伊迪丝·华顿,身患精神错乱症的泰迪·华顿当时在瑞士的一家疗养院。

> 我很高兴你一直和我们了不起的伊迪丝在一起——或者接近她——在极其严峻的处境中她所表现出来的勇气、坚毅和姿态令人赞叹不已。可怜的亲爱的泰迪——他竟会制造出这么可怕的麻烦,真是让人受够了!

---

① JAMES H. Dear munificent friends: Henry James's letters to four women[M]. Ann Arbor: University of Michigan Press, 1999: 152-153.

② JAMES H. Dear munificent friends: Henry James's letters to four women[M]. Ann Arbor: University of Michigan Press, 1999: 154.

他应该有足够的人来制造这种可怕的并发症！我真希望他能在克鲁兹林根[①]坚持到底。我看不出她有安静或行动的可能。我从瑙海姆(Nauheim)给她写信说，我们要从那里去慕尼黑(Munich)和巴伐利亚的蒂罗尔(Bavarian Tyrol)，但一切都崩溃了，谢天谢地——这是一天的梦想，远远超出了我的能力范围。[②]

在1910年11月18日写给米妮·琼斯的信中，詹姆斯再度表达了对他们共同的朋友伊迪丝·华顿的担心，可怜她一个人孤苦伶仃地待在法国。

我非常焦虑、相当忧郁地想念伊迪丝。我想知道泰迪的艰难旅行是如何进行的，她从约翰逊·莫顿[③]那里听到了什么，一个看似忠诚但不讨人喜欢的经纪人！法国的洪水又爆发了[④](前景黯淡)，伊迪丝渴望在这个外表繁华却有失公正的首都得到安慰、支持和解决方案，这是一个非常孤独的人物，让我大为震惊。[⑤]

在1911年8月10日写给米妮·琼斯的信中，詹姆斯认为，伊迪丝将会决定卖掉她在马萨诸塞州西部的家"山宅"(the Mount)，并与她的丈夫分居，这样才能挽救她的生命。

从7月14日左右，我就没见过伊迪丝了——出行前的晚上，我在贝尔蒙特见到沃尔特·贝里，他刚来到勒诺克斯和她在一起。泰迪"很好"——只要合乎他的心意，他是完全正常的，但争吵不断，虐待成性，令人难以忍受。当然，我想，在经历了可怕的场面之后，伊迪丝决定，真的决

① 泰迪·华顿自愿前往瑞士康斯坦茨附近的克鲁兹林根(Kreuzlingen)著名的库兰斯塔特·贝尔维尤疗养院。不过，仅仅过了一个星期，他就想离开了。

② JAMES H. Dear munificent friends: Henry James's letters to four women[M]. Ann Arbor: University of Michigan Press, 1999: 156.

③ 约翰逊·莫顿(Johnson Morton)，一位在"山宅"拜访伊迪丝的小作家。他和泰迪一起游历了欧洲和美洲。

④ 这句话中的"洪水"(waters)可能指的是1910年1月巴黎发生的严重洪灾，当时伊迪丝·华顿刚搬进梵伦纳街53号(53 Rue de Varenne)公寓，这场洪灾与她和泰迪日益严重的问题相吻合。也许詹姆斯暗示华顿夫人又经历了一次个人困难。

⑤ JAMES H. Dear munificent friends: Henry James's letters to four women[M]. Ann Arbor: University of Michigan Press, 1999: 158.

定,卖掉这座“山宅”,彻底和他分开——给他一笔补贴,但要求他们分开生活。他的健康、体格、韧性、肤色等都很好,而他的坏脾气则完全不正常。“家人”谴责她,但上帝保佑她挺过来。只有这样才能挽救她的生命。①

在1911年8月17日写给玛丽·卡德瓦拉德的信中,詹姆斯仍旧担心伊迪丝·华顿精神错乱的丈夫泰迪会毁掉她,在他们的通信中这成了一个连续不断的交流主题。

由于他的忧虑、愚蠢以及他没完没了大吵大闹的习惯,他能够做到这一点是无可置疑的——另一方面,我相信,随着两人分离,她会好起来的。但是够了——这都是很艰难的和致命的。婚姻——原来如此。但谁知道她是否还会制造出别的什么乱子呢?②

在1911年10月17日写给米妮·琼斯的信中,詹姆斯仍然惦念着伊迪丝·华顿,得知她和沃尔特·贝里(Walter Berry)一起驱车穿越意大利,但詹姆斯无法应邀加入伊迪丝的活动,因为他既没有她的财力,也没有她的精力。为了他的身心健康,他回到了伦敦。

我从未读过伊迪丝的《意大利编年史》——做这些事情使她麻烦不断,经常进行修改,生活辛劳,艰难忙碌,缺乏生机。她现在正在做大量的工作——开着一辆崭新的60马力的豪华轿车,(继萨尔索之后)游览整个意大利,有好伙伴沃尔特·贝里相陪——他的确是令人羡慕的好伙伴。为此她非常恳切地请求我也去米兰见她(或者与沃尔特在巴黎相聚,再和他一起去),但这样的壮举和航程对我的能力来说是不可能的——也许至少对我的财力来说是不可能的。她有能力出游、消费和享受——她无比不安——让我越来越痛苦。唉,我只是觉得自己更可怜、更清瘦(就连我腰围)!我又回到了“兰姆别墅”,但这根本不起作用——(这个阴暗潮湿

① JAMES H. Dear munificent friends：Henry James's letters to four women[M]. Ann Arbor：University of Michigan Press，1999：160.

② JAMES H. Dear munificent friends：Henry James's letters to four women[M]. Ann Arbor：University of Michigan Press，1999：161.

的季节的)孤独、渺小和固化,完全又抛回自身,身心都受到了最坏的影响。①

在1911年11月6日写给米妮·琼斯的信中,詹姆斯最担心的还是他们共同的朋友伊迪丝·华顿的婚姻问题,在他看来离婚在所难免。

伊迪丝很可能已经回到巴黎(虽然我还没有听到),正好赶上把端到她嘴边的那杯苦酒也一并喝下——尽管伊迪丝的杯子里混杂着各种各样的压力,考虑到她的总体情况,这杯酒的后果难以估量。她和沃尔特·贝里在意大利北部开车跑了很远的地方,还与贝伦森一家或贝伦森在佛罗伦萨住了一个星期,诸如此类的事情;或者至少与阴险的贝里一个人在一起,我相信,夫妻之间也存在着严重的分歧。顺便说一句,现在除了离婚之外别无选择。②

在1912年1月4日写给米妮·琼斯的信中,詹姆斯再次谈及他对华顿夫妇婚姻状况的担忧。虽然詹姆斯的康状况在不断衰退,但他还可以工作,如果可能的话,他想在伦敦见到她。詹姆斯在后来的信中说,伊迪丝·华顿最近的来访让他感到惊讶,也是他那个夏天最重要的事情。

我们了不起的伊迪丝和我们待在一起——在大约三个星期前,她扇动着闪亮的翅膀,飞过来又飞走了。她看起来很勇敢,很聪明。在10天的时间里,她有整整9000件各自不同和相互矛盾的事情要做;但她喜欢这一切,尽管她经历了一次艰难和不幸的降临,却有一次非常温和的退却。她在英国取得了巨大的成功,在这里很容易就能兴旺发达——但她自己却渴望恰当的谈话气氛;不仅从长远来看,而且从短期着想。自从她回到巴黎后,我也收到了她的来信,说泰迪自己刚刚宣布将提前赴约;我不知道发生了什么事情,因为其余的都是沉默——我只好屏住呼吸。她(在这里)还提到,她最近收到一封金尼科特(Kinnicutt)具有划时代意义的来信,信中说时间已经到了,她决不想在这之后

① JAMES H. Dear munificent friends: Henry James's letters to four women[M]. Ann Arbor: University of Michigan Press, 1999: 163.

② JAMES H. Dear munificent friends: Henry James's letters to four women[M]. Ann Arbor: University of Michigan Press, 1999: 164-165.

和他做一次普通的会面(我的意思是,让他随时待命)。然而,这并不能简化——泰迪要承受的更大压力。这是一个可怕的灰色故事,令人疲惫不堪、烦心劳神。①

在1914年7月16日写给米妮·琼斯的信中,詹姆斯期盼着8月份她的到来,表达了内心难以抑制的激动和兴奋之情,虽然詹姆斯的语言表述已经支离破碎,但他对琼斯太太的感情却依然如故。

8月14日星期五将会很有吸引力;尤其是如果接下来还有那么多的好日子,极其丰富的日子(像这样! 就是!)可能会出现。(我的语法已经支离破碎了,但是语法和亲情相比又算得了什么呢?)收到你的来信,又能够了解到你生动的细节是一种恩赐和福气。我终于在13号来到这里,艰难地摆脱了伦敦的炎热、灰尘和喧嚣,有说不出的轻松,在拉伊这个可爱的小角落里,我又找到了我所能要求的一切。②

在1914年8月6日写给米妮·琼斯的信中,詹姆斯担心他的这位老朋友不能离开巴黎,在英吉利海峡的另一边急切地等着她。

我终于从西蒙兹(Symonds)那里听到了你的消息,得知你在巴黎被困在如此不便和可能的尴尬之中,真是一个残酷的打击。我以前没有向你伸出援手,因为直到今天我还不知道在哪里或如何出手相助,既然现在我正准备出手,我又怎么知道你什么时候会被触动而意识到这一点呢?我刚给伊迪丝写信,在我得知怀特在斯托克斯(Stocks)之后,便与他取得联系,才了解到她的情况——想到你们实际上都在一起,彼此关照,让我感到些许安慰。由于交通稍有不便,你只需再多一点耐心就能渡过海峡。同时,我会在心灵和想象中与你同在,我的深情厚谊和幸福分享难以言表。③

---

① JAMES H. Dear munificent friends: Henry James's letters to four women[M]. Ann Arbor: University of Michigan Press, 1999: 168.

② JAMES H. Dear munificent friends: Henry James's letters to four women[M]. Ann Arbor: University of Michigan Press, 1999: 183.

③ JAMES H. Dear munificent friends: Henry James's letters to four women[M]. Ann Arbor: University of Michigan Press, 1999: 184.

在1914年8月13日写给米妮·琼斯的信中，詹姆斯祈请琼斯夫人当天越过英吉利海峡，他还详细地告诉她乘火车去拉伊的路线。战争时期英国乡村的美丽是“对大自然的一种残酷无情的巨大讽刺”。

你的信差不多都正常地到达了这边的海岸——但我担心我写给你的上一封信，虽然3、4天过去了，仍然在路上。你星期二刚刚写的那封令人钦佩的信就在我这里——是在这个星期四晚上7点半之前收到的——但是好几天之前我自己写的第一封信肯定会花上至少一周的时间，在星期二之前你才能收到。我像雷鸣一样大声祈祷你会度过这一天，但是直到这么晚仍然没有任何联系——现在是晚上结束的时刻——我再次感到恐惧，又让我陷入被推迟的希望之中。明天一定要来，明天是星期五，一定会找到，幸运地找到，我在西蒙兹那儿紧张不安地等着你……我当然是在恳切地祈求命运的安排，但愿这个冷酷的家伙能让我们在星期六的火车上见到你。在最温和的聚会中，所有这些乡村的美丽——因长期干旱而黯然失色——邻近的可憎之地近来也变得难以言表——是对大自然的一种残酷无情的巨大讽刺。你会发现英格兰比法国更正常——但对英国来说却极不正常。我渴望你的到来，我等待着你的电报，我期待着拥抱你，我是你那急不可耐和忠诚的老塞利马尔。[1]

在1914年8月30日写给米妮·琼斯的信中，詹姆斯向好友讲述了自己严重的身体状况，但他仍然没有忘记关注战争时期英国的时局变化，最后叮嘱琼斯夫人把温斯顿·丘吉尔接受美国记者采访的讲话内容带回去。

这是一个迟来的回复，感谢你从戈尔罕伯里(Gorhambury)发来了如此有趣的信——因为，唉，自从你离开，我又一次感到严重不适，不得不卧床休息——该死的厌食症复发。我一摆脱厌食，身体就会好起来——我终于在某种程度上屈服了——在这个炎热的下午我起床给你潦草地写下这段可怜的话，但充满了最温柔的意图和感情。困难在于，可怕的公众处境让人感觉到有一种要反抗的、可恶的压迫感……为我们的事业

① JAMES H. Dear munificent friends: Henry James's letters to four women[M]. Ann Arbor: University of Michigan Press, 1999: 185-186.

做一个好的传教士吧——带上温斯顿·丘吉尔接受美国记者采访的讲话；最好是刊登在今天上午的《观察报》或者明天的《泰晤士报》上的。最重要的是，享受最简单的旅程，留下你对最忠实的老塞利马尔最温柔的回忆。①

1915年11月8日，詹姆斯最后一次给米妮·琼斯写信，向她讲述自己患有严重的心脏病，因此他称自己一直是一个"糟糕的"通信人（"rotten" correspondent）。他在伦敦能够得到更好的医疗照顾，但他对自己的病情有清楚的了解，他坚持回到拉伊小镇，他对熟悉的生活环境，对他每天伏案写信的"兰姆别墅"有一种难以割舍的情结。这封信是詹姆斯对好友米妮·琼斯的最后道别，也许他明白自己将会不久于人世，信中寄托了他对生活当中"通信人"无尽的离情别绪和难以言说的深厚感情。

我收到了你从船上和上岸后发来的所有慷慨的消息，但他们发现我，唉，是一个甚至比我们悲伤地分手之前更糟糕的通信人。此后，我感到一道暗光向我袭来——本来早就应该爆发；夏天阴郁的那几个星期的真正解释是，我正经受一场严重的心脏危机的摧残，从那时起我就一直处于这种危机之中。它使我成为，现在仍然使我成为一个"非常糟糕的"通信人，我必须沉沦在这方面的一些琐碎事情上。当然，自从我得到詹姆斯·麦肯齐爵士（Sir James Mackenzie）和德克斯·沃克斯（Dex Voeux）的帮助（他现在对我照顾得非常周到）之后，我当然对真相（le vrai）有了更深入的了解；但我当然一直在进行艰苦的斗争——即使现在，在目前的写作中，一切都是好兆头。我去了拉伊小镇，在那里我的可怜的病情立刻就一目了然了。②

---

① JAMES H. Dear munificent friends：Henry James's letters to four women[M]. Ann Arbor：University of Michigan Press，1999：186-187.

② JAMES H. Dear munificent friends：Henry James's letters to four women[M]. Ann Arbor：University of Michigan Press，1999：187.

第二节　写给“范妮”的信

范妮·普罗瑟罗(Fanny Prothero)是亨利·詹姆斯在拉伊小镇的邻居,是他经常来往的好朋友。她的丈夫乔治爵士(Sir George Prothero)是一位作家、编辑和教授,他们在高街(High Street)上拥有一座“戴尔小屋”(Dial Cottage),就在詹姆斯的“兰姆别墅”(Lamb House)附近。她是詹姆斯狭小朋友圈里非常重要的一位成员。在詹姆斯晚年,她成了他的保姆和家中常客,他有时称呼她是自己的护家神。到1913年,他告诉侄女佩吉·詹姆斯(Peggy James)以及普罗瑟罗夫妇,连同为数不多的几个人,才称得上是他一生中的“自家人”(the “we” of his life)。[1]

一、亲密关系源于家庭友谊

玛格丽特·弗朗西斯(范妮)·布彻[Margaret Frances (Fanny) Butcher, 1854—1934]于1854年4月10日出生于爱尔兰,母亲是玛丽·利亚·布彻(Mary Leahy Butcher),父亲是最受尊敬的米斯主教萨缪尔·布彻(Samuel Butcher)。她有五个兄弟姊妹。她性情温和、善于交际,1882年与乔治·普罗瑟罗(George Prothero)结婚,但膝下无子。学术上杰出的乔治爵士平时除编辑《每季评论》(*Quarterly Review*)外,还从事教学和写作工作,而范妮则在布卢姆茨伯里和拉伊辛勤地经营着他们的小家庭。她精心安排了夫妇俩繁忙的社交生活。她和她的姐妹们都是很讨人喜欢的女人。“她(埃莉诺·布彻小姐)(Miss Eleanor Butcher)和她的姐妹们,克劳莱夫人(Mrs. Crawley)和后来的普罗瑟罗夫人(Mrs. Prothero),是三位迷人的女士,她们活泼、开明、健谈。”[2]但是,尽管经常旅行和请客招待,范妮还是很孤独。她把自己大量的精力和感情都给予了亨利·詹姆斯。而他反过来也期望和她建立“一种完美的亲密关系”。他们的关系则是一种家庭友谊。

詹姆斯曾这样描述范妮,“一个爱尔兰的小妇人……一个娇小玲珑的黑色凯尔

---

① JAMES H. Dear munificent friends: Henry James's letters to four women[M]. Ann Arbor: University of Michigan Press, 1999: 189.

② ROTHENSTEIN W. Men and memories[M]. New York: Tudor Publishing, 1950: 206.

特人中前所未有的最不起眼的小东西——充满幽默、人性、好奇和疑问——太多的疑问”[①]。她和詹姆斯共同拥有为数不多的几个拉伊朋友：作家和神秘主义者爱丽丝·德露·史密斯(Alice Dew-Smith)(笔名为“萨尼亚”，Sarnia)、船长达克雷(Dacre)和玛格丽特·文森特(Margaret Vincent)(E. F. 本森著作中的“露西亚”)、康斯坦斯·弗莱彻(Constance Fletcher)和婚姻不幸的锡德尼·沃特娄(Sydney Waterlows)夫妇，这些朋友成为他们没完没了谈论的话题。詹姆斯曾告诉范妮，康斯坦斯·弗莱彻是个“一无所有的人……但极其渴望住房宽敞舒适、衣着时髦考究”。[②]他习惯于对朋友评头论足、直抒胸臆，往往体现出的是一种善意的关切，而非恶意的批评。

尽管俩人关系密切，但在詹姆斯写给范妮的一百多封信中只发表过两封。她一定很喜欢阅读他写的信，因为没有人能像她的朋友亨利那样幽默地闲聊，也没有人能让她觉得如此受到关爱。在信中他写过乔治·刘易斯爵士(Sir George Lewis)的派对、当时伦敦盛行的心灵感应论者、他对一战的反应以及健康疗法。他经常以一种假浪漫的声音对她说话：她是朱丽叶，他是罗密欧。他和范妮分享了新厨师乔安娜给他带来的喜悦，当他旅行时由她来料理家务。他们都为积极参与战争救援作出努力，帮助彼此度过战争给和平的拉伊和英国带来创伤的艰难时期。书信是两个志趣相投的朋友思想沟通的桥梁，也是他们彼此情感维系的纽带。

1909 年和 1920 年普罗瑟罗瑟夫妇访问美国时，见到了詹姆斯的朋友和家人。1910 年，也就是她的哥哥和他的哥哥去世的那一年，詹姆斯向她倾诉了自己的悲伤：

> 当我的手轻轻地，上帝知道，我禁不住(碰触到你，也碰触到你哥哥的高贵形象和记忆)，不知怎的，我只想在那之后退缩到沉默的神圣之中——直到我们能在那古老的黄褐色和绿色小花园的僻静处真正地交谈(哦，我怀着乡愁多么渴望拥有那些同样幽静的角落！)[③]

范妮善于处理家庭事务和安排日常生活，在这方面也乐于为詹姆斯提供力所

① JAMES H. Dear munificent friends: Henry James's letters to four women[M]. Ann Arbor: University of Michigan Press, 1999: 192.

② JAMES H. Dear munificent friends: Henry James's letters to four women[M]. Ann Arbor: University of Michigan Press, 1999: 192

③ JAMES H. Dear munificent friends: Henry James's letters to four women[M]. Ann Arbor: University of Michigan Press, 1999: 208

能及的帮助。1912年，当詹姆斯在伦敦谢恩街（Cheyne Walk）租住公寓时，范妮帮他协商并安排搬家。在这段时间里，他们经常交流，建议他如何布置公寓和与前房客打交道。

有时候，詹姆斯也会厌倦范妮的深情关爱和对社交活动的需求。1913年10月，他向嫂子爱丽丝·詹姆斯抱怨"戴尔小屋"（Dial Cottage）令人讨厌的茶歇时间。他之前注意到关于范妮的一些令人烦恼的生活细节问题：

> 她有一个烦人的爱尔兰小习惯（最终让人心烦意乱），把刚开始时她所有的回答（同样地）都以惊讶的疑问形式说出来，以至于人们一开始就认为必须重复并坚持自己所说的话，但是很快就会发现，人们根本不需要注意这个习惯，而是直截了当地说出自己的话或陈述之类的事情，整个烦恼就会消除。这是她唯一的恶习！[①]

但他很感激范妮在他身体不好时对他不知疲倦地护理。他让嫂子爱丽丝·詹姆斯写信感谢她，她是他心目中的"天使"（the angel）。1915年，他告诉侄女佩吉，范妮是他见到的唯一的拉伊老朋友。

二、书信往来续写趣味人生

幽默风趣是小说家亨利·詹姆斯的一贯写作风格，这一点在他写给朋友们的信中得到了尽情展现，自然也强烈地吸引了像范妮这样忠实的通信人。在阅读詹姆斯书信的过程中，她们分享到一种从来没有过的喜悦，得到一种来自家人式的关爱，同时也找到一种人生存在的根本价值。早在1906年9月17日写给范妮的信中，詹姆斯就用俏皮夸张的修辞惋惜她不在场，塑造了一个挚爱的人渴望她陪伴的形象。这封信为詹姆斯与范妮·普罗瑟罗的通信定下了基调。

> 我们已经为你做好准备，我们期待着你——而且我们什么都明白。我们深深地参与到乔治先生被诅咒的每一次痛苦之中——我们代表他自由地说出所有的"诅咒语"（swear words），你对任何不适当的自由都会有羞怯敏感，他则过于细致、忍耐和体贴而不能自我表达，好啦，你过来了我

① JAMES H. Dear munificent friends: Henry James's letters to four women[M]. Ann Arbor: University of Michigan Press, 1999: 193

> 们都会在这里。我们越来越爱你,同时也会坐立不安,把鼻子贴近史密斯先生的窗玻璃,希望我们能做点什么。①

1907年1月1日,詹姆斯写信告诉范妮·普罗瑟罗,他参加了乔治·刘易斯爵士(Sir George Lewis)家的一个聚会和埃德蒙·高斯(Edmund Goss)家的另一个聚会。他在文学家埃德蒙·戈斯家的这顿晚些时候的晚餐很像一个水果拼盘:"高斯家的宴会是一个冷三文治混合水果拼盘(主要是香蕉)——你可以在这里品尝——午夜晚餐。"②此外,这封信中还质疑赞兹夫妇(the Zanzigs)、伦敦心灵感应学家和受欢迎的晚宴表演者的真实性:

> ……老魔术师和骗子斯图亚特·坎伯兰(Stuart Cumberland)曾在某处撰文,宣称这是一种特殊的把戏——源于向他们发出信号的一种非常精妙的代码(而他,一个魔术师——看到过代码,认为这是可能的,有点令人吃惊)。"为什么他总是穿着白大褂? 为什么她要戴着大功率的'望远镜眼镜'?"我承认她戴眼镜的感觉——透过一个观剧望远镜观看——让我有点担心。然而,他们用文字交流几乎为零,总之,他们的代码操作比他们的思想传递更令人惊叹。③

1907年12月27日在写给乔治夫人的信中,詹姆斯把乔治·普罗瑟罗去南非旅行的健康疗法(health cure)比作马丁·路德的"大胆地犯罪"(Pecca Fortiter):如果乔治接受治疗,那么他就应该大胆地治疗。他是在用一种特殊的方式表达对朋友的关切和友爱之情。

> 这种想法的确是最令人激动的,我大胆地对亲爱的乔治先生说,试试吧! 我只是为他不得不尝试这么多事情而感到遗憾。我害怕医生(已经多年没和医生谈过话了),我把与他们来往或多或少地看作是一种罪过,(张望我的花园围墙之上)我征求他对一个短烟囱的意见,他给出了非常

---

① JAMES H. Dear munificent friends: Henry James's letters to four women[M]. Ann Arbor: University of Michigan Press, 1999: 194.

② JAMES H. Dear munificent friends: Henry James's letters to four women[M]. Ann Arbor: University of Michigan Press, 1999: 195.

③ JAMES H. Dear munificent friends: Henry James's letters to four women[M]. Ann Arbor: University of Michigan Press, 1999: 196.

好的建议，我把短烟囱，而不是长烟囱，应用在我的石头房子上。“如果你犯罪，就大胆地犯罪！”——于是我把我的烟囱弄得很粗陋，从此我就高兴起来了。因此，如果你正在治疗，大胆地治疗，尽可能匆匆地去南非吧，让我们在你不在的时候变得优雅、凄凉又充满期待。此外，它终究会让你远离医生和治疗。[1]

1909年1月12日在写给范妮的信中，詹姆斯把自己比作哈姆雷特或罗密欧，把普罗瑟罗夫人比作奥菲利亚或朱丽叶，两人亲密的友情溢于言表。

这些日子里，我不得不从胸口掏出小药片，就像剧中的哈姆雷特或罗密欧，但至少有一个优点，他们更接近你而我更接近奥菲莉亚和朱丽叶。在你的信中，你的声音、手势、眼睛的翻动、羽毛的挥舞和面纱的飘逸都令我兴奋不已；作为回应，我朝着你翘起我破旧的灰色帽子并挥动我脏兮兮的棕色眼镜（和你过去在这里的时候一样），感到有点不知所措地飞快度过——因为我们确实飞快度过了这几周，令人惊讶——有些许的柏拉图式的悲哀。（我一边翻动药片，一边沉思！）[2]

1910年12月30日在写给范妮的信中，詹姆斯对她哥哥亨利的去世深表哀悼；同年8月26日他也刚刚失去了一个兄长，因此，詹姆斯对手足之情和离别之痛感同身受，倍感悲切。

不管经历多么大的创伤，遭受多么大的痛苦、压力和悲伤，任凭丧亲和哀悼的灰烬是如何堆积在你的头上，请你一定要像过去一样渡过难关！最近这些日子对你来说一定是既黑暗又可怕，既残酷又严峻，我不禁为他担心，他的意识会多么压抑——我太过悲伤，难以言说，没有勇气去面对任何艰难而凄凉的事实。我记得他是那么有魅力，那么勇敢，那么欣喜，那么出众——总是满怀坚定的信念、创造的动力和行动的热情。而我只

① JAMES H. Dear munificent friends：Henry James's letters to four women[M]. Ann Arbor：University of Michigan Press，1999：202-203.

② JAMES H. Dear munificent friends：Henry James's letters to four women[M]. Ann Arbor：University of Michigan Press，1999：204-205.

是一直沉默，沉默，沉默。[①]

三、相互关爱谱写新的篇章

1911年2月17日在写给范妮的信中，詹姆斯感谢普罗瑟罗夫人为他找到了一位新厨师乔安娜(Joanna)，言谈之中流露出对这位新厨师非常满意，内心充满无尽的欢喜。

> 你的安排很完美——如果她的临时住处不适合，她愿意退出来，我会付给她3英镑。到6月1日还有一个月，在这期间她可以欣赏莎士比亚戏剧或其他任何高贵的休闲娱乐，你一看到她优雅地进城，我就立刻把钱汇给你。我很有信心，她会证明她是我欣赏的好厨师，帕丁顿尼亚(Paddingtonia)是一个纯粹而厚道的英国人，还记得——她烹饪的马槟榔切得像脚趾一样小，这倒与兰姆别墅长椅上点缀的装饰很相配。我相信乔安娜至少也会像他那样轻快灵巧。所以这是最好的安排。[②]

1911年8月21日在写给范妮的信中，詹姆斯再次提及普罗瑟罗夫人为他安排的新厨师乔安娜，重申了他的满意和欣喜之情。友情的建立不仅在于为人处世的方式，更重要的是精神层面上的思想交流。

> 然而，我并不是在回答你们关于乔安娜的问题——这个问题很容易回答。在我看来，她完全是我想要的，我对她非常满意。她的“想法”很明显比我以谦虚的方式处理或考虑得还要多，在上周令人沮丧的影响下，她甚至有更多的——或相当多的——交谈。我想，我本人并不让她讨厌——这听起来很愚蠢，——但事实确实如此——总之，一切都是幸福的吉兆——我想说的是结合——但我只限于说交流。[③]

---

① JAMES H. Dear munificent friends: Henry James's letters to four women[M]. Ann Arbor: University of Michigan Press, 1999: 207-208.

② JAMES H. Dear munificent friends: Henry James's letters to four women[M]. Ann Arbor: University of Michigan Press, 1999: 209-210.

③ JAMES H. Dear munificent friends: Henry James's letters to four women[M]. Ann Arbor: University of Michigan Press, 1999: 211.

当詹姆斯与弗雷德里克·麦克米伦(Frederick Macmillans)停留在诺福克(Norfolk)时,他让普罗瑟罗夫人帮他解决家庭财务问题。1911年8月21日,詹姆斯写信给范妮,以表感激之情。

我那心烦意乱和胡思乱想的方式又给你——和温柔的琼——带来了无穷无尽的、异乎寻常的麻烦！当然,你寄给我一张支付余款的支票——它现在又完好无损地回到了我手里,还有你精心地附在它上面的那张漂亮的小便条。同样,我当然也会把支票放错地方,或者无意中销毁,或者忘记了——我还可以找到它;可是,如果我不这样做,那将是对我粗心大意的报应——我现在清楚地、心怀感激地记得寄来的带有支票的那封信,还有你那张令人钦佩的便条,对支票其余的开支作了强调。我立即写信给耐心的、被离弃的琼,附上迟来的应付给她的款项。(按照惯例,我对我的仆人非常守时——她再也不会等了,这太残忍了!)①

1911年8月21日,詹姆斯写信给范妮,詹姆斯感谢普罗瑟罗夫人为她在伦敦的公寓挑选窗帘和壁纸。在衣食住行诸多方面,范妮给予詹姆斯无微不至的关怀。

昨晚收到的你的来信,像你所有的信一样,表达了女主人公和天使的独特结合。你真是英勇无畏,在黑暗中奋力前进,来到切尔西(Chelsea),然后看在我可怜的份上,一直耐心地透过它采撷这束完美的信息和建议的花朵,在我的鼻翼下发出同样的芳香。天使来了——事实上,天使就在你的行为中,甚至走出去了！它是这个世界上有史以来最不爱出门的天使(我的意思是她会跟你到处走)。我陶醉在你的绿色天鹅绒窗帘里,陶醉在你为它们准备的那盆颜料里;我把自己裹在所有的赤土里;总之,我接管一切能供应几个月朗姆酒的东西。你一下子就使我相信各种墙纸都不行;所以你就亲自动手安排这项盛大活动。暂且说这么多,万分感谢!②

1912年10月17日,詹姆斯写信给范妮,感谢普罗瑟罗夫人做他的打杂女工,

---

① JAMES H. Dear munificent friends: Henry James's letters to four women[M]. Ann Arbor: University of Michigan Press, 1999: 212-213.

② JAMES H. Dear munificent friends: Henry James's letters to four women[M]. Ann Arbor: University of Michigan Press, 1999: 220-221.

长期以来帮他料理家务、照顾他的生活，可谓情真意笃，关怀备至。也许范妮所做的一切使詹姆斯备受煎熬、难以释怀，难怪有时会触动情绪，怒不可遏。

我怒气冲冲，一个劲地咆哮、怒吼，口吐白沫；但斯金纳(Skinner)终于让我镇定下来，现在我只能这样——做你认为比较温和的事。为了弥补这一点，我以最强烈的暴力希望你得到最可悲的安逸。但唯一真正对我有好处的是感觉你所有的天赋都是在策划、设计、擦洗、搜寻方面，所有这一切使你成了短期的打杂女工。①

1914年7月1日在写给范妮的信中，詹姆斯谈及为普罗瑟罗夫人赞助的一项慈善事业寄去了一张捐款支票的事，声称她的工作将为她的天冠增添一排鲜花、星星或明灯。晚年的詹姆斯仍然热衷于慈善工作，尽力帮助朋友，让人性散发出灿烂的光辉。

昨晚在我们的安妮·里奇(Anne Ritchie)的谈话中，我突然想起我们最近一直在跟踪"魔鬼舞"(就在魔鬼自己家里的室温下)，使我忘了要寄给你我确定的定期捐款的小支票，随函附上，敬请查收。我确实认为这正是你作为守护天使(ministering angel)的形象和定义，这个肩负着烦人的重担的美丽小英雄。它只会在你的天冠上再添上一排鲜花、星星、明灯或任何由它构成的装饰品。我不敢肯定，在你来拉伊见我们之前，我是否还会经常见到你。我为那次离去而追悔莫及！②

晚年的詹姆斯又一次遭受带状疱疹困扰。1914年9月1日，病中的他仍然不忘写信给范妮，为她送去他的家人的消息。同时，在信中谈及伯吉斯(Burgess)应征入伍，密切关注当时一战的时局，有传闻说俄国人已经渗透到比利时。

在这个仍然有些病弱的时刻，我只能试图向你谈一谈公共形势。你和亲爱的乔治比我更有兴趣，我只希望你能再跟我谈一谈。我很高兴伯吉斯(Burgess)告诉我，即使他从一开始就不想去应征入伍，但作为这里

① JAMES H. Dear munificent friends: Henry James's letters to four women[M]. Ann Arbor: University of Michigan Press, 1999: 222.

② JAMES H. Dear munificent friends: Henry James's letters to four women[M]. Ann Arbor: University of Michigan Press, 1999: 230.

一个身体健全的年轻人却不去，这种情况在公众看来是非常令人不愉快，而且无法容忍的。当然，在过去几天里，关于俄罗斯一大批军队从英吉利海峡外渗透到这个国家的流言，如果任其在我们相对的荒漠里对可怜的我们喋喋不休，将会使你们受到左右夹击。尽管有这么多确凿的小迹象，我也一直不敢相信，直到今天早上，陪护我的斯金纳给了我今天的《每日邮报》上复制的所谓“比利时”军队在奥斯坦德(Ostend)登陆的快照。①

毫不夸张地说，亨利·詹姆斯的一生大部分时间是在与疾病的相伴中度过的，但这丝毫没有影响到他对写作艺术的执着追求，他在人生不懈地奋斗中取得了辉煌的成果，建立了令人羡慕的亲密友谊，也找到了生活的乐趣和人生的价值，他既成就了自己的文学事业，又实现了他人的幸福梦想，不断用充满友爱和温暖的语言去感召和融化别人，这正是一个伟大的小说家的高尚道德体现。正如古希腊美学家朗吉努斯所说，“崇高是伟大心灵的反映”②。无疑，亨利·詹姆斯的崇高之处就隐含在他的伟大的小说作品和书信创作之中，它不仅吸引了他那个时代的亲密通信人，也吸引了无数现当代的热心读者。

第三节　写给将军夫人的信

在亨利·詹姆斯的通信者中还有一位身份特殊的女性，她就是赫赫有名的路易莎·厄斯金·沃尔斯利夫人(Lady Louisa Erskine Wolseley)。她的丈夫沃尔斯利将军(General Wolseley)曾担任驻爱尔兰的英国军队总司令。沃尔斯利夫人对丈夫产生了极其深远的影响，毫不夸张地说，她是沃尔斯利将军19世纪联合军事生涯中的一个合作伙伴。她凭借自己出色的社交才能，积极参与社会、政治和军队活动，从而成为当时各种军事行动的幕后操纵者。詹姆斯非常欣赏沃尔斯利夫妇，既欣赏加内特爵士(Sir Garnet)的军事威望，又欣赏路易莎女士的超群才学、绝伦美貌和潇洒风度。

---

① JAMES H. Dear munificent friends：Henry James's letters to four women[M]. Ann Arbor：University of Michigan Press，1999：233.

② LONGINUS. “On the sublime” in selected readings in classical western critical theory [M]. Beijing：Foreign Language Teaching and Research Press，1999：121.

一、才貌、名望、友情

路易莎·厄斯金(Louisa Erskine, 1843—1920)出生于一个普通的家庭,她聪明而美丽,其外貌可与维纳斯(Venus de Milo)和欧也妮(Eugenie)皇后相媲美。她深知自己的魅力所在,于是在1884年寄给丈夫一张自己的照片,上面写着:"请把我从镜框里取出来,欣赏一下我手臂的美丽,真是棒极了!"①路易莎才貌双全,爱好广泛。她的法语很流利,她喜欢服饰(她被称为伦敦穿着最考究的女人)、古董和书籍。1861年,沃尔斯利在爱尔兰遇见她,"坠入最可怕的爱河",但直到1868年他们才结婚,那时他的军事生涯进展顺利。婚后的路易莎充分展示了自己的社交才华,在名利场上左右逢源、得心应手,成为名副其实的贤内助。她经常款待宾客,与维多利亚女王商讨军事政策,推动丈夫成就事业。沃尔斯利本人是典型的英国军官,在轻歌剧《彭赞斯海盗》(*The Pirates of Penzance*)中被讽刺为"我们唯一的将军"。他的迅速晋升至少是由于她在国内和他在战场上的付出同样多。她结交英国内阁官员和他们的妻子,在沃尔斯利经常不在的时候,她与沃尔斯利保持通信联络,尽力为丈夫提供必要的内部信息,使他及时了解英国重要的政治变化。她称自己为"鼹鼠"(mole),因为这种动物的生活习性多动善变,不习惯阳光照射,适合在狭长的隧道里自由奔走,这个雅号显然是对这样一个积极的阴谋家的恰当比喻。也难怪,沃尔斯利夫妇的处世风格和社会名望得到了詹姆斯的积极评价和高度赞赏。

1877年夏天,詹姆斯第一次见到了路易莎·厄斯金·沃尔斯利夫人。1878年冬天,他告诉威廉,她"很漂亮,有美国人的风度、举止、打扮和品味"②。到1882年,他们成了好朋友。1882年12月30日,他写给沃尔斯利夫人的第一封现存的书信,向她诉说父亲去世的悲痛,并祝贺沃尔斯利将军在泰勒凯比尔(Tel-Kebir)战胜埃及民族主义者阿拉比·帕沙(Arabi Pasha)的喜讯。其实,这次历史事件是由沃尔斯利和英国内阁策划的一场屠杀,目的是粉碎初期的埃及民族主义运动,确保英国进入苏伊士运河。

> 您亲切友好的短笺跟随我跨越了寒冷的大西洋,它一定是我出发的

---

① ARTHUR G. The letters of Lord and Lady Wolseley, 1870—1911[M]. New York, 1922: 140.

② JAMES H. Henry James letters[M]. Cambridge: Belknap-Harvard University Press, 1975: 151.

当天在博尔顿街(Bolton St.)投递的，当时接到父亲病危的消息，我希望有生之年再见他一面。然而，我的希望是徒劳的，因为当九天前到达的时候，我发现一切都结束了，我甚至没有看到他离世。这是一次猛烈的打击，除此之外，我下船后又病了好几天，所以直到现在才开始环顾四周。

……“埃及”这个词总是让人想起您——总是以自豪和快乐的态度终结，您成了征服者的妻子。我最衷心地祝贺您把整个事情——把这件事如此出色、科学和彻底地完成了。我不希望您再获得任何桂冠，因为您拥有的已经足够了，而且它们是在这样索然无趣、毫无快感的地方摘下来的；但愿那些现在与您的发型交相辉映的桂冠永远不会失去它们鲜亮的光彩！①

沃尔斯利将军在埃及的泰勒凯比尔取得了军事上的胜利，赢得了英国人的普遍赞誉，所到之处充满鲜花和掌声。得知这个令人欢欣鼓舞的消息，作为沃尔斯利夫人的好友，詹姆斯难免要向她和她的丈夫表示一番祝贺。但詹姆斯并没有随波逐流、人云亦云，对英国在埃及的胜利这一事件有自己的主见，他的祝贺之中带有几分遗憾和辛酸，与其说是对沃尔斯利夫人摘取桂冠的祝贺，倒不如说是对她的忠告。假借祝贺，实则奉劝，话语之间柔中带刚，对待朋友坦诚相见，哪怕是对权高位重将军夫人也没有丝毫的谄媚逢迎，表现出一个作家应有的人格和气节。足见，作为一个有良知的作家，一个深明大义的国际主义者，亨利·詹姆斯考虑的不是一个国家和民族一时得失的狭隘利益，而是放眼世界和人类的和平和未来的大格局。

我向您保证，我一直沉默不语，并不是因为对您的胜利和荣誉不感兴趣。在远远的背景中我站在那里——在布满羽饰和花冠的树篱后面——捧着我小小的花束。我只是在等待一个安静的时刻把它献上——在这个时刻，我可以悄悄地把它塞到您的手里。其他人敬献的鲜花在您面前堆积如山，要接近您并不容易。然而，当我看到您收到最大的和最小的花束时笑得那么甜蜜，我对自己说，鼓起勇气，一种祝贺和另一种祝贺没有差别，所有的祝贺都同样好。事实上，我并不怕我会忘记向您道贺，也不是

① JAMES H. Dear munificent friends: Henry James's letters to four women[M]. Ann Arbor: University of Michigan Press, 1999: 242-243.

怕我的良好祝愿会因保留而被破坏。我只希望那些隆隆的鼓声离远一点。[①]

那封信为他们接下来的通信定下了主题:他对她的政治胜利感到高兴。当然,她的这些活动必须符合的他的道德审美思想和价值判断标准。当她丈夫外出旅行时,詹姆斯陪伴着她,倾听她所有的秘密。当路易莎女士在幕后指挥大英帝国的征战时,詹姆斯对他朋友的策略表示由衷的赞赏。

在詹姆斯与沃尔斯利夫人的通信中,有很多值得纪念的往事,记录着他们生活中相互关爱、相互帮助、分享喜悦、共渡难关的点点滴滴。例如,沃伊斯利晋升时,亨利·詹姆斯给路易莎写了一封妙趣横生的祝贺信;为满足她的兴趣爱好,他设法帮她找到她所喜爱的书籍装帧;为她女儿弗朗西斯(Frances)的社交生活出谋献策;还陪她去古董店探险。沃尔斯利夫人反过来也帮助詹姆斯找到合适的家具,包括他的伦敦公寓和拉伊的"兰姆别墅"。两人都喜欢闲聊他们的相识,包括英国贵族和其他作家。她与詹姆斯分享军事秘密,知道他如何欣赏她的成功,也许怀疑他从她身上学到的关于掌握权力的知识最终进入了他的小说和故事。

1884年9月3日,在写给沃尔斯利夫人的信中,詹姆斯对其丈夫的离别深表同情,但作为将军的妻子,她已经把"等待"当成了一种职业。当他上一次去看她时,他怀疑她已经知道沃尔斯利将军(General Wolseley)正在去喀土穆(Khartoum)接替戈登将军(General Gordon)的路上。

我曾渴望向你们表示祝贺和慰问,但我认为最好是等到沃尔斯利勋爵离开这片海岸,您命运的波澜开始平息之时。现在(除非您把所有的时间都花在阅读他的使命上——尽管它们还没有开始大量涌入),我想您可以从一位老朋友那里听到一句话,他想让您知道,他既欣赏您的荣耀又欣赏您的忧愁!……愿您渡过短暂的孤独,以最佳的简讯来维持。我想知道在这几周的等待中,您还培养了什么其他的辅助办法。但是没有人能像您这样优雅和蔼地等待——作为将军的妻子,这是您的专长的一部分,您已经完全掌握了,这本身就是一种职业。[②]

---

① JAMES H. Dear munificent friends: Henry James's letters to four women[M]. Ann Arbor: University of Michigan Press, 1999: 243.

② JAMES H. Dear munificent friends: Henry James's letters to four women[M]. Ann Arbor: University of Michigan Press, 1999: 244.

1885年6月6日，在写给沃尔斯利夫人的信中，詹姆斯建议她去观看巴黎书籍装帧，他一直在关注着朋友的兴趣爱好。

> 在法国国家图书馆(Bibliothèque Nationale)和马扎林图书馆(Mazarine)肯定会有有趣的书籍装帧，卢浮宫(Louvre)也有一些。上次提到的那些是我过去见过的(其他我从未调查过)，但我不记得它们是在博物馆的哪个部分。然而，任何一个管理员都会立刻告诉您——您得考虑到，即使与"地球上最有礼貌的人"偶尔也会发生不幸的事——稀有书籍版本和历史书籍的下落。我相信，图书馆的管理员在您说出名字或出示名片时，一定会拜倒在您面前，并向您展示他们所有的珍宝。但我突然想到，如果您不想攀登公共机构，一个实现您的目标的好去处是方丹书店(Fontaine)，全景廊街(Passages des Panoramass)伟大的"精装"书商——在最后面。或者是王子廊街(Passage des Princes)？我忘了是哪一个(我弄混淆了)，但它们都是值得探索的有趣的地方——从意大利人大道和蒙马特尔出发。[①]

詹姆斯在写给沃尔斯利夫人的信中保留了他最具挑衅性的言辞。尽管他很可能更喜欢她高大的侍卫而不是她，但他们的通信中充满了调情的语言。正如她利用自己的美貌来确保她丈夫的晋升，詹姆斯也用自己对性别政治[②]的熟悉来讨好他的朋友路易莎。在1885年9月22日的一封信中，他感谢沃尔斯利夫人寄来的支票，但有点失望的是没能亲自接收。他希望他们能有一个浪漫的会面，就此话题进行交流。他戏谑地把自己比作皮条客，把路易莎夫人比作妓女，暗示他们可能是在"用三四块金币的闪光照亮伦敦的雾霭"。[③]文学家的语言含蓄幽默，往往在不经意的嬉笑怒骂之间，传递内心的真情实感。这也是詹姆斯与达官贵人结交的一种

---

① JAMES H. Dear munificent friends：Henry James's letters to four women[M]. Ann Arbor：University of Michigan Press，1999：245.

② 性别政治(sexual politics)，是指在两性关系中，男性用以维护父权制、支配女性的策略。反之，清除女性在这一关系中的附庸角色，同样也是一种"性别政治"。1970年美国女作家、女权主义先驱凯特·米利特(Kate Millett)创作了论著《性政治》，被誉为"女权主义批评的一个里程碑"。通过剖析父权制社会中的两性关系，它反映了文学和政治哲学合谋反对性平等的整个过程。她以女性特有的生活经历、审美体验和批评视角对文学作品进行阅读、分析和阐释，建构了一种女性主义的阅读和批评模式。

③ JAMES H. Dear munificent friends：Henry James's letters to four women[M]. Ann Arbor：University of Michigan Press，1999：248.

处世策略,既游走于他们之间又超越他们之上,掌控自如,乐在其中,体现出人生的至高境界。

1887年1月20日,在写给沃尔斯利夫人的信中,詹姆斯讨论了她的希尔街房屋整修,还建议她的女儿弗朗西斯(Miss Frances)不要早婚。可见,他对朋友的家事关怀备至,从建造楼梯的琐事到子女的婚姻大事无不涉及,并提出了自己的诚恳建议和真实想法,供沃尔斯利夫人参阅采纳和借鉴。

> 如果不是提到您在希尔街建造的后楼梯,您那亲切而迷人的来信肯定证实了我最担心的事。如果您要建造一个后楼梯,那是因为您打算在那座高贵的宅邸里逗留——而这正是让我担心的事。除非所说的建造只是为了让您能从房子里悄悄地走出来——永远——更有效地!然而,我想到了舞厅,您的女儿初次进入社交场合——总的来说我很放心。不过,这也使我恼火,仿佛我在伦敦听到您在仲冬时节得意忘形、大肆炫耀。我很高兴您在那里很开心——但很遗憾的是您不仅仅是这样——我似乎在您的语气中发现了一些不合群和挑衅的东西。这对未来几年是不祥的预兆——我希望弗朗西斯小姐不要早婚——尽管我急忙要补充说,即使我想把您留在城里,也不会使我为她提出延续到这个时期的一种单身生活——也就是——我们在白厅的朋友们的那个时期。我很高兴,既然要造后楼梯,您就应该选择这个特别的冬天来做,因为看来我整个冬天(我不是指楼梯)都要在意大利度过。①

1888年1月15日,在写给沃尔斯利夫人的信中,詹姆斯感谢她帮忙买家具。在她的悉心照料下,等精美的家具布置完成后,他将过上一种非常华丽的生活。詹姆斯的喜悦之情溢于言表。

> 我觉得我对待您极其低级粗俗——从来没有写信告诉您这些著名的椅子是怎样以良好的形式出现的——您对这些椅子却如此富有人情味。它们在每一个细节上都很出色,在您的帕丁顿艺术家的帮助下,当装饰完成之后(我还没有来得及去看),我会觉得我过着一种非常华丽的生活,而这一切都得益于您的悉心照料。某一天——任何时候——当没有更好的

① JAMES H. Dear munificent friends: Henry James's letters to four women[M]. Ann Arbor: University of Michigan Press, 1999: 249.

事可做时，顺便告诉普拉特先生，如果他还没有卖掉（他很可能已经卖掉了）我们所欣赏的精美书柜和文具箱，我会给他12英镑，是在他送给我的时候吗？如果您不讨厌我的小小的需要、拖延和疏漏，为此我将不胜感激。如果他把那东西卖了，那也没关系，这将给我一个很好的借口，让我再下去找另一件。①

二、理想、诗意、人生

在亨利·詹姆斯和沃尔斯利夫人的通信交往中，他们所关心的不只是名利权情、家庭事务和生活琐事，他们还有更长远的奋斗目标、奉献社会的思想意识和高雅的人文情怀，生活中既会遭遇痛苦和离别，也会充满诗歌和远方。

1888年3月20日，在写给沃尔斯利夫人的信中，詹姆斯回应了她慈善捐款的呼吁，以"可怜单身汉""拙劣文人"的微薄之力支持这一善举，对她的公益活动感到欣慰，服务大众也是他们共同的理想和追求。

我一直沉浸在，全身心地投入通信和其他类型的写作中：这就是为什么我没有及时回复您那封迷人的短信（您的短信即便是募集资金也很迷人）。您如此令人愉快的、如此不可抗拒的请求，真是可惜这样的天赋却浪费在身居高位上——而您并没有处在一个可以成为职业的岗位上。我相信，那六便士的硬币一定会落在您伸出的手掌里啪嗒作响。老实对您说，要是您去找古怪姐妹们，却又不把您无法抗拒的想法告诉我，那我就会感到非常不舒服。我认为我们（我们四人）组成了一个小小的联谊会——手足情谊，姐妹情谊——随你怎么称呼它吧——以同样的慈善之心凝聚在一起。在此之后，您一定做好了心理准备，知道我会随信附上一张至少100英镑的支票。但我并没有，唉！随这封信而来的是非常不同的小单据，体现可怜单身汉的微薄之力和拙劣文人一点微不足道的救济，但愿不会引起您的蔑视。您所说的这所慈善机构值得每一个人支持，我很高兴它掌握在您这样的好人手里。②

① JAMES H. Dear munificent friends：Henry James's letters to four women[M]. Ann Arbor：University of Michigan Press，1999：251.

② JAMES H. Dear munificent friends：Henry James's letters to four women[M]. Ann Arbor：University of Michigan Press，1999：253.

1895年2月18日，亨利·詹姆斯写信回复了沃尔斯利夫人的邀请，打算参加她下个月在都柏林的皇家医院举行的化装舞会，沃尔斯利将军作为驻爱尔兰的英国军队总司令的总部就设在这家医院。沃尔斯利夫人是她丈夫在19世纪联合军事生涯中的一个合作伙伴，她计划举办这个舞会以巩固自己和丈夫的地位，加强英国人在柏林的存在感。这将是一个伟大的政治和社会事件。路易莎·沃尔斯利要求女士们打扮成她们最喜欢的庚斯博罗(Gainsborough)、罗姆尼(Romney)或雷诺兹(Reynolds)画作中的人物；男士们要穿制服、宫廷装或狩猎晚礼服。詹姆斯总是对沃尔斯利夫人的权力征战很感兴趣，他嘲弄地讨论着该穿什么。

> 当然，我要选择的将是全套制服：您的那种类型和各种各样的选择，显然是为我量身定做的。如果不能用这种方式"取悦自己"，我就披上美国国旗，把它优雅地折叠起来。什么都行——别看起来像个临时侍者。请相信我非常感激您给我这个慷慨的通知。在类似的聚会上我永远也不会成为一个受欢迎的人……我变得有点狂乱，仿佛已经听到了您跳舞的鼓点和舞步。我至少听到了您最慷慨的欢迎，亲爱的沃尔斯利夫人，您最忠诚的朋友——亨利·詹姆斯。[①]

1895年加内特·沃尔斯利勋爵被任命为英国所有武装部队的总司令，这个职位一直持续到1901年。在他被任命时，沃斯利夫人仅一天之内就收到了多达54封贺信。1895年8月27日，在写给沃尔斯利夫人的信中，詹姆斯一反常态地询问她丈夫的晋升对她有什么影响。按常理，这样做未免有点让人扫兴，但在面对功名利禄时要保持冷静的心态，不能被一时荣辱得失冲昏了头脑，詹姆斯能够这样及时地提出告诫和警醒才是对朋友最深切的关怀和爱护。

> 我一点儿也不知道这封信会在哪里找到您，但一定会在某个地方找到您，代我对您说，我衷心地希望在沃尔斯利勋爵新的任命中，您有真正抚慰和维持的美德——在这件事上，我应该大胆地获得因我的无知和无能带来的无限制的满足感；如果不是因为我看到那上面停留的一片乌云：纷至沓来的大量信件堆积在您那忠诚的脑袋上。如果您梦想着承认这一点，您会让我多么不开心啊！(我知道，要想做梦，您必须先睡觉，我坚持

---

① JAMES H. Dear munificent friends: Henry James's letters to four women[M]. Ann Arbor: University of Michigan Press, 1999: 256.

认为那个恩惠现在已降临到您的身上。)我厚颜无耻地写信,因为只有这样我才能告诉您,我对与你俩有关的一切都非常感兴趣。如果还有其他方法可以让您知道这一点,一想到会加重您的负担,我就会感到羞愧。但我所希望的是,亲爱的沃尔斯利夫人,在过去的几个月里,您已经获得了足够的力量,在负重下已不再摇摇晃晃——或者更确切地说,不再忍受没有惊人之举的痛苦——因为,毕竟,您的英雄主义从来不允许您享受这种奢侈。①

1897年3月8日,在写给沃尔斯利夫人的信中,詹姆斯谈及他们拜访了著名园艺师和彩色玻璃设计师查尔斯·埃默尔·肯普(Charles Eamer Kempe)的家,他很喜欢他们的这次旅行,言谈之中兴致盎然,意犹未尽。

昨天,在那美好的时光里,离开我们的东道主肯普(Kempe),我没机会和您多说话,我觉得我想说的话才对您说了十分之一。然而,这对我们下次会面更有利——到时候我会像融雪滋养的河流一样奔涌而出。因此,这短短的几句话无法预示滚滚的河流——只是以此重新向您表达我对这次旅行的愉快和成功的感激之情。在我完全没有准备的状态下,我先前内心的空白——这片空白现在充斥着意象和情感,整个奇妙的东西变得更奇妙了,就像您热情友好的看屋本上任何一页都写满了来访者的姓名。这个人自己使这个地方变得更奇妙,这个地方也因为这个人而变得更奇妙。他的礼貌和魅力深深打动了我。后来,到了晚上,我在他面前得到一点无法从您那里攫取的灵光。整件事给我留下了印象最深的绝妙智慧:那就是音符,它所能发出的音符对我来说比任何一个艺术创作都更庄严、更深沉。不要为了这个世界——为了我的毁灭——向他吐露我说过的话;但整件事,和他的全部品味,都太德意志化、太日耳曼化,我无法以此作为一种介质,让自己消沉在最后的平静之中,或者把它当作家庭和装饰的最后决定。法国和意大利的元素太多了——对我来说,它们才是风格的真正秘密所在。②

---

① JAMES H. Dear munificent friends: Henry James's letters to four women[M]. Ann Arbor: University of Michigan Press, 1999: 261.

② JAMES H. Dear munificent friends: Henry James's letters to four women[M]. Ann Arbor: University of Michigan Press, 1999: 262-263.

1900年5月9日,詹姆斯写信给沃尔斯利夫人,谈及他在韦尔科姆(Welcombe)遇到沃尔斯利勋爵和女儿弗朗西斯。他发现沃尔斯利是"有史以来最有魅力的人"。

在复活节那个非常有趣的庆典之后我一天又一天写信给您,几乎使我和您建立了直接的关系,也确实使我走进了和您最愉快的间接的关系之中。我当然提到在韦尔科姆(Welcombe)遇见沃尔斯利勋爵和弗朗西斯小姐时那种极大的喜悦——这段插曲一直让我停笔不前——为了您的利益,然后(被一些更亲切的插话打断——在同样愉快的关系中)又奋笔疾书。……我的职业实际上占去了我大部分时间。——但一直以来,我都没有向沃尔斯利勋爵表达过我对骑马事故后果的友好关切,我今天第一次听说这件事(当时在报纸上没有看到)。我大胆地猜测这事并不严重,但我请求向他表示我最深切的同情。我可以更自由地向您表达我本应该——而且能够——敢于向他们表达的,这几天我又在这两位令人愉快的陪伴下感受到的快乐。快乐的您——和他们生活在一起!弗朗西斯小姐在表情、声音、语调和其他诸多优点上,自从我上次见到她以来都和您更加相似,我发现她有一种双重的令人钦佩的气质。还有她父亲——嗯,他是有史以来最有魅力的人。他是独一无二的。请原谅这些不可抗拒的溢美之词——我向您提供关于您自己的消息不免带有一种荒诞的意味!好像任何人都比您懂得多。但我说话结结巴巴,谦卑而率直。①

1907年12月21日,临近圣诞节之际,亨利·詹姆斯写信给沃尔斯利夫人,美好的祝福中充满了诗情画意(a poetic letter)。当时沃尔斯利夫妇已退休,正在法国闲居修养。詹姆斯对朋友的思念之情发自肺腑,诉诸笔端,句句真切,流畅自然,风趣幽默,读来感人至深,回味无穷。

亲爱的沃尔斯利夫人:

收到您的来信真是一件有趣而愉快的事——您的信就像南方的一股暖风,带着橘子成熟的芬芳气味和地中海蓝色潮汐的甜蜜低语。我迫不及待地吸纳这些气息,然后把一大块油腻的英国橡木扔到煤火的余烬上(这种混合的味道好极了),看到它火光闪烁,我意识到,在今后很长一段

---

① JAMES H. Dear munificent friends: Henry James's letters to four women[M]. Ann Arbor: University of Michigan Press, 1999: 267-268.

时间内，我不太可能远离那片家庭的火焰。同时，您对自己处境的描述就像一个完美的童话，想到世界上还有这么完美的人，我就很快乐；特别是那些恰好是我非常依恋的人。一颗多么神奇的星星在守护着您的地位啊！谢天谢地，我见过许多人——也许是其中的大多数；但我却没见过一个幸福的奇迹，显然拉图雷特(La Tourette)完全符合这一规则。这种魅力总会有额外的点缀——娇小的法国女士刚从一丛夹竹桃后面出现，黄昏时分为您吹奏轻柔的乐曲。女吟游诗人快乐、优雅，听众如此尊贵、和蔼。还有您那庄严的田园诗增添的"喜剧气氛"(comic relief)——您甚至为楼下吸引人的种族摩擦带来了轻松——我真的认为，再没有什么比英国仆人面对外国"习俗"的困惑更有趣的了。但我希望您所有的摩擦都不会太大。当我告诉您我根本就没有时，您会觉得我描绘的是一种灰色生活，但我却沉浸在对最深切的英国平淡生活的每一种描述之中——唯一的变化可能是，此时此刻我们所拥有的白天和黑夜，即使是普罗旺斯(Provence)也望尘莫及——今晚一轮如巨大银盘的皓月悬挂在静谧的夜空，今天在和煦的月光下我花园里几乎每一株玫瑰都在竞相绽放——哦，粗俗的苏塞克斯逃亡者！不，我不与法国女游吟诗人争高下，也不与操多国语言的人家比输赢，我没有可供依靠的力量之塔(a tower of strength)，我也不画水彩画；但我"猜想"我的兰姆别墅和你的(可能是大理石)大厅几乎一样温暖(让人额头冒汗)。您说起亲爱的"查理"(劳伦斯)夫人和她最近"缠绕"(in the wrap)一串珍珠项链开车非常生动有趣。她是我的一个老朋友，我很喜欢她——可是想到她的存在，想到查利的存在离不开她的存在(无论多么微不足道)，她的存在也离不开他的存在，无论多么劳神、烦心和焦虑，使我深陷沮丧无法自拔；其中的道理、智慧和"原则"迄今为止似乎都是我所要寻求的。他们生活在恐慌中，但他们生活在辉煌中——整个事情支离破碎，根本不像一对最幸福的老夫妻，倒是像陆军元帅和他的玛丽切尔。这封信虽然为时已晚，但今晚尚可寄出。我在这里即将度过一个绝对孤独的圣诞节——如果您的火鸡和葡萄干布丁(我相信您的一流厨师会让您满意)让您还有余暇思考的话，请想想我和我的冷羊肉片吧。愿新年带给您祥和与喜悦！我真切地想念两位！

您永远的亨利・詹姆斯[①]

① JAMES H. Dear munificent friends: Henry James's letters to four women[M]. Ann Arbor: University of Michigan Press, 1999: 274-275.

1913年8月10日，詹姆斯写信给沃尔斯利夫人，诉说他健康不佳滞留在乡下的情况，但当他将来回到伦敦时，他打算第一时间就去登门看望她。她以自己的力量应对沃尔斯利勋爵最近的死亡，在夫妻离别之中表现出非凡的勇气，让詹姆斯钦佩不已。

> 要知道，我目前来到这里——是为了度过夏天剩余的日子，尽可能地住到秋天——之后回再到我在伦敦的小住所；在切尔西有一套舒适宜人的临河公寓。我担心，与这个封闭住处的任何来往，现在会让我弄得杂乱不堪，但一旦我决定什么时候回到城里(将在6个月或7个月后)，我就会怀着极大的渴望和像以往那样的优越感去拜见您。我一直担忧您孤寂独处的生活，但我相信您会融入其中、渡过难关，用您了不起的记忆和才华准能做到这一点。只有当伟大的考验来临时，我们才能了解内在的需求。不管怎样，请相信，我非常渴望有机会再次登门造访，在那里以谦卑的态度迎接对所有往事的回忆，相离甚远，我思想中对过去的珍惜之情，难以言表。①

1913年沃尔斯利勋爵去世时，詹姆斯给他的遗孀写了一封感人的吊唁信，重申了他对老朋友的钦佩之情。沃尔斯利夫人与女儿弗朗西斯的关系日渐疏远，她女儿那时已是一位成功的园丁和女商人。詹姆斯写给沃尔斯利将军夫人的书信让人想起了她曾与一位令人愉快和才华横溢的男士几十年来的深厚友谊，重温这些过往的记忆一定让路易莎·沃尔斯利感到无尽的安慰。时隔多年以后，也许她还会再一次把目光转向那些她从亨利·詹姆斯那里保存下来的书信，尽管那些信件留下了岁月的痕迹，甚至在一个世纪之前就已经褪色，但她对往昔的美好回忆和脑海中浮现的朋友的亲切形象，会穿过历史的云烟变得愈益珍贵。

小　结

综上所述，亨利·詹姆斯有众多的女性通信人，与他通信的女性朋友多达450

① JAMES H. Dear munificent friends: Henry James's letters to four women[M]. Ann Arbor: University of Michigan Press, 1999: 276.

位，其中有3位特殊的女子是本章探讨和研究的重点对象。玛丽(米妮)·卡德瓦拉德·琼斯、玛格丽特·弗朗西斯(范妮)·普罗瑟罗和路易莎·厄斯金·沃尔斯利，3位女子各自在詹姆斯的壮年、老年时期的社会、家庭生活中占有重要的地位，因此詹姆斯与她们通信的数量相对较多，这在某种程度上得益于她们不同寻常的身份和得天独厚的条件。“米妮”是詹姆斯最好的作家朋友伊迪丝·华顿的嫂子，詹姆斯返美期间多次拜访她，她也曾去英国看望过他，两人有大量的书信往来；“范妮”是詹姆斯的好朋友乔治·普罗瑟罗教授的妻子，普罗瑟罗夫妇是詹姆斯在拉伊最亲近的邻居，他写给他们的书信有150多封，大多数是写给她的；路易莎·厄斯金·沃尔斯利是英军司令沃尔斯利将军的夫人，是詹姆斯最亲密的社交圈的朋友，他在三十多年间给她写了100多封书信。这3位朋友在19世纪末20世纪初的艺术、科学和政治方面都很有影响力。这些书信揭示了詹姆斯不为人感知的一面：他擅长闲聊，风趣幽默，富有同情心。书信的内容非常精彩，是对那个时代社会、政治和科学思想的极好的记录。它们不仅反映了詹姆斯鲜明的个性特征，而且反映了独特的时代文化。

詹姆斯写给他同时代的这些女性朋友的书信所使用的语气和交谈的方式各不相同，有的是言辞诙谐、滔滔不绝的长信，偶尔也会出现郁郁寡欢、言简意赅的短笺，这要根据当时不同的情境和作者的心理状态而定，书信中所叙述的相关事件离不开小说家詹姆斯的个人生活或写作生活的实际状况。作为通信人，小说家詹姆斯大多数时候写得自由自在、无拘无束，尤其是对女性的称呼，他可以以一种文化认可的方式试验亲密关系。他通常把写信看作一种能够操纵和破坏社会习俗的创造性活动，在这种活动中他顽皮地颠覆性别界限，而不危及自己的社会地位或情感经济。透过这些书信让读者看到生活中一个真实的詹姆斯，从而改变了我们传统上对詹姆斯的形象认知，他并非是一个沉默寡言、焦虑不安的人，而是一个温暖体贴、热情奔放的人，他的一生珍视友谊。

从与3位女子这些具有代表性通信当中，我们可以观察到詹姆斯灵活多样和充满活力的书信风格，让人感到惊叹的是，几乎每一封书信都呈现出不同的声音和人物形象。因此，詹姆斯写给他最亲近的人的书信特点是，一个有趣的美国人对一个熟人的率直所激发的一种关心的赞赏，而在对他最要好的朋友讲话时，他转而会使用生动的夸张、滑稽的自嘲和激动的溢美之词来形容他所描述的生活的喧嚣。这些精雕细琢、文笔优雅的长信说明他多么认真地对待书信写作艺术。

另外，值得注意的还有，詹姆斯对这些女性的私人生活给予的尊重和认可，以及他对她们的文化角色提供的帮助和支持。例如，对玛丽·卡德瓦拉德·琼斯离婚后经济不稳定的处境的温情关怀尤其令人感动。这些书信让我们见识了一个乖戾的人，他机智、体贴，对女性怀着极大的敬意。就重新认识詹姆斯的书信而言，人们对这位作家慷慨地使用他的时间和个人资源感到惊奇，但在詹姆斯与这些女子的通信中我们会有一个特别令人满意的发现，他所培养的亲密关系反过来又是如何培养他的，以及他对自己生活中的日常行为所给予的关注和所赋予的重要意义。也许这些正是笔者研究詹姆斯与女性朋友的通信的真正价值所在。

第五章　詹姆斯与作家同行的通信

在长达半个多世纪的写作生涯中，亨利·詹姆斯结识了大量的通信对象，当然，有不计其数的男性和女性通信人，他们分别来自不同的社会阶层，而事业上与之交往最为密切的另一个特殊群体应该是作家同行。关于文学创作和书信写作，可以说，詹姆斯首先是一位成就卓著的小说家、文体学家和文艺评论家，其次才是一位价值非凡的书信作家。詹姆斯与作家同行之间互通书信，他们利用书信交流信息、表达心情和探讨艺术。这些文人学士有着共同的兴趣爱好、共同的艺术追求和共同的谈论话题，因此，文人书信是詹姆斯书信创作主体构成的重要内容。书信代表的是一种文体，传递的是一种文化，体现的是一种礼仪。中国人有悠久的尺牍传统，西方人也有古老的写信习俗，中外历代文人名家都曾把写信当作一种交际规范。在他们遗留下的大量珍贵书信中蕴含着丰富的知识，承载着相同的价值追求，显示出高超的文化修养，散发着独特的艺术魅力，自然成为现当代书信写作和研究不可多得的大师范本。从内容上看，亨利·詹姆斯的一些“叙事”书信，既包含“达情”的成分，又包含“论理”的要素，同时属于不同的书信范畴，很难一概而论，只能综合地加以分析、解读和阐释。

在众多的作家同行中，亨利·詹姆斯最具代表性的一位通信人就是杰出的美国女作家伊迪斯·华顿。《亨利·詹姆斯与伊迪斯·华顿书信》(*Henry James and Edith Wharton*：*Letters*，1900—1915)等书信作品，为研究詹姆斯与华顿二位小说家的友谊发展、情感交流和艺术探讨提供了大量可靠翔实的参考资料。从他们相逢相识到书信传递，华顿对小说家詹姆斯可谓情深意笃，一度为他的事业发展而慷慨相助，甚至对晚年身患重病的詹姆斯照顾有加。尽管人生留下无尽的遗憾，但这段久经考验的友情一直为后人称道。也许，无法排解的欲望和长期积郁的隐情却激发了这对忘年之交无尽的想象力，无形中成就了他们小说创作的文学梦想，同时也为书信学术研究提供了广阔的发展空间。

第一节 写给伊迪丝·华顿的信

伊迪丝·华顿(Edith Wharton, 1862—1937),美国著名女作家,原名伊迪丝·纽伯尔德·琼斯(Edith Newbold Jones),出生于纽约的一个名门望族,从小随父母在欧洲各地旅行,在家接受良好的私人教育,爱好阅读文学艺术作品,尤其是对亨利·詹姆斯的小说情有独钟。伊迪丝从事文学事业的动因来自她所生活的社会阶层。她是在一个富有、势利和豪华的世界里长大的,身处上流社会却发现自己的社交圈子很无趣;1885 年嫁给了一个比她大 13 岁的波士顿银行家爱德华·华顿(Edward Wharton),她和丈夫之间也很少有共同之处,对这种无爱的婚姻颇感乏味。她想摆脱自己的困境,需要找一些事情来做,于是便开始写作。她立志成为一名真正作家,写作给她带来的是一种能够摆脱社会阶级限制的自由感。伊迪丝·华顿的主要文学榜样就是她所认识的亨利·詹姆斯。她所追求的文学理念遵循了成名作家詹姆斯对艺术形式的理解和对伦理问题的关注。伊迪丝不喜欢美国贵族阶级的价值观,从她生活的那个社会群体中创造了自己,是一个"靠自我奋斗取得成功的人"(self-made man)。伊迪丝·华顿既是一位多产作家,又是一位多面写手。她一生出版了大约 50 部关于多种主题的作品,其中包括 20 余部长篇小说、10 多部短篇故事集,还有一些诗集、游记和自传,甚至还尝试写作有关小说创作理论的文章。她成名之后,过着国际化的社交生活,在广泛交往的同时也留下了大量的书信。然而,她作为一个作家的重要性主要还是体现在她的小说创作的基点之上。

亨利·詹姆斯和伊迪丝·华顿之间的友谊在他们漫长的一生中有一段时间非常深厚。詹姆斯的早期创作历史曾经断断续续,在 60 多岁开始认识华顿夫人时,他的文学成就几乎已经完成。40 岁的华顿虽然初出茅庐,但她那时已是一个成熟的女人。詹姆斯在世时她出版了二十本书,而她又比这位老朋友多活了二十一年,詹姆斯去世后她继续完成了那四十册书的后半部分。回顾他们的那段交往不仅是詹姆斯的最后时期,也是他最成熟的时期,他进入了一个很少有作家能做到的得心应手、胸有成竹的晚年。虽然他经常因个人的损失而感到身体不适和心神不宁,但他对人生的感悟却更加深刻,他对生活的兴趣只是有增无减,他的智慧变得更加深邃,他对他人的善良似乎随着一种超凡的洞察力和客观性而增长。对伊迪丝·华顿来说,这段友谊是她艺术发展最迅速的时期,她创作了三部非常接近的优秀作品,《伊桑·弗洛美》(*Ethan Frome*, 1911)、《暗礁》(*The Reef*, 1912)和《乡土风俗》(*The Custom of the Country*, 1913)都已成为她的巅峰之作。这几年也见证了一场同样引人注目的个人蜕变,在这期间纽约社会的成员把她自己变成了不受约束的专业作家和移民,在这期间她的婚姻走向了离婚的失败结局,她的情感需求对她来说已变得十分清楚。詹姆斯最终的、最丰富的时刻以一种文学史上最为独特的依恋方式迎接了她的高潮的时刻。

在他们相遇时亨利·詹姆斯就已经很有名了,伊迪丝·华顿以不久后也出名了。这两位如此别致的杰出人物之间的友谊几乎不可能不被人注意到,至少在一谈到詹姆斯的时候,华顿总会不由自主地被人提起。然而,关于他们之间关系的完整和详细的叙述却并不多见。到目前为止,很少有人描写他们彼此发现对方和他们发展亲密关系的戏剧性情节,他们相互爱慕和批评的历史,年复一年使他们相聚的场合和环境,以及各自的私人事件和关注问题。一个人经历的事情,对方发现自己也曾参与其中,因为亲密的友谊不可能不涉及另外一方。考虑到两人的知名度和共同的兴趣,诸如此类的事情当然令人非常好奇。

1934 年,伊迪丝·华顿在临去世前三年出版了自传作品《回首往事》(*A Backward Glance*, 1934)。她用了一章令人印象深刻的巨大篇幅来描写她的这位伟大的朋友的形象,强调在她的一生中最伟大的友谊所带来的激励性和启迪性的影响,坦言没有朋友的出现就谈不到她自己。[①]她把自己最要好的朋友确定为"我们各自生活中的一个朋友,他似乎不是一个单独的人,不管他多么亲切和可爱,只是一种对自我的扩展,一种对自我的诠释,一个人灵魂的真正意义。"[②]而詹姆斯却是她的另一个最伟大的朋友,尽管对她来说他肯定一直是一个特立独行的人——但最深厚的感情很难把亨利·詹姆斯看作"一种对自我的诠释"——毫无疑问,他是最能唤起她的骄傲精神去崇敬的那个人,也是她最引以为豪的朋友。在詹姆斯和华顿交往的岁月里,他们身处异国,书信便成为他们探讨文学、沟通思想和传递情感的主要方式。因此,针对我们想了解更多关于他们友谊的信息缺憾,也许能在他们的往来书信中探寻到一些蛛丝马迹,最终能找到令人满意的答案。

---

① WHARTON E. A backward glance[M]. New York: D. Appleton-Century Company, 1934: 169.

② WHARTON E. A backward glance[M]. New York: D. Appleton-Century Company, 1934: 115.

一、文学兴趣增友谊

研究詹姆斯和华顿之间的友谊，首先涉及二位小说家通信的缘起。伊迪丝·华顿对个人生活讳莫如深，缄口不言，即便是后来在她的朋友出版的回忆录中也从不敢越雷池一步。亨利·詹姆斯对自己生活的历史也没有作过多的书写，而对片断性的自传写作早在他晚年就已经停止了。作为詹姆斯和华顿夫两人的亲密朋友，珀西·卢伯克(Percy Lubbock, 1879—1965)于1947年出版了传记作品《伊迪丝·华顿的画像》(*Portrait of Edith Wharton*, 1947)，尽管把女主人公置于更加详细的语境之下，但这种优雅的素描就像华顿夫人本人的自传《回首往事》(*A Backward Glance*)一样模糊不清。毫无疑问，詹姆斯和华顿夫人两个都不希望透露他们生活的过多细节。詹姆斯对后人窥探他和朋友的私事有一种近乎病态的恐惧，他在去世之前烧掉了他的许多文件，其中很可能包含伊迪丝·华顿写给他的大部分书信，因为他所存放的那个包裹在临去世时还给了她，里面只有她在1914年和1915年从法国前线写给他的信。但是他们的通信中詹姆斯那一半呢？1920年，卢伯克出版了两卷本《亨利·詹姆斯书信》(*Letters of Henry James*, 1920)，其中包括不少于27封华顿夫人的来信，但这些信并没有增加多少有关传记的信息。上面布满了省略号，除此之外，她是否还收到过许多别的信，或者是否有别的信，就不得而知了。1937年伊迪丝·华顿去世后，令人失望的是，她自己收藏的往来书信被拒绝查阅。直到1968年，存放在耶鲁大学图书馆的某些被关闭的档案才被开放。

哈佛大学霍顿图书馆收藏了大量未出版的詹姆斯书信，在华顿和詹姆斯的往来书信中，詹姆斯珍贵的书信就占了一半。尽管这些书信本身没有原稿，但图书馆拥有珀西·卢伯克在1920年"书信"创作过程中收集的忠实抄本。正是由于卢伯克先生保存的这些抄本，以及其他数百封詹姆斯写给其他通信者的书信的抄本，并最终交给了哈佛大学，尽管他只选择了几封发表，今天的读者才有幸能够见到更多关于詹姆斯生活、情感和创作的真实记录。詹姆斯写给华顿的74封书信的打字稿系列，其中57封信从未全部或部分发表过，成为研究詹姆斯和华顿通信的最基本的材料。卢伯克的两卷本书信中排除了詹姆斯写给其他朋友的数百封书信，在出版的书信集中有许多书信只是一些片段，而这些书信片段只有在审阅完整的原件时才会有意义。

因此，不仅是在卢伯克收集的打字稿中，还是在哈佛收集的詹姆斯写给他人的书信的手稿中，都可以找到进一步事实和见解的丰富来源。特别是那些写给被伊迪丝·华顿称之为"内群体"(inner group)成员的书信,指的是那些她本人和詹姆斯经常见面和更经常通信的朋友们,比如霍华德·斯图吉斯(Howard Sturgis)、盖拉德·拉普斯利(Gaillard Lapsley)、沃尔特·贝里(Walter Berry)和卢伯克(Percy Lubbock)本人。还有詹姆斯写给查尔斯·艾略特·诺顿和他的家人等共同朋友的信,事实证明这些信几乎同样有价值,甚至还有詹姆斯写给他自己的朋友和家人的信,他很可能向他们透露有关伊迪丝·华顿的信息和想法,其中只有一小部分尚未出版。詹姆斯的这些书信不仅是有助于人们看到伊迪丝·华顿以前从未出现过的样子,而且还在新的层面上展现了詹姆斯的形象。詹姆斯作为华顿太太的朋友和批评家,詹姆斯作为讽刺幽默家和悲剧道德家,两种心情都受到另一种生活景象的鼓舞,而且,詹姆斯作为书信文体中主题文学变化的创造者,所有这一切透过一封封书信都能鲜活地呈现出来。

研究亨利·詹姆斯和伊迪丝·华顿之间往来书信具有重要的意义。一个明显的理由就是这两位通信者都是重要的专业文学艺术家。然而,除此之外,最吸引人的还有发生在两位主要旅居国外的美国作家之间美好而有趣的关系,这种关系在20世纪的前15年一直持续。这一段历史时期本身就很有趣,所要讨论的关系与大的历史背景不无关联:它开始于维多利亚时代英国的最后繁盛时期,结束于那场实际上为帝国拉下帷幕的大灾难——第一次世界大战(World War Ⅰ,1914—1918)。当时也许还不是美国进入世界舞台的最佳时机,美国还不愿意承担作为一个日益强大的国际大国即将接替的责任,尽管这个舞台已经准备就绪。在这种特殊的历史背景下,詹姆斯和华顿两个不搭界的人似乎不太可能培养出值得过多关注的关系,因为乍一看,除了国籍和职业之外,他们似乎没有什么共同之处。到19世纪末20世纪初的世纪之交,詹姆斯已经是一个生活安定的世界主义者,一个被英国化的美国艺术家,广泛的经历和辉煌的事业即将接近尾声。当时的华顿虽说已不再年轻,但毕竟比詹姆斯小了20多岁;尽管她游历甚广,但无论如何还是没有成为一个世界性和欧洲化的美国人。她的未来很大程度上就摆在面前,虽然她的文学生涯最终远远超越了詹姆斯离世的时间,但正是从那一刻起才刚刚开始。詹姆斯经济状况优裕,处于中产阶级的高端;他在改良俱乐部有一个方便的伦敦"栖身之所"(perch),在苏塞克斯郡的拉伊小镇也有一座漂亮的乔治时代风格的"兰姆别墅"(Lamb House),日常生活中有三四个仆人照顾他的饮食起居。伊迪丝·琼斯·华顿家境殷实,可算作是一位经济相当独立的女性,是老纽约贵族的一员,是加勒廷、琼斯、莱迪亚德、彭德尔顿、莱因兰德和舍默霍恩等这些有名望的家族的后裔。这种关系的构成要素看似没有什么大的用途,但却逐渐发展成了一种温暖而互惠的友情。

对文学事业的共同兴趣是他们交往的开始,部分原因是他们与法国小说家、评论家保罗·布尔热(Paul Bourget, 1852—1935)的共同友谊。然而,友好往来真正的开始却在有意或无意之中被推迟了两次,两次都被原本可以让他们走到一起的十字路口所挫败。第一次发生在巴黎,时间可能是1885年,当时詹姆斯42岁,华顿23岁。在回忆录《回首往事》(*A Backward Glance*, 1934)中,华顿讲述了当时在巴黎爱德华·博伊特家中与詹姆斯共进晚餐的情景,"大概是在80年代末。"① 1885年,詹姆斯在巴黎待了一个半月(9月10日至11月1日),然后拜访了博伊特夫妇;直到1888年12月,他才再次来到巴黎,在一个月的停留期间没有迹象表明他去拜访过博伊特夫妇。当时的伊迪丝也许还沉浸在新婚燕尔的幸福和喜悦之中,她是在1885年4月底与爱德华(泰迪)·罗宾斯·华顿[Edward (Teddy) Robbins Wharton]结的婚。年轻的华顿夫人为晚宴精心打扮一番,她穿了一件崭新的上衣,希望能引起詹姆斯的注意。遗憾的是,他仍然没有意识到她的存在。她进一步回忆说,第二次近距离会面发生"在威尼斯(大概是1889年或1890年)":拉尔夫·柯蒂斯夫妇(the Ralph Curtises)向华顿夫妇发出了邀请,詹姆斯也将出席。②事实上,1890年6月,他是住在大运河边巴巴罗宫(Palazzo Barbaro)的柯蒂斯夫妇邀请的客人。急不可耐的华顿夫人为这个场合刻意准备了一顶漂亮的新帽子,并打算脱口而出表达她对《黛西·米勒》(*Daisy Miller*)和《贵妇人画像》(*The Portrait of a Lady*)的赞赏,但詹姆斯"既没注意到这顶帽子,也没有注意到戴帽子的人"③。

根据以上华顿的回忆可以断定,她与詹姆斯有过两次近距离的会面:一次发生在巴黎,大概是1885年;另一次发生在威尼斯,大概是1889年或1890年。也许年代久远,时间不大准确。华顿两次应邀参加朋友的聚会,有幸与詹姆斯在一起吃饭,想借此机会一睹大师的风采。尽管每次都极尽装扮,但结果却事与愿违,根本没有能够引起这位伟大人物的注意,的确令人惋惜!可能机缘还不够成熟,在人生的一瞬间两人只是匆匆擦肩而过,没有开始真正的交往。多年之后,问起这件事,詹姆斯竟然毫无印象。意想不到的是,他们后来好像一见如故,而且几乎发展到越来越难舍难分的地步。究其原因,他们之所以成为莫逆之交,首先是因为伟人的人

① WHARTON E. A backward glance[M]. New York: D. Appleton-Century Company, 1934: 171.

② WHARTON E. A backward glance[M]. New York: D. Appleton-Century Company, 1934: 172.

③ WHARTON E. A backward glance[M]. New York: D. Appleton-Century Company, 1934: 172.

格风范和艺术感染，另外，两人有共同的志趣和爱好，语言的幽默感和反嘲感，加上倾心相交，以诚相待。尽管在很多方面观点大相径庭，但是这一切并未阻止亨利·詹姆斯成为伊迪丝·华顿交往中最亲密的朋友。

1895 年，詹姆斯的剧作《盖伊·多维尔》(*Guy Domville*, 1895)得以顺利上演，华顿及时为他送去最美好的祝愿。功夫不负有心人，这次终于有了热情的回应。詹姆斯写信给好友米妮·布尔热(Minnie Bourget)，让她代向华顿夫人表示由衷的感谢，感谢她的不懈支持。[①]然而，他们之间真正友谊起始于文学作品的实际交流。1899 年，华顿第一时间寄给詹姆斯她新创作的短篇故事集《高尚的嗜好》(*The Greater Inclination*, 1899)，次年晚些时候又寄给他一个短篇故事《最小阻力线》(*The Line of Least Resistance*)。后来，华顿请嫂子玛丽(米妮)·卡德瓦拉德·琼斯[Mary (Minnie) Cadwalader Jones]为詹姆斯带去她的另外两部作品：短篇小说《试金石》(*The Touchstone*, 1900)和故事集《关键时刻》(又译《好戏连台》)(*Crucial Instances*, 1901)[②]。1902 年，詹姆斯收到华顿寄来的意大利小说《抉择之谷》(*The Valley of Decision*, 1902)，他便欣然回赠了自己的小说《鸽翼》(*The Wings of the Dove*, 1902)，小说的部分情节也是以意大利为背景。他们两人之间早期的友好关系就是这样开始的，这一点从詹姆斯写给华顿的现存最早的书信中也可以得到证实。1900 年 10 月 26 日，詹姆斯在信中写道：

> 我不顾你的劝阻，感谢你的来信和在费城《李宾格特杂志》(*Lippincott's Magazine*)上发表的精彩的小故事。后者具有令人钦佩的锐利和整洁，充满无穷的智慧和远点——我认为，它只是受到一点影响，因为没有直接目睹丈夫挑起的事端——确实惹人恼火。然而，你很可能会说，这具有两面性；一个人不可能在 6000 字内做得面面俱到，他必须做出狭隘的选择。(你对我说的?)米莉森特和她的绅士完全看不见东西，这比你顶多只能沮丧地斜着眼睛看东西要好得多。要么做，要么不(直接)碰它们——这无疑是你的本能。这个主题对画布来说真的是一个很大的主题——这也正是你的困难所在。但事情已经过去。我很欣赏，我的意思是，我看好你，我鼓励你，去研究你周围的美国生活。让你自己走进去，试一下吧——这确实是一个未被触及的领域：任何文明的、任何"进化"的

---

① JAMES H. Henry James: letters, 1883—1895[M]. Cambridge, Mass.: Harvard University Press, 1980: 506.

② JAMES H. Henry James: letters, 1895—1916[M]. Cambridge, Mass.: Harvard University Press, 1984: 236-38.

生活,无论表面上如何,在那里方圆数英里之内都不会有人去尝试。充分利用你的嘲弄和讽刺的天赋,它们组成了一台最有价值(我认为)和最有益的发动机。只是,《李宾格特杂志》的故事有点难懂,有点纯粹的嘲笑。但那是因为你很年轻,而且很聪明。青春是艰难的——你的针尖,稍后,会在一团模糊的丝线中遮住自己。它是一个针尖![1]

詹姆斯在读了《抉择之谷》(*The Valley of Decision*, 1902)之后,他非常认同这部艺术作品,为此发出无尽的感慨,他一时间似乎有很多话要向华顿夫人倾诉,渴望与她愉快地交流思想、谈论艺术、评说作品、回顾过去、畅想未来、缓解压力、分享喜悦,大有相见恨晚之感。1902 年 8 月 17 日,詹姆斯在写给华顿夫人的信中说:

不过,我确实从你那可敬的嫂子和侄女那里得到消息,他们特地来看望过我一趟,说你可能有机会到这里来——在今后几个月内。我将祈求这一点得到证实——也就是,祈求你能在英国待一段时间。然而,即使我准备跟你聊一聊《抉择之谷》,我想我还是应该舍弃这种热情,及时地想到对一件严肃而成功的艺术作品来说,首要的责任其实就是认同的责任;其余的事情可以等待。从文学的角度来看,这本书如此技艺高超、深思熟虑、深入浅出,又如此精雕细琢和精彩有趣,面对这本书我感到刚才对你的衷心祝贺包括诸多内容。有一两件事我想说——改天再说。你看我有什么理由说出这种祝愿的话。当天空仍被山谷中粉红色的火焰映照得通红时,这个特别的事情显得有些不合时宜;除了阐述,我不能做任何更公正的事情。因此,毕竟,用两个字提及这件事有失公正,让它遭受被粗俗地暗示的冤屈,而当你年轻、自由、博学、暴露(在光明之中)的时候,我想真诚、温柔、巧妙地劝诫你——我的意思是,当你完全掌控局势的时候——我要劝诫你,我是说,关于支持美国的话题。它就在你身边。不要错过它——它在等待直接的、真实的、我们的、你们的、小说家的支持。抓住它,坚持住,让它把你拉到它想去的地方。它会比那些过多装饰的东西拉得更用力,这本身就是一个优点。我想说的一句话是:利益,要当心,我的流亡和无知的可怕例子应引以为戒。你会说我说得很轻松——但我已经为我的轻松付出了代价,我不希望你为你的轻松付出(同样多的代价)。

---

① Powers L H. Henry James and Edith Wharton: letters, 1900—1915[M]. New York: Scribner's, 1990: 32-33.

但是这些都是无礼的纠缠——从它们还没有发展起来的那一刻起。尽管如此，支持纽约吧！[①]

可见，文学思想的实际交流架起两位小说家之间友谊的桥梁。1888 年，詹姆斯出版了短篇小说《大师的教训》(*The Lesson of the Master*，1888)，现在他扮演着与初出茅庐的伊迪丝·华顿完全相反的角色，华顿在他们的通信中几乎全都称呼他为"亲爱的大师"(Cher Maître)。如上所述，在 1900 年 10 月 26 日写给华顿夫人的信中，詹姆斯立刻谆谆告诫她，要认识到最适合她发挥艺术才能的主题，美国景象(American scene)，特别是纽约："我看好你，我鼓励你，研究你周围的美国生活。"[②]这个话题隐含的深层原因则是，"充分利用你的戏谑嘲弄和讽刺挖苦的天赋"，他敦促她，好像那些天赋最适合处理美国的景象。在 1902 年 8 月 17 日写给华顿夫人的信中，詹姆斯更进一步激发她从事这个主题的研究，他更具体地说："不要错过它——它在等待直接的、真实的、我们的、你们的、小说家的支持……支持纽约吧！"[③]他向多年来的好友玛丽·卡德瓦拉德·琼斯(Mary Cadwalader Jones)吐露了他想"设法联络"华顿的愿望，仿佛他心里才刚刚想起她出版的第一个故事——《曼斯泰太太的视线》(*Mrs. Manstey's View*，1891)。1903 年 12 月，他们终于如愿在伦敦见面。

进入 20 世纪，他们的关系得到迅速发展，这也是两位作家职业生涯中的重要时期。随着小说《鸽翼》(*The Wings of the Dove*，1902)、《使节》(*The Ambassadors*，1903)和《金碗》(*The Golden Bowl*，1904)的出版，詹姆斯开启了他创作的"主要阶段"(major phase)；它们代表了他作为心理小说家多年实验的顶峰，以戏剧性的方式呈现人物在焦虑、发现和爱情的可能性支配下的心理反应。《盖伊·多姆维尔》(*Guy Domville*，1895)虽说在剧场失败了，但这次实验却使他有了补偿性的发现，"一把钥匙，工作的方式基本相同，同时适用于戏剧和叙事两把锁的复杂密室"——"描述场景的神圣原则"[④]。

---

① Powers L H. Henry James and Edith Wharton：letters，1900—1915[M]. New York：Scribner's，1990：33-35.

② Powers L H. Henry James and Edith Wharton：letters，1900—1915[M]. New York：Scribner's，1990：32-33.

③ Powers L H. Henry James and Edith Wharton：letters，1900—1915[M]. New York：Scribner's，1990：33-35.

④ JAMES H. The complete notebooks of Henry James[M]. New York：Oxford University Press，1987：115.

1904年秋,在阔别美国20多年后詹姆斯回到了美国。随后,他进行了为期一年的巡回演讲,这标志着他与伊迪丝·华顿的关系有了明显的进展,这一关系始于1903年12月他们的第一次真正会面,它使得友谊之花的绽放成为可能,而且一直持续到他生命的尽头。在他的巡回演讲中,詹姆斯周游全国,在《美国景象》(*The American Scene*, 1907)中记录下他对家乡的印象,并与查尔斯·斯克里布纳(Charles Scribner)签订了小说集的出版合同。他还在马萨诸塞州勒诺克斯的"山宅"(The Mount)拜访了伊迪丝和泰迪·华顿,"山宅"是华顿夫妇自1902年以来他们在伯克郡的家。她的事业即将腾飞:从1900年的《最小阻力线》(*The Line of Least Resistance*, 1900)来判断,华顿20世纪的作品似乎接受了这位大师的紧急建议。詹姆斯在美国的那一年里,她的第一部真正重要的小说《欢乐之家》(*The House of Mirth*, 1905)正在斯克里布纳杂志上连载。詹姆斯对华顿的小说《欢乐之家》给予高度赞赏,同时他们也有着共同的兴趣,例如,与保罗和米妮·布尔热(Paul and Minnie Bourget)以及英国、法国的许多其他人的友谊,对乔治·桑(George Sand)以及后来的霍尔滕·阿勒特·德·梅里滕斯(Hortense Allart de Méritens)生活和作品的喜爱,这些都是加强他们之间友谊的纽带。接下来,华顿夫人取得了其他一些不俗的成就,其中包括《伊坦·弗洛美》(*Ethan Frome*, 1911)、《暗礁》(*The Reef*, 1912)和《乡土风俗》(*The Custom of the Country*, 1913),这些小说处理的美国主题(*American Subject*)使她从中受益颇多。华顿写了一些尖锐的社会评论小说,经常审视庸俗的人对旧纽约社会的入侵,同时也把她犀利的目光转向那个受敬重的社会的局限性。这样看来,她是听从了大师的教诲,当然,他还会继续对她的作品提出建议和批评。然而,事实似乎是,伊迪丝·华顿对詹姆斯后期的作品从根本上缺乏了解,对他的审美观明显缺乏同情。

二、书信之中见真情

长期以来,评论界对华顿的批评已是司空见惯,在她与詹姆斯交往的那些岁月里,观察他们作品之中的相似之处也是如此,但并不总是对她有利:她被称为"失意的詹姆斯"(James manqué),她的作品被认为是"詹姆斯和水"(James and water)。[①]这种称谓和说法带有戏谑和嘲讽的口气,意思是伊迪丝·华顿未能如愿成为亨利·詹姆斯这样成功的作家,难免让人感觉有几分失意和惆怅的情绪,而她

① POWERS L H. Henry James and Edith Wharton: letters, 1900—1915[M]. New York: Scribner's, 1990: 5.

的作品虽与詹姆斯不乏相似之处,但却缺少一种纯正浓厚的风味,被认为像水一样平淡无奇,掺水的作品则大大削弱了其艺术效果和感染力。毫无疑问,她意识到了这种批评的态度,当然,她憎恨这种态度也是可以理解的。这种不利的比较很可能是她不喜欢这位大师后期小说的原因之一。1904 年 6 月,她写信给斯克里布纳杂志的编辑威廉·C. 布劳内尔(William C. Brownell),写得很不耐烦:

> 我对《人类起源》(*The Descent of Man*)的评论深表感谢。我从来没有因为批评而气馁过……但我是詹姆斯先生的应声虫/附和者(我读不了他过去十年的书,尽管我很喜欢他这个人)……让我觉得很绝望。[1]

当然,括号内那个解释性的插入语可能看起来像"酸葡萄",但 1901 年 3 月早些时候写给萨拉·诺顿(Sara Norton)的一封信使它变得更清楚,而且强化了它作为一种坚定的批判态度;在信中,她这样评价詹姆斯刚刚出版的《圣泉》(*The Sacred Fount*, 1901):"(我真希望这么美好的书名没有附加在这么一本拙劣的书上)……我会为这样一个天才的毁灭而哭泣……"[2]1902 年 9 月,她把詹姆斯 1902 年 8 月 17 日的来信寄给了布劳内尔,信中他称赞了《抉择之谷》(*The Valley of Decision*, 1902),并宣布已经把《鸽翼》(*The Wings of the Dove*, 1902)寄给她,她尖锐地评论道:"不要问我对《鸽翼》的看法。"[3]她确实很欣赏他的早期作品,尤其是《一位女士的画像》(*The Portrait of a Lady*, 1881),并认识到他作为技巧大师所享有的极大的尊重;她甚至可以欣赏他的一些后期作品。《朱莉娅·布赖德》(*Julia Bride*, 1908)这个故事,她发现"生动传神,应有尽有",于是向萨拉·诺顿断言,"'我们不想',因为我们永远不会同意 H.J. 的最后一种方式"[4]。

此外,她至少参与了威廉·莫顿·富勒顿(William Morton Fullerton)撰写的一篇文章,专门对詹姆斯小说和故事集纽约版(the New York Edition)的成就进行了明智的赞扬;这一个版本是詹姆斯修订早期作品的显著标志,因为在《一位女士的画像》中作了大量修改,以符合这位六十多岁的大师的批判眼光。最后,在《回首往事》(*A Backward Glance*, 1934)中,华顿有一段有趣的话,代表了她对詹姆斯"主要阶段"(major phase)作品的一种更成熟的,如果不是彻底修正的,批评态度——确实不同于对布朗内尔的尖锐评论,至少她表达了对《金碗》中一个关键场

---

① WHARTON E. The letters of Edith Wharton[M]. New York: Scribner's, 1988: 91.
② WHARTON E. The letters of Edith Wharton[M]. New York: Scribner's, 1988: 45.
③ WHARTON E. The letters of Edith Wharton[M]. New York: Scribner's, 1988: 70.
④ WHARTON E. The letters of Edith Wharton[M]. New York: Scribner's, 1988: 140.

景的偏爱,而不是《一位女士的画像》中著名的第42章。

> 尽管早期的小说十分精美——就其完美程度而言,恐怕无人能及《一位女士的画像》——但以后来的作品来衡量,亨利·詹姆斯在写这些小说时,只触及了生活和艺术的表面。甚至在《一位女士的画像》中描写伊莎贝尔夜晚在炉火旁沉思她命运的那一章的那个人,远远不是已经成熟地描写更大的夜景,玛吉在鹿园从阳台上望着四个桥牌手和放弃复仇的画面的那个人。①

令人遗憾的是,这种观点的表达比纽约版整整晚了二十五年。

就詹姆斯而言,他明显偏爱华顿的《暗礁》(*The Reef*, 1912),尽管他也喜欢《欢乐之家》(*The House of Mirth*, 1905)、《伊坦·弗洛美》(*Ethan Frome*, 1911)和《乡土风俗》(*The Custom of the Country*, 1913)。这样的选择并不令人惊讶,因为在创作这部小说时,华顿一反常态,没有遵循她习惯描写人物外在社会冲突的模式,转而揭示人物内心世界的奥秘。这一点与心理现实主义小说家亨利·詹姆斯所追求的创作技巧如出一辙。《暗礁》显然是华顿小说中最具詹姆斯风格的一部。他选择赞美它的措辞,既是对她的成就的肯定,也是对艺术态度的巨大差异的肯定。在1912年12月4日的信中,詹姆斯称赞伊迪丝·华顿具有拉辛式的风格(Racinian style):"它的美妙之处在于,它称得上是一部戏剧,而且在我看来,它几乎是一部完整、强烈和简洁的拉辛式的心理戏剧。安娜·利思(Anna Leath)实际上就是拉辛(Racine),整个作品中让人感觉到她就像埃里费勒(Eriphyle)或贝瑞妮丝(Bérénice)一样……"②

在写给华顿的信中,除了提及拉辛剧作中的人物埃里菲勒(Ériphile)和贝莱妮丝(Bérénice)之外,詹姆斯还援引了著名女主人公菲德丽(Phèdre)、埃丝特(Esther)、安卓玛克(Andromaque)和伊菲格涅(Iphigénie)的创作者,这当然也是在情理之中的事情。因为詹姆斯和华顿两人作品有一个重要特点,就是他们都塑造了大量有趣而吸引人的女主人公的形象,为我们勾勒出19世纪末20世纪初欧美社会生活中一幅幅生动别致的女性群像图。詹姆斯笔下一些具有代表性的女性人物有:《罗德里克·哈德森》(*Roderick Hudson*)和《卡萨马西玛公主》(*The Prin-*

---

① WHARTON E. A backward glance[M]. New York: D. Appleton-Century Company, 1934: 174.

② POWERS L. Henry James and Edith Wharton: letters, 1900—1915[M]. New York: Scribner's, 1990: 239.

cess Casamassim)中的克里斯蒂娜·莱特(Christina Light)、《一位女士的画像》(*The Portrait of a Lady*)中的伊莎贝尔·阿切尔(Isabel Archer)和瑟琳娜·莫尔(Serena Merle)、《波因顿的战利品》(*The Spoils of Poynton*)中的弗莱达·韦奇(Fleda Vetch)和格雷斯夫人(Mrs. Gereth)、《尴尬年代》(*The Awkward Age*)中的南达(Nanda)和布鲁克汉姆夫人(Mrs. Brookenham)、《鸽翼》(*The Wings of the Dove*)中笨拙的米莉·西尔(Milly Theale)和凯特·克罗伊(Kate Croy)、《金碗》(*The Golden Bowl*)中的玛吉·弗弗(Maggie Verver)和夏洛特·斯坦特(Charlotte Stant)等;同样,伊迪丝·华顿笔下也有一些感人至深的女性人物:《欢乐之家》(*The House of Mirth*)中的莉莉·巴特(Lily Barth)、《树上的果实》(*The Fruit of the Tree*)中的贾斯汀·布伦特(Justine Brent)、《特雷姆斯夫人》(*Madame de Treymes*)中的范妮·弗里斯比(Fanny Frisbie)、《伊桑·弗洛美》(*Ethan Frome*)中的玛蒂·西尔弗(Mattie Silver)和泽诺比(Zenobia)、《乡土风俗》(*The Custom of the Country*)中的昂丁·斯普拉格(Undine Spragg)、《暗礁》(*The Reef*)中的安娜·利思(Anna Leath)和索菲·维纳(Sophie Viner)等。

由此可见,两位小说家都对女性人物的描写情有独钟,难怪有人可能会说他们都是女权主义作家,而且"女权主义批评家"也通常把他们当作自家人。亨利·詹姆斯之所以受伦敦社交界的女主人们的欢迎,是因为他习惯于用一种独特的方式看待女性:"亨利看待女人似乎和女人看待她们自己一样。女人把女人看成人;男人把她们看作女人。"①这种倾向反映在詹姆斯的小说中,华顿的小说也是如此。两位小说家的成功之处在于,他们独特的视角产生与众不同的洞察力。正如18世纪英国作家、文学评论家塞缪尔·约翰逊(Samuel Johnson, 1709—1784)在《莎士比亚作品集序言》(*Preface to Shakespeare*, 1765)中所说,"莎士比亚是超越所有作家,至少超越所有现代作家的自然诗人;是向读者忠实地反映风俗和生活的诗人……在其他诗人的作品中,一个人物常常是一个个体;在莎士比亚的作品中,它通常是一个类别"。"除了对一般自然的再现之外,任何东西都不能愉悦众人,而且也不能长时间愉悦。"②莎士比亚之所以能长时间地愉悦众人,就是因为他的主要人物通常不是简单的类型人物,而是代表特定类型的个体。这也正是小说家亨利·詹姆斯人物形象塑造的真实写照,他小说中所反映的也是一类人物,揭示的也是人的总体特征。

---

① HOLLERAN A. Ground zero[M]. New York: Morrow, 1988: 84.

② ADAMS H, SEARLE L. Critical theory since Plato[M]. Beijing: Peking University Press, 2006: 362.

但客观地讲，拉辛作品的“女权主义”方面并不是故事的全部，事实上甚至不是故事的重点。詹姆斯比较的关键重点落在《暗礁》这部小说拉辛式的戏剧性特征上。在1912年12月4日写给华顿的信中，除了表达对这部心理戏剧的赞美之外，他还加上了一句感激式的评论：“整个事件，只是以最肤浅的方式与它的环境和背景相关联，对起决定作用或达到标准的人员有涉及，就这样发生，而且以特定的、本土化的方式在法国发生……”①。显然，这是一种欣赏性的评论，表达了人们可能会对戏剧化“心理”小说大师的期待。如詹姆斯所见，《暗礁》不仅具有戏剧性，而且还具有简约、经济、重点突出其核心问题的特性，只是与它所宣称的环境的表面“有关联和有涉及”(unrelated and unreferred)。他的主要观点清晰明了，这足以将詹姆斯的美学观点与伊迪丝·华顿的美学观点区分开来。

华顿对大师作品作出的评论有助于澄清这一区别。在《回首往事》中，她回忆说詹姆斯对批评他的作品具有敏锐的感受力，例如，她对《金碗》的评论，在某些人看来，如果不是她自己对他的作品不敏感的一个例子，那就是她反对它所依赖的原则的证据：

> 我自然对詹姆斯的技术理论和实验很感兴趣，尽管我过去认为，而且现在仍然认为，他倾向于牺牲小说生命的自发性。在最新的小说中，所有的一切都必须符合一个命中注定的设计，而在他严格的几何意义上，设计对我来说是小说中最不重要的东西之一……他最新的小说，尽管具有深刻的道德美，但在我看来，却越来越缺乏气氛，越来越与我们大家赖以生存和活动的浓厚的滋养空气隔绝了。《鸽翼》和《金碗》中的人物似乎被孤立在一个克鲁克斯管②里供我们检验：他的舞台被清理得像旧时代的弗朗西斯剧院一样，当时没有引入与行为无关的椅子或桌子(这对舞台来说是一个很好的规则，但对小说来说是一种不必要的尴尬)。我全神贯注于此，有一天我对他说：“你把《金碗》里的四个主要角色悬在空中是什么意思?”“如果他们不互相关注，重修旧好的话，他们过着什么样的生活？你

---

① POWERS L. Henry James and Edith Wharton：letters，1900—1915[M]. New York：Scribner's，1990：239.

② Crookes tube，克鲁克斯管，也称为阴极射线管，由盖斯勒管发展而来，是一种能减少阴极加热器耗电的阴极射线管。鲁克斯管是将电信号转变为光学图像的一类电子束管，人们熟悉的电视机显像管就是这样的一种电子束管。它主要由电子枪、偏转系统、管壳和荧光屏构成。阴极射线管能提供聚集在荧光屏上的一束电子以便形成直径略小于1 mm的光点。在电子束附近加上磁场或电场，电子束将会偏转，能显示出由电势差产生的静电场，或由电流产生的磁场。

为什么要把它们从我们生活中必须追寻的所有人类边缘中剥离出来呢?”①

据华顿回忆说,詹姆斯的回答(当然)是:“我亲爱的——我不知道我曾做过!”

也许有人会说,华顿在小说艺术方面的基本立场与《布恩》(*Boon*, 1915)②冷酷无情的作者颇为相似。然而,这么说,就是要面对这样一个事实,她不会轻易停下来,不会像赫伯特·乔治·威尔斯(H. G. Wells, 1866—1946)在那部恶毒的讽刺作品中一样贸然那样做,而且要认识到这种品味上的差异和对小说理论推崇上的不同,决不会妨碍她对詹姆斯这个人的钦佩。这些明显的差别也没有妨碍他对她的深厚感情。他不禁羡慕她的作品能够成为受欢迎的成功之作,以及她已经享受到的经济上的宽裕;而且当他痛苦地意识到自己的“纽约版”(New York Edition)小说未能唤起公众的兴趣时,这种羡慕就更加强烈了。可见,他们之间的关系建立在其他基础之上,建立在其他共同兴趣之上。

这些兴趣中最突出的是其他文学工作者和其他文学作品,包括英语和法语。保罗·布尔热(Paul Bourget, 1852—1935)是这两个人的早期朋友,他们的来往书信中多处提到他和他的作品。例如,在1908年3月7日写给华顿的信中,詹姆斯便提到了布尔热和他的戏剧《离婚》(*Un Divorce*),该剧由1904年的同名小说改编而成,自1908年1月25日首演以来演出取得了巨大的成功。

我不知道我最渴望的是罗莎的“花言巧语”还是保罗的生活方式。在我看来,他的戏剧演出的胜利使我非常感兴趣:唉,为什么我不能在那儿待上4个小时呢?只是(刚才)为了这个。③

在1908年3月11日写给华顿的信中,詹姆斯过分关注的还是保罗·布尔热的戏剧《离婚》的情况,很想同伊迪丝·华顿交流彼此的看法和感想。“我渴望听到关于那个轻歌舞剧的消息(保罗·布尔热的《离婚》)——很想看到它,很想知道它

① WHARTON E. A backward glance[M]. New York: D. Appleton-Century Company, 1934: 190-191.

② WELLS H G. Boon, the mind of the race, the wild asses of the devil, and the last trump[M]. London: Adelphi Terrace, 1915.

③ POWERS L. Henry James and Edith Wharton: letters, 1900—1915[M]. New York: Scribner's, 1990: 92.

对你自己的看法有什么影响。他的成功应该使他儒雅起来——我相信它会的。”[①]

在1909年8月23日写给华顿的信中,詹姆斯提及他们和布尔热夫妇的友好往来,在繁忙的日常事务中还惦记着朋友的来访,说明大师对朋友的关心和对友谊的珍视。

> 当米妮一家(米妮和保罗·布尔热夫妇)来的时候,你能否很友善地请他们提前一点在到达英国的日期上做些标记?难以解释,我被安排去参加赫里福德音乐节(换句话说,就是在那里的迪纳里),从6号到9号,还有9月份的其他复杂活动——但我想和他们保持清晰的联系。[②]

与此同时,法国人中的其他名字也出现在这些书信上:亨利·德·雷尼埃(Henri de Régnier)、保罗·赫维尤(Paul Hervieu)、亨利·伯恩斯坦(Henry Bernstein)、查尔斯·杜博斯(Charles Du Bos)和安德烈·纪德(Andre Gidé);在英国人中,有詹姆斯·M. 巴里(James M. Barrie)、埃德蒙·戈斯(Edmund Gosse)、汉弗莱·沃德夫人(Mrs. Humphry Ward)、托马斯·哈代(Thomas Hardy)、乔治·梅雷迪思(George Meredith)、帕西·卢伯克(Percy Lubbock),还有莫顿·富勒顿(Morton Fullerton);除此之外,还有法国画家兼作家雅克-埃米尔·布兰奇(Jacques-Emile Blanche)和美国画家约翰·辛格·萨金特(John Singer Sargent)。

共同的追求和爱好似乎把两位小说家同时绑定在了一起,这里有两个特殊的例子。乔治·桑(George Sand, 1804—1876)的小说很早就引起了詹姆斯的注意,但在新世纪,这更像是她的生活方式——其中包括缪塞(Musset)和肖邦(Chopin)——现在吸引了詹姆斯,也吸引了华顿的注意。同样,霍顿斯·阿拉特(Hortense Allart)、美理登夫人(Mme de Méritens)的生活和忏悔录,比她们的其他作品更让詹姆斯和华顿着迷。两位法国女士的住所都成了他们朝拜的圣地。事实上,他们共同的文学兴趣很早就很容易地把他们转移到了共同的社会兴趣和个人兴趣上。1904—1905年,詹姆斯在美国的那一年,曾多次造访“山宅”(The Mount),这对促进他和伊迪丝·华顿之间的私人关系的建立非常重要。随后,华顿更明确地承诺1906年要在欧洲居住,租用乔治·范德比尔特(George Vanderbilt)位于巴黎58号瓦伦街(rue de Varenne)圣日耳曼旧郊区中心的公寓,这个决

---

① POWERS L. Henry James and Edith Wharton: letters, 1900—1915[M]. New York: Scribner's, 1990: 93.

② POWERS L. Henry James and Edith Wharton: letters, 1900—1915[M]. New York: Scribner's, 1990: 122.

定增加了亨利和伊迪丝之间交往的机会,并且在一段时间内,也包括伊迪丝的丈夫泰迪(Teddy)。

在完成返美国旅行之后,詹姆斯继续全神贯注地为"纽约版"小说做准备,并为《美国景象》(*The American Scene*, 1907)收集他重访美国的印象。然而,1907年春天,他又腾出时间在欧洲大陆度假:与华顿夫妇一起进行了为期三周的法国汽车之旅,其中包括在乔治·桑家最后度过了一段愉快的时光,最后一次去了意大利,在巴黎与华顿夫妇重聚。詹姆斯与华顿之间的友谊也随之加深。这一时期,他写给华顿的信中体现出一个明显的新特点,那就是问候语的变化。在1906年4月2日的通信中,詹姆斯的问候语首次使用伊迪丝·华顿的名字(Dear Edith Wharton),而在此之前的通信中都是使用"亲爱的华顿夫人"(Dear Mrs. Wharton)这个比较客气的称呼。1907年8月,他则直接改用"亲爱的伊迪丝"(Dear Edith)这个熟悉的称呼;这也是他第一次这么亲切地表达情感,而且在以后和伊迪丝·华顿的通信中一直延续下来。试比较下面两封书信:

> 亲爱的伊迪丝·华顿:
>
> 我为你那么有趣和吉祥的来信感到高兴,贪婪地跳读到信中最精彩的地方。当然,我将于25日在多佛或世界上任何一个地方与你会面——完全听从你的建议,只要机器能承受我的重量,我就和你一起驱车前行。换言之,对于这个迷人的想法,或者对它的任何修改,我都非常热情地予以响应,并将等待之后你的进一步指令。我认为它的前景令人陶醉。我多么想听到一切!我们亲爱的神经症患者,H.斯图尔吉斯的译文、戏剧化的描述、令人窒息的环境(关于他奇怪地陷入沉闷,你说得很对),从《欢乐之家》的最新"回归",在我们运转时你可以向我透露任何其他信息。我真的非常感谢你们两位给我这次乘车的机会。自从我最后一次从你们的爱车帕杰罗恋恋不舍地离开以来,我的脚几乎没有踏进过任何地方。(我会解释的)祝你万事如意,夫人。
>
> 亨利·詹姆斯[①]

> 亲爱的伊迪丝和亲爱的爱德华:
>
> 德胡米夫妇刚跟我一起吃过午饭,从去年三月的头几天到五月的头

---

① POWERS L. Henry James and Edith Wharton. letters, 1900—1915[M]. New York: Scribner's, 1990: 62-63.

几天一直紧绷的母女情感关系终于重归于好了——不是吗？——自从我一个月前从意大利回来后，还没有给你写信（我每天每小时都渴望这样做），我觉得这件事除了羞愧，还有点愚蠢。伊迪丝，就在当时，你把手帕扔给我——确实把它扔在了我的脚边：确切地说，我看到它弹回原处——我离开很久之后，当重新跨过门槛时，从我的大厅的桌子上反弹回来；我清楚地意识到，迟迟不作回复使这件事显得更加粗鲁无礼。然后是那张可爱的小卡片，上面写着可怜的“兰姆别墅”雇佣文人，在你和亲爱的沃尔特·贝里轻柔的鞭笞下，耐心地写出他的散文——这本应该加速我的创作，为你折服到了波浪般奔涌而出的极限，然而，直到今晚，我那不堪重负的精神——自从我回来后一直在升起，通过积累和拖延，几近匮乏，为了你特有的利益提笔撰文——如果有利益的话。……坦率地说，即使我再也见不到庸俗的罗马或佛罗伦萨，我也在所不惜，但在我看来，威尼斯从来没有像现在这样可爱过——尽管那是一时的虚幻。他们把车停在梅斯特！

你们俩的挚友
亨利·詹姆斯[①]

追溯詹姆斯和华顿接下来几年在英国和法国的活动，我们可以了解到爱德华和格鲁吉亚时期的社会生活和杰出人物。当然，他们并没有完全把美国抛在身后，但他们的美国协会现在倾向于与欧洲化的美国人交往。例如，詹姆斯和华顿都把查尔斯·艾略特·诺顿（Charles Eliot Norton）一家算在他们一生的朋友之中：女儿萨拉（Sara）是华顿亲密的朋友之一，也是亨利·詹姆斯喜欢讨论的对象之一。在生命的最后几年，詹姆斯与儿子理查德（Richard）联系密切，他在大战争爆发时为盟军的事业工作。查尔斯的妹妹格蕾丝（Grace）也是詹姆斯一生中忠实的通信人之一。詹姆斯和华顿两人还有其他一些往来非常频繁的朋友。沃尔特·贝里（Walter Berry）是美国人，但他出生在巴黎，职业生涯的大部分时间都在国外度过。霍华德·斯特吉斯（Howard Sturgis）是波士顿人拉塞尔·斯特吉斯的儿子，詹姆斯从小就认识他；然而霍华德出生在英国，在伊顿公学和剑桥大学接受教育，1904年他第一次实地接触美国生活，和詹姆斯一起在华顿家“山宅”做客。对他和

① POWERS L. Henry James and Edith Wharton: letters, 1900—1915[M]. New York: Scribner's, 1990: 68-72.

华顿来说,他们在英国的一个重要的社交中心就是霍华德在皇后区(Queen's Acre)的家,通常被熟人缩写为Qu'Acre,靠近温莎。皇后区的常客包括另一个欧洲化的美国人盖拉德·拉普斯利(Gaillard Lapsley),当时他在剑桥大学当教师。还有一个人,他在詹姆斯和华顿的一生中都扮演了重要的角色,那就是威廉·莫顿·富勒顿(William Morton Fullerton);他与伊迪丝·华顿的短暂而辛酸的戏剧性情感,开始于詹姆斯结束他一年的美国之行回来后不久,就在华顿致力于建立一个更明确的欧洲住宅时。

在英国,詹姆斯帮助华顿结识了英国上流社会。他们一起应邀到英国一些最有名望的人家里去做客。其中一个是圣赫利尔夫人(Lady St. Helier)在伦敦波特兰广场52号的家。她原本是一个苏格兰寡妇,名叫苏珊·玛丽·伊丽莎白·麦肯齐·斯坦利(Susan Mary Elizabeth Mackenzie Stanley),后来嫁给了弗朗西斯·亨利·琼(Francis Henry Jeune),当他被封为圣赫利尔第一男爵时,她便成为了圣赫利尔夫人(Lady St. Helier)。她也许是那个时期最出类拔萃的文学女主人。1908年12月3日,华顿写信给萨拉·诺顿(Sara Norton),谈到她在波特兰广场52号的经历时说,"伦敦的每个人都会经过这所房子"[①]。在伦敦郊外,他们参观了格洛斯特郡的斯坦威(Stanway in Gloucestershire)这样的乡间别墅,那里是雨果勋爵(Lord Hugo)和玛丽·埃尔乔夫人(Lady Mary Elcho)的家;每到周末,斯坦威都有爱德华时期社会上最杰出的人物到场。詹姆斯和华顿也经常在埃平(Epping)附近的希尔厅(Hill Hall)体验查尔斯·亨特(Charles Hunters)夫妇的盛情款待;玛丽·亨特(Mary Hunter)一直是他们两人的朋友。华顿对这里的环境非常着迷,在詹姆斯的鼓励下,她甚至考虑在希尔厅附近购置一处房产。他们前往克莱夫登(Cliveden),参观了克利维登泰晤士河沿岸的威廉·沃尔多夫(William Waldorf)和南希·阿斯特(Nancy Astor)的乡间别墅,房产的两位主人都是欧洲化的美国人。而出乎意料的是,詹姆斯不时会遭受疾病的侵袭。在1912年8月,当他和华顿一起在开阔地散步时就突发了最早的一次心脏病,幸好只是一次不太严重的警告。在阿斯科特(Ascot),他们成了沙捞越(Sarawak)王妃玛格丽特·布鲁克(Margaret Brooke)的客人。在上面提到的华顿写给萨拉·诺顿(Sara Norton)的信中,有一则短小的名单记录,提供了他们对移居英国社会环境的感受:

> 上星期六我去了克莱夫登,见到年轻的华尔道夫·阿斯特夫妇,正赶上一个盛大而迷人的聚会——巴尔福先生、弗兰克·拉塞勒斯爵士、里

① WHARTON E. The letters of Edith Wharton[M]. New York: Scribner's, 1988: 167.

> 德·里布斯代尔、里德和艾尔乔女士、曼彻斯特的德切斯女士、埃塞克斯女士(这最后两位也是欧洲化的美国人)、霍华德·斯特吉斯,等等。[①]

信中还列举了巴里先生(Mr. Barrie)、戈斯先生(Mr. Gosse)、梅·辛克莱小姐(Miss May Sinclair)、萨瑟兰公爵夫人(Duchess of Sutherland)、波洛克夫人(Lady Pollock)、菲利普·伯恩·琼斯爵士(Sir Philip Burne-Jones)和"亲爱的亨利·詹姆斯"(Dear Henry James)。这样一份名单提醒我们,爱德华时代社会的一个奇异而富有成效的特征是,它热情地聚集了来自政治、外交、文学和艺术等各个阶层的人物,轻而易举地把英国人和美国人、贵族和平民混同在一起。

圣日耳曼郊区的社交生活也是如此,保罗·布尔热帮助引荐伊迪丝·华顿参与其中。对她来说,这个社交圈的焦点是罗莎·德菲茨·詹姆斯伯爵夫人(Comtesse Rosa de Fitz-James),罗莎莉·德古特曼家族(Rosalie de Gutmann),奥地利犹太银行家的后裔。在《回首往事》中,华顿说:"在战前的最后10年或15年里,德菲茨·詹姆斯夫人的沙龙享有很高的声望,自1918年以来没有一位巴黎女主人能成功恢复过。"[②]正如詹姆斯和华顿所知,罗莎·德菲茨·詹姆斯圈子里的一颗闪耀的宝石,是温文尔雅、风趣机智的阿比·穆涅尔(Abbé Mugnier),后来成为巴黎圣母院大教堂的咏礼司铎,他的出现进一步证明了当时巴黎社会兼容并蓄的特征。然而,最重要的是,经历这段时期,詹姆斯和华顿两人的私人关系越来越密切,他们之间的友谊得到进一步升华。正如华顿在《回首往事》中所说,"我们只知道,突然之间,就好像我们一直是朋友,而且还将继续是朋友(像他在1910年2月给我的信中所说的那样),'越来越亲密,永不分离。'"[③]她对他们早年的回忆还在继续:

> 我找到了自己,不再害怕和亨利·詹姆斯谈论我们俩都关心的事情;他对年轻作家总是那么乐于帮助,那么热情好客,他会立刻运用他的魔力,挖掘出与他交谈的人的最深处的自我。也许是我们对乐趣的常识最先引起了我们的理解。真正心灵的结合是任何两个人都拥有一种幽默感或讽刺感,这种感觉的基调是完全相同的,因此他们对任何主题的共同注视就像相互交织的探照灯。我有过一些好朋友,他们和我之间缺乏那种

① WHARTON E. The letters of Edith Wharton[M]. New York: Scribner's, 1988: 167.

② WHARTON E. A backward glance[M]. New York: D. Appleton-Century Company, 1934: 265.

③ WHARTON E. A backward glance[M]. New York: D. Appleton-Century Company, 1934: 173.

联系；从这个意义上说，亨利·詹姆斯也许是我有过的最亲密的朋友，尽管我们在许多方面是如此不同。[1]

在他人生的最后岁月里，詹姆斯倍感生存的孤独和寂寞，他觉得比以往任何时候都更需要温暖的情感、需要亲密的交往和友人的陪伴。显然，1904—1905 年和 1910—1911 年两次返回美国，加深了他对故土的疏离感，以及对更舒适地融入他被接纳的英国的补偿需要。在那几年里，他开始寻求与爱慕他的各种各样有魅力的年轻人建立一种密切的联系，他发现这些人既聪明又有趣味。其中一位是威廉·莫顿·富尔顿（William Morton Fullerton），詹姆斯与他相识于 1890 年初，他的敏感和殷勤很快给詹姆斯留下了深刻的印象。他们的友谊从 1907 年起进一步延续，部分原因是他们对伊迪丝·华顿的共同喜爱。其他还包括欧洲化的美国人乔纳森·斯特奇斯（Jonathan Sturges），1895 年他从威廉·迪安·豪威尔斯（William Dean Howells）那里得到建议，“尽情享受幸福的人生吧！”（Live all you can!）——为詹姆斯提供了创作《使节》的起源；挪威出生运用夸张手法的雕塑家亨德里克·安德森（Hendrik Andersen）；爱尔兰的乔斯林·珀斯（Jocelyn Persse）；诗人鲁伯特·布鲁克（Rupert Brooke），詹姆斯在剑桥大学读本科时就认识了他；最后是崭露头角的小说家休·沃波尔（Hugh Walpole）等。但这些人都无法为詹姆斯提供他所需要的持久的亲密友谊。对于安德森来说，他似乎意识到了亲密友谊的生理方面，但这是否会带来令人满意的亲密关系是值得怀疑的，假如有哪个年轻人提出了身体亲密关系的最终表达方式，詹姆斯肯定会拒绝的。

直到 19 世纪末，在詹姆斯所熟知的众多女性中，需要特别提及的有两位。在他年轻的时候，有他深爱的表妹米妮·坦普尔（Minny Temple），再加上她的好朋友克拉弗·霍珀（Clover Hooper），她们俩人一起代表了詹姆斯理想的年轻女性：米妮具有“道德义气”（moral spontaneity），克拉弗有“知性优雅”（intellectual grace）[2]。米妮在 25 岁时因病故就中断了联系，她的灵魂将“萦绕”詹姆斯的余生；克拉弗很快就成了亨利·亚当斯太太（Mrs. Henry Adams）。康斯坦斯·费尼莫尔·伍尔森（Constance Fenimore Woolson），美国的侨民作家和雅各布派信徒，是詹姆斯生活中另一位值得一提的女性。詹姆斯对她相当了解，从 1880 年到 1894

---

① WHARTON E. A backward glance[M]. New York：D. Appleton-Century Company，1934：173.

② JAMES H. Henry James：letters，1843—1875[M]. Cambridge，Mass.：Harvard University Press，1974：208.

年1月她离奇死亡,其间有过某种程度的亲密交往,他亲切地称呼她"费尼莫尔"。[①]她似乎提出过或者要求过一种更密切、更亲昵的行为,超出了他愿意接受的程度,这种关系注定不欢而散。如果说米妮(Minny)是詹姆斯小说中的米莉·希尔(Milly Theale)(她当然是),那么菲尼莫尔(Fenimore)则威胁说要成为他的凯特·克罗伊(Kate Croy)。这也许是亨利·詹姆斯在情感生活中满心恐惧和处处退缩的根本原因。

但事实上,詹姆斯的困境更接近詹姆斯·乔伊斯(James Joyce)的"憾事一桩"(a painful case)(《都柏林人》)中詹姆斯·达菲(James Duffy)所描述的:"男人和男人之间的情爱是不可能的,因为不能有性交,而男人和女人之间的友谊是不可能的,因为必须有性交。"亨利·詹姆斯所寻求的是一种可以控制的妥协,因为他显然想要在他的人际关系中加入一点刺激,一种不是身体上的,而是不可避免的情欲的元素,可以保证他所需要的那种亲密关系,从而允许他所希望的最接近完美的友谊。

伊迪丝·华顿兼备克拉弗·霍珀和米妮·坦普尔的两种不同品质,可以说是"知性优雅"和"道德义气"的完美化身。在《使节》(*The Ambassadors*, 1903)中,詹姆斯满怀同情地描写了查德·纽瑟姆(Chad Newsome)和玛丽·德·维奥内特(Marie de Vionnet)的"高尚爱情"(virtuous attachment),可见,他完全愿意接受和认同华顿所标榜的道德力量。在华顿提到的将她和詹姆斯拉到一起的精神结合中,我们很容易就能发现有一些情欲的刺激,这使得一切都变得不同了。在1904—1905年拜访华顿夫妇期间,在他们关系的初期詹姆斯就发现了这种必要的品质。在1905年6月7日的信中,他期待着有一次回访,以重温去年秋天的快乐,使用的措辞发人深省:"我感觉那些日子仿佛真正深深地喝一大口帕杰里诺葡萄酒。"[②]显然,在詹姆斯和华顿的关系中,并非纯粹的男女友情,除思想交流之外,还隐约带有些许"情欲刺激"(a piquant touch of the erotic)[③],尽管当事人不愿意坦白这一点。

詹姆斯和华顿关系的焦点还涉及华顿的汽车一事;它的名字是一个可爱的昵称,让人联想起一段非法的威尼斯的风流韵事,它混合了异域情调、情欲冲动以及

① JAMES H. Henry James: letters, 1883—1895[M]. Cambridge, Mass.: Harvard University Press, 1980: 523-62.

② POWERS L H. Henry James and Edith Wharton: letters, 1900—1915[M]. New York: Scribner's, 1990: 51.

③ POWERS L H. Henry James and Edith Wharton: letters, 1900—1915[M]. New York: Scribner's, 1990: 13.

对往事的回忆,有关乔治·桑(George Sand)和阿尔弗雷德·德·缪塞(Alfred de Musset)[①]1834年在威尼斯的那段未了情缘。诗人缪塞病了,由皮埃特罗·帕杰罗医生(Dr. Pietro Pagello)照料;生病的阿尔弗雷德离去后,快乐的帕杰罗取代他成为乔治的情人。也许有感于朋友的这段趣闻,詹姆斯很早就为华顿的汽车找到了合适的昵称,他很高兴能和伊迪丝一起乘坐这辆汽车四处奔跑——“火之战车”(the chariot of fire),“激情之车”(the vehicle of passion)——但到目前为止,与激情四溢、令人兴奋的乔治相比只能自惭形秽。1907年詹姆斯和华顿一起访问诺昂镇(Nohant),使他们间接而又纯洁地接触到乔治·桑和她的传闻。当他们参观她在诺昂镇的老房子时,詹姆斯思索着乔治和朋友们在不同的房间里所留下的记忆。在1912年3月13日写华顿的信中,他不由自主地说,“如此兴奋地在一起像猪一样猛吃……所有的油脂和气味使她自己(和许多其他人)感到舒适自在”[②]。几年后,他回忆起此事,仍记忆犹新。当时他若有所思地大声说:“我不知道乔治自己睡在哪个房间里。”接着,他眼睛里闪烁着调皮的光芒,向他的同伴追问道,“但是,究竟,她不在哪个间房,她究竟不在哪个间房,亲爱的?”[③]

詹姆斯和华顿密切关注乔治·桑个人职业生涯的记录,并热切地相互告知对方乔治·桑的传记、信件和小道消息的出版,这些都让他们对诺昂镇“猪舍般的生活”(piggery life)有了进一步的了解。然而,在所有最有趣的方面,乔治·桑似乎最终都被她的一个朋友,另一位作家,一个行为举止甚至比她更自由的女性超越了,她就是霍顿斯·阿拉特(Hortense Allart),德·韦德恩斯夫人(Mme de Meritens)。1908年2月,华顿在埃尔布莱(Herblay)寻找霍顿斯的家,就像她在诺昂寻找乔治·桑的家一样。她把自己的经历写信告诉了詹姆斯。在1908年3月11日的回信中,他显得既嫉妒又狂喜:

> 我渴望同你和富尔顿一起去——或不去——埃尔布莱——真希望有第二个和更加热切的诺昂!春意盎然的法国!它在财富中绽放出奇妙的

---

① 阿尔弗雷德·德·缪塞(Alfred de Musset,1810—1857),19世纪法国浪漫主义诗人、小说家、剧作家。主要作品有“四夜组诗”、长诗《罗拉》、诗剧《酒杯与嘴唇》等。他从小热爱文学,14岁开始写诗,1830年出版第一本诗集《西班牙和意大利的故事》,震动了法国诗坛。1852年,缪塞被选为法兰西学院院士。

② POWERS L H. Henry James and Edith Wharton: letters, 1900—1915[M]. New York: Scribner's, 1990: 215.

③ WHARTON E. A backward glance[M]. New York: D. Appleton-Century Company, 1934: 308.

个性之花！难怪它如此不可思议、自以为是、灿烂夺目、难以忍受。[1]

巧合的是，詹姆斯就在四天前写信给她说："读一读莱昂·塞克关于霍顿斯·阿拉特-梅·德·弗朗斯的两卷作品。但你当然读过！可真是精彩的竞赛！"(1908年3月7日)[2]。在埃尔布莱报告发表后不久，詹姆斯开始把华顿的汽车称为"霍顿斯"(Hortense)，华顿也开始学习这种做法：把男性化的"帕杰里诺"(Pagellino)和司机查尔斯·库克(Charles Cook)的尊称"帕杰里诺王子"(Prince of Pagellists)放置在一起；只是性别做了适当的变化。

值得注意的是，在霍顿斯的埃尔布莱之旅中，华顿的同伴不是别人，正是威廉·莫顿·富勒顿(William Morton Fullerton)，詹姆斯相处17年的朋友，1907年春以来华顿的新相识。那年深秋，他曾到"山宅"短暂拜访，从此和伊迪丝结下不解之缘。在他离开三天后，她便开始创作私人日记，取名为《别离的生活》(*The Life Apart*)，是专门写给富尔顿的。这也是她一生中最紧张关系的开始。这一年结束之际，华顿夫妇又搬回到巴黎的公寓。而到了1908年春天，华顿和富勒顿这段时期已经是完全意义上的恋人了，至少在现实环境中是这样。当他晚春来到巴黎时，她没有让詹姆斯知道这一情况。但那年秋天，她向詹姆斯吐露了隐情，承认她和富尔顿已经成为恋人的事实，她和丈夫泰迪的婚姻变得越来越糟糕。詹姆斯自然表示了充分的理解和同情。

1909年，詹姆斯相当密切地关注着华顿—富尔顿事件，比在他自己的小说《使节》(*The Ambassadors*, 1903)中的主人公兰伯特·斯特莱特(Lambert Strether)对玛丽·德·维昂内特和查德·纽瑟姆事件的关注还要密切，尽管他也有着同样的同情心。6月，他与他们在查令十字酒店(Charing Cross Hotel)共进晚餐，然后这对恋人在一起度过了一个狂欢的夜晚。华顿在她的诗歌《终点》(*Terminus*)中纪念了那个难忘的夜晚，里面充满了激情昂扬、动人心魄的话语："那个漫长而秘密的夜晚，美妙至极，它属于你和我，我的爱人，在黑暗中，手心相对，心灵相印。"[3]这首诗再现了他们在特拉法加广场(Trafalgar Square)以东几码远的铁路旅馆营造的浪漫气氛：

---

① POWERS L H. Henry James and Edith Wharton: letters, 1900—1915[M]. New York: Scribner's, 1990: 94.

② POWERS L H. Henry James and Edith Wharton: letters, 1900—1915[M]. New York: Scribner's, 1990: 92.

③ LEWIS R W B. Edith Wharton: a biography[M]. New York: Harper & Row, 1975: 259.

床上是沾满烟灰的印花棉布，还有铜器上的污垢。
它承载了疲惫不堪的身体……
……也许它也会因为身体的压力而兴奋，
像我们一样的身体，
在深不可测的爱抚中寻找彼此的灵魂。
在漫长而曲折的激情缠绕中再现繁星……①

这一场景一定让詹姆斯感到震惊，因为他为错过的埃尔布莱之旅提供了一个会面补偿，也许还有比参观诺昂更好的东西。正如在1906年7月2日的信中他描写华顿第一次去乔治·桑的家里拜访时所说，他一定是“闻到了味道”②。

后来，在富勒顿短暂离开美国后，三人在英国相聚。1909年7月26日和8月3日詹姆斯两次写信给华顿，他们共同策划如何让富勒顿摆脱一个前情妇明显的勒索。③可是，富勒顿本人并没有参与偿还该女子的计划。这名女子确实向他要过钱，只是不清楚他是否欠她钱。在华顿婚外情疯狂的几个月里，詹姆斯一直是一位同情和支持她的知己；幸好并没有持续多久，因为富尔顿对这类事情燃起的激情温和而短暂。他们的私通关系于1910年夏天就结束了，詹姆斯的支持也随之转移到她的婚姻困境上。他继续坚定地支持伊迪丝·华顿，为她提供中肯的建议和热情的鼓励，他俨然成了另一位“亲爱的大师”(Cher Maître)——忠厚、仁爱、慈祥。

然而，他总是对华顿的爱情瓜葛很感兴趣，无论是实际的还是潜在的；就在与富尔顿的风流韵事达到最狂热的时候，她在史丹威(Stanway)的埃尔考斯家又遇到了两位年轻的男士，约翰·休·史密斯(John Hugh Smith)和罗伯特·诺顿(Robert Norton)。他们立刻成为伊迪丝新的崇拜者，她因与富勒顿的婚外情而变得容光焕发，尽显女性的阴柔气质。27岁的休·史密斯比42岁的诺顿更加积极进取，至少一开始是这样。他和伊迪丝同詹姆斯在一起，在斯特吉斯的皇后区(Qu'Acre)度过了1908年的最后几周。1908年12月16日，当詹姆斯回到拉伊时，他立即写信给华顿，询问关于热血青年的消息：“我不想错过任何事，我只是担心你不会在我

① LEWIS R W B. Edith Wharton: a biography[M]. New York: Harper & Row, 1975: 259-260.

② POWERS L H. Henry James and Edith Wharton: letters, 1900—1915[M]. New York: Scribner's, 1990: 66.

③ POWERS L H. Henry James and Edith Wharton: letters, 1900—1915[M]. New York: Scribner's, 1990: 114-115, 117-118.

侄子之前告诉我约翰·休的事”[1];詹姆斯正期待着华顿和斯特吉斯圣诞节前的那个周末去“兰姆别墅”,他的侄子比利·詹姆斯(Billy James)当时正在他家里做客。第二天,詹姆斯解释道:“我当然非常想知道,约翰·休是能够——还是想忘掉自己,认为你是——如此自然地——最佳选择。你必须把一切都告诉我!”[2]

詹姆斯和斯特吉斯(Sturgis)显然被这个年轻人在皇后区(Qu'Acre)对华顿的殷勤逗乐了,尤其是詹姆斯,他随时准备委婉地提醒他的热情。休·史密斯抱怨他们限制了他的写作风格:“霍华德·斯特吉斯和詹姆斯先生的妙语连篇,虽然十分亲切,却无助于我所追求的简朴。”他写信告诉她;但他期待着更顺利、不受阻碍的进展。“在巴黎,”他接着说,“我们将能够继续下去,消除我们关系中这个具有詹姆斯风格的元素。”[3]

联想到华顿与约翰·休·史密斯的暧昧关系,以及后来与更冷静、更谨慎的罗伯特·诺顿之间的暧昧关系,尽管不那么明显,显然给了詹姆斯很大的刺激和满足感;这反倒“成全”了他与伊迪丝·华顿之间的特殊关系。这种关系——真诚的思想、同情的友谊、坦率而亲密的自信和信任的结合——因受安全控制而又令人振奋的情欲元素的影响变得更加完善。詹姆斯和华顿之间的通信为他们的特殊友情提供了充足的证据。

华顿很感激詹姆斯在她生命中最困难的时刻给予她的关心和鼓励,她想方设法回报他的恩惠。她到“兰姆别墅”的拜访使她确信詹姆斯的经济状况岌岌可危。

> 在兰姆别墅一种令人焦虑的节俭交织着这种愿望,这位通常孤独的客人……不应该过多遭受委曲,即便在他或她所谓的奢侈习惯与主人确信他已处在破产的边缘所施加的贫困之间有差距。如果有人在经济上遇到困难而向詹姆斯求助,他会不假思索地提供帮助;但在日常生活中,他总是被贫困的幽灵所困扰,在晚餐时吃剩下的四分之一或一半干巴巴的布丁或馅饼,第二天却又残缺不全地出现在餐桌上。[4]

---

① POWERS L H. Henry James and Edith Wharton: letters, 1900—1915[M]. New York: Scribner's, 1990: 104.

② POWERS L H. Henry James and Edith Wharton: letters, 1900—1915[M]. New York: Scribner's, 1990: 105.

③ WHARTON E. The letters of Edith Wharton[M]. New York: Scribner's, 1988: 172.

④ WHARTON E. A backward glance[M]. New York: D. Appleton-Century Company, 1934: 243-244.

詹姆斯总是对他家里能够提供的简陋住宿条件和照顾不够周全表示歉意，这样做反倒给人一种近乎穷困潦倒的印象：当他从沃尔特·贝里（Walter Berry）那里收到一个带有摩洛哥皮革衬里的漂亮的手提箱时，詹姆斯解释说，他不能接受这份礼物，因为不适合他用；还有一次，当他陪同华顿去“兰姆别墅”时，他的男仆伯吉斯·诺克斯（Burgess Noakes）正用手推车把她的行李推到西街的鹅卵石路上，他对这位成功的小说家说，他用上一本书的收入买了那辆手推车，希望下一本书的收入能让他把手推车油漆一下。

显然，这种对詹姆斯经济困境的担忧是华顿为他争取1911年诺贝尔文学奖的一个根本动力，尽管她并不是特别欣赏大师的作品。这个计划虽然失败了，但她下一步善意的行动却成功了。第二年，她说服查尔斯·斯克里布纳（Charles Scribner）为詹姆斯的“一部重要的美国小说”提供8000美元的预付款，其中4000美元在他开始创作时支付，4000美元在他完成后支付。这笔钱将从斯克里布纳付给华顿的版税中转出。可以理解，詹姆斯对这项提议感到很满意，这是他收到的最大的一笔预付款，于是他便把心思转向了尚未完成的《象牙塔》（*Ivory Tower*）。然而，他从未完成这部小说，也从未了解到预付款的真正来源。

1913年新年伊始，伊迪丝·华顿继续伸出友爱之手：她为詹姆斯的管家米妮·基德（Minnie Kidd）生病的母亲提供了一名护士，从而减轻了米妮照顾母亲的责任，这样做的目的是，当詹姆斯的带状疱疹病痛还存在时，她能够继续留在切尔西公寓专心看护。然后，随着詹姆斯70岁生日的临近，华顿看到了另一个提供经济援助的机会。1913年3月，华顿开始计划为詹姆斯的生日筹备一份丰厚的礼物，向可能的美国捐款人募集不少于5000美元现金。詹姆斯提前从侄子哈里（Harry）和比利（Billy）那里听到风声，便叫停了这件事，致使华顿的美国计划受挫。失望的华顿和沃尔特·贝里一起去了意大利。在写给嫂子的一封非常古怪的信中，詹姆斯解释说，在这项计划中他不能接受的是“把一大笔钱粗俗地凑在一起作为捐献”[①]。同时，他得知并同意了在英国征集小额捐款来买一件不太贵重的礼品的计划。华顿的计划只面向美国捐赠者，而这项计划则是由卢伯克、戈斯和休·沃尔波尔指导的一个成功的英国生日计划，它促成了为詹姆斯购买一只镀金银质碗——“金碗”（golden bowl），一幅由萨金特为他画的肖像和一个由德温特·伍德为他塑的半身像，以及在唐宁街10号的一个晚餐约会。因此，詹姆斯在4月15日庆祝了他的70岁生日，这是他人生中一个重要的里程碑。虽说现金计划让他感到

---

① JAMES H. Henry James: Letters, 1895—1916[M]. Cambridge, Mass.: Harvard University Press, 1984: 660.

很讨厌,但还有一个伤害感情的问题:他担心自己"招致了伊迪丝·华顿的严厉谴责,而且几乎是怨恨":

……她故意不参加这里的"活动",以便把自己和美国的活动混合在一起……因此,虽然她真的是我在这个世界上的好朋友之一,但她并不包括在这两个计划中。[①]

华顿的失望是短暂的,詹姆斯在1913年4月21日写了一封感谢英国礼物的公开信,信中提到了她和沃尔特·贝里的名字。

这不是对他们友谊的第一次考验,也不会是最后一次。第一次世界大战(1914—1918)的爆发使他们两个都受到了打击,但不可思议的是,战争又把他们拉到一起,共同为比利时的沦陷、法国的苦难和英国的损失分担心灵的伤痛。他们团结一心,尽其所能从事战争救助工作,并再次以艺术家的身份为《无家可归的人们》(*The Book of the Homeless*)进行合作。可以理解的是,詹姆斯一直因为他的祖国没有援助他和伊迪丝·华顿的第二故乡而深感懊恼。战争的爆发考验着亨利·詹姆斯和伊迪丝·华顿两位小说家的良知,但他们却在战时共同的事业中提升了道德情操,同时也增进了彼此之间的友谊。出乎所有人的预料,在1915年年中,詹姆斯决定放弃美国国籍,成为英国国民。这个举动实际上是十年多来他对美国文化和其他方面的发展越来越失望的结果。长期以来,他一直在批评美国人的生活方式、美国人的物质追求、美国人的道德行为——或者缺乏这些东西。不过,他也一直坚信美国人的潜力。然而,令人失望的迹象确实出现在他的重访美国的报告《美国的景象》(*The American Scene*, 1907)中;这种感觉在他最后一部故事集《细颗粒》(*The Finer Grain*, 1910)中得到了重申,在《象牙塔》(*The Ivory Tower*)中也有明显的意图。其中一个故事"克雷皮·科妮莉亚"(Crapy Cornelia)中有一段提炼了詹姆斯遗憾的精髓:

……如果人们足够富有,有足够的家具,有足够的食物,有身体锻炼,有卫生设施,有护理修剪,接受一般建议和宣传,有足够的"了解",正如当今巴黎出现的术语,有足够的经验(avertis),为了文明礼貌他们只需要接受那些可能不那么主动的人讽刺逗乐的观点即可。在他(怀特·梅森)那

① JAMES H. Henry James: Letters, 1895—1916[M]. Cambridge, Mass.: Harvard University Press, 1984: 660-661.

个时代,……最好的礼貌就是最好的善良,最好的善良大多是某种不坚持一个人的奢侈差异的艺术,去隐藏共同的人性,如果不是为共同的体面,至少隐藏一部分的激烈程度,对此一个人可能是"业内人士"。[①]

詹姆斯的家人和许多朋友,包括伊迪丝·华顿,都不赞同他成为英国公民的决定。他写给侄子哈里的辩护信充满了近乎宗教信仰和宗教抗议的强烈激情。

……就像马丁·路德在维腾贝格所说的那样,"我只能如此",感觉(我已经)纠正了自己立场上的一个本质错误(这是由战争和此后发生的事情所决定的,更确切地说,是由那些没有发生的事情所决定的),我说不出有多轻松。我已经用我唯一能做的方式证明了我对这里的长期眷恋——尽管在我们事业的激励下,我当然不应该这么做,如果美国多为我做一点的话,那么我就会重新回到那上面去,对它感到满足;但由于这一点在年底还没有发生,我不得不为自己采取行动……[②]

1915年7月26日,在成为英国公民的当天他写信给华顿,但他对这件事情却只字未提。消息传来时,她显然很震惊,但她还是克制住了,不久甚至对他的决定产生了同情。1916年4月17日,在他去世后不到两个月,她写信给巴雷特·温德尔(Barrett Wendell),提及他在《波士顿晚报》(*Boston Evening Transcript*)(1916年3月1日)上发表的关于詹姆斯的文章,文中有对她的认可但并不赞同詹姆斯的观点,"当时詹姆斯做出决定,但随后在国内发生的事情却证实了他改变国籍是在旧的理想中培养出来的敏感的良知的结果,对行为和话语之间的分歧感到愤怒已成为新美国人理所当然的事情"[③]。

伊迪丝·华顿愿意尽其所能帮助詹姆斯安稳度过最后的日子,在他生命的最后几周她随时准备赶往英国,希望她能在他生命中再多发挥一些作用,所有这些都充分证明了她对"最亲爱的大师"(Dearest Cher Maître)始终如一的关心和爱护。

---

① JAMES H. The complete tales of Henry James[M]. Philadelphia and New York: Lippincott, 1964: 348.

② JAMES H. Henry James: Letters, 1895—1916[M]. Cambridge, Mass.: Harvard University Press, 1984: 771.

③ WHARTON E. The letters of Edith Wharton[M]. New York: Scribner's, 1988: 373.

在最后几封写给华顿的信中,詹姆斯称呼语她为"火鸟"(Firebird)[①],后来选择了"亲爱的和无比尊贵的老朋友"(1915 年 7 月 19 日)[②],以及最后只存留下来的那句简单的"亲爱的老朋友"(1915 年 9 月 22 日)[③],充分肯定了这种持续不变的互敬互爱的友好关系。

1915 年 12 月,就在詹姆斯临终前几个月,伊迪丝·华顿写信给盖拉德·拉普斯利(Gaillard Lapsley):

> 是的——当他离开时,我所有的"蓝色距离"将永远被拒之门外。他的友谊是我一生的骄傲和荣誉。而且,在收到这样一份礼物之后,我一点也不感兴趣——除了对它的记忆。[④]

在詹姆斯去世后两天,也许在 1916 年 3 月 1 日她对西奥多拉·鲍桑葵所说的话,可以称得上对这一切作出了一个圆满的总结:"我们了解他的人都知道,如果他不曾写过一行字,他该会是多么伟大。"[⑤]

三、字里行间显文风

詹姆斯和华顿之间的往来书信,不仅吸引了一大批专注的学者、负责任的评论家和好奇的学生的兴趣,而且对于那些只是好奇的温文尔雅的读者来说有很多东西也值得一读,因为这些书信揭示了两位通信者和他们圈子中的一些鲜为人知的逸闻趣事。如果把伊迪丝·华顿与詹姆斯之间的亲密友谊归因于他们共同的"幽默感或讽刺感"(sense of humour or irony),那么这种感觉无疑会给他们之间的许多书信,特别是占绝对优势的詹姆斯书信增添特别的光彩。为数不多的华顿书信往往显得更直接、更务实,能为我们提供一些必要的信息。在詹姆斯生命的最后一

---

① 詹姆斯对伊迪丝·华顿的最后的昵称,取自于芭蕾舞剧《火鸟》(*Firebird*),音乐创作人是俄罗斯作曲家伊戈尔·费多罗维奇·斯特拉文斯基(Igor Fedorovich Stravinsky, 1882—1971);舞蹈编排人是米哈伊尔·福金(Mikhail Fokine, 1880—1942),它是 1910 年巴黎春季的一个重要的文化活动。

② POWERS L. Henry James and Edith Wharton: letters, 1900—1915[M]. New York: Scribner's, 1990: 345.

③ POWERS L. Henry James and Edith Wharton: letters, 1900—1915[M]. New York: Scribner's, 1990: 354.

④ WHARTON E. The letters of Edith Wharton[M]. New York: Scribner's, 1988: 365.

⑤ WHARTON E. The letters of Edith Wharton[M]. New York: Scribner's, 1988: 370.

年,也就是,第一次世界大战的第一个完整年度,她写的那一堆信,都太过关注即将到来的达摩克利斯中风(the stroke of Damocles)[①],以至于找不到幽默的空间和勇气。然而,她对1915年春天向西线进军的叙述绝对是引人入胜的,对詹姆斯来说也是如此。

华顿写于1912年9月3日早前的一封书信,让我们对她丢失的部分书信的内容有了一些了解,从中能窥探和欣赏到她的书信独有的特点和原有的风貌。她想知道,"自从我警惕的目光离开了你",詹姆斯一直在做什么,并告诉他,她去坎塔尔山(Massif du Cantal)的一个城堡的探访使她"一睹法国最有趣的'破碎生活'(shatter life)",从而再现了顶点城市的某些居民或者黛西·米勒的堂兄弟的"城堡生活"(château life)的行话。她还向他讲述了"米妮·保罗夫妇"(the Minnie Pauls),也就是,通信者布尔热先生和夫人(M. and Mme Bourget)的所作所为,尤其是保罗见到她的第一句话便说"啊,我要让你见一见那个替我们洗肠子的人,他同时也是住在旅馆对面的那个异端主教的园丁";詹姆斯无疑会喜欢布尔热这种标榜法国土话的古怪例子。[②]

正如上述这些例子所示,书信中所表现的幽默很大程度上依赖于言语的妙用——但并不排除他们自己对粗俗的乐趣。共同的语源癖是詹姆斯的一些修辞上夸张和有意识浮夸表达的原因。一些过度的滑稽表演有时候会产生误解,甚至让伊迪丝·华顿也感到困惑。当毁灭天使伊迪丝受到威胁而发起突袭时,他那痛苦恐惧的尖叫也同样可能会被曲解,而他们的朋友霍华德·斯图吉斯(Howard Sturgis)却在表面上平静而愉悦地接受了它们。另一个可能造成误解的原因是,詹姆斯的书信与风趣幽默毫无关系,只是偶尔对他的健康、他的发作和不适、他的巩固和复发进行了细致的描述。他并不是简单地让自己沉溺于自私的想法之中:他讨厌不舒服,因为那会妨碍他工作。詹姆斯和华顿的密友珀西·卢伯克(Percy Lubbock)曾经说过:"他永远不可能……他觉得他的工作已经完成,已经过去……他痛

---

① 伊迪丝·华顿在书信使用了双重引喻,把即将到来的战争灾难比作"达摩克利斯中风"。"中风"在医学上被称为"脑卒中"(cerebral stroke),是一种急性脑血管疾病,年龄在40岁以上的人群中多有发生,情况严重的可以致死。由于缺乏有效的治疗手段,对中风只能采取必要的预防措施,但随着年龄的增长,人体中会蕴含着多种潜在的诱发脑中风的危险因素,中风如同一把"达摩克利斯之剑"(the sword of damocles),时刻高悬在中风高危人群的头顶,人们必须深刻认识到中风的危害性,时刻提高警惕,处处严加防范。显然,第一次世界大战时期的英国局势也是如此,昔日的大不列颠一度几欲沦陷,人们深感岌岌可危,想方设法阻止和延缓这场灾难的降临。毫无疑问,这个重大主题当时会成为华顿和詹姆斯通信中关注的焦点。

② POWERS L. Henry James and Edith Wharton: letters, 1900—1915[M]. New York: Scribner's, 1990: 231-32.

恨在他生命的最后几年里，健康状况不佳所造成的种种障碍，把它看作一种干扰，一种活动范围的缩减；有那么多更好的书，他仍然想写。”①

詹姆斯还喜欢把笑话串起来，形成典故网络，扩展双关语，从而产生张力，以达到惊人的语言效果。1913年9月6日，他写信给伊迪丝·华顿，在信的开头希望华顿旅行早日归来，回到她在圣日耳曼郊区的公寓里，“回到你巴黎的家神那里”；这里“家神”引用了拉丁词 lares et penates，暗示她像拉雷斯和珀那忒斯一样，“因没有世界可以征服”而归来。②詹姆斯文中谈到华顿的世界漫游和战利品收集，仿佛她是一位马其顿的亚历山大女性大帝，没有新的世界可以征服终于回家了。借用经典典故，制造语义双关，上下文连成一体，读来诙谐幽默，妙趣横生。整个书信前后呼应，穿插过渡自然，看不出任何刻意的雕琢。在信的末尾，他又对这个引用加以渲染，把它与现实生活中的乔治·亚历山大(George Alexander)联系在一起，这位演员兼演出经理在詹姆斯的灾难性戏剧《盖伊·多姆维尔》(*Guy Domville*, 1895)中扮演主角：

> 维多利亚女王在开拓疆界的过程中所遭受的挫折之一，一定是看到了我们这里所说的“门厅桌”，被沉重的邮件压得塌了下来；事实上，一个人不必是亚历山大(甚至不必是乔治)，也不必拖到自己的脖子上，所以我可以为你哭泣，我也将会对必须等待的暗示充满宽容。③

詹姆斯收到正在康复中的霍华德·斯特吉斯的来信，称赞他的同伴威廉·海恩斯·史密斯(William Haynes Smith)和护理人员的服务：“欣喜若狂地向神圣的威廉致敬。”“她也很神圣。像奥林匹斯山一样。”④这显然指的是华顿，詹姆斯是在巧妙地称赞她的神圣和伟大。

詹姆斯偶尔会超越单独一封书信的限制，继续这样的嬉戏。在1912年3月13日写给华顿的信中，他讲述了乔治·桑和她的朋友们，以及他们如何“兴奋地在一

① JAMES H. Henry James: letters, 1843—1875[M]. Cambridge, Mass.: Harvard University Press, 1974: xxx-xxxi.

② POWERS L. Henry James and Edith Wharton: letters, 1900—1915[M]. New York: Scribner's, 1990: 263.

③ POWERS L. Henry James and Edith Wharton: letters, 1900—1915[M]. New York: Scribner's, 1990: 264.

④ POWERS L. Henry James and Edith Wharton: letters, 1900—1915[M]. New York: Scribner's, 1990: 264.

起像猪一样猛吃"(pigged together)[1]。但他并没有就此打住,在随后的两句话中,又提到缩写的名字弗雷德里克·肖邦(Frederic Chopin)和他所参与的"猛吃"(pigging)情景:"风度翩翩,被钉在十字架上,可怜的肖邦(Chop)!并没有沾满油脂那样舒适自在……"[2]两个月后,詹姆斯在1912年5月12日的信中,再次恢复猪舍的游戏,使它得以延伸,而不是就此被屠杀:

> ……你在佩里戈尔张贴亲爱的老乔治·桑的照片,搜寻人类的松露——而且准确无误地找到了它(在再也没有的时候,也正是在下一刻还有更多的时候);这些东西,加上游移不定的曲调,使这根琴弦即使在不方便用拇指拨动的时候也能保持振荡。[3]

在这封信里,詹姆斯提到松露,显然他是把乔治·桑比作世间罕见的珍贵松露,伊迪丝·华顿在四处寻找她的踪迹。这一比喻符合当时欧洲采食松露的一种传统习俗。[4]接着,这封信谈到了其他的一些考虑,但说了许多句话之后,终于提到了布尔热(Bourget)的一部新剧的主题:

> 如果你想按"拇指"的频率奏出和弦的节奏,你能寄给我(请原谅我的贪婪)一卷(不是带插图的那一卷)布尔热的剧本吗……?我喜欢听他说话,就像我喜欢听斗牛或猎松露的事情一样;似乎也更喜欢他,总是这样,即使在再也没有的时候——总会有一些吧,就是这样![5]

---

① POWERS L. Henry James and Edith Wharton: letters, 1900—1915[M]. New York: Scribner's, 1990: 215.

② POWERS L. Henry James and Edith Wharton: letters, 1900—1915[M]. New York: Scribner's, 1990: 215.

③ POWERS L. Henry James and Edith Wharton: letters, 1900—1915[M]. New York: Scribner's, 1990: 221.

④ 据说人类食用松露已有上千年的历史。松露(truffle),又称块菇,是一种生长在地底下的蕈菇。在欧洲,尤其是法国,松露被视为一种神秘而传奇的食物,一度成为贵族阶层痴迷的珍馐。要想吃到松露,就得先去寻找食材,被称为猎松露(truffle-hunt)。但这并非真正意义上的去森林打猎,而是带着猎狗到橡树林中寻找生长在地底下的松露。或者牵着母猪去猎取松露,用母猪也能准确找到松露的位置,因为松露会散发出一种特别的气味,当小猪闻到后就会疯狂地把它土里拱出来。通常,把采松露的人叫作松露猎人(truffle-hunter)。

⑤ POWERS L. Henry James and Edith Wharton: letters, 1900—1915[M]. New York: Scribner's, 1990: 222.

他不仅在后来的信中以嗅探松露开始了猪舍(piggery)的主题,在猪排(chop)中再次重申主题,而且在对“曲调”(airs)的音乐呼应中重新调整了“猪排”——它本身既是一种嗅觉,也是一种听觉符号;他还在后面那封信中对拼写不一致的“cord”(弦线)和“chord”(和弦)使用双关语,这也许是对肖邦表达一种遥远的敬意。

詹姆斯和华顿来往书信的另一个显著的特点是容易改用法语交谈。两人都能说一口流利的法语,华顿的家这段时间大部分是在法国,而詹姆斯是她在巴黎及其周边地区的客人。然而,通信中使用法语的数量相当惊人,而且很多都是非常口语化的语言。有时,它充当了谦虚的面纱,掩盖了不谦虚的行为,避免了他们的母语中相对简单和直白的习语;然而,这种谦虚姿态的结果是为了强调粗俗,使得它们本身在某种程度上更显得滑稽可笑。上述引文出现在那个从句中的“cord”(弦线)和“chord”(和弦),就是双关语(double entendre)的例证。还有一个更典型的例子。在1912年3月16日写给华顿的信中,詹姆斯引用了莫里斯·罗斯坦德(Maurice Rostand)的一首赞美母亲的诗。这首诗在主体内容上体现了混合着道德义愤的勇敢,又带有一点滑稽的维多利亚时期的拘谨,从而造成了在艺术品位上的失败:

> 他那天然出众的伤口非常大地敞开着——这样我们就能一直看到他的喉咙。多么好的品种啊!——他的母亲也有一头迷人的秀发。为什么不让他那长着美胸或翘臀的母亲马上过来呢?[①]

除此之外,詹姆斯和华顿的通信中还有少量的德语和意大利语,偶尔还有拉丁语,但主要是法语。而且它经常是英语化的法语,不仅仅是“Shatter Life”[②]之类的美国英语,表达詹姆斯和华顿对“城堡生活”(chateau-life)讽刺,而是英法两种语言的融合。华顿的问候语“Cherest Maître”(最亲爱的大师)[③]就是一个例子,在法语Cher(亲爱的)后面加上了英语最高级的词尾。另一个是詹姆斯隐晦地利用雅克-埃米尔·布兰奇(Jacques-Emile Blanche)的名字,“三天前我和他一起吃了一顿丰

① POWERS L. Henry James and Edith Wharton: letters, 1900—1915[M]. New York: Scribner's, 1990: 218.

② POWERS L. Henry James and Edith Wharton: letters, 1900—1915[M]. New York: Scribner's, 1990: 231.

③ POWERS L. Henry James and Edith Wharton: letters, 1900—1915[M]. New York: Scribner's, 1990: 327.

盛的小布兰奇餐(blanchailles)”[1];带有贬义的后缀“-ailles”把这个词的意义变成了有点像“陈词滥调”(platitudinous)或“苍白无力”(blanchitudes)—— 也是我们所说的“无名小辈”(small fry)。有时我们会遇到法语中不可译的双关语,就像1912年7月15日詹姆斯在信中承诺等待华顿的到来,“de pied ferme—de coeur ouvert”[2],蕴含“脚踏实地,心胸开阔”之意;但 ferme 也暗示“封闭的”,强调与 ouvert(开放的)形成对比。这种含混的寓意有时候感觉只可意会不可言传,也许在一般人看来这是毫无意义的,但对语言学家来说却很有趣。

因此,詹姆斯书信常常是表演(performances),而不仅仅是传达或请求信息的工具。但不可否认的是,表演的目的并不总是为了制造诙谐有趣的娱乐。最令人难忘的是1914年9月21日的那封信,记录了他对兰斯大教堂(Rheims Cathedral)被炸而深感震惊的反应:“最难以名状和不可估量的恐怖和耻辱——最令人震惊和令人心碎的是它将永远继续下去(forever & ever)!”信的开头三分之二由华顿的一位朋友翻译成法语,三周后为法兰西学院(French Academy)朗读。

总而言之,书信就像作者的性格一样复杂多样。令人震惊的是,詹姆斯的大部分书信都是在深夜写的,正是在完成了一天的工作和履行了其他社会义务之后;这些书信显然写得速度很快,只希望能写得数量更多。詹姆斯和华顿之间的通信最初大概有四百多件——信件、电报、明信片——至少从1895年她作为剧作家向他表达善意的信息开始。可是,留存下来的信件数量则少得多。在詹姆斯的晚年生活中,曾发生过两次焚烧个人书信文件的事件。一次是在1909年11月,在一片复杂的沮丧气氛中,詹姆斯在“兰姆别墅”将自己的私人文件付之以炬,包括华顿写给他的大部分信件。究其原因,这一年詹姆斯患上了不同类型的心脏病,他曾两次去看心脏病专家詹姆斯·麦肯齐爵士(Sir James Mackenzie),又好几次去拉伊看当地的医生。到年底之前,他的病情又因第二份纽约版版税年度报告而进一步恶化,这份报告证实了1908年他的经济状况:收入少得可怜。10月份,他沮丧而悲观地去了拉伊,清空了抽屉和文件夹里的私人文件——这些几十年来他和华顿之间大量通信的成果——把积累的宝贵财富燃起了一堆巨大的篝火。两年前希望还如此之高,现在却不幸破灭了。当时他和伊迪丝·华顿都面临着进一步的考验。另一次是在1915年10月,在短暂返回他在拉伊的家中时,詹姆斯重复了焚烧他的个人文件的行为。其原因同上一次类似,与他的身体状况和精神状态有关。到1915年

---

① POWERS L. Henry James and Edith Wharton: letters, 1900—1915[M]. New York: Scribner's, 1990: 198.

② POWERS L. Henry James and Edith Wharton: letters, 1900—1915[M]. New York: Scribner's, 1990: 227.

秋天,詹姆斯患上了严重的心脏病,饮食量很少,而且抑郁症越来越严重。这一年的10月份,也是他最后一次去拉伊,在情绪极度低落时,他烧掉了剩余的大部分文件。幸运的是,伊迪丝·华顿并没有像詹姆斯那样纵火焚烧。不过,她很可能已经销毁了詹姆斯写给她的许多信件,她觉得这些信中的内容太过私密,不敢冒险保存。可见,詹姆斯和华顿的来往书信中所有能幸存下来的信件实在是太难能可贵了。

在保存亨利·詹姆斯和伊迪丝·华顿的书信方面,不同时代的书信编辑们做出了巨大的历史性贡献。第一个重要的《詹姆斯书信集》(*The Letters of Henry James*, 1920)是由珀西·卢伯克(Percy Lubbock)编辑斯克里布纳出版社(Scribners)出版的两卷本。它里面有27封詹姆斯写给华顿的信。不过,这些书信是根据华顿本人提供的打字文稿撰写的。此外,整个卢伯克手稿"被哈里、詹姆斯夫人、佩吉和哈里的弟弟比利仔细翻阅过一遍。家庭审查是彻底的"[①]。那些写给华顿的信显然是不完整的,删除的原因可能是她、詹姆斯家族或者卢伯克。里昂·埃德尔(Leon Edel)出版的这27封信中16封是完整文本:其中一封在《亨利·詹姆斯书信选集》(*The Selected Letters of Henry James*, 1955)中,15封在《亨利·詹姆斯书信》(*Henry James Letters*, Volume Ⅳ: 1895—1916, 1984)第四卷中,其中还包括另外20封写给华顿的信。这35封信件中有5封转载在他的《亨利·詹姆斯书信选集》(*Henry James: Selected Letters*, 1987)一书中。

《亨利·詹姆斯和伊迪丝·华顿往来书信集,1900—1915》(*Henry James and Edith Wharton: Letters*, 1990),由莱尔·H.鲍尔斯(Lyall H. Powers)编辑斯克里布纳出版社出版,包括其余131封詹姆斯写给华顿的信。华顿寄给詹姆斯的还有8封信和5张明信片,这些明信片中4张有沃尔特·贝里共同签名。此外,该书信集还收录了伊迪丝·华顿和詹姆斯的最后一位抄写员西奥多拉·鲍桑葵(Theodora Bosanquet)之间的36封书信,其中有14封鲍桑葵写给华顿的信,22封华顿写给鲍桑葵的信。詹姆斯写给华顿的信、华顿写给詹姆斯的信以及鲍桑葵写给华顿的信,都保存在耶鲁大学的拜内克图书馆(Beinecke Library)。华顿写给鲍桑葵的信在哈佛大学的霍顿图书馆(Houghton Library)。唯一的例外是詹姆斯写给华顿的一封信,现珍藏在印第安纳大学(Indiana University)。这些书信集的编辑出版为研究詹姆斯和华顿之间的文学创作和友好往来提供了不可多得的珍贵资料。

---

① JAMES H. Henry James: letters, 1895—1916[M]. Cambridge: Harvard University Press, 1984: xxi.

小 结

伊迪丝·华顿和亨利·詹姆斯的友谊起始于对文学的共同兴趣。作为詹姆斯的崇拜者与密友,华顿与大师不乏相似之处:首先,他们生活经历颇为相似,两个都是纽约人,后来侨居国外;其次,小说的主题也很相似,两人都关注上流社会"有闲阶级"的生活方式,对身处异域的美国人的生存状况很感兴趣;再者,华顿的创作手法、艺术品位和审美标准无不带有小说家詹姆斯影响的痕迹,从某种意义上说,华顿可以被称为詹姆斯的门徒。虽然这一说法模糊了他们之间的重要差异,但两位小说家还存在着一些不同之处:亨利·詹姆斯是一位探索人物内心世界的心理现实主义小说家(novelist of psychological realism),而华顿是一位洞察人情世事的风俗小说家(novelist of manners)。詹姆斯的技巧创新在于,把人物从社会力量的影响中移开,把故事置于人物的心灵之中进行刻画;而华顿的创作技巧则表现在,抓住社会与道德力量对主要人物的影响进行描写。詹姆斯小说侧重内在的冲突,而华顿小说则强调外在的矛盾,优秀的人物往往陷入上流社会斗争的漩涡,其观点和意见与那些代表人物有很大分歧,导致针锋相对,势不两立。作为"有闲阶级"(leisure class)的一员,詹姆斯在作品中似乎只描写他所熟悉的社会阶层,而忽略了下层劳动人民;华顿既有描写纽约上流社会生活的杰作,又有凭借她敏锐的观察和驾驭文字的能力反映农村生活的名篇。

1902年,她的第一部长篇历史小说《抉择之谷》(*The Valley of Decision*, 1902)问世,但反响不大。1905年,她出版了第一部畅销小说《欢乐之家》(*The House of Mirth*, 1905),赢得了评论界的好评,使她成为20世纪前20年颇受欢迎的美国作家之一。《欢乐之家》是一部"风俗小说"(novel of manners),分析了她所成长的分层社会(stratified society)及其对社会变化的反应。这类小说的本质特征就是,对特定的时代、特定的地点、特定的社会阶层的社会风俗、习惯礼仪做出如实的反映。1911年,她出版了最有名的长篇故事《伊坦·弗洛美》(*Ethan Frome*, 1911)。它不同于典型的华顿式小说,是以新英格兰为背景,主人公是贫穷的乡下人,小说讲述的情节却很像《欢乐之家》。但小说的整个基调灰暗,很可能是在折射小说家伊迪丝·华顿要彻底摆脱对婚姻的幻想。1912年,华顿正处于文学生涯的巅峰,她出版了小说《暗礁》(*The Reef*, 1912)。这部小说一反常态,没有遵循她习惯描写的人物外在社会冲突的创作模式,转而揭示人物内心世界的奥秘,被评论家称为华顿"最具有詹姆斯特点的詹姆斯式的小说"。

华顿小说中主人公错综复杂的心理斗争大都被认为是由社会因素造成的,这也是她的其他作品常涉及的主题,而《暗礁》这部作品的独特之处在于,华顿所捕捉的是人物的心理变化,这种冲突被当作心理问题而不是社会问题来处理。随着故事情节的展开,华顿揭示了每个人物内心的不同感受,解决矛盾冲突的方式让人耳目一新。可想而知,当时华顿最好的朋友应该是小说家亨利·詹姆斯,两人在生活中结下了柏拉图式的友情,在写作风格和主题表现上非常接近,共同关注的是移居欧洲的美国上层阶级,对他们的生活方式、爱情关系以及内心感受进行了深入探索。

20 世纪初期,伊迪丝·华顿的事业进展顺利,富有成效地创作了多部小说,一时成为颇有名望的作家。而与此同时,她的婚姻生活却出现了危机。1913 年,她最终选择离婚,与爱德华·华顿结束了 28 年的婚姻生活。此后,伊迪丝·华顿长住巴黎,在艺术创作的道路上继续追求自己的人生理想。她与当时文化圈里一些颇有名气的男人保持着纯粹的友谊关系,其中最有名的当然是亨利·詹姆斯,另外还有瓦尔特·贝里(Walter Berry)、伯纳德·贝伦森(Bernard Berenson)、F. 斯科特·菲兹杰拉德(F. Scott Fitzgerald)等。华顿写作的稿酬越来越高,她在欧洲过着优裕的生活。她拥有巴黎的豪华公寓和法国南部漂亮的花园别墅,在这里经常有高朋会聚,她还慷慨热情地招待那些年轻的作家新秀,同文人学者一起畅谈文学艺术。

1920 年,伊迪丝·华顿出版了《纯真年代》(*The Age of Innocence*, 1920),被认为是她最好的小说,凭借这部代表作她成为第一位获得美国最高写作奖项普利策奖的女性。此外,华顿还出版了多部中、短篇小说集,如《欣古河及其他故事》(*Xingu and Other Stories*, 1916)、《老纽约》(*Old New York*, 1924)等,展示了她在社会讽刺和喜剧方面的非凡天赋。1925 年,伊迪丝·华顿发表了《小说创作》(*The Writing of Fiction*, 1925),在这个写作手册中她总结了自己的创作思想和实践,并向她的良师益友亨利·詹姆斯表达了谢意。在她的写作过程中,她一直像亨利·詹姆斯那样,强调"每一部伟大的小说首先必须以道德价值的深刻意识为基础"。

在伊迪丝·华顿众多的朋友中,亨利·詹姆斯是她的一位挚友。作为一个有趣的男人和文学大师,她喜欢詹姆斯。对华顿来说,詹姆斯是她的"最亲爱的大师"。詹姆斯也把华顿当作一生中最亲近的朋友。詹姆斯和华顿可以说是情投意合,他们的相识带有"一种刺激的情欲"。这正是詹姆斯孤独的写作生活中所需要的，他晚年苦苦寻觅，终于找到了可以激发创作灵感的完美友情。伊迪丝·华顿一生留下了大量的往来书信，但她和亨利·詹姆斯的通信保存下来的却少之又少。究其原因，有学者认为可能是出于惧怕太过私密的书信内容流露外界，大多数信件被华顿夫人自行销毁了[①]。然而，从仅有的一些现存书信当中，两位作家之间的亲密关系便能窥见一斑。几乎所有现存的书信都是詹姆斯写的，但是我们却能看到像通信者的小说一样复杂、丰富和多样的交流。在自传作品《回首往事》(*A Backward Glance*，1934)中，伊迪丝·华顿讲述了她的生活故事，对自己的艺术人生、友谊情缘作了总结性的回顾，其中有一整章的内容专门描写她所认识的亨利·詹姆斯，可见，大师在她的一生中占有不可替代的重要位置。

第二节 写给威廉·迪恩·豪威尔斯的信

威廉·迪恩·豪威尔斯(William Dean Howells，1837—1920)，美国作家、评论家和编辑。他的小说和评论对后来的很多现实主义作家产生了直接的影响。他一度成为最受人尊敬的美国作家，被称为"美国文坛泰斗"。作为编辑兼文学批评家，豪威尔斯曾提携和帮助过许多青年作家和激进作家，其中最著名的一位就是后来成为文学大师的亨利·詹姆斯。詹姆斯和豪威尔斯的早期友谊要追溯到他们在剑桥度过的一段时光，当他们漫步在净水湖畔(Fresh Pond)的时候，自然地开启了诸如写小说的方法这门他们都喜欢的艺术的对话。1869 年 7 月，满怀激情的豪威尔斯在给好友小詹姆斯的信中写道："人们似乎普遍意识到了你的优点，但当你有了霍桑那样伟大的名气时，你不会忘记谁是你最早、最热情、最真诚的仰慕者，对吗？"[②]这两个人并没有忘记对方。在长达 50 多年的友谊中，他们定期通信、阅读和批评彼此的作品，就美学和文学史展开争论，并分享个人生活中的成功、危机和悲剧。如果离开对另一个人的认真关注，一个人的传记就无从写起；完全可以说，这两个朋友永远联结在了一起。也许研究者会发现，从两人之间通信的现存书信对比中，豪威尔斯在数量上并不占优势。可是，在众多的通信者当中，詹姆斯保存的

① MOORE R S. Review of Henry James and Edith Wharton：letters，1900—1915[J]. The Henry James Review，1992，13 (1)：92-93.

② HOWELLS W D. Selected letters of William Dean Howells[M]. Boston：Twayne，1979(1)：331.

豪威尔斯的书信比他直系亲属以外的任何人的都要多。尽管詹姆斯声明“书信，在写作生涯中，是最不适合被书写出来的东西”[①]，但学者们估计，这位大师创作了12000多封书信；他写给豪威尔斯的那部分是最好的，也是最为珍贵的。在文学创作实践中，詹姆斯以新颖的形式和独特的技巧开创了英美心理现实主义小说的先河，是文学批评理论卓越的引领者和践行者；豪威尔斯极力倡导现实主义文学的写作方法，成功塑造了美国文学的大众品味，成为当时最杰出的文学批评家和理论代言人。“大师与泰斗”(The Master and the Dean)的关系历来都是文学界关注的一个焦点。[②]他们之间的通信涉及大量的小说艺术内容，很多已成为文学批评的典范文本，是非常有代表性的“论理”书信，具有极高的审美价值和重要的研究价值。这些书信之所以值得关注，是因为豪威尔斯对话语的早期支配，詹姆斯自始至终的大胆尝试，以及这些书信所体现的19世纪后期美国文学和文化界充满活力、动态发展和广泛存在的妥协方式。因此，研究詹姆斯和豪威尔斯之间的通信更具有深远的历史意义和重要的现实意义。

一、不同的成长道路，共同的艺术追求

在他们成年后的大部分时间里，豪威尔斯和詹姆斯共同走上了一条曲折艰难的文学梦想之路，奇特的命运把他们两人紧密地联系在了一起。虽然两人的生活经历不乏相似之处，但他们早年的成长环境可能有天壤之别。威廉·迪恩·豪威尔斯是在一系列边境城镇和乡村长大的，他很少接受正规教育；父亲威廉·库伯·豪威尔斯(William Cooper Howells)是一位报社编辑和印刷工，他很小就跟着父亲当学徒，帮助排版印刷，可以说，他是在父亲偶尔开店出版报纸的地方找到了学习的课堂。詹姆斯一家则有足够的财力四处巡游，因为家族的一家之主每年可以从继承的财产和投资中获得1万美元的收入。无论他们后来的关系如何，没有人会怀疑亨利·詹姆斯能写出《我在小木屋里的岁月》(*My Year in a Log Cabin*, 1893)这样的自传作品，尽管他缺乏豪威尔斯早年的生活体验。一连串熟悉的成对对立词很好地描述了这两位知名作家的差别：东方/西方，城市/乡村，都市/外地，贵族/平民。这种并置对比经常会给他们的书信读者带来一种紧张的心理感受。

然而，在这些明显的差异之下，也存在着不太明显的对应关系。父亲的理想主

---

① ANESKO M. Letters, fictions, lives: Henry James and William Dean Howells[M]. New York: Oxford University Press, 1997: 377.

② DAVIDSON R. The master and the dean: the literary criticism of Henry James and William Dean Howells[M]. Columbia and London: University of Missouri Press, 2005.

义，受到伊曼纽尔·斯威登堡(Emmanuel Swedenborg，1688—1772)[①]的基督教改革教义的启发，在两个家庭中闪烁着明亮的光芒。乌托邦社会主义的精神几乎充斥着老亨利·詹姆斯(Henry James Sr.)所有出版的作品，他坚信人的真正命运只能通过社会而不是自私的个人主义来实现。同样，19世纪50年代初，威廉·库珀·豪威尔斯在一段短暂的时间内，试图在俄亥俄州的森尼亚附近组织一个欧文特社区(Owenite)，诸如此类的试验场所并不比老亨利·詹姆斯的那些晦涩难懂的作品更成功，但只有通过这样的"失败"，他们的儿子才能理解"成功"在美国的意义。

在两人早期的书信中，我们最可能欣赏的也是詹姆斯和豪威尔斯倾向于反对的"职业用语"(shoptalk)。他们的通信中充满了这些本行业的对话内容，而且理由很充分。在这一时期(1867—1880)，豪威尔斯不仅以詹姆斯的朋友身份写作，而且作为《大西洋月刊》有影响力的文学编辑，他热切地寻求高质量的投稿，确保有可靠的稿源。1866年作为詹姆斯·T.菲尔兹(James T. Fields)的助手，豪威尔斯被带到波士顿，1871年接替了他杰出的前任，从而上升到美国文学界最有权势和权威的位置。随着将更多的时间用于游记和书评，这位传统浪漫抒情诗作者也逐渐认识到一种新型散文的文学重要性和职业价值。他致力于创造一种不同的风格——更客观、更清晰、更现实、更贴近美国生活——并扩展了他的创作范围，尝试新的文体：短篇小说、长篇小说和戏剧。

1867年，豪威尔斯的游记作品《意大利之旅》(*Italian Journeys*，1867)的部分内容在《大西洋月刊》(*Atlantic Monthly*)刊登，这些是作者在威尼斯长期居住期间，到半岛各地十几次游览的记录。1867年5月10日，詹姆斯写信给豪威尔斯，向他表示祝贺，同时提出自己的批评意见。

> 再次感谢你的游记。——它们非常迷人，是这片土地上迄今为止所写的最优雅、最机智、最富有诗意的东西。我尤其喜欢关于意大利北部城市费拉拉的那一章。如果我也在那儿该多好啊！但它们都很令人愉快，我在等待其余的部分刊出。在我看来，你的态度完全是你自己的风格，但它隐约让人产生各种愉快而辛酸的联想。你很有天赋——"一直走下去！"我喜欢你的轻松坦率和清醒冷静的真正感觉；我钦佩你时时处处触摸的细腻方式。

---

① 伊曼纽·斯威登堡(Emmanuel Swedenborg，1688—1772)，瑞典科学家、神秘主义者、哲学家和神学家。

——最糟糕的是，它几乎太过同情了。你如此亲切，如此暗示现实的美好，以至于读者的灵魂被这种过多的享受所困扰。但正如我所说，我想我可以再忍受一批。[1]

1868年，詹姆斯又写了一个长篇书评，大力赞赏豪威尔斯的这部新作，把他称为“感伤之旅”(sentimental journey)作者的一位很值得尊敬的继承人。[2]

1873年6月22日，詹姆斯写信给豪威尔斯，表达收到他的来信时的喜悦心情，同时表达对他的深深的谢意。詹姆斯感谢豪威尔斯非常喜欢他的文章，他高兴的是自己也非常喜欢豪威尔斯的文章，两人的友谊建立在相互欣赏之上，两人的兴趣产生于对小说艺术的交流之中。

我想告诉你很多关于我自己的事，我相信你会喜欢听的。但就庞大(vastness)而言，我必须虚构才行，太过火了，不适合这种作品。我给你寄去另一篇(目前最后一篇)关于佩鲁贾[3]的游记，它和这个一起，附在另一封信里：一次安全的旅行。我希望你能在今年挤出时间审阅。它的页数比你想要的多；但我认为这是在范围之内，你会看到有几处省略。——我在国外的这几个月里写的东西比我希望的要少得多。对于直接创作来说，罗马不是个好地方——太多的干扰和令人倦怠的气氛。但就“印象”(impressions)而言，它是无价之宝，在我日渐苍老的头发下面，暗藏着许多东西，也许有一天会崭露头角。我要么让来年更有成绩，要么干脆退出商界。再相信我一段时间吧，我会用一些不那么贫乏的点滴来回报你的信任。[4]

1873年9月9日，詹姆斯在写给豪威尔斯的信中，谈及《萍水相逢》(*A Chance Acquaintance*)这部作品，高度评价了他生动的人物塑造、有趣的故事讲述，并具体

---

① ANESKO M. Letters, fictions, lives: Henry James and William Dean Howells[M]. New York: Oxford University Press, 1997: 59.

② JAMES H. Review of Italian journeys[J]. North American Review, 1866 106 (1): 336-339.

③ 佩鲁贾(Perugia)，意大利中部城市。具有悠久的历史，保留了各个时期的遗址；地处丘陵地带，形成了独特的景观。这座大学城已成为知名的文化艺术中心，非常适合旅游观光。

④ ANESKO M. Letters, fictions, lives: Henry James and William Dean Howells[M]. New York: Oxford University Press, 1997: 84.

以女主人公基蒂(Kitty)为例,说明该人物的成功之处在于她的完整性(completeness)。

> 无论如何,到这个时候这部作品已经被更好地领会了。我很高兴把它读了一遍,现在我很高兴把它再读一遍。它在很大程度上得益于一次全部阅读,我起初认为受限制的某些地方在本书中似乎不再如此。但你的人物比他们的背景要好;你已经为后者尽了最大的努力,但你的故事本质上更有趣。然而,这是理所当然的。生动的人物总是会抹杀世界上最好的背景。——基蒂(Kitty)当然非常高兴,甚至比我轻松地告诉你还要高兴;因为她属于一个艺术家不会无限期重复的极其幸福的阶层。如果人们不喜欢她后来出生的姐妹们,那么也不要失望。然而,如果他们真的这么做了,你将获得一项无懈可击的专利,成为一名讲故事的人,向他们展示——什么是伟大的事物——你将特殊的事物视为一般事物的一部分。基蒂的成功之处在于她的完整性(completeness):她真实可感,形象丰满,因此,无法想象有什么比你赋予她的特殊的来历更好的了。所以在"寓言之家"(House of Fable),她坚定地站在她的小基座上。我祝贺你![1]

相比之下,詹姆斯的职业道路并不是那么一帆风顺。随着家庭的不断壮大,豪威尔斯寻求工作的稳定性和中产阶级地位通常所需要的舒适感,而詹姆斯则更喜欢远离特定的地方和机构。豪威尔斯经常使用公司的信笺;詹姆斯的笔从来不碰它。这位单身汉的书信记录了他在剑桥、纽约、巴黎、伦敦、佛罗伦萨、罗马等地的迁徙过程,同时也见证了他与艺术的独特关系。

1874 年 1 月 9 日,詹姆斯在写信给豪威尔斯,对《大西洋月刊》被出售的消息表示极为关心,想从朋友那里得到证实,因为它牵涉两人的共同命运。同时,感谢豪威尔斯对他的小说作品的好评。詹姆斯有时被经济所困扰,不由得诉说自己的苦恼。发表小说获取收益,"这只是一个金钱的问题"。在新的环境里生活需要金钱,詹姆斯颇感无奈,"我需要掌握更多的手艺,同时总是要做更多的事情"。可见,对大师来说,小说艺术离不开现实生活的源泉,现实生活也离不开小说艺术的滋养。

---

① ANESKO M. Letters, fictions, lives: Henry James and William Dean Howells[M]. New York: Oxford University Press, 1997: 86-87.

非常感谢你令人极其愉快的来信。出售《大西洋月刊》的消息使我对你感到好奇,为此我需要你亲口告诉我,以抚慰我受惊的同情心。祝未来一切顺利,祝我们俩名利双收。很抱歉,你不得不去看管你的羊群穿过迪伊沙滩①,但我想这里每天都很刺激。我刚收到新的《大西洋月刊》,看起来很漂亮。我不喜欢新型的月刊,还是觉得旧的非常漂亮;但封面和纸张让人感觉像是在为这个时代的最高文化服务。……

谢谢你把我的故事说得那么好,虽然我想它对许多读者来说会显得相当无聊,但读起来相当令人愉快。让我在另一封信中解释与此配套的一揽子计划的性质,不再拖延。故事共分为两部分,这是前半部分,供你方便使用。我曾把它读给我的哥哥听,他说"非常棒"。我正打算把它寄给斯克里布纳,但你对这项活动的贬斥让我不得不面对。我非常感激其中所暗含的尊重;但总的来说,如果不从这项来源中获取收益,我就无法继续下去,这仍然是事实。这只是一个金钱的问题。《大西洋月刊》不能为我发表那么多我应该写的和期望写的故事。在国内是可以的,因为那时我需要较少的收入。可是现在,在这可爱的环境里生活需要那么多法郎,我需要掌握更多的手艺,同时总是要做更多的事情。但是我衷心地向你保证,《大西洋月刊》将拥有我所做的最好的事情;正因为这部《尤金·皮克林》(*Eugene Pickering*)(也许对这个话题特别感兴趣)可能比下一部作品要好,所以我现在把它交给你。后半部分将随下一封信寄去:愿上天保佑。②

1874年3月10日,詹姆斯写信给豪威尔斯,告知霍兰德博士(Dr. Holland)与他相约,为《斯克里布纳》杂志写一部长篇小说。詹姆斯长期以来一直有写一部长篇小说的倾向,但基于与《大西洋月刊》的感情,他选择了拒绝,只是希望长篇小说写好后,能在《大西洋月刊》上刊登。身陷两难的境地,他只好征求豪威尔斯的意见。

---

① 这里亨利·詹姆斯指的是,威廉·迪恩·豪威尔斯每天都要穿过剑桥的公寓,去他在河滨出版社的新编辑部。他借用的是查尔斯·金斯利(Charles Kingsley)的诗歌《迪伊沙滩》("The Sands of Dee", 1849)中的形象,讲述一位派去叫牛群回家的少女被上涨的潮水从一个危险的沙洲冲走的故事。(KINGSLEY C. "The sands of Dee" (1849) in Poems[M]. London: Macmillan, 1907: 246.)

② ANESKO M. Letters, fictions, lives: Henry James and William Dean Howells[M]. New York: Oxford University Press, 1997: 92-93.

这是一件严峻的事情，但我必须简明扼要。你亲爱的朋友霍兰德博士（Dr. Holland）向我提议，从明年11月开始为《斯克里布纳》杂志写一部长篇小说。我倾向于写一部长篇小说，而且长期以来一直有这种倾向，但我觉得我们之间似乎有一种的共识，如果我这样做，《大西洋月刊》应该愿意接受它。因此，我已通过我父亲向霍兰德博士发送了一份拒绝函，根据你的回复予以保留或转发。长篇小说写好后，会在《大西洋月刊》上刊登吗？霍兰德博士提出的是一个令人满意的提议——小说很快就会被接受（也就是同意条款），而且就像我说的，从11月开始，一直持续到次年11月。他让我说出条件，我应该出价1200美元。如果大西洋想要一篇今年的故事，我当然会优先选择大西洋。从感情上，我更喜欢大西洋。但就我目前的情况来看，我没有权利让它成为一个纯粹的金钱问题。[①]

1875年3月19日或26日，詹姆斯写信给豪威尔斯，感激他对自己的短篇小说《热衷游历的人》（*A Passionate Pilgrim*，1875）的评论。豪威尔斯适时的鞭策和鼓励激发了詹姆斯的创作热情和灵感，促使他不断奋进，执着追求文学事业的发展，最终创造出惊人的艺术成果，这也是他人生中强大的动力来源。

我今天早上读了你对《热衷游历的人》的短评——那么，我才得以存活下来讲故事！如果善良能置人于死地，我就不会再去挑战你的聪明才智了。友谊从来没有如此巧妙——从来没有如此丰富的智慧流动！我对批评（作为一门学科）是如此的陌生，以至于这种罕见的感觉引发了许多想法，我甚至在被过度赞扬时也能分辨出一种美德。我一点一点地抬起低垂的头，努力为未来赢得桂冠，即使它现在是如此的令人沮丧。同时，我衷心地感谢你。当你再读我的作品时，愿你的幻想永不沉睡！[②]

1876年5月28日，詹姆斯在写给豪威尔斯的信中，畅谈身居巴黎这个国际化都市的切身感受。它包容一切，可以随性安排自己的生活，更重要的是，留意观察巴黎背景下的各种事物，能激发起文学创作的热情和灵感，写出令人赏心悦目的优

---

① ANESKO M. Letters, fictions, lives: Henry James and William Dean Howells[M]. New York: Oxford University Press, 1997: 94-95.

② ANESKO M. Letters, fictions, lives: Henry James and William Dean Howells[M]. New York: Oxford University Press, 1997: 114.

美散文。春天是美好的季节,在这里詹姆斯能够随遇而安。因此,他建议好友不妨亲自来体验一番。

> 我正在变成一个心满意足的老巴黎人,我觉得自己仿佛在巴黎的土壤里扎下了根,而且很可能让其在那里变得盘根错节、顽强不屈地生长。总的来说,这是一个非常舒适和有益的地方——我的意思是,特别是在它的总体和国际化方面。我完全看不到纯粹的巴黎主义。这个地方的最大优点是,人们可以完全按照自己的意愿安排自己的生活——这里有适合各种习惯和品位的设施,一切都会被接受和理解。与此同时,巴黎本身是一种不断变换的绘画背景,它总是在那里,你想看的时候就看,不想看的时候就很容易被忽略。所有这一切,只要你在这里,你的感觉就会比我告诉你的要好得多——而且你会就此写一些愉快的散文,让我耳目一新,感觉会更好。所以,能来就来吧!我可能还在这里。当然,春天一切美好的事物都会更加美好。尽管天气恶劣,但最近几周我比以往任何时候都更喜欢巴黎。事实上,在春天的影响下,我在这里已经接受了命运。[①]

1876年12月18日,詹姆斯在写给豪威尔斯的信中,告知他已撤回与斯克里布纳的小说连载计划,打算为《大西洋月刊》提供下一部爱情小说。他已经从巴黎回到伦敦,表示喜欢伦敦的生活环境,这里更适合他的文学创作。

> 关于我的斯克里布纳计划,我想说现在它已经被放弃了。他们最近写信告诉我,我的小说不能在6月开始连载,只能在11月开始,而且是有条件的。所以我撤回了。既然我要等那么久,倒不如等《大西洋月刊》,在此把我的下一部创作的爱情故事送给你。只是希望你能尽可能提前告诉我你什么时候可以开始刊登。
>
> 你看,我已经改变了我的天空:天空越远,情况就越糟。但在其他方面,我想会更好。我喜欢伦敦,只要我能从目前的迷雾中找到出路,而且我想从长远来看,我在这里会很成功的。此刻的巴黎相当凄凉,因为我认识的人很少,从繁华、迷人、文明的巴黎变成了粗鲁的巴黎。但我在这里写作会更好,你会同意我的观点。尽管政治动荡,我希望你也能很好地写

---

① ANESKO M. Letters, fictions, lives: Henry James and William Dean Howells[M]. New York: Oxford University Press, 1997: 118.

作。我在这里完全置身物外，所以我不会假装理解是非曲直，也不会冒险发表意见。我可以想象，悬而未决是非常令人厌倦和沮丧的。①

在两人之间的通信中，小说艺术的最佳实践成为一个永恒的主题。1877 年 2 月 2 日，詹姆斯写信给豪威尔斯，针对小说连载的相关事宜进行沟通、协商，不仅涉及小说的主题选择、人物的性格刻画、叙事结构的安排，而且力求短篇故事更加客观、生动、感人。因此，他最终决定先分期连载《欧洲人》(*The Europeans*, 1878)这部短篇小说，等有足够的时间再创作主题更宏大的长篇小说《一位女士的画像》(*The Portrait of a Lady*, 1881)。

我很理解你至少要等一年后才能开始小亨利·詹姆斯的另一部小说连载。你的读者和撰稿人都会提出异议的。不过，如果你能早一点开始刊登一篇六个月的故事，而不是一篇更长的故事，我将很高兴做这样的事情。但我不应该利用我上次提到这个问题时想到的主题——它本质上是不能压缩到这么小的一个罗盘上的。这对一个女性人物性格的刻画和冒险经历的叙述——从心理上讲，是一件了不起的事；宏伟的自然——伴随着许多“发展”。我宁愿等到有足够的空间时再做。但我会挖掘一些更短的故事，努力使它成为一种客观的、戏剧性的、别致的东西。请提前告诉我你什么时候开始刊登。②

1879 年 4 月 7 日，得知豪威尔斯在《国家》(*Nation*)杂志上刊登的小说没有引起应有的关注，詹姆斯写信给他，及时送去温暖的话语，赞美他小说中的优点，祝贺他创作的成就，鼓励他充满信心，坚定文学道路。小说艺术是他们共同的追求，描写对生活的个人印象和真实感受，是文学中最珍贵的东西。

令人惊讶的是，你的小说在上一期《国家》杂志上几乎没有引起人们的注意，这让我感到再也不能拖延了，我必须给你送去几句问候的话，告诉你我是多么津津有味、极其陶醉地阅读了这部小说。(我真希望你能把它寄给我：考虑到我寄给你的所有东西，你本应该这么做的。我不得不去

---

① ANESKO M. Letters, fictions, lives: Henry James and William Dean Howells[M]. New York: Oxford University Press, 1997: 124.

② ANESKO M. Letters, fictions, lives: Henry James and William Dean Howells[M]. New York: Oxford University Press, 1997: 125.

购买——足足花了八先令。要是你能欣赏这种赞美就好了！但一定要寄过来，我想借一本）这是你做过的最精彩的事情，我看不出以你自己的方式怎样能走得更远。有时候，我真希望以这种方式得到更大的——可以说，更多的公开讨论；但在这种情况下，优点和魅力与缺点相去不远，我没有别的愿望，只想颂扬、赞美和祝贺你！特别是最后一部分非常成功——这是最后一部分的胜利。好极了，继续下去——你只需要这么做。你现在对自己的方式很有把握；你已经达到了一个顶点，你只需要应用它。但要大量地自由地应用它——尽可能地从多个方面抨击美国生活的广阔领域。投入其中，不要害怕，你会做得比这更好。——在这里，我对你那本极其新鲜的书印象深刻；（不要误用这个词）——我指的是个人印象的新鲜和直接，对你所写的东西的感觉，这是文学中最珍贵的东西——与这里大多数作品的陈旧的语气和平淡的笔调形成鲜明的对比。但在美国，我必须补充一句——我只看到你！我很高兴地看到你的书大获成功。[①]

但这两位作家很快就因豪威尔斯1880年对詹姆斯的《论霍桑》（*Hawthorne*，1879）的评论而起了争执[②]，他们对霍桑遗产相冲突的观点表明，当时詹姆斯和豪威尔斯所处的立场截然不同。詹姆斯认为美国所缺乏一切的地方，豪威尔斯则强有力地回答，“我们拥有完整的人类生活，以及呈现小说中仅存的新鲜和新奇机会的社会结构，机会多种多样，取之不尽、用之不竭”[③]。豪威尔斯在书评中甚至把《红字》的作者说成“乡下佬”（exquisitely provincial）[④]——不止一次，而是十几次——恐怕就连移居新英格兰的人也忍受不了了。在1880年1月31日写给豪威尔斯的信中，詹姆斯同样冷静地作出有力的回应：

小说家依赖于礼仪、习俗、用法、习惯、形式，以及所有这些成熟和既定的东西——它们正是他的作品的组成部分；当说起没有我列举的美国

---

① ANESKO M. Letters, fictions, lives: Henry James and William Dean Howells[M]. New York: Oxford University Press, 1997: 132-133.

② HOWELLS W D. Review of Hawthorne[J]. Atlantic Monthly, 1880, 45 (2): 282-285.

③ HOWELLS W D. Selected literary criticism, 1859—1885[M]. Bloomington: Indiana University Press, 1993: 294.

④ HOWELLS W D. Review of Hawthorne[J]. Atlantic Monthly, 1880, 45 (2): 282-285.

社会中所缺少的那些“沉闷、破旧的用具”时，你（依我的感觉）提出了问题，“我们只剩下整个人类生活”。我应该说，我们拥有的东西比这些“用具”所代表的要少得多。我认为它们代表了其中的很大一部分。只有当我们创造出一位绅士（出于明显的原因，把目前的高贵组合——你自己和我——除外），在我看来是一位小说家——属于巴尔扎克和萨克雷家族，我才会感觉到被驳倒了。[①]

两位作家之间的分歧从来没有被更恰当、更具体地概括过，因为这场关于霍桑的争论的核心是如何看待美国这个更大的问题。显然，对詹姆斯来说，这是最好留下的一个有限领域。从传记的角度来看，这是有道理的，因为詹姆斯最近才移民到欧洲，将成为永久的流亡者。但信中提到巴尔扎克尤其值得注意。作为詹姆斯自封的导师之一，巴尔扎克对詹姆斯来说至少代表了他宣称了一种新的社会身份。巴尔扎克是一个热爱天主教会和君主制的保守主义者，詹姆斯甘愿与这些保守的社会制度结盟。詹姆斯认为，“君主社会无疑比其他社会更生动、更适合小说家”。“等级制度比‘公理会社会’更美丽，就像一座山要比一片平原美丽。”[②]这些评论，再加上詹姆斯在《论霍桑》中的评论，强化了这样一种观点，即作为一名作家，詹姆斯在美国的社会和政治格局中看不到自己的发展潜力。他移居国外的决定在很大程度上关系到为自己提供适当的艺术创作环境的问题。豪威尔斯与美国的关系恰恰相反。他对美国一直怀有很深厚的情感。美国，在豪威尔斯看来，是艺术家成长的最肥沃的土壤。他认为自己所取得的文学成就也明显证实了这一点。

事实上，他们的不同不仅说明了小说在哪里写作，也说明了如何写作。情节布局的问题和人物塑造的难题几乎与出版日历和编辑期限一样成为他们的生活主题。在对问题争论的过程中，每一个作者都会对另一个作者产生深刻的影响。在文学批评的舞台上，从来就不是詹姆斯一人独舞，而是他与豪威尔斯两人共舞。他们的目的是，通过批评对话让各自的小说艺术理念占据中心舞台。由于职业的关系，豪威尔斯和詹姆斯需要互相写信，但随着时间的推移，他们似乎越来越多地在为对方写小说。通过对他们书信文本中这种话语模式进行批判性的分析，将有助于深入揭示他们所践行的文学批评的理念，理清他们之间互文关系的本质，破解他们与小说艺术难以割舍的情结。

---

① ANESKO M. Letters，fictions，lives：Henry James and William Dean Howells[M]. New York：Oxford University Press，1997：147.

② JAMES H. Literary criticism. French writers，other European writers，the prefaces to the New York edition[M]. New York：Library of America，1984：36，43,45.

二、曲折的艺术实践,珍贵的书信友谊

1881年11月中旬开始,豪威尔斯一直病卧在床,由于专注于《一个现代的例证》(*A Modern Instance*)的创伤主题而引发了他的神经衰弱。为了减轻编辑工作的负担,他已决定辞去《大西洋月刊》的总编职务。1881年12月6日,詹姆斯在繁忙之中没忘记抽出时间写信问候:"我真诚地希望你已经走出了困境——能够看到天空和地平线。"[①] 1882年1月9日,詹姆斯再次写信问候豪威尔斯,希望他的病情继续好转。"如果你能呼吸到这清新芬芳的空气(我承认这是今天第一次出现),我想你的身心都会同样恢复活力。然而,也许你有类似的东西;无论如何,我相信,你的健康得到了恢复,你的天才就会重新点燃。"[②]不仅詹姆斯,其他朋友也非常关心豪威尔斯。当他们的朋友威斯特太太(Mrs. Wister)听到豪威尔斯离开了《大西洋月刊》的消息,忍不住流下苦涩的眼泪,她认为豪威尔斯"对上层阶级太严厉,对下层阶级太软弱"[③]。

成功是为有准备的人而来的。经过多年的积累实验,两位作家都取得了他们第一次重大的小说胜利。《一个现代的例证》(*A Modern Instance*, 1882)是豪威尔斯早期创作的一部杰作,是他倡导现实主义的体现,描写一对年轻人巴特利和马茜亚经历一番周折,草率结婚,结果酿成悲剧的故事;《一位女士的画像》(*The Portrait of a Lady*, 1881)是詹姆斯早期作品中最具代表意义的经典之作,描写充满幻想的美国姑娘伊莎贝尔面对一系列人生和命运的抉择,最终上当受骗,沦为婚姻牺牲品的悲情罗曼史。两部作品具有共同的婚姻生活主题,坚定地确立了豪威尔斯和詹姆斯作为现实主义小说流派的美国典范的地位。1882年11月,豪威尔斯在《世纪》(*Century*)杂志上发表题为《论小亨利·詹姆斯》(*Henry James, Jr.*)的评论文章,对詹姆斯的成长经历、文学创作以及文体风格作了全面的评述。[④]文中重点论及詹姆斯的小说艺术和他所从事的现实主义小说的新流派(the new school),正是詹姆斯在塑造和引导美国小说,豪威尔斯把他称作"一位非常伟大的文学天

---

① ANESKO M. Letters, fictions, lives: Henry James and William Dean Howells[M]. New York: Oxford University Press, 1997: 219.

② ANESKO M. Letters, fictions, lives: Henry James and William Dean Howells[M]. New York: Oxford University Press, 1997: 220-221.

③ ANESKO M. Letters, fictions, lives: Henry James and William Dean Howells[M]. New York: Oxford University Press, 1997: 221.

④ HOWELLS W D. Henry James, Jr.[J]. Century Magazine, 1882, 25 (11): 25-29.

才”(a very great literary genius)。这篇评论不可避免地证实了两位作家与现实主义的联系。

> 事实上，与狄更斯和萨克雷相比，小说艺术在我们这个时代已经成为一门更好的艺术。我们现在不能忍受后者的信任态度，也不能忍受前者的矫饰风格，就像我们不能忍受理查森的啰嗦或菲尔丁的粗鲁一样。这些伟人已成为过去——他们及其方法和兴趣；就连特罗洛普和里德也不在当下。新的流派源于霍桑和乔治·艾略特，而非其他流派；但它更多地从惯常的方面研究人性，并在更轻松而非真正不重要的动机的运作中找到其伦理和戏剧性的例子。感人的事件当然不是它的行业；它更愿意避免各种可怕的灾难。它的形式很大程度上受到法国小说的影响；但它的主流是都德的现实主义，而不是左拉的现实主义，而且它有自己的灵魂，不去记录一个男人对一个女人的野蛮追求，这似乎是法国小说家的主要目的。这一流派既重视现在，也重视未来，它的主要榜样是詹姆斯先生；至少是他在塑造和引导美国小说。像他那样写作是年轻投稿人的志向；他的追随者比任何其他英语小说家都更容易辨认。到目前为止，他是否会控制这一点，从而与我们一起决定小说的性质，还有待观察。[①]

1882年，父母双双去世后，詹姆斯决定在国外长期居住。“我已经做出了我的选择，”他在笔记中已经确认，“上帝知道我现在没有时间浪费了。我的选择就是旧世界——我的选择，我的需要，我的生命。”[②] 1883年3月20日，詹姆斯写信给豪威尔斯，讲述了他未来的打算。

> 我相信你对我们最近的悲伤也有同感。关于这些事情，除了事实之外，没有什么可说的。我的归来是痛苦的和悲惨的，我的冬天并不愉快。然而，我现在正在“取出”多年来可能散落的东西，很可能当我回到欧洲时(而不是几个月前)，它将是一次——说得委婉一些——长期居住。但这也要看我妹妹的情况，除了我，她现在是一个人，而且你知道，她的健康不太好。她正在康复，或者快要康复了，我想，但我要等她恢复健康，才能离

① ANESKO M. Letters, fictions, lives: Henry James and William Dean Howells[M]. New York: Oxford University Press, 1997: 234.

② JAMES H. The complete notebooks of Henry James[M]. New York: Oxford University Press, 1987: 214.

开她。我们一起住在这里的小房子里,那是我父亲离开剑桥时所住的房子(现在我觉得那地方“难以形容”),我妹妹可能会在这里住上几年。我度过了平静的几周(包括去威斯康星的旅行,当时气温是零下30度),但我并没有做多少工作。①

1884年,爱丽丝·詹姆斯来到英国与哥哥团聚,在那里她将作为一个病人度过余生。《波士顿人》(*The Bostonians*, 1886)证实了詹姆斯的流亡倾向,但《卡萨马西玛公主》(*The Princess Casamassima*, 1886)暗示伦敦的生活也可能变得疏远。这两部书的失败促使詹姆斯重新审视自己是否将小说作为首选文类(preferred genre)。他开始了新的事业。他放弃了皮卡迪利大街(Piccadilly)的住所,在时尚的肯辛顿(Kensington)大街(德维尔花园西34号)租了一套更宽敞的公寓,租期为21年。从这里他开始了一场在伦敦舞台上取得成功的不着边际的运动。

1884年2月21日,詹姆斯在写给豪威尔斯的信中,谈到小说艺术的创作,他认为糟糕的作品在一定程度上玷污了小说艺术,它所谓的成功会使那些自以为为之写作的人蒙羞,因此,宁愿进行最低级的“自然主义”的实验,也不愿搞那些不足挂齿的骗局。相反,他对法国几位小说家非常尊崇,建议豪威尔斯也读一读左拉的新作。

我一直在看都德、龚古尔和左拉写的东西。现在对我来说,没有什么比这小团体的努力和实验更有趣了,他们在艺术、形式、方式上有着真正无与伦比的智慧——他们强烈的艺术生活。今天,他们做的是我唯一尊重的工作;尽管他们极端悲观,他们处理不干净的东西,但他们至少是严肃和诚实的。在我看来,温和的肥皂水以小说的名义在英国被吐了出来,相比之下,对我们的种族来说,似乎没有什么荣誉可言。我这么说是因为我认为你是伟大的美国博物学家。我认为你走得还不够远,你被浪漫的幽灵所困扰,有一种人为掩饰的倾向;但你走的路子是对的,我希望你在这方面不断取得成功——从你的《美国威尼斯人》开始——尽管从你告诉我的情况来看,我有点担心他会有某种“光彩”。不过,我并不是要用这一点来责备你,我的性格总是有这样的缺陷;缺陷太多——实在太多了。但我是个失败者!——相对而言。读读左拉的最新作品:《生活的乐趣》(*La*

① ANESKO M. Letters, fictions, lives: Henry James and William Dean Howells[M]. New York: Oxford University Press, 1997: 238-239.

Joie de Vivre)。这个标题当然带有绝望的讽刺意味;但作品扎实和认真,令人钦佩。[1]

显然,这一时期詹姆斯遵循的是以左拉为代表的法国自然主义文学流派的表现手法,但他在实际创作中更关注社会和政治问题,作品的基调和主题思想更接近都德的小说。他写作的特点以中短篇为主,选择的是一种更适合表达他的艺术观的叙事方法,进行多方面、多维度的创新实验。但这些作品并不被当时的评论界所看好,也没有得到读者的认可,销量一路低迷。于是,他便尝试戏剧艺术的创作。结果,他的几部剧本都没获得太大的成功。1894 年 12 月 13 日,豪威尔斯在写给詹姆斯的信中,提到他过去的戏剧梦想,希望他全力投入小说的创作之中。

我渴望见到你,谈谈我们共同拥有的一切。我很高兴你的舞台梦已经过去,我希望你现在可以全身心地投入到小说中去;不要放弃你创造的,或者至少是清理出来的国际领域。你塑造的英国的人物超越了所有的英国人,但你自己的男同胞和女同胞中却没有某种类型的人接近你。[2]

在希望被搁置多年之后,1895 年 1 月终于迎来《盖伊 · 多姆维尔》(*Guy Domville*)首演。意想不到的是,在演出现场满怀期待的詹姆斯却遭到无情的嘲笑,于是在一片喧闹声中匆匆离开剧院。为了彻底脱离戏剧舞台,他重新投身于小说艺术。“现在我确实可以做我一生的工作了,”他在笔记中吐露心声,“我会的。”[3]然而,令人心灰意冷的戏剧实践却为他后来的小说创作打下了坚实的基础,新颖的戏剧手法、灵活的场景布局以及生动的人物对话成为小说艺术创新不可多得的技巧。

1895 年 1 月 22 日,詹姆斯写信给豪威尔斯,诉说自己在小说创作中遇到了前所未有的困扰,在此关键时刻,豪威尔斯伸出援助之手,鼓励他继续创作,指导他摆脱困境。

---

① ANESKO M. Letters, fictions, lives: Henry James and William Dean Howells[M]. New York: Oxford University Press, 1997: 241-243.

② ANESKO M. Letters, fictions, lives: Henry James and William Dean Howells[M]. New York: Oxford University Press, 1997: 296.

③ JAMES H. The complete notebooks of HenryJames[M]. New York: Oxford University Press, 1987: 109.

> 你同情地指出了问题所在,说出了我的心声。我觉得,在过去很长一段时间里,我陷入了不幸的日子——一个人,任何地方或任何人,最不需要的每一种迹象或象征,如此彻底地失败了。新的一代,我不认识,也不重视,已经普遍拥有了。完全脱离现实的感觉让我很沮丧,我问自己未来会怎样。是所有这些忧郁确实都被一种救赎性的反思所限定——那就是我在过去的一段时间里(出于非常合乎逻辑的原因,但又是偶然的和暂时的),感觉我过去一直创作的东西是多么的渺小。我确实对自己说过"再创作——创作;创作比以往更好的东西,一切都会好起来";就目前而言,这是一种寄托。但自从你说过这句话,它对我来说意义更大,因为它实际上是你令人钦佩地说的话。此外,这正是我想令人钦佩地做的事——一直以来,我的意思是,大约在这个时候开始行动。然而,整个事情代表了我生活中的一个巨大变化,因为显而易见,期刊出版几乎对我关闭了——我是这个国家或美国的杂志最不想要的人。①

幸运的是,有豪威尔斯在那里帮助他,特别是在如何最好地营销他的作品的策略方面,豪威尔斯已经成为专家,凭借实际的需要和超强的能力,他从一家杂志到另一家杂志,从一家出版商到另一家出版商。豪威尔斯离开《大西洋月刊》后,先是詹姆·R.奥斯古德(James R. Osgood),然后是哈泼兄弟(Harper brothers),"垄断"(monopolize)了作家詹姆斯,付给他丰厚的年薪,以换取他出版作品的第一选择权,规定他每年至少创作一部长篇小说。豪威尔斯是一个从来不在工作中退缩的人,他严格履行合同条款,守时、多产。

詹姆斯和豪威尔斯是一对患难相恤的朋友。在探索文学艺术创作的道路上相互帮助和支持,共同谋求事业的发展。1886 年 6 月 19 日,詹姆斯在《哈泼斯周刊》(*Harper's Weekly*)上发表文章"论威廉·迪恩·豪威尔斯"②,评论豪威尔斯的艺术创作,称赞他的文学事业正在从成功走向更大的成功,发展的前景会越来越好。

> 在艺术领域,知道一个人想要做什么应该是一种罕见的特质,这种情况很奇特;但无可争辩的是,正如我们在英美小说中看到的那样,我们并

---

① ANESKO M. Letters, fictions, lives: Henry James and William Dean Howells[M]. New York: Oxford University Press, 1997: 298.

② JAMES H. William Dean Howells[J]. Harper's Weekly, 1886, 30 (19): 394-395.

没有看到任何充满活力的显著案例。没有讨论如何最好地写作这个重大问题，没有思想交流，没有活力，也没有各种各样的实验。可以清楚地说，豪威尔斯先生拥有一种充满活力的信仰，但他却毫不掩饰，以至于为那些急于证明这是错误的信仰的人提供了一切便利。他对生活中常见的、直接的、熟悉的、庸俗的元素的热爱使他充满活力，并认为当进入稀有和陌生的事物时，我们就会变得模糊和武断；总而言之，只有在我们有能力去检验和衡量它的时候，表象的真理才能实现。他认为几乎没有什么太微不足道而成为没有意思的东西，渺小和庸俗的东西都被严重忽视了，他宁愿看到他每天偶然遇到的情感或性格的准确描述，也不愿看到一种激情或一种他从未见过、甚至不是特别相信的类型的精彩再现。①

1888年1月2日，詹姆斯写信给豪威尔斯，阐明自己在创作过程中所遭遇的困境，希望得到朋友的建议和指导，而豪威尔斯正是那个为他指点迷津，帮他打破魔咒的人。

你的文学才华让我叹为观止——你写得那么多，那么好。我觉得自己仿佛是一只棕色的小蜗牛，爬行在一只羚羊的背后。让我希望你本应该尽量享受自己的工作——磨难不会超过不可避免的程度（从一个人真正尝试做任何事情的那一刻起）。当然，从你丰富的页面上，人们永远也猜不到。我多么希望能和你进行一次长时间的私人谈话，来度过这个孤独的新年。我对很多事情感到困扰，我认为（或者更确切地说，我确信）你可以给我很多建议和指导。我走进了不幸的日子——但这是说给你私下听的。这听起来有点不祥，但这只意味着，我仍然在我的最后两部小说《波士顿人》和《卡萨玛西玛公主》对我的处境造成神秘的、（对我来说）无法解释的伤害下蹒跚而行，我对它们期望很高，但得到的却很少。他们已经把我的作品的欲望和需求降到零——我的判断是，尽管我在过去的一段时间里写了许多优秀的短篇作品，但我仍然无法出版。编辑们把它们保留下来，几个月甚至几年，好像他们为它们感到羞耻，而我显然注定要永远沉默。在美国，你一定对各种事情的原因（今天的这类）了如指掌，如果我能在炉边和你聊一会儿，我就会努力从你那里找出某种打破魔咒的

① ANESKO M. Letters, fictions, lives: Henry James and William Dean Howells[M]. New York: Oxford University Press, 1997: 253.

秘诀。①

然而，正如其作品中的人物塞拉斯·拉帕姆（Silas Lapham）的好运一样②，豪威尔斯的安全也被证明是靠不住的。一种隐约的绝望感笼罩着作家，即使他享受着来之不易的文学声誉的成果也难以幸免。在一个被劳工暴力玷污的公共领域，工业资本主义不受约束的力量似乎正在腐蚀美国民主的社会基础。更隐秘但同样令人痛心的是，疾病和心理创伤困扰着他的家人，引发了一场痛苦和昂贵的诊断、治疗和治愈——最终没有一项被证明是有效的。1889年3月3日，在豪威尔斯52岁生日两天之后，他的大女儿威妮弗雷德（Winifred）突发心脏停搏（cardiac arrest）而死亡。1889年3月20日，詹姆斯得知这一噩耗后立即写信，表达对豪威尔斯夫妇的慰问。

> 今天早上我从年轻的巴莱斯蒂尔（Balestier）那里听到：你和你的妻子遭受了巨大的悲痛和打击。我不想跟你谈这件事，我只是向你们表示深切的慰唁。谈到死亡，我总忍不住要说些什么——我认为死亡与生命相比是如此亲切——这是我们唯一能与之相比的东西。我记得你那严肃而温柔的小威妮（Winnie），也许比你今天的任何一个朋友都要遥远——那是在萨克拉门托的岁月，那是无法想象日后痛苦的童年。后来的痛苦我从来没有冒险跟你说过——它们是无法倾诉的——我知道它们对你来说是永恒的痛苦之源。当一个男人失去一个心爱的孩子时，他身上最温柔的一切都会被无限地撕裂。然而，我希望你们俩从如此多的痛苦中完全解脱出来，都能拥有一种快乐。③

在豪威尔斯的小说《新财富的危害》（*A Hazard of New Fortunes*，1890）的结尾处，一名警察的子弹穿透了康拉德·德莱福斯（Conrad Dryfoos）的心脏，当时他试图庇护身体残废但仍目中无人的激进分子林道（Lindau）免受罢工者的袭击。独子的死亡几乎让铁石心肠的德莱福斯老人心都碎了，他一向嘲笑康拉德对自由主义基督教的同情；但这部小说固执地拒绝肯定道德转变不可避免的前景。不确定性

---

① ANESKO M. Letters, fictions, lives: Henry James and William Dean Howells[M]. New York: Oxford University Press, 1997: 265-266.

② HOWELLS W D. The rise of Silas Lapham[M]. Boston: Ticknor, 1885.

③ ANESKO M. Letters, fictions, lives: Henry James and William Dean Howells[M]. New York: Oxford University Press, 1997: 273.

取代了旧的真理。同样的，豪威尔斯也失去了亲人，他再也不能在进步的必然性或天赐的美国历史观中寻求庇护。

19 世纪 80 年代后期，资本主义社会动荡不安，豪威尔斯认为“竞争的资本主义”已不能令人满意，“应代之以社会主义”。在这种思想的指导下，他写了长篇小说《新财富的危害》（*A Hazard of New Fortunes*，1890），描写一家杂志的“社会主义者”与华尔街老板在对待工运问题上的“观点上的分歧”。1890 年 5 月 17 日，詹姆斯写信给豪威尔斯，表达阅读《新财富的危害》之后的感受，他认为小说中的主人公康拉德·德莱福斯（Conrad Dryfoos）是豪威尔斯目前塑造的最好的人物，这是一个“新的开端”（a fresh start）。詹姆斯把小说家形象地比作“一扇特定的窗户”（a particular window），透过窗户让读者观赏到真实的景致。①

> 刚刚发生的事情是，我一直在阅读《新财富的危害》（我承认我很想给你改书名），它让我欣喜若狂。我记得上次我来意大利的时候（或者差不多），我把你刚出版的《莱缪尔·巴克》（*Lemuel Barker*）带到火车上读，让它把我极其专业的目光从最喧嚣的美丽的写作方式上转移开，我想就从这个地方给你写信，描写我想到的所有的美好和奇迹。因此，我有一个很好的先例，现在，在完全类似的情况下（除了本书是一个更大的壮举），对我心醉的和满意的感觉来说，《新财富的危害》简直是惊人的。就在我离开伦敦之前，我读了第一卷——而第二卷，我在维多利亚上火车的那一刻便开始读，这使我非常希望去贝尔的旅程能持续更长时间。我无拘无束地向你祝贺，亲爱的豪威尔斯，并向你保证——不管那件徒劳无功的事值不值得——对我来说，你从来都没有做过如此彻底的好事。②

1898 年，当美国对西班牙宣战时，政治家们高调宣扬自由，但豪威尔斯怀疑他们的语言只是掩盖了对帝国征服的危险欲望。报纸普遍宣称，这场战争是一场摩尼教式的斗争（Manichaean struggle），是强大的民主和衰落的君主之间的斗争，是新世界和旧世界之间的斗争；豪威尔斯私下里哀叹，在一场关于储煤站的战斗中，有如此多的流血事件发生。1898 年 4 月 17 日，在豪威尔斯写给詹姆斯的信中，谈到美国对西班牙战争所带来的影响。

---

① ANESKO M. Letters, fictions, lives: Henry James and William Dean Howells[M]. New York: Oxford University Press, 1997: 276.

② ANESKO M. Letters, fictions, lives: Henry James and William Dean Howells[M]. New York: Oxford University Press, 1997: 275.

> 当然,我被一个善良、明智的国家所想象的最愚蠢、最无缘无故的战争的噪音弄得心烦意乱。如果还有比左拉审判更糟糕的事,那就是我们对西班牙的所作所为。但很可能会以谈判告终;参议院和众议院陷入僵局,现在有机会重新讲道理了。奇怪的是,除了报纸和政客,没有人想要战争。它会使一切美好的事业倒退,天知道什么时候人们还会想再读小说;一份鼓吹侵略主义的杂志有趣地承诺,如果战争来临,公众可以从我的报纸上得到救济。①

1898年5月4日,詹姆斯在写信给豪威尔斯时,回应了他对西班牙战争的看法。爱好和平、反对战争,追求文学艺术事业的繁荣和发展,是两位小说家的共识。

> 你4月中旬那封令人愉快的来信似乎把我牢牢地吸引住了——尤其是我看到,自从你写信以来,发生的可怕的事件几乎一致地影响了我——在这里,尽管有马尼拉——但更重要的是——它使一个人的生活成为挥之不去的噩梦。②当然,我在这里不是随便说的,但我讨厌和厌恶战争,对可怜的、骄傲的、勇敢的、破败的西班牙有一种不可磨灭的同情和柔情。在欧洲,西班牙是如此无害、高雅、便利和浪漫,她的所有的毁灭和她的趣味,她迷人的小男孩国王和可爱的、英勇的、令人钦佩的摄政女王,是如此具有吸引力和不可抗拒性。③

动荡的时局直接影响到作者的文学创作,或许表现得不那么愤世嫉俗,豪威尔斯19世纪90年代的小说就表达了一种混乱的情绪。他先后创作了内心的悲伤和内疚小说《梦想的阴影》(*The Shadow of a Dream*, 1891)、《慈悲的品德》(*The Quality of Mercy*, 1892),对国家社会目标的外在不满小说《来自奥特鲁里亚的旅客》(*A*

① ANESKO M. Letters, fictions, lives: Henry James and William Dean Howells[M]. New York: Oxford University Press, 1997: 307-308.

② 1898年5月1日,美国国会宣布对西班牙战争还不到一周,乔治·杜威准将(Commodore George Dewey)带领美国海军舰队进入马尼拉湾,摧毁了停泊在那里的整个西班牙太平洋舰队。西班牙和菲律宾军队伤亡惨重,而美国只有7名海军受伤。马尼拉市直到8月份才被军队占领。

③ ANESKO M. Letters, fictions, lives: Henry James and William Dean Howells[M]. New York: Oxford University Press, 1997: 308-309.

Traveller from Altruria，1894)，以及对步入中年的无限怀旧小说《狮子头上的地主》(*The Landlord at Lion's Head*，1897)等。

在两位作家的文学生涯中，他们不断地与命运进行抗争，对他们来说最大的精神支柱莫过于对小说艺术的追求。苦难的人生加深了彼此的了解和友情，而当他们的生命以死亡为标志，他们的事业以失望为标志时，豪威尔斯和詹姆斯都发现友谊的慰藉更为珍贵。

三、高雅的艺术创作，多变的文学市场

随着他们走向成熟，豪威尔斯和詹姆斯必须重新适应迅速变化的文学市场(literary marketplace)。经过数十年的排斥之后，美国终于在1891年与英国签署了一项版权协议，结束了英国小说在美国大规模盗版的局面，这使得许多公司(包括哈泼兄弟)一直处于盈利状态。19世纪90年代还见证了真正的大众市场杂志的激增，极大地增加了手稿的销售渠道，但也对其施加了新的限制。这种"流行"的格式设计成本低廉，便于阅读和快速消费，要求简洁明了——尤其是詹姆斯很少能达到的品质。1899年9月25日，詹姆斯写信给豪威尔斯，谈到他对感兴趣的小说主题的发挥，字数已远远超过了预期的要求。

> 事情是这样的：我发现这个主题还有很多可讲的，比它最初给我的印象更奇妙、更丰富，总之，它在我的手上变得越来越丰满。这使得它比预期的7万字长了很多——恐怕激起了编辑和出版商的反感；至少我从来没有收到过他们的来信，完全没有：所以从那以后，我一直坐在黑暗中，怀着一种可怕的感觉，觉得你给我的机会失败了(仿佛我又回到了25岁)。……我在简化上做了很多工作——试着重新学习写"短篇小说"(short stories)，就像在过去的"银河"(galaxy)时代一样。问题是，现在没有任何期刊会接受像"最不寻常的案例"(the extraordinary case)那样长的篇幅，多年后，你对它的赞美之词深深地打动了我。对于成熟的人来说(毫无疑问，25岁就能做到)，用5000字表达自己的成熟是一种令人作呕的努力。[1]

---

[1] ANESKO M. Letters, fictions, lives: Henry James and William Dean Howells[M]. New York: Oxford University Press, 1997: 351-352.

显然,"5000 字的故事"成了他在编辑上的死敌。为了帮助撰写故事,与白领专业人士谈判,詹姆斯聘请了一名文学经纪人(literary agent),他现在很少直接接触这些人。1900 年 8 月 9 日和 14 日,詹姆斯在写给豪威尔斯的信中,再次诉说了压缩短篇小说字数的苦衷,对他来说,要在一定的长度范围内完成"恐怖故事"(tale of terror),明显有点强人所难。

> 我尽可能地听从你的建议,一个很小的"恐怖故事"也应该是国际性的,我再次直截了当地接受了我在几个月前跟你说过的想法,我已经着手处理,但由于各种原因,我把它搁置了。我又一次以一种简化的方式对它进行了猛烈的攻击,这样做会使它变得更容易些,因此,没有打印页面。然而,其结果是,虽然这第二次开始,如果我——或者你——喜欢恢宏的作品,它让我面对长度的困扰;但故事太过生动了,我担心,无论如何压缩,我都不可能把主题压缩成 5 万字。即使它没有打败我,也会让我很难堪,7 万或 8 万字——说得很可怕;在我看来,这是对我们所说的"风险"成分的过度补充。[①]

文学市场的冲击波及詹姆斯的小说创作,使他不能过多地兼顾自己的艺术品位和兴趣爱好,有时只能迎合大众化的通俗需求。由于与哈泼的长期联系(该公司在 1900 年破产重组后续约),豪威尔斯有更多特权进入他们的杂志;但即便是他有这样的便利条件,也无法免受新的竞争压力的影响。除了《罗亚尔·兰布里斯之子》(*The Son of Royal Langbrith*, 1904),他后来的小说都没有在哈泼期刊上连载。旅行文章、简短的文学和社会评论专栏构成了他余生为杂志撰稿的主要内容。

在朋友的慷慨建议和帮助下,詹姆斯于 1904 年安排返回美国,这是 21 年来的第一次。得益于豪威尔斯 1899 年在演讲平台上的经验,他也在全国各地进行巡回演讲,以"巴尔扎克的教训"(The Lesson of Balzac)为主题为妇女俱乐部演讲,以支付旅行的费用。1905 年 3 月 1 日,詹姆斯在写给豪威尔斯的信中,畅谈这次返美期间令人满意的头二次演讲及其近期安排。

> 所以,如果我没有或多或少地听从你关于准备一个演讲主题的建议,我真的会是一只跛脚鸭。这个建议对我来说是祝福,因为它帮助我渡过

① ANESKO M. Letters, fictions, lives: Henry James and William Dean Howells[M]. New York: Oxford University Press, 1997: 358-359.

> 难关。如果没有它，我真的觉得我会崩溃。这并不是说我经常读这些东西（我称之为“巴尔扎克的教训”，这似乎符合它的目的），因为到目前为止我只有两次置身其中——两次都是在费城，第二次是在布林莫尔学院；但结果是卓有成效的，我现在要在西部的三四个城市重复这个题目。它使旅行成为可能，简而言之，我发现我可以做到：尽管只有几次，而且费用相当高。①

詹姆斯的返美之旅获得了丰厚的回报。除了在全美各高校讲授巴尔扎克等法国作家及其作品，他还在《北美评论》（*North American Review*）、《哈泼斯》（*Harper's*）、《纽约书评》（*New York Review of Books*）等著名文学刊物上发表一系列文学评论和杂文。他的《美国景象》（*The American Scene*）于1905年至1906年陆续在《北美评论》等杂志连载，之后集结成书出版。《美国景象》（*The American Scene*）真实地记录了他1904至1905年在美国的见闻和感想，严厉抨击了美国在世纪之交存在的一些道德风尚、伦理观念和价值追求，大胆揭示了一些有关社会、种族、政治等方面的问题，就一些热门的话题发表了颇有见地的观点，引起了广泛的关注和评论。在詹姆斯回到英国之前，他和豪威尔斯在基特里角（Kittery Point）度过了几天难忘的时光，那里有一个海滨别墅为纽约的夏天提供了喘息的机会。1906年9月13日，詹姆斯在写给豪威尔斯的信中说：

> 重拾新鲜感是很困难的，但我们生活在一个又一个被赐予的奇迹中（我认为，至少在写作中是这样）。你的英语精粹永远吸引着我，我惊叹于你如此省力的征服，竟能在这么短的时间内收获这么多金黄的稻穗。我不知道你是否想回来——就像我明显而反常地想回去——回到基特里角。我觉得基特里角很亲切。我浪漫地重温了那两天的每一个小时，烤箱和冰山形成鲜明对比的效果。我的旧伤口又痛了——我指的是我的旧蚊子叮咬处发痒——因为我又有了新的渴望。②

詹姆斯在美国期间，他的经纪人詹姆斯·B. 平克（James B. Pinker）前来帮助协商作家作品集的条款。豪威尔斯再次提供了一个重要的先例，因为他也一直在

---

① ANESKO M. Letters, fictions, lives: Henry James and William Dean Howells[M]. New York: Oxford University Press, 1997: 412.

② ANESKO M. Letters, fictions, lives: Henry James and William Dean Howells[M]. New York: Oxford University Press, 1997: 416.

努力巩固自己的作品和声誉。随着出版变得越来越短暂,这是因为书籍是一种季节性商品所造成的,出版合集的巨大成就似乎肯定了一位作家独特的文学才华,并为默默无闻的后人提供了一种保护。由于两人都在相互竞争的出版商之间发行自己的作品,确保这些竞争对手的合作是作者面临的主要障碍。在平克的帮助下(也因为他的工作通常是无报酬的),詹姆斯取得了成功;在作者修改了他早期小说的大部分内容,并为每一部(篇)主要作品都撰写了重要的序言之后,斯克里布纳的"纽约版"(New York Edition)二十四卷本《亨利·詹姆斯作品选集》(*The Novels and Tales of Henry James*)最终成为现实(1907—1909)。1908 年 3 月 10 日,詹姆斯在写给豪威尔斯的信中说:

> 然而,这样的问题对我来说真的消失了,我现在坐了几个月,这几乎是以前从未有过的,因为我的二十四卷本中涉及了真正不可估量的劳动:我一直以这种方式处理这些问题,这绝对把其他一切都推向了绝境。①

编辑出版"纽约版"二十四卷本《亨利·詹姆斯作品选集》的工作,是詹姆斯亲力亲为才得以完成的。在他撰写的序言中,詹姆斯追溯了每一部小说从酝酿到写作的艰辛过程,并对小说的创作方法进行了严肃深入地探讨。这些序言既是他创作经历的审美回忆,又是他在实践中对文学理论的最佳总结,充分体现了他在文学艺术上所取得的突出成就。1908 年 8 月 17 日,詹姆斯在写给豪威尔斯的信中,详细阐述了"纽约版"二十四卷本作品的选编内容和自己的创作理念。

> 尽管如此,它们还是应该汇集在一起,形成一种综合手册或常备手册,供我们这个艰苦职业的有志者使用。不过,我还需要很长时间才能把它们收集起来,并为它们作一个最后的序言。我就再也不用写序言了。至于版本本身,让我感到有点苦恼的是,我不得不省略一些文本以实现更生动、完整的内容。我一点也不后悔我从深层次的偏好和设计中忽略了很多东西;但我做了一些因为空间不足和二十三卷的严格要求而被排挤出来的事情,而且只有二十三卷,这是我能够与斯克里布纳解决问题的条件。二十三卷本看起来确实是一个相当明显的阵列——但我推测,对于某些明显的遗漏,可能还需要有一些补充卷;总的来说,这样做不利于一

---

① ANESKO M. Letters, fictions, lives: Henry James and William Dean Howells[M]. New York: Oxford University Press, 1997: 421.

> 个人对自己的作品进行一个完全公开的全面展示。我祈祷上帝，只有这些，没有序言！此外，我甚至有一种模糊的想法，即通过大量的努力和删减，重新引入那些过于分散，但不知何故我觉得，还算充实而美好的"波士顿人"，那是近四分之一个世纪以前的故事；即使对我的这种非常严格的耐心来说，这部作品也从来没有得到过任何公正的评价。但是，毫无疑问，这需要大量巧妙的重做——而现在，我没有勇气和时间去接触和重新接触它这样可怕的事情。同时我也感受到了连载在商业上受到了如此彻底的影响。[①]

具有讽刺意味的是，虽然豪威尔斯的文学作品仍然富有价值，他却遭受了失败的考验。哈泼在1911年出版了六卷漂亮的图书版，预计需要三十五卷才能完成全套；但是，当它无法获得霍顿·米夫林（Houghton Mifflin）出版社的许可，当重印作者仍然很受欢迎的早期作品时，这个计划突然停止了。

豪威尔斯看到这种命运的逆转已经有一段时间了。他一直是詹姆斯的推动者，惊叹于他的朋友不断演变的形式和完善的风格，他继续撰写一系列赞赏性的文章以表认可和支持。豪威尔斯知道年轻一代的作家是从詹姆斯那里而不是从他那里获得灵感，他承认自己的职业生涯的可能不会比19世纪更长久。在灵魂的黑暗之夜，他向詹姆斯坦白，他的许多纪念荣誉似乎都是虚假的和不相配的。詹姆斯勇敢地回答了这些反对意见，最感人的是，在1912年泰斗75岁生日之际，他最后一次以公开信的形式向豪威尔斯致敬。[②]

> 你对我的恩情始于近半个世纪前，以一种最个人化的方式开始，然后随着你令人钦佩的成长而不断增长——但始终植根于早期的亲密利益。这种利益就是，在我开始写作的时候，你向我伸出了编辑之手——我特别提到了1866年的夏天——带着一种热情好客的坦率和甜蜜，这真的成就了我，成就了我需要帮助和同情的信心，否则，我认为，我应该会在很长一段时间里迷失方向，跌跌撞撞，一无所获。你给我指路，给我开门，你给我写信，承认自己被我打动了——我从未忘记那种美妙的兴奋感。你立刻出版了我的作品，最重要的是，你以惊人的速度给了我报酬；我的感觉棒

① ANESKO M. Letters, fictions, lives: Henry James and William Dean Howells[M]. New York: Oxford University Press, 1997: 426.

② JAMES H. A letter to Mr. Howells[J]. North American Review, 1912, 195(4): 558-562.

> 极了，从那以后，再也没有什么能达到这样的境界。更重要的是，你用同情为我加油，这本身就是一种鼓舞。我的意思是，你对我说话、听我说话——总是那么耐心、那么亲切、那么富于暗示性地与我交谈和交往。这使我无法抗拒地爱上了你，使你成为我认识的最有趣的人——我陶醉于这种令人着迷的感觉，我最好的朋友是一名编辑，一名几乎永不满足的编辑，这样一个可爱的人是我自己的一种财产。①

1912年4月，发表在《北美评论》的这封写给豪威尔斯的公开信中，詹姆斯感激豪威尔斯向他伸出编辑之手，帮助和支持他成就了自己的文学事业；同时，肯定了豪威尔斯作为编辑卓越的艺术才华、文学创作上所取得的杰出成就及其对美国现实主义小说的发展所作出的积极贡献，热情地鼓励他为选定的文学事业继续奋斗。

文学史没有那么仁慈，或许也没有那么敏锐。"我主要希望记录在案的是，"詹姆斯劝慰豪威尔斯，"我感觉到你身上有一种经久不衰的、确凿不移的真理，它将使你永远不会被忽视。"②正如一些学者预言，研究美国文化的现代学生忽视豪威尔斯只会陷入危险境地，因为如果他们多加留意的话，他们仍然可以像詹姆斯一样欣赏他的作品，在那里发现"我们整个民主的明暗和取舍的精妙记录"，这使他的小说成为"顶级纪录片"（the highest degree documentary）。③詹姆斯的作品展示了不同的美德——很可能是更好的美德——但他与豪威尔斯之间的友谊，他们书信的"取舍"（give and take），不应该被忽视。

1916年1月26日，詹姆斯临终前收到豪威尔斯寄来的最后一封信，言语之中充满了关切和爱护，字句之间包含着以割舍的离别之苦和生死之痛。尽管豪威尔斯比詹姆斯年长很多，但在很多事情上总是愿意把他当作"前辈"（senior）看待，足见对小说家詹姆斯的热爱和敬重。从两人具有代表性的通信之中，我们能真切地感受到大师与泰斗延续一生的深情和友谊。

> 我希望这能使你从伤痛中恢复过来，这对我们所有爱你的人来说都

---

① ANESKO M. Letters, fictions, lives: Henry James and William Dean Howells[M]. New York: Oxford University Press, 1997: 450-451.

② ANESKO M. Letters, fictions, lives: Henry James and William Dean Howells[M]. New York: Oxford University Press, 1997: 453.

③ ANESKO M. Letters, fictions, lives: Henry James and William Dean Howells[M]. New York: Oxford University Press, 1997: 452.

是一种悲伤。对我来说，这个消息使我万分伤心，我不知道该如何向你表示我的同情。虽然我很少给你写信，但你可以肯定，你生活中的任何事件或情况，我没有不注意到的，尤其是在上帝的盛怒（God's wrath）这个关键时候，当你被如此深深打动和感动的时候。我比你大得多，很快就 80 岁了。但不知怎么的，在很多重要的事情上，我总是把你看作我的前辈。你为勇敢和美丽的事物伟大而高尚地活着，你的名字和名声对所有尊重这些事物的人来说都是珍贵的。[①]

小　结

在两人现存的书信中，豪威尔斯的书信数量明显少于詹姆斯，但这种一边倒的记录并没有使他处于劣势。根据传记作家里昂·埃德尔（Leon Edel）的记述，大师的壁炉是他最喜欢存放信件的地方；典型的做法是，他一旦回复了就把来信销毁。至少有两次，他冷酷无情地用篝火焚烧了其他人寄来的物品。出乎预料的是，詹姆斯保存的豪威尔斯的书信数量却远远多于其他普通的通信人，足见两人的关系非同一般。相反，豪威尔斯则完整地保留了一系列詹姆斯的书信。当詹姆斯的继承人最终同意珀西·卢伯克（Percy Lubbock）收集作家的书信第一版——两卷本《亨利·詹姆斯书信集》（*The Letters of Henry James*，1920）时，豪威尔斯急切地表示支持。他向詹姆斯的家人保证，"我把所有的东西都保留下来了，肯定有几千页"。并在附言中补充说："我很高兴这些信件将被允许讲述 H. J. 的生平。"[②]虽然豪威尔斯可能高估了他的真实收藏，但是这些书信在深度、持久性和文学意义上都是独一无二的。

在通信的过程中，两人都不时抱怨写信的必要性。书信似乎无法消除痛苦、减

① ANESKO M. Letters，fictions，lives：Henry James and William Dean Howells[M]. New York：Oxford University Press，1997：463-465.

② ANESKO M. Prologue of Letters，fictions，lives：Henry James and William Dean Howells[M]. New York：Oxford University Press，1997：viii-ix.

缓压力、摆脱困境。詹姆斯曾在写给豪威尔斯的信中哀叹,“上帝知道这是不可能的”[①]。但他还是坚持了下来,以书信的力量支撑着他自己,这种力量在我们这个电话时代似乎是不可思议的。在大师一生浩繁的通信中,他写给豪威尔斯的那部分是最出色的,也是最有价值的。即使是偶尔的笔记,在匆忙的时刻匆匆写下,也闪烁着过人的机智和独特的风格——这就是为什么它们被精心保存下来的原因。

詹姆斯和豪威尔斯研究的至关重要的一个方面就是,他们之间个人和职业关系形成的复杂的文学友谊。小说家兼批评家乔治·摩尔(George Moore, 1852—1933)曾说过一句颇具讽刺意义的俏皮话:“亨利·詹姆斯去法国,读了屠格涅夫”,而“豪威尔斯待在国内,读了亨利·詹姆斯”[②]。这句话有一种隐含的影响逻辑,认为世界主义者詹姆斯从他的欧洲同代人那里学到的小说艺术比他从离家更近的地方获得的要多得多。事实上,如果说詹姆斯去法国读屠格涅夫,他同样也会读豪威尔斯的作品,并对这位作家文学生涯的复杂演变保持着异乎寻常的关注。从1865至1881年,豪威尔斯先后担任当时美国颇具影响力的《大西洋月刊》(*Atlantic Monthly*)和《哈泼斯》(*Harper's*)杂志的编辑。他的命运与这些刊物直接相关,高档次的编辑级别成为他文学攀登的阶梯,从这个阶梯他得以经常向詹姆斯伸出援助之手。带着不同程度的兴趣、好奇甚至嫉妒,两人都跟随对方试探性地向独立的作家专业化方向进展。在当时的历史背景下,两人都无法在他们共处的竞争激烈的文学市场中找到安全感。豪威尔斯和詹姆斯被一种更像资产阶级而非波西米亚人的躁动所困扰,他们只能四处游荡——只能拼命写作。在早期的职业生涯中,豪威尔斯和詹姆斯的影响是相互的。我们不仅要看到豪威尔斯对詹姆斯的早期影响,而且要看到詹姆斯对豪威尔斯的影响。他们后期文学事业的发展不仅体现在私人书信的字里行间,也体现在他们彼此评论作品的文本之中,这些评论文章实际上是他们所写的公开书信,为研究他们两人之间的关系提供了更完整的批评回应和互惠记录。因此,充分利用这些有价值的工具,从历史的角度分析和欣赏两人的书信作品和文学评论,可以进一步拓宽和加强我们对詹姆斯书信的整体把控和理解,更加富有成效地探索詹姆斯的书信艺术人生。

---

① ANESKO M. Letters, fictions, lives: Henry James and William Dean Howells[M]. New York: Oxford University Press, 1997: 354.

② MOORE G. Confessions of a young man[M]. Montreal: McGill-Queens University Press, 1972: 152.

第六章　詹姆斯与后生晚辈的通信

亨利·詹姆斯生前除了拥有众多的女性通信朋友，还有许多鲜为人知的男性通信朋友。他与这些男性和女性朋友之间有着十分复杂的关系，尤其是詹姆斯晚年时与几位“年轻人”的关系较为特殊。据悉，詹姆斯在遗嘱中给三位密友留下了各100英镑的财产。其中两位是男性，一位是女性。这两位接受遗赠的男性都是詹姆斯亲密的通信人，一位是盎格鲁-爱尔兰社交名流乔斯林·珀斯(Jocelyn Persse，1873—1943)，另一位是英国作家休·沃波尔(Hugh Walpole，1884—1941)。除此之外，詹姆斯还有两个特别值得提及的通信人，挪威出生的雕塑家亨德里克·安德森(Hendrik Andersen，1872—1940)和美国侨民霍华德·斯特吉斯(Howard Sturgis，1855—1920)。以上这四位通信人确实“年轻”，但其中三个人明显比詹姆斯年轻，这也让詹姆斯对他们产生了父爱般的温暖情怀。这些年轻人来自不同的行业，詹姆斯刻意和自觉地与他们一起创造了书信情感生活(epistolary love life)。可想而知，年轻的通信人对詹姆斯都拥有一种尊敬，甚至是一种崇拜，他们通常感觉到与伟大的小说家交往有一种比爱更酷的东西。而詹姆斯一向善待自己所爱的人，自从移居到拉伊小镇的“兰姆别墅”(Lamb House)，他能够享有更加自由的生活空间，经常在家中慷慨地招待客人，邀请朋友们共度周末，这些都是拥挤的伦敦世界里所缺乏的。他们之间的往来书信详尽记述了1897年以后开始建立或蓬勃发展起来的友好关系，是艺术和情感的双向投入，充分展现了詹姆斯的书信文体风格(epistolary style)，从一往情深到明显的亲密无间，从身体上的描写甚至到情欲上的表达，大量的书信内容曾经“秘而不宣”[①]，而现如今我们读者可以细心品读，一饱眼福。在欣赏大师的文学造诣和青年才俊的迷人魅力的同时，又不禁让人浮想联翩、疑窦丛生。从通信中所捕捉到的信息是，这些人与詹姆斯的关系似乎暧昧不明。难怪，这些书信被一些编辑界定为“情书”(love letters)，认为其内容往往接

---

① JAMES H. Dearly beloved friends: Henry James's letters to younger men[M]. Ann Arbor: University of Michigan Press, 2001: xi.

近于挑逗和情欲,但这些书信在这方面从未做过明确的表示。[1]

詹姆斯有许多年轻的男性朋友,他似乎很容易与这些晚辈后生相处。我们不禁要问,这些朋友对詹姆斯本人究竟有什么作用呢?事实上,他乐意结交男性同伴反映了19世纪末日益增长的同性社交状况和他所处的爱德华时期的文坛趋势。虽然他可能未与任何一个单身的伙伴建立亲密关系,但这些晚辈后生给他带来的人的多样性无疑滋养了他的生活和写作。首先,詹姆斯选择去拉伊小镇过乡村生活,这种准田园式的迁移远离尘嚣,孤独越来越成为他生活的基调,使充满激情的友谊显得愈发重要。随着死亡把同时代人的圈子拉得越来越小,他一生的工作似乎越来越注定要被遗忘,身心健康的衰退使他越来越没有安全感。休・沃波尔这样评价詹姆斯:"尽管他有朋友,他有艺术,他有从别人那里赢得的爱戴,但他很孤独。也许他并不比我们任何一个人孤独,但他对那种孤独的感受要比我们任何人都深刻得多。"[2]渴望得到真诚的友爱便成为詹姆斯晚年孤独生活中的一种必然。这便导致在詹姆斯的通信中会明显带有同性恋的元素,而他所尽力维持的多重情感关系在某种程度上也促成了他最后几部小说的真情描写。如果他自己没有真爱,那么他就不可能用如此巧妙的笔触来描绘激情。然而,詹姆斯与这些年轻人的关系变化无常、令人捉摸不定,它又不仅仅是基于感情,而是多种因素交织在一起产生的结果。在不同的时期,人们可以把詹姆斯解读为恭维、热情、父爱、指导和孤独的情感表达。诸如此类的关系很难被挤进现代西方对人类爱慕的分析中所产生的狭小空间。此外,早期对詹姆斯的人格构建是严苛、谨慎和不人道的。随着不同时期和不同版本的詹姆斯书信集的陆续出版,这种状况已经得到彻底的改变。系统研究詹姆斯的书信创作,全面分析詹姆斯的艺术人生,重构大师的完整形象已势在必行。这些书信充分证实了詹姆斯是一个非常热心的人,有时甚至是一个充满激情的人。

正是这位长者写给年轻人亲密而深情的书信让无数读者为之着迷。毫无疑问,詹姆斯的书信当初并不是要让第三方阅读的,而读者实际上处于偷窥者的地位。遗憾的是,这些收信人写给詹姆斯的信似乎没有一封留存下来,据说这些书信和其他数百封书信都被詹姆斯付之一炬,事情发生在1915年秋天,也就是他去世前几个月。此外,其中的一位收信人亨德利克・安德森,从未被当时的版权所有人允许发表他与大师的通信。越是不公开的书信,越能产生持久的魅力。从理性的

---

① JAMES H. Dearly beloved friends: Henry James's letters to younger men[M]. Ann Arbor: University of Michigan Press, 2001: xi.

② WALPOLE H. The apple trees: four reminiscences[M]. Waltham Saint Lawrence, Berkshire: Golden Cockerel, 1932: 61.

角度看，性别和恋情不应该是判断身份类别的依据。我们暂且不论“性取向”(sexual orientation)这个敏感话题。单纯从文学艺术和情感生活的视角，来看待一位良师益友对后生晚辈的体贴和关怀，去解读詹姆斯晚年与年轻人关系的本质，更具有实际意义。我们不妨透过以上这四位年轻后生初次见到大师到詹姆斯 1916 年去世之间的书信交流，来具体探寻詹姆斯和这些特定收信人之间关系发展的详细轨迹。

第一节　写给亨德里克·安德森的信

1899 年春天，亨利·詹姆斯第一次见到年轻的雕塑家亨德里克·安德森(Hendrik Andersen, 1872—1940)，当时是在来自纽波特(Newport)的小说家、艺术评论家莫德·豪·埃利奥特(Maud Howe Elliott)罗马的家里。她苏格兰出生的丈夫约翰·埃利奥特(John Elliott)是一位艺术家。莫德·埃利奥特经常举办沙龙，招待作家、艺术家和青年才俊。生于挪威在纽波特长大的安德森则符合最后两类人。埃利奥特夫人很快就接受了这位头发金黄、身材完美又富有才华的同乡，并给予他慈母般的关怀，同时也为她的沙龙添加一个生动美丽的音符。根据亨德里克的嫂子奥利维亚·库欣·安德森(Olivia Cushing Andersen)的描述，在 1896 至 1997 年，安德森“个子很高，身材颀长，肩膀宽大，非常迷人。他的脸上和身上的每一根线条都显露出他的敏捷，他的鹰钩鼻轮廓和嘴角都表现出他的果断。他的目光和举止没有丝毫犹豫，而其中显而易见的坦率很快吸引了很多人”[①]。这就是 27 岁“天真得令人动情的年轻人”对 56 岁的詹姆斯产生的影响。[②]奥利维亚坚持认为，尽管安德森在第一次见到詹姆斯的嫂子爱丽丝·豪·吉本斯·詹姆斯(Alice Howe Gibbens James)时也给她留下了同样深刻的印象，但男性比女性更能感受到安德森的魅力。

1902 年丈夫去世之后，奥利维亚便搬到罗马，与安德森和他的母亲一起生活了 14 年。她对这位雕塑家小叔子有深刻的了解，在一部未完成的传记中曾思索为

---

① JAMES H. Dearly beloved friends: Henry James's letters to younger men[M]. Ann Arbor: University of Michigan Press, 2001: 15.

② ELLIOTT M H. John Elliott: the story of an artist[M]. Boston: Houghton Mifflin, 1930: 113.

什么安德森“像磁铁一样吸引着这些人”：

> 在某些知识分子看来，年轻的知识分子具有一种特殊的诱惑力和吸引力，而这在他们的同代人或异性身上似乎找不到。当然，他们的交往自由自在，毫不妥协，而且身体和精神都是如此……交织在一起，以至于很难说这种吸引主要是身体上的还是精神上的。①

各种机缘的巧合，1899年春天，詹姆斯走进了莫德·埃利奥特家的客厅，也走进了亨德里克·安德森的生活。就这样，詹姆斯和安德森这对忘年之交邂逅，两颗志趣相投的心灵发生了历史性的碰撞。

一、别样的艺术情怀

1899年7月19日，詹姆斯给安德森写了第一封回信，见证了二人通信往来的正式开始，同时，也流露出大师宽厚的处世风格、高雅的生活品味和别样的艺术情怀。

> 你没有收到我的信一定感到很奇怪——大约十二天前我从意大利回来时看到了你的来信。但我认为最好还是等到你的盒子和里面珍贵的东西寄到后再给你回信——把它的消息和情况告诉你；这件喜事才刚刚发生。我在伦敦待了三四天，我不在的时候箱子就寄到了；我昨天回来的时候小心翼翼地把它拿到、拆卸，又万分谨慎地打开、取出。我很高兴地告诉你，这尊美丽的半身像，完好无损（包装精美），没有瑕疵或伤痕——甚至比在罗马时看着更让人着迷、更令人愉快。我非常高兴能拥有它——兹写信给我在伦敦的银行家，请求开出以罗马为付款人的面额为250美元的汇票，即50英镑。等汇票一到，立即寄给你。对于这件令人钦佩而又精美的作品，我觉得这个数目不算多。我把它安放在餐厅的壁炉上——一切都经过仔细斟酌，这是一个最适合的位置——它居高临下，有一个宽阔的底座，供奉在一个小壁龛里，当我在它前面坐下就餐时，我永远会把它作为我的挚爱伴侣和朋友。它充满活力，通达人情，富于同情，

---

① JAMES H. Dearly beloved friends：Henry James's letters to younger men[M]. Ann Arbor：University of Michigan Press，2001：16.

善于交际，充满好奇，我预见这将是一种终生的依恋。①

詹姆斯并不是被安德森对雕塑的喜好所吸引，后者倾向于雕塑巨型的裸体和不朽的公众人物，而对詹姆斯来说这种不懈地追求无异于狂妄自大。早在1899年8月19日，安德森第一次来到詹姆斯的住地兰姆别墅，尽管他们对于艺术创作的灵感持有完全不同的观点，但詹姆斯非常珍惜安德森的持久友谊，也非常注重自己作为赞助人在艺术上做出的承诺。从詹姆斯的第一封回信可以看出，他当时买下了安德森为阿尔贝托·贝维拉夸伯爵（Count Alberto Bevilacqua）塑造的一尊陶俑半身像，作为守护神把它放在兰姆别墅的餐厅里。詹姆斯很快便着手提升安德森的专业能力和个人兴趣，其中包括他越来越努力地劝阻安德森放弃那些具有纪念性的宏大计划。

安德森第一次见詹姆斯的嫂子爱丽丝·豪·吉本斯·詹姆斯（Alice Howe Gibbens James，1849—1922）是在1900年12月，第二年又见到了他的哥哥威廉·詹姆斯（William James，1842—1910），给两人留下了美好而深刻的印象。1901年7月1日，詹姆斯写信表达对安德森惦念和牵挂，送去诚挚的关怀和问候，并邀他到拉伊来做客。但信中也流露出对他的雕塑艺术不大认同的观点。

我对你的喷泉及其形状很感兴趣；但是，对于一个雕塑家来说，为一个庸俗、愚蠢的庞大群体工作是多么悲惨的命运啊，它沉迷于每一种丑恶而庸俗的行为之中，只会对洁净的、受祝福的裸体感到震惊！——荣誉的最后避难所！②

作为安德森的新赞助人，詹姆斯缺乏在巴黎艺术界深远的影响力，但作为兰姆别墅自豪的新主人，他却能在拉伊小镇为安德森提供最为安静和舒适的招待。这里可以作为他在炎热夏季里的一个北方度假地，作为他典型的快节奏工作的一个乡村休养地，作为他往返美国的一个方便的栖息地。也许最重要的是，詹姆斯在兰姆别墅给了他一个看似简单得多的家庭生活。因为在1902年以后，安德森是他酗酒的父亲在挪威的主要赡养者，同时也是一个复杂的罗马家庭的支柱。他拥有一个人口众多、不断变化的家庭，包括他的母亲，他的嫂子奥利维亚，偶尔有奥利维亚

---

① JAMES H. Dearly beloved friends：Henry James's letters to younger men[M]. Ann Arbor：University of Michigan Press，2001：24.

② JAMES H. Dearly beloved friends：Henry James's letters to younger men[M]. Ann Arbor：University of Michigan Press，2001：36.

的弟弟霍华德・库欣，他自己的兄弟亚瑟，以及陪伴他母亲的孤儿露西娅。这一切也许会使一个追求艺术梦想的年轻人不堪重负，他生活中需要一个放松心灵的场所，需要一个避风的港湾，需要一个倾诉衷肠的对象。

1899年9月7日，詹姆斯在信中表示愿意为安德森提供一个良好的工作环境，为这位年轻艺术家的长远未来做打算。

> 如果一切顺利的话，我完全有希望在这段时间里把这间画室打理得井井有条，当作一个个小小的艺术住所，好让你舒适地住进去。唉，拉伊不是充满雕塑艺术气息之地，也不是激发雕塑灵感之源——但从长远来看，它却对人类有益，对艺术家有益——我们对彼此有益；工作室对我们俩都有益。①

在他们建立友谊的前五年里，安德森每年都会接受詹姆斯的款待，之后只有过一次。1899年8月，在前往美国的途中，他第一次到兰姆别墅住了三天，并于1900年12月、1901年9月、1902年2月、1903年10月和1908年10月再次在此停留。而詹姆斯则于1907年6月又一次看望了在罗马的安德森。他们在1905年同时来到美国，两人得以在纽波特重聚。詹姆斯后来曾不止一次用极其温柔而又充满爱意的话语回忆起此事。

这些走访总是来去匆匆，无法让詹姆斯心满意足。然而，两人的通信并不那么短暂，从1899年7月19日到1915年3月16日，他们保持了将近16年的通信。詹姆斯频繁的来信中充满了好感与赞赏以及所需求的同情，安德森保存了这些书信，并于20世纪30年代试图出版未果。虽然安德森本人写给詹姆斯的信没有保存下来，但他与詹姆斯之间的关系并非完全出于猜测。从家庭成员之间的来往书信中，从亨德里克和奥利维亚的日记中，从亨德里克对詹姆斯回忆录的不断努力但最终失败的写作中，人们便可以理解安德森所感受到的这种特殊的感情维系的亲密关系。

1902年2月1日，安德森的哥哥安德烈亚斯(Andreas)因肺病去世，当时他与奥利维亚・库欣(Olivia Cushing)结婚还不到一个月。1902年2月9日，詹姆斯得知这个不幸消息，立即写信安慰安德森。这种失亲之痛，詹姆斯感同身受，关切和悲伤之情溢于言表，但确实又爱莫能助，只能趁安德森打算去美国之机，诚邀他顺

---

① JAMES H. Dearly beloved friends: Henry James's letters to younger men[M]. Ann Arbor: University of Michigan Press, 2001: 26.

道来英国拉伊小镇停留数日。书信情真意切,感人至深。

> 你的消息使我满心恐惧,不禁悲从中来,我不知该如何表达我的爱怜之情:它让我非常惦念你,急切地渴望靠近你,张开双臂拥抱你。一想到你独自一人,在那可恶、冷漠而又遥远的罗马古城,带着这种魂牵梦萦、令人沮丧、难以忍受的悲伤,我便顿感痛心疾首、心碎肺裂。我帮不了你,看不见你,无法与你交谈,无法抚慰你,无法紧紧地抱着你不放,无法让你依偎在我身边,无法深度参与其中——这种感觉在折磨着我,最亲爱的孩子,让我为你和我自己感到痛苦不堪;使我气得咬牙切齿,为难言的苦楚而哀叹。我只能寄望于你不要感到孤单,享受人情的温暖,感受亲切的声音和温馨的关怀,也许会使情况有所好转。①

安德森最初对詹姆斯的吸引力绝不是文学艺术上的。即使在1899至1904年间两人的友谊加深了,安德森对詹姆斯错综复杂的作品也越来越不屑一顾,就像詹姆斯对安德森日益庞大的计划无动于衷一样。相反,安德森似乎在詹姆斯身上寻找到一个志趣相投的人,这个人在情感上能够对他知冷知热、在生活上能够为他排忧解难。安德森的性情一直处于记忆与希望的交织和争夺之中。一方面,安德森生活在对美好生活的迫切期望甚至是强烈的信念之中。他写给纽波特的家信永远充满欢快的主旨:努力成为一名罗马的雕塑家,保证有一天他能给母亲送去一万美元,而不是一万个亲吻,祈愿心爱的父亲老安德烈亚斯的健康会有好转,相信战后西方迎来一个和平与幸福的新时代。另一方面,安德森身上还残存着痛苦经历留下的重要痕迹:与一位酗酒的父亲相伴度过的青春,在欧洲学生时代的孤独和贫困,追求艺术时无力回报母亲辛勤付出的愧疚,哥哥安德烈亚斯之死对他的毁灭性打击,一个艺术家不可避免的沮丧和自我怀疑,是因为他不仅仅要与黏土斗争,还要与冷漠的公众斗争。

1906年11月25日,詹姆斯在信中对安德森的艺术创作提出强烈的建议,似乎在为他的职业生涯作规划,不惜用激烈的肢体言辞,尖锐地敦促他放弃对大型公共雕塑的痴迷,转而雕刻更有利可图的小型半身像。同时,还告诫他不要过分追求唯美和崇高,而应当务实写真,强调脸部(face)的特写对艺术家创作的重要性:

① JAMES H. Dearly beloved friends: Henry James's letters to younger men[M]. Ann Arbor: University of Michigan Press, 2001: 37-38.

暂时停止增加你那些卖不出去的裸体雕塑，用你所掌握的每一种精巧的艺术，投入到有趣、迷人、畅销、可安置的小东西的制作中去。凭借你的才华，你能轻易做到——如果我现在就在你身边，我会抓住你的喉咙，紧紧卡住它，直到你发出嚎叫，让你来雕刻我的半身像！你绝对应该去做半身像，发挥一切聪明才智——如果你继续无限期地忽略脸部，从来不去做，一味地注重肚皮、臀部——无论多么美丽、无论多么崇高——都会导致灾难性的后果。只有通过脸部刻画艺术家——雕塑家——才能有希望自主和稳定地生活下去——这样做极其精致、妙趣横生！[①]

1908年1月24日，詹姆斯在写给安德森的信中表达了对铸造半身像的浓厚兴趣，想刻意提携这位年轻的雕塑家，极力推荐他去寻找艺术界的名家鉴赏和指点，设法让他加入新画廊(New Gallery)。这样，作为一个无名的外国艺术家，安德森才有可能被伦敦艺术界所接纳。可见，詹姆斯用心良苦，非常关心年轻人艺术事业的成长，尽一切可能为他们寻求发展的机会：

我对半身像的铸造很感兴趣——尽管心怀恐惧和羞愧，因为你认为我配得上(即使我认为你也是如此)皇家的和永恒的青铜。我非常渴望听到我是如何铸造出来的，而且，如果你不介意的话，我希望我不要穿得太黄或太亮。然而，以任何你认为合适的形状或色彩呈现(你有着如此大的耐心，尽管你一定很讨厌它)，我这个苦苦挣扎的可怜的老家伙都会感激不尽。英俊的、最亲爱的亨德里克，你说这件东西是送给我的礼物。这是绝对不行的；我绝对不能冷酷无情地、毫无回报地占用你那份热诚的活劳动，如果你对我再多一点同样长久的耐心，你就会按时得到你辛苦劳动应得的报酬。

……至于在伦敦展示这尊半身像，我已经——从过去的观察和经验中——充分掌握了这个问题，能够对你坦言相告。作为一个陌生人和外国人，在这里默默无闻，想设法把它送到皇家学院是徒劳的。这几乎是英国艺术家的专利；容纳雕塑的地方很小，送来的东西很多，我从来不知道有什么“外面”的东西可以进去(我经常代表朋友去观看)。你唯一的机会就是加入新画廊。为此，这尊半身像必须由科明斯·卡尔(Comyns

---

① JAMES H. Dearly beloved friends: Henry James's letters to younger men[M]. Ann Arbor: University of Michigan Press, 2001: 61.

Carr)或查尔斯·哈雷(Charles Hallé)在伦敦私下观看,他们随时随地会邀请你把东西寄过去。我本人(出于我个人对它的兴趣)真希望你不要邮寄;我真不知道该在伦敦的什么地方去问,或者告诉你该寄到什么地方,好让那些人——或那些绅士中的一个看到。但假如他们在哪里能看到,我会设法请他们来——当然说不准他们经常会做出莫名其妙的和相当不负责任的决定。我认为,首先要做的是铸造,然后有可能的话拍照(光线不要太强),再把照片寄给我。我也许能做点什么;愿意尽力而为(如果照片看起来不错或幸运的话)。[1]

1911年9月4日,詹姆斯在写给安德森的信中,提到伦敦的工人罢工,欧洲列强利益之争,以及潜在的战争危险,给他的心理上投下一层挥之不去的阴霾。另外,詹姆斯一直饱受疾病的困扰,无疑更加重了他生活中的苦恼,以至于和朋友安德森通信联系逐渐减少。此时,欧洲局势纷乱繁杂,詹姆斯已不愿意出行,因此,很难有机缘再见到这位魂牵梦萦的年轻朋友,除非安德森勇敢地来到英国与他相见。可见,晚年孤独的詹姆斯很是珍惜这份难得的情感。

最亲爱的亨德里克,我对你信中的每一个字都很欣慰,除了你提到的我们没有尽其所能去见对方之外——那些日子如此短暂,根本没有可能。我无法忍受酷热——病得很厉害——气温条件加上距离和困难,匆忙出行对于我来说十分可怕,我们不可避免地失去了联系。我一直受到朋友们的热情款待,但要是我们真的聚在一起,我自己却没有地方招待你们。回顾那些日子,就像一场真正的噩梦——其中很大一部分罪恶在于,我感觉到你待在这片土地上的某个地方,如痴如疯、心烦意乱,但异常环境使所有建立的关系都似乎变成一种嘲弄和讥讽。而且,我认为我不能单独和你在一起,也不想在汗流浃背的人群中见到你——更不想让你再辛苦地迈出一步——在经历了往返芝加哥可怕的旅程之后,但是,最亲爱的亨德里克,人生就是这样——时间、岁月、烦恼、变老的可怕过程都在悄然进行;我们无法相见——似乎又无能为力。唉,我旅行的日子已经结束;火车、旅馆、美国人和德国人在意大利成群结队,疲劳、花钱和费时,所有这些最终都让我望而却步。将来唯一的机会就是,我们能够设法安排你真

① JAMES H. Dearly beloved friends: Henry James's letters to younger men[M]. Ann Arbor: University of Michigan Press, 2001: 65-66.

正来英国勇敢地来看我。为此我将竭尽全力,及早完成心愿,以免空留遗憾。①

詹姆斯与安德森两人最大的分歧在于艺术创作,在通信中不止一次对他好言相劝,动之以情、晓之以理。1912年4月14日,詹姆斯写信对安德森创作的规模宏大的作品深表痛心,提醒他做好应对困难的准备,因为"这无疑是把他自己、他所有的成果,甚至所拥有的一切都埋藏在无底的、无回报的、致命的沙滩上"。②当安德森说他在为一个庞大的预制城市(a ready-made City)浪费时间和金钱时,詹姆斯"不禁用衣物蒙头面壁,在为他痛苦地哭泣"。"从来也没有过像今天的这种形式让人愤慨,数千万吨的重量在挤压着我,简直疯狂到了极点。小伙子,告诫你注意这种可怕的幻想,比例完全失调的一种爱好、追求和企图,目的是超大、更大、最大!我只得把自己关在房间里哀嚎几个小时,直到听到你感到悔愧为止。"③詹姆斯认为,预制城市,立等可取,简直是荒唐、笑话!城市是一个活的有机体,有内在的运行规律,遵循一定的经验,是一点一点建成的,不是整体从借助于灵感创作的工作室里买来的,因此,他拒绝为安德森提供任何帮助。

詹姆斯在通信中分析安德森艺术创作中存在的问题,帮助他查找走入误区的原因。1912年11月28日,詹姆斯在信中把安德森比作"一个被幽禁在深宫里的王子,与外面的现实世界隔绝,只能从一个房间到另一个房间游荡,以此打发时光"。"在每一个房间的墙壁上都写着:'这是艺术的殿堂''这是巨大的体育场馆''这是宗教的圣殿'。"④詹姆斯认为,他看不到这些东西的实际应用所在,这些鲜活的事实需要赋予它们一种感觉才能变为现实。詹姆斯现身说法,拿自己的文学创作相比较,他投身于生活之中,一点一滴地构建自己的艺术大厦,用与生活密切相关的形式去表现,有深厚的生活基础;相对而言,安德森的艺术创作则是无根基的空中楼阁,不会生存长久。詹姆斯不断给安德森泼洒冷水,以此唤醒他崇高的信仰,激发他丰富的想象。他处在病患的剧痛之中,医生无法给他治愈,其实,他非常渴望

---

① JAMES H. Dearly beloved friends: Henry James's letters to younger men[M]. Ann Arbor: University of Michigan Press, 2001: 70-71.

② JAMES H. Dearly beloved friends: Henry James's letters to younger men[M]. Ann Arbor: University of Michigan Press, 2001: 71.

③ JAMES H. Dearly beloved friends: Henry James's letters to younger men[M]. Ann Arbor: University of Michigan Press, 2001: 72.

④ JAMES H. Dearly beloved friends: Henry James's letters to younger men[M]. Ann Arbor: University of Michigan Press, 2001: 73.

从安德森得到哪怕是一丝的宽慰。

1913年9月14日，在信中谈及安德森的“世界中心”(World Centre)计划，以及关于“世界良知”(World Conscience)小册子第一期的出版，詹姆斯表示无法理解如此规模庞大、模糊不清、毫无意义的项目和计划。在他看来，这些根本就不适合这个鲁莽轻率的年轻人。詹姆斯正值年迈、病弱、冷漠时期，慢慢用一种有限的方式结束自己的生命。对于安德森所做的一切，詹姆斯深感爱莫能助。由此可以断定，詹姆斯和安德森的后期关系正在无形中发生一种改变。在信的末尾，詹姆斯对安德森提出了谆谆告诫：

> 你看——我不由自主地写下的这些话，请扪心自问，我是否绝对有必要这样折磨你(从你所认定的相反的事实来看)。如果实在要我再多说一句话，我想恳求你自己回到健全和理智的现实中去，恢复事物的正常比例，可怕的是所有邪恶力量中最大的邪恶，即狂妄自大这种黑暗无知的危险。因此，我亲爱的小伙子，疯狂只是谎言，现实，现实，看清事物的本来面目，而不是从最松散的、简单化的角度去看待事物——和我一起回到这个问题上来，然后，即使现在，我们也可以交谈！①

1915年3月16日，詹姆斯在临终的前一年仍坚持给安德森写信，向他描述自己当时的身体状况和内心感受，言语之间仍不忘表达对年轻朋友的惦念和关爱。他自己尽可能守候在伦敦或待在拉伊小镇，无法忍受长时间的寂寞、冬天到来时的禁锢以及乡村环境的冷落。信中除了谈及个人生活之外，詹姆斯还特别表达了对当时欧洲战局的密切关注。

> 且不说病情日积月累，就身体不好这件糟心事，已经使我精疲力竭、难以招架了；因此，尽管我努力摆脱这一切，但仍不免遭受噩梦的困扰，我坐在曾经拥有的一切自命为美德的废墟中，周围全是被忽视的朋友和未写完的信件的可怕幽灵。如果我告诉你的话，我觉得你会明白这一切——或者部分地明白；但你也许会做得更好，如果你能呼吸一下我们的空气，体验一下我们的生活，无奈战争却降临在我们身边。除了它本身的可怕之外，如果说它如此悲惨地减少了我对一切事物的反应，然而，它并

① JAMES H. Dearly beloved friends: Henry James's letters to younger men[M]. Ann Arbor: University of Michigan Press, 2001: 78.

没有让我停止感觉其他事物和其他关系,即使我没有去感觉它们或者看起来没有"坚持下去";我对你在自己忧虑和冒险的最紧张的时刻给我写信饶有兴趣而且深受感动。

我怀着恐惧的心情想到你奔走在世界各地,以这样的速度,在这样的时间(可怕的美国人或美国这个名字,如今简直把我惊呆了);听到你又回到台伯河上那座幸福的家园,我真是松了一口气,上次就是在那儿看到你,如此悠然自得。我希望还能像过去那样悉心呵护你们所有的人——它让我想起像帐篷一样的巨大的遮篷或华丽的天篷(不是吗?),会投下大片的荫凉。你知道,现在我自己尽可能地坚守在伦敦;去年夏天我是在兰姆别墅度过的,但在初秋的时候又回到小镇——在备受压抑和严重困扰下,我无法忍受长时间的孤独,尤其是想到冬天的禁闭以及乡村的条件。我愉快地把 L. H.(兰姆别墅)借给了那些不幸的人,那些战争中不幸的人,作为暂时的栖身之处,我要会回来只能看明年夏天的情况而定。①

二、难舍的"父子"情缘

安德森努力保持着一种持久和超然的乐观精神,同时渴求拥有一把通往更美好生活的世俗钥匙。1902 年,在父亲安德烈亚斯去世那一年,安德森写信给嫂子奥利维亚,哀叹他"朋友很少,也没有一个我能真正交谈的人,最亲爱的安德烈亚斯是唯一的一个。通常当我想和别人交谈的时候,我只能把他想象成一个能够理解和接受我的人"②。当安德森后来试图描写詹姆斯时,他让这位年长的作家扮演富有同情心的知己和善解人意的情人。安德森曾打算出版詹姆斯书信集,设想在序言中写下他对这位作家和导师的"兄弟般的爱"(brotherly love),以及在通往成功的崎岖迷茫的道路上所给予他的最微妙和最同情的理解和引导。由于涉及书信的版权问题,加上詹姆斯家族对隐私的保护,安德森的这一愿望始终未能实现。尽管詹姆斯的书信"非常私密"(very intimate and personal),安德森却一直认为书信出版是他应担负的责任,"这位作家的热爱和同情,以及他持续的友谊和亲情,在我独

---

① JAMES H. Dearly beloved friends: Henry James's letters to younger men[M]. Ann Arbor: University of Michigan Press, 2001: 80-81.

② JAMES H. Dearly beloved friends: Henry James's letters to younger men[M]. Ann Arbor: University of Michigan Press, 2001: 20.

自奋斗和创作的岁月中给了我安慰和鼓励，为大理石和青铜注入了力量、美丽和尊严，并赋予了它们生命的神圣意义”①。因此，詹姆斯去世之后安德森扼腕痛惜，对他来说这是一种难言的悲哀，因为再也没有人会像詹姆斯那样深入了解他的情感起伏和心绪变化，再也没有人像詹姆斯那样真诚地同情他的个人奋斗和人生追求。安德森曾这样回忆他在兰姆别墅做客的情景，那里有一个令人愉快的花园，“夏夜有时我们会坐到很晚，谈论我们过往的人生经历，既有甜蜜，又有苦涩；经历的细节如此不同，但往往都是以波士顿、纽波特、巴黎和罗马为背景。”②

试想一下，如果说安德森对詹姆斯的主要兴趣是找一个“父亲”或“兄长”，在他期待一个更加美好未来的同时，可以向他倾诉过去，那么在几个方面他都选错了对象。亨利·詹姆斯对于安德森的自我提升和最终超越的愿景明显缺乏耐心，因为他标志性的禁欲主义与不加批判的乐观主义不相一致，他不期待也不寻求人间天堂，在他们相遇的十年内他的健康急剧恶化，对他们来说战争的爆发不是复兴的时机，而是许多宝贵事物的终结。结果，安德森对詹姆斯作品的批评最终转变为对詹姆斯本人的批评，也就不足为奇了。1908 年 10 月，当他最后一次见到詹姆斯时，他在兰姆别墅给奥利维亚写信，痛斥阴雨天气，拉伊“慵懒寂静的小镇”，冷漠的英国人“脸上看到的是沉闷和近乎残忍的冷酷”。③安德森认为，英国人身上一些最鲜活的、最人性化的本能已不复存在，他从对冷漠的英国人的批评毫不犹豫地转向对詹姆斯的同样批判性的描述：

> 我和亨利·詹姆斯进行了漫步和长谈，众所周知，他的写作技能和创新形式像高山一样令人仰望；但我总觉得这座大山阻挡了他自己的去路。他无法翻越，即使他确信在另一边总会阳光灿烂、风景别致。他对事物的理解深刻透彻，但他的知识太过丰富。他会用同样的素材处理每一个主题。任凭他自如挥洒，素材供应源源不断。但我不想细说或指出不足，因为这样做无济于事。④

---

① JAMES H. Dearly beloved friends：Henry James's letters to younger men[M]. Ann Arbor：University of Michigan Press，2001：21.

② JAMES H. Dearly beloved friends：Henry James's letters to younger men[M]. Ann Arbor：University of Michigan Press，2001：21.

③ JAMES H. Dearly beloved friends：Henry James's letters to younger men[M]. Ann Arbor：University of Michigan Press，2001：21.

④ JAMES H. Dearly beloved friends：Henry James's letters to younger men[M]. Ann Arbor：University of Michigan Press，2001：22.

从19世纪90年代末开始,詹姆斯的情感变得更加开放和丰富,但这不是一种公开的开放,它有自己隐秘的矛盾和迷人的伪装。其中之一无疑是安德森在1904年10月向奥利维亚抱怨的"自我满足"(self-satisfied assurance),然后在1907年6月他再次指出:

> 我并不想念H.J.的不在场,因为太过自信他难免有些劳累、有些疲惫。但他总是很和蔼,我必须说我对他更熟悉了,这意味着我能更清楚地看到开启和关闭的大门在哪里,以及通往他所在的圣地道路有多么狭窄。这一切都是最好的安排。①

如果不是如此深切地关心安德森,詹姆斯肯定会领会其中的讽刺意味:这位致力于刻画不朽人物的雕刻家,最终会把詹姆斯从他的情感生活中排除掉,把他重新塑造成一座艺术家的"高山"(a mountain of an artist),一个难以接近的圣地,对于生活和艺术缺少了一些最鲜活、最人性的本能。

在1955年一篇关于詹姆斯与安德森关系的文章中,迈克尔·斯万(Michael Swan)详细地引用了一些书信的内容,认为信中透露出"詹姆斯对安德森有一种强烈的父爱","安德森已经成为詹姆斯晚年围绕在他身边的'儿子般的人物'之一"②。但事实上,对于安德森来说,詹姆斯永远不可能成为一个称职的父亲,就像酗酒的安德烈亚斯·安德森一样。他们之间的通信断断续续又持续了八年,但到1907年6月,亨德里克·安德森写信给奥利维亚时说:"我和詹姆斯相处得很好,但詹姆斯对我来说毫无意义。"③这一关系的结局绝非偶然,它根植于安德森特殊的成长经历和理想化的人生追求,注定他们的"父子之情"不会维持长久,但它在某种程度上反映出这对忘年之交构建亲密关系的真正内涵与世俗本质。

---

① JAMES H. Dearly beloved friends: Henry James's letters to younger men[M]. Ann Arbor: University of Michigan Press, 2001: 22.

② SWAN M. Henry James and the heroic young master[J]. Harper's Bazaar, 1955, 9: 227.

③ JAMES H. Dearly beloved friends: Henry James's letters to younger men[M]. Ann Arbor: University of Michigan Press, 2001: 22.

第二节　写给乔斯林·珀斯的信

亨利·詹姆斯与达德利·乔斯林·珀斯(Dudley Jocelyn Persse, 1873—1943)的关系被认为是“一见钟情”[①]。其实,在所有他结交和培养的年轻人当中,詹姆斯最喜爱的是乔斯林。珀斯自称从来都不明白詹姆斯为什么会喜欢他,但他把詹姆斯当成了一个志趣相投的私人伴侣(an excellent private companion)。与其他的年轻人一样,他也非常崇拜这位年长的小说家。1937 年 8 月 31 日,他曾对传记作家里昂·埃德尔(Leon Edel, 1907—1997)说:“亨利·詹姆斯是我认识的最亲爱的人,我说不出来他为什么这么喜欢我。”[②]作为小说家的詹姆斯有着磁石般的吸引力,他们的巧遇也许就是人与人之间注定的缘分。

在乔斯林·珀斯家族中有几个不同的达德利·乔斯林·珀斯,很难从提到这个名字的少数资料中区分他们。詹姆斯的朋友乔斯林是爱尔兰罗克斯伯勒(Roxborough)珀斯家族财产继承人的兄弟,也是爱尔兰剧作家伊莎贝拉·奥古斯塔·佩尔塞·格雷戈里(Isabella Augusta Persse Gregory, 1852—1932)的爱尔兰侄子,这位女士与叶芝共同创办了爱尔兰国家剧院。詹姆斯在社交场合已认识她多年,她对詹姆斯的评价非常高。珀斯本人是一个充满激情和博学多闻的戏剧爱好者。他从父亲那里继承了伦敦的樱草花俱乐部(Primrose Club)。他是一个机智、热情、友善的人,经常在海德公园遛狗,交友甚广,在朋友中享有一定的知名度。

珀斯与女性有染的绯闻不断,但并没有他与同性关系的传言。他于 1903 年认识了洛娜·赫顿·布莱克(Lorna Hutton Black),两人成为最亲密的长期朋友。洛娜在 20 多岁时嫁给了一个文弱的知性男人,名叫弗洛伦斯·布莱克(Florance Black)。由于布莱克先生不反对他的妻子与珀斯的友谊,布莱克夫人和珀斯得以经常一起在伦敦观看演出,还一起出国到柏林、汉堡和巴黎旅行,显然对彼此温馨的陪伴和平等的交流都感到满意。事实上,他等于和布莱克夫妇在他们不同的住所建立了自己的第二个家,比如温莎的白色隐士宫(White Hermitage)。布莱克夫

---

① EDEL L. Henry James: the master, 1901—1916[M]. Philadelphia: J. B. Lippincott Company, 197: 183.

② JAMES H. Dearly beloved friends: Henry James's letters to younger men[M]. Ann Arbor: University of Michigan Press, 2001: 83.

人直呼同伴的名字达德利(Dudley),而她的孩子们则给他起了个绰号“达基”(Daky)。布莱克夫人是一位引人注目的金发女子,曾在宫廷中不同的场合亮相,她有室内装饰的天赋,热爱戏剧艺术,几十年来与珀斯保持着相互尊重和相互欣赏的友好关系。她看起来很时尚但并不怪异。但在她的丈夫去世后,这种友谊发生了根本性的变化,1938 年 12 月她与珀斯正式结婚。由此可见,珀斯是一个浪漫多情的男子,他不顾忌世俗的眼光,大胆追求幸福的情感生活,表现出率性执着的一面。也许正是这种性格特质使他有缘与詹姆斯结识,从此开启了他们长达十多年的书信友情之旅。

一、人生何处不相逢

詹姆斯和珀斯两人的不期而遇发生在 1903 年弗朗西斯·西特韦尔(Frances Sitwell)和西德尼·科尔文爵士(Sir Sidney Colvin)的婚礼上。而早在九年前的一天,1894 年 11 月 9 日,格雷戈里夫人(Lady Gregory)邀请珀斯喝茶,当天晚些时候接待了亨利·詹姆斯,两人因此失之交臂。[①]这次真正见面时,看到 30 岁的珀斯金发碧眼的帅气外表和沉着应对的社交风度,60 岁的詹姆斯立刻被打动了。詹姆斯写信亲自向他示好,寄去照片并表达赞誉。这些书信也许是他写过的最露骨的心灵表白(the most erotic)。珀斯所收到的 80 多封书信揭示了一个奔放、自由,甚至是极其浪漫的詹姆斯,他用强有力的文笔毫不避讳地书写了自己的浓情蜜意。可以想象,这只是小说家詹姆斯用文学语言对亲密情谊的一种夸张和渲染,他想突破世俗枷锁的束缚,追求纯真自由的社会交往,享有幽静温馨的私人生活。书信中一些精彩描述是他真情实感的吐露和冷静思索的结果,绝非出于一时的激情爆发和情感冲动,也许从另一个角度说明了他对友谊程度和强度的成熟认知和自由把控。

詹姆斯写给珀斯的现存最早的书信是在 1903 年某个周一的晚上完成的。詹姆斯有一本小说《使节》送给珀斯,要他不必写信致谢。字里行间能够感受到詹姆斯对晚辈的友爱和真诚,对友谊的渴望和执着,他以共同的志趣来打造不同寻常的情感纽带。

说起来愚蠢至极,三天前竟忘记了,我有一本小说《使节》送给你——

---

① PETHICA J. Lady Gregory's Diaries, 1882—1902[M]. New York: Oxford University Press, 1996.

> 我这里所存留的每一本小说都相继丢失。不要写信“感谢”我——但如果非要感谢的话，就请尝试着去喜欢这个老主角，也许在他身上你会发现一些模糊的相似之处！（尽管不是外貌）①

《鸽翼》（*The Wings of the Dove*，1902）、《使节》（*The Ambassadors*，1903）和《金碗》（*The Golden Bowl*，1904）是亨利·詹姆斯在文学生涯的重要阶段创作的三部伟大的经典小说。与珀斯的友谊之初，詹姆斯送上《使节》作为礼物，旨在以文会友、以书传情，别有一番寓意和内涵。

1904 年 3 月 3 日，好久不见珀斯，詹姆斯忧心忡忡，接连到公园广场（Park Place）三次打探他的消息，被告知“很快就会回来”，因此，詹姆斯满怀期待，渴望珀斯旅行早日归来：

> 因此，上帝保佑我来到这里，迎接你的出现，你面颊上带着阳刚之气，洋溢着旅行的光彩，你留着小胡子的嘴唇上流露出地中海各民族的誓言：（至少我希望如此；我真想听你一吐为快）。但是，亲爱的乔斯林，我渴望得到你所有的感觉和记录，带着喜悦的心情畅想你几天后来相见，不久就会待在我身边，从头发上抖落帕纳萨斯山的露珠的美妙瞬间。②

这显然是两个成年人之间最私密的话语，以通信的形式寄托情思是语言和感情的升华，其行为超越了性别的界限。如果说这是小说家的“情书”（love letters），它追求的纯粹是柏拉图式的精神上的相爱（Platonic love），饱含着丰富的想象力和生命激情的创作，再度证明了亨利·詹姆斯书信是其文学作品不可或缺的一个重要组成部分。

1904 年 3 月 21 日，詹姆斯写信表达了对珀斯的深切思念，好几天以来似乎一直都闷闷不乐，他想象珀斯处在一个特殊的场所，似乎是被监禁了起来，只是在一个相对舒适的环境，离获得自由已为时不远，即便如此，牵挂的内心还是蒙上一层难以退却的阴影。詹姆斯想念远方年轻的朋友，但为珀斯能与母亲相伴而由衷地高兴，也渴望自己能早日见到这位亲切的母亲。他对后生晚辈尽心关照、爱护有加，同时还设身处地为他们的家人着想。

---

① JAMES H. Dearly beloved friends：Henry James's letters to younger men[M]. Ann Arbor：University of Michigan Press，2001：87.

② JAMES H. Dearly beloved friends：Henry James's letters to younger men[M]. Ann Arbor：University of Michigan Press，2001：89-90.

> 这对我来说是个不幸的消息，你一定认为自从收到你的信以来这三四天，我的心情被弄得极度低落。我既非常积极又相当哀伤地想念你，但我正试图摆脱那种心痛的感觉，把思想固定在你所处的一个地方，在许多情况下许多不幸的人愿意付出极大的代价，去极其短暂地嗅探出你存在的一丝气息，也许有点像监牢，但在一个光彩夺目、金碧辉煌、繁花似锦、绿树成荫的监牢里——离你获得解脱已为期不远了。遗憾的是，我目前在伦敦停留的最长期限似乎是你离开戛纳的日期——如果你准时离开的话。但是我觉得，我是不可能在这里不辞而别的。然而，这一点我们将来有时间再谈，同时我要祝贺你能照顾和陪伴你的母亲——这正是你将来回想起来感到高兴的时刻。她给我的亲切的短信深深地打动了我，我想尽快抓住任何可能出现的时机见到她。①

詹姆斯是珀斯的赞助人之一，珀斯想加入詹姆斯所在的文艺协会雅典娜(the Athenaeum)，该组织的成员传统上都是来自英国的政治、文学和宗教界的贵族。詹姆斯在信中给他鼓励和安慰：

> 我亲爱的乔斯林，我将带着最大的喜悦，在雅典娜(Athenaeum)支持你[不是“埃哈纳姆”(Ethaneum)——这是最可怕不过的！]尽管我希望，但考虑到需要等待一些时日，我担心，你会有一个更年轻、更有活力的赞助人……与此同时，最亲爱的乔斯林，请记住，这个机构的名字取自雅典娜(Athena)，或者(罗马的)密涅瓦(Minerva)，雅典的智慧女神和守护女神是其名字的来源，每天练习写 10 次雅典娜。②

詹姆斯和珀斯有共同的戏剧爱好，两人相约吃饭看戏是生活中一大乐趣。1905 年 11 月 22 日，地点定在帝国剧院(Imperial Theatre)，也是詹姆斯和这位年轻朋友一起观看的第一场戏，剧目是阿尔弗雷德·萨特罗(Alfred Sutro, 1863—1933)所创作的《完美恋人》(*The Perfect Lover*)。此后，詹姆斯还乐此不疲地邀请珀斯观看其他戏剧演出，其中有萧伯纳的戏剧《巴巴拉少校》(*Major Barbara*)。珀

---

① JAMES H. Dearly beloved friends: Henry James's letters to younger men[M]. Ann Arbor: University of Michigan Press, 2001: 91.

② JAMES H. Dearly beloved friends: Henry James's letters to younger men[M]. Ann Arbor: University of Michigan Press, 2001: 85.

斯曾在写给传记作家里昂·埃德尔(Leon Edel, 1907—1997)的信中谈到詹姆斯对该剧的反应：

> 不，我不记得他对萧伯纳有什么看法，但我认为他觉得这些戏剧激动人心、发人深省。他对英国剧院很反感，我认为他对演员的心态评价不高！[①]

从中可以深切地感受到詹姆斯对戏剧的钟爱和对朋友的友善，可以说，他对艺术的批评一丝不苟，对人物的态度爱憎分明。由朋友陪伴观看戏剧演出，不仅满足了乔斯林对戏剧的痴迷和爱好，而且对詹姆斯也是一种精神享受和愉快。

1906年4月4日，詹姆斯有一段时间没有收到乔斯林的只言片语，带着焦急的心情给远在威尼斯的他写信问候。詹姆斯想象珀斯在意大利的情形，言语中充满无限的羡慕之情，不禁回想起自己年轻时在意大利度过的美好时光，渴望年轻的朋友尽快回来相聚，共同畅谈旅行见闻，分享人生体验，相似的人生经历能在两代人之间引发无端的共鸣。

> 你的一点迹象、一句话或一个暗示，都会使我迅速反应、激动不已——我如此依恋你那不可言喻的形象：因此，我把这封信寄到威尼斯，在你归途中与你相会，用我的祝福来浇灌你的心田(即使会很糟糕)。看到你在佩鲁贾的形象(收到的精美图片)，我顿时感到一种强烈的嫉妒和无名的渴望。我的想象萦绕在你的周围，跟随你快乐的脚步踏过意大利的风景——回想起年轻时在意大利的日子，一桩桩往事萦绕心头，久久难以平静。唉，尽情地畅饮这杯酒，然后回到我这里，呼出它的气息和情趣。把对我的印象珍藏好，准备我们见面时再提交。我希望你会准时到来，不再有任何阻力或障碍！[②]

密切的接触是建立友谊的桥梁。詹姆斯和珀斯非常投缘，相聚甚欢。就这样，他们经常相约在伦敦一起吃饭，晚上通常去看戏剧演出，有时去看歌舞杂耍。詹姆

---

① JAMES H. Dearly beloved friends: Henry James's letters to younger men[M]. Ann Arbor: University of Michigan Press, 2001: 93-94.

② JAMES H. Dearly beloved friends: Henry James's letters to younger men[M]. Ann Arbor: University of Michigan Press, 2001: 95.

斯羡慕甚至嫉妒珀斯“具有如此成功的个人天赋!”[①]但是珀斯很欣赏詹姆斯的作品,特别是詹姆斯自传的第一卷《童年及其他》(*A Small Boy and Others*, 1913),他认为这是一部非常优美的传记作品,反映一个富有童趣、充满幻想的孩子,渴望享受家庭生活的温暖和幸福。

二、花开花落终有时

时过境迁,人情多变,坚守如初,实属不易。虽然他们的友谊在1906年或1907年后有所淡漠,但詹姆斯仍然一如既往地关心、爱护和支持珀斯。他至少有一次邀请珀斯的亲密朋友布莱克夫人(Mrs. Black)去剧院看戏,显然他们的异性友谊根本没有影响到他的感情。到了1908年,詹姆斯旅行的次数已经明显减少了很多,但他间接参与了珀斯的国外探险,包括去法国、意大利、希腊,然后是阿尔及尔:

> 坚持一段,细细品味,(以我贫乏的经验)我认为有一种混合之美:东方和南方,黄金航空和亮丽的风景,外加各种悦目的法式烹饪和咖啡音乐厅。但愿对你能有所裨益,愿你能带回美妙无穷的体验与我分享。要记笔记,坚持认真地记笔记,为了你的这个顽固的老朋友。如果有可能的话首先去比斯克拉(Biskrah),回来时以此激励他。他没有什么奇妙的东西取悦你。[②]

1908年8月21日,詹姆斯在信中讲述了自己曾经度过的一段孤独的时光,亲朋好友聚散有时,纵使他热情好客也无法长久地挽留他们。另外,拉伊小镇喧闹的社交活动使他不胜烦扰,有时只得到别处去感受一种宁静的氛围,调节一下烦闷的心绪。得知珀斯爱尔兰之行的消息,詹姆斯真诚地祝福他,期盼与这位久未谋面的年轻朋友再聚首。孤独相依,寄托情思,无形中拉近了彼此间的距离,这些都是詹姆斯日常生活的真实写照。

> 此时几乎是我很长一段时间以来第一次独处——只因为一个朋友本来要在这里吃饭住宿,但饭后却突然乘火车离开了。因此,夜晚我静坐下

---

① JAMES H. Dearly beloved friends: Henry James's letters to younger men[M]. Ann Arbor: University of Michigan Press, 2001: 93.

② JAMES H. Dearly beloved friends: Henry James's letters to younger men[M]. Ann Arbor: University of Michigan Press, 2001: 86.

来稍微缓解一下心情。我哥哥昨天刚从这里离开,去弗兰德斯(Flanders)见他的妻子和女儿,但他们很快就会一起回来的,九月的气氛对我来说也注定相当有趣——至少会有接连不断的激动。这个缤纷的季节和金色的天气使我小规模地招待客人变得非常轻松和愉快——我的绿色小花园几乎被当作另一个房间——以招待亲切的来宾。感谢上帝,我生活得很惬意,我所珍爱的事业几乎没有受到严重干扰:尽管这个小地方现在普遍遭受侵犯、压榨、冲击和破坏——我指的是可怜的拉伊——已经充斥着该死的所谓社交活动,太可恶了!然而,我有我的底线,我蹲伏——蹲伏、爬行——在我那古老的红墙后,外面的嘈杂声越发激烈。我有过两三次驾车旅行的美丽的下午——却异常的平静,穿过神奇的肯特郡乡间的宁静地带,很多地方都很可爱。①

1909年11月,他们一起在洛甫雷斯伯爵夫人(Lady Lovelace)的庄园奥卡姆(Ockham)度过了一个愉快的周末,詹姆斯一年后回忆说,"我们在奥卡姆的那个奇特、平静而又美妙的周末——1909年11月27日至29日——是在那些优雅毗邻的公寓里度过的"②。然而,1910年这一年对詹姆斯来说非常不幸,哥哥威廉的去世使他遭受到沉重打击,加上自己的病情时而加重,他的心情一度低落到了极点。他只好暂且离开伦敦,回到拉伊乡下,准备在这里度过冬春季节,也是为了方便嫂子爱丽丝和侄子、侄女随时来访。亲人的离别让詹姆斯感到情谊更加可贵,他愈发想见到珀斯,希望他们能在拉伊的兰姆别墅相聚,重续友情,共渡难关。

如果说我可怕地沉默了这么久,那是因为我有太多和太重的烦恼、悲伤和压力。自从来到美国,我一直不断生病;虽然刚开始在我亲爱的哥哥不幸去世后的短时间内(我们到达后一周),我比原先所担心的要好得多。然而,随后便开始忍受一系列痛苦的煎熬,去年冬天和春天疾病没完没了地复发——7月15日早上当我看到你那异常简短但非常"亲切的"话语时,这种状态仍然在不幸地笼罩着我。处理哥哥的后事,经历一段忧郁、焦虑、悲哀,回到拉伊小镇,百无聊赖,直到我们启程,之后精疲力竭——我离开英国时没有来得及向你辞别。但暗淡的处境如此妨碍、困

① JAMES H. Dearly beloved friends: Henry James's letters to younger men[M]. Ann Arbor: University of Michigan Press, 2001: 100.

② JAMES H. Dearly beloved friends: Henry James's letters to younger men[M]. Ann Arbor: University of Michigan Press, 2001: 106.

扰和折磨着我,悲伤过后余波未平,还将遭受同样的苦难。[①]

1913年5月18日,詹姆斯给珀斯的信中谈到让萨金特画肖像一事。约翰·辛格·萨金特(John Singer Sargent, 1856—1925)是美国著名画家。为纪念亨利·詹姆斯70周岁生日,朋友们集资请画家为他画一幅肖像,萨金特欣然接受但没有收取任何报酬。他在作画的时候有一个习惯,就是让对方与朋友相互交谈,这样才能表现出生动的面部表情。画像过程每次需要一直端坐两个多小时,因此,詹姆斯希望下次能有好友珀斯作陪,这也许是一次聊天的好机会。

> 我面向萨金特坐着为我画像——就从今天开始,下次定在22号星期四。在画像的时候,他喜欢有朋友在那里说说话——为了给脸上增添生气;我今天没有人说话,我们可能有点来不及了。你是否想要——你是否能够,你是否愿意下一次过来帮这个忙——就在上述所说的这个即将到来的星期四?如果可以的话,就去做。[②]

詹姆斯杰出的文学成就赢得了无数年轻人的敬仰和尊重,他对所有这些年轻人的友爱也在不断增长,尤其是到了晚年以后,对待朋友更加情真意切、关怀备至。1914年,当珀斯加入皇家韦尔奇步兵团(Royal Welch Fuseliers)时,詹姆斯感到特别自豪,而当珀斯明显难以适应新兵训练营的严酷环境时,他便连续写了好几封鼓励加油的信,回想起文学前辈惠特曼早先曾爱护和照顾过内战士兵,告诉珀斯训练营的磨砺有助于能力的提升,其中一封信很有代表性:

> 听到你成功加入步兵团我很高兴,衷心地希望你能找到一份有趣和持久的工作。因此,我给你送去所有的祝福和支持。如果你觉得自己在做些什么,那一定会使我们可怕的紧张关系变得更容易忍受——但我却发现在我年老无助无所作为时这几乎是不可能忍受的。我的电话并没有出问题——很抱歉是你那边出了差错:交流搞砸了。但很遗憾地说,自从你来了以后,我身体一直不舒服,在床上躺了两三天;尽管我的"气色"还不错,只是偶尔会出现可怕的崩溃。不过我现在好多了,一直像今天这

① JAMES H. Dearly beloved friends: Henry James's letters to younger men[M]. Ann Arbor: University of Michigan Press, 2001: 105.

② JAMES H. Dearly beloved friends: Henry James's letters to younger men[M]. Ann Arbor: University of Michigan Press, 2001: 109-110.

> 样。如果工作之余有机会的话，请一定再来看看我——你的亲密知己。我非常想了解你的全部事实——但愿是一些有益的事实。①

尽管当时詹姆斯身体欠佳，但病中的他仍然牵挂着珀斯的工作，写信送去最温馨的问候，等病情稍有好转，想与这位年轻的朋友再见一面。后来，詹姆斯对珀斯的喜爱和关心甚至超越了死亡的界限，在遗嘱中竟然为他留下100英镑的遗赠，这在詹姆斯众多的朋友当中是非常少见的。真诚的友谊是无任何附加条件的、超越时空限制的、永恒不变的，这对忘年交所走过的人生轨迹绝佳地诠释了这一切。

第三节　写给霍华德·斯特吉斯的信

亨利·詹姆斯和霍华德·斯特吉斯的书信往来要追溯到20世纪的头几年，这段时间詹姆斯似乎短暂而热烈地喜爱上了颇有才华的斯特吉斯，斯特吉斯可能也同样热爱上了这位长者。这是一个权威人士对一个年轻的社会名流和作家的友爱，斯特吉斯明显缺乏詹姆斯的职业自信和安全感，在写作方面想寻求他的支持和肯定。詹姆斯在通信中作出了积极的回应，欢迎斯特吉斯走进他的生活。

> 你之前曾来过这里，如能再次光临，真是求之不得。愿意随时为你安排。你是一个非常温和（不要误读“温和”这个词——谁知道呢？）和令人愉快的客人。我几乎冒昧地重复一遍，我可以和你生活在一起。与此同时，我只能试着过没有你的生活。②

最后这句话颇为耐人寻味，似乎在暗示着什么。其实，这一时期詹姆斯特别渴望陪伴和友爱，但在现实生活中他又不得不和最亲密的朋友保持若即若离的关系，只有借助文学创作才能抒发对人生的思索、对艺术的见解和对情感的领悟。

---

① JAMES H. Dearly beloved friends: Henry James's letters to younger men[M]. Ann Arbor: University of Michigan Press, 2001: 111.

② JAMES H. Dearly beloved friends: Henry James's letters to younger men[M]. Ann Arbor: University of Michigan Press, 2001: 124-25.

一、品格魅力相互吸引

霍华德·奥弗林·斯特吉斯(Howard Overing Sturgis, 1855—1920)是亨利·詹姆斯的又一位挚爱的年轻朋友,两人年龄相差仅12岁。他出生于伦敦一个富有的美国侨民家庭,父亲拉塞尔·斯特吉斯(Russell Sturgis)是一位出色的银行家,拥有巴林兄弟农场(the farm of Baring Brothers)。母亲是拉塞尔的第三任妻子茱莉亚·奥弗林·斯特吉斯(Julia Overing Sturgis),娘家姓"博尔特"(Boit)。斯特吉斯夫妇经常在泰晤士河的卡尔顿露台(Carlton Terrace)和沃尔顿(Walton)的家中招待客人,广交宾朋。斯特吉斯从小就是一个娇弱的孩子,非常依恋母亲,喜欢刺绣和编织等女孩的爱好,甚至他一生都在不断地练习,显然带有一种女性化的倾向。早年父母把他送到伊顿公学接受教育,后来他继续在剑桥大学学习。大学毕业之后,斯特吉斯回到家中照顾双双患病的父母。1887年,被病魔缠身多年的拉塞尔·斯特吉斯去世,次年他的妻子朱莉娅去世。斯特吉斯的健康状况也在父母去世后受到了影响,他可能对权威式的父母形象(parental figure)产生了矛盾情绪,这种家庭经历引发了他个人的不安全感。他以前必须处处谨遵父亲的教诲,以至于无形之中养成了总是喜欢取悦他人的性格倾向。

从父母去世的影响中恢复过来之后,斯特吉斯想凭借自己的能力积极地参与社交、理性地思考问题。他经常在皇后区温莎(Queen's Acre)庄园宴请宾客,还经常邀请詹姆斯周末多留住一段时间。他无视19世纪的性别角色,曾在伊顿公学和剑桥大学扮演女性角色,成年后仍穿着披肩,做针线活。斯特吉斯有一个远房表弟威廉·海恩斯·史密斯(William Haynes Smith),被朋友们亲切地称为"宝贝"(the Babe),后来成为他相伴一生的好朋友。当然,这并不妨碍斯特吉斯与其他男性和女性都保持亲密的友谊关系,包括与詹姆斯的亲密关系。生活中斯特吉斯忙于社交应酬,而他的挚友"宝贝"却喜欢户外运动,经常打台球。英国著名散文家亚瑟·本森(Arthur Benson, 1862—1925)[①]曾在日记中记述:"我和霍华德发生过争

---

① 亚瑟·克里斯托弗·本森,英国著名的散文家、诗人、作家,剑桥大学莫德林学院的第28届院长。他的父亲是19世纪末坎特伯雷大主教爱德华·怀特·本森,其舅舅是著名哲学家亨利·西奇威克。因此,本森家族所富有的文化和著述的传统,也很自然地遗传到他身上。本森是一位杰出的学者和多产作家。他曾就读于伊顿公学和剑桥大学的国王学院,并在1885至1903年期间,在伊顿公学和剑桥大学的莫德林学院讲授英国文学。1906年后,他出任格雷欣学校校长。1915—1925年,他担任莫德林学院院长。

吵，但他比我的大多数朋友都更女性化。”[①]詹姆斯的书信本身表明他轻松愉快地放弃了对斯特吉斯的传统性别评判，在1909年的一封信中他甚至把这位朋友称为最亲爱的“赫特小姐”(Miss Hurter)。[②]斯特吉斯有许多男女朋友，都是他通过书信往来和不断慷慨款待培养起来的，朋友们能够宽容彼此之间的分歧：

> 但最重要的是，他很友好，戏谑中带着一种怜爱；人们认为他特立独行，风格怪异，但又充满了温馨的情调，他享受着家庭的乐趣，他甚至喜欢钩织毛线用品或缝补丝绸刺绣；有时你能看到，人们一开始会怀疑他有异国情调、超凡脱俗的娱乐消遣活动和心灵抚慰方式，然后当发现他如此有趣、如此体贴和理性时，他们立马信心倍增。[③]

霍华德·斯特吉斯在他的亲密圈子里被称为“霍迪”(Howdie)。他自己未曾发表的书信证实，他总是会考虑到朋友们的需求。1889至1923年，他给剑桥大学图书馆的弗朗西斯·詹金森(Francis Jenkinson)写了一系列支持性的书信。在1885年12月13日的一封信中，斯特吉斯透露了他对一名学生的慷慨捐助，幽默地称之为“我在你的鸟巢里孵化的小布谷鸟”。[④]他尽力推动朋友的事业发展，一度试图为牧师兼传记作家A.C.安杰(A. C. Ainger)筹集资金。[⑤]他对地方和国家层面的政治都很感兴趣，鼓励安杰去做财务主管，有可能的话去剑桥大学或一所教堂，而在另一封信中他猛烈抨击了张伯伦和布尔战争：

> 每天的日报上都有一排高领小天使的脸，下面写着“牺牲”或“伤亡”，这让我很难过。我不希望约瑟夫(张伯伦)有什么好事被他们美丽的灵魂缠绕，而希望肚子上留下可怕弹孔、丑陋不堪的布尔老将们每晚都会围绕

---

① LUBBOCK P. The diary of Arthur Christopher Benson[M]. New York：Longmans, Green；1926：157.

② JAMES H. Dearly beloved friends：Henry James's letters to younger men[M]. Ann Arbor：University of Michigan Press，2001：116.

③ LUBBOCK P. Mary Cholmondeley：a sketch from memory[M]. London：Jonathan Cape，1928：58-59.

④ JAMES H. Dearly beloved friends：Henry James's letters to younger men[M]. Ann Arbor：University of Michigan Press，2001：117.

⑤ JAMES H. Dearly beloved friends：Henry James's letters to younger men[M]. Ann Arbor：University of Michigan Press，2001：117.

在他的沙发周围。①

从一些书信中可以看出斯特吉斯酷爱读书,他不惜花费重金在拍卖会上买来很多书籍。他对艺术和戏剧都很有兴趣,曾在斯莱德学院学习过一段时间,他对威廉·哈考特爵士(Sir William Harcourt)说,"昨晚我和莉莉、玛丽一起去看了你的朋友帕特里克·坎贝尔夫人(Mrs. Patrick Campbell)饰演的奥菲莉亚(Ophelia),简直被她迷住了:她是我见过的第一个奥菲莉亚,把角色塑造成莎士比亚想要的样子,一个可怜弱小的女孩,遭受各种变故的打击,身陷其中、命运悲催,她那疯狂的一幕令人痛心、让人叹服"②。这显然是斯特吉斯的可爱之处,也是他和詹姆斯建立友谊的基础。

詹姆斯与斯特吉斯长期保持着不同程度的亲密友谊。詹姆斯从小就认识斯特吉斯的父亲,但在1899年他们的关系发生了变化。眼睛明亮、头发灰白的、体格强壮的斯特吉斯成为詹姆斯的亲密伙伴和另一个通信交流的知己。

> 1862年,当时我和你差不多大!——我给自己的身体造成了严重的损害(由于轻狂年少而不加重视);其结果,虽说没什么大碍,实则卧床休息多年,我一生都被它所拖累,直到现在,亲爱的霍华德,我给你写信时还念念不忘。③

1899年5月19日,詹姆斯在遥远的罗马收到斯特吉斯的来信感到非常高兴,而他当时正忍受病痛之苦。在回信中他不由自言主地谈到早年他在救火时背部受伤(back injury)。在第二部自传《作为儿子和兄弟的札记》(*Notes of a Son and Brother*, 1914)中,詹姆斯称这次受伤给他留下"隐晦而可怕的伤痛"(horrid even if obscure hurt)。多年来心理上的阴影仍未消除,甚至反映在他新近写的一部作品《尴尬年代》(*The Awkward Age*, 1899)中。斯特吉斯也曾遭受类似的背痛,同病相怜,也许是引起彼此共鸣的原因所在。

1900年2月2日,詹姆斯收到斯特吉斯的来信,约定来拉伊小镇的兰姆别墅做

---

① JAMES H. Dearly beloved friends: Henry James's letters to younger men[M]. Ann Arbor: University of Michigan Press, 2001: 117.

② JAMES H. Dearly beloved friends: Henry James's letters to younger men[M]. Ann Arbor: University of Michigan Press, 2001: 117-118.

③ JAMES H. Dearly beloved friends: Henry James's letters to younger men[M]. Ann Arbor: University of Michigan Press, 2001: 122.

客，欣喜之情溢于言表。

你的来信让我痴迷陶醉；我非常高兴你能说出一个近期相聚的好日子，鄙舍会尽其所能欢迎你。肥鸡美味款待；房子打扫干净，装饰焕然一新；仆从乐此不疲。你精心孵化的文学之卵即将破壳而出，准备收获一部新的生命之作，真是令人欣羡。这个幽静的角落不失为一个绝妙的孵化器。你保守隐秘——藏而不露——奥妙无穷。①

文学创作是他们的共同话题。信中所说的“文学之卵”（literary egg），指的是斯特吉斯的第三部小说《贝尔乾伯》（*Belchamber*，1904），寓意他创作这部作品就像孵化一枚鸡蛋一样，一个新的生命即将破壳而出，满怀喜悦迎接它的到来，詹姆斯对朋友的这部新作非常期待。在随后几个月里，对这部小说的批评成为詹姆斯给斯特吉斯写信的主要话题之一。

1900年3月，詹姆斯送给斯特吉斯一本书来纪念他们之间的“交情”，就此开启他热情奔放的“情书”写作，信中措辞的运用几乎很难让人想起适逢创作主要阶段的“大师”（Master）：“‘亨利’沐浴着和煦的阳光，搔首弄姿，温馨舒畅。”②斯特吉斯送给他一件舒适的皇家床垫作为礼物，使詹姆斯喜不自胜、心怀感激。

感谢你送给我的精美物品，使我的生活中有了一个新的特色，加速睡眠，享受奢华——更是一种友谊的提升，尤其是产生一种感激之情。它将与我终生相伴，用它那可爱而坚实的面颊贴近日渐衰退的病体。同时，在长期的亲密接触中，它会让我不断想起你那双优雅的手和那颗慷慨的心。③

1902年9月18日，詹姆斯写信深表自责和惭愧，因为上次收到斯特吉斯的来信还是在夏初，时隔好久才有他的消息。而此时，斯特吉斯却快乐得像个天使。他的远房表弟兼同伴“宝贝”是一名高尔夫球手，他陪同这位“宝贝”去了圣安德鲁斯

① JAMES H. Dearly beloved friends: Henry James's letters to younger men[M]. Ann Arbor: University of Michigan Press, 2001: 123.

② JAMES H. Dearly beloved friends: Henry James's letters to younger men[M]. Ann Arbor: University of Michigan Press, 2001: 125.

③ JAMES H. Dearly beloved friends: Henry James's letters to younger men[M]. Ann Arbor: University of Michigan Press, 2001: 126-127.

(St. Andrews)的著名球场,当“宝贝”尽兴地打球时,他却在尝试着写作。

而此时你却快乐得像个天使。你慷慨的来信很有趣——高尔夫时代或者愤怒时代的可怜的受害者。我看到你在圣安德鲁斯球场,在疯狂挥舞球杆和飞弹的嘶嘶声中,在躲闪逃避的求生中——“试图写作”![①]

心无旁骛,专事写作,才能有所建树。言外之意,詹姆斯对这位朋友的行为表现极为不满,喧闹的环境影响了文学创作。我们可以大胆地推测,这位被称为“宝贝”的海恩斯·史密斯是詹姆斯和斯特吉斯友好关系发展中一个显而易见的障碍。

1903年10月3日,得知斯特吉斯因身体原因可能推迟来访,詹姆斯深感忧伤,建议月底再单独相见。信中态度温和,言辞恳切,以诚相邀。他尤为关心斯特吉斯的身体健康,推荐他尝试一下新药阿司匹林(Aspirin),起镇痛解热消炎的作用,也许会有不一般的疗效。

看在上帝的份上,请了解神奇的新药阿司匹林——一种治疗风湿和痛风的特效药——除非你已经尝试过,发现它并不令人满意——你会感谢我的,如果我没有弄错的话,感谢我及时相告。我自己正借助它来摆脱腰痛和痛风的危机——没有任何不良的预兆——凡是我所听到的人当中没有一个人不称赞它的神奇疗效。[②]

在繁忙的工作中,詹姆斯还始终惦记着斯特吉斯的健康。对年轻朋友如此忠厚慈爱、重情重义,对文学写作如此严谨执着、一丝不苟,表现出文学大师詹姆斯的双重人格魅力。

二、艺术影响潜移默化

作为一名作家,斯特吉斯非常重视詹姆斯的建议,十分感激詹姆斯与他一起度过的时光。1891年,斯特吉斯匿名出版了第一部小说《蒂姆:学校生活的故事》(*Tim*:*A Story of School Life*),以“超越男女之爱”为主题,叙述了寄宿学校两个

① JAMES H. Dearly beloved friends: Henry James's letters to younger men[M]. Ann Arbor: University of Michigan Press, 2001: 127.

② JAMES H. Dearly beloved friends: Henry James's letters to younger men[M]. Ann Arbor: University of Michigan Press, 2001: 130.

青年人的爱情故事，一个瘦弱的男孩蒂姆爱上了一个健壮的小伙子卡罗尔·达利(Carol Darley)，是根据斯特吉斯在伊顿公学不愉快的日子写成的。小说的引言部分写道，“你对我的爱是美妙的，传递了女性的爱”，整个文本则是对男性间爱情的热情辩护。虽然有些伤感，但它的基调却表明蒂姆和卡罗尔的爱既纯洁又崇高，是一种很高尚的事情。[1]麦克米伦出版公司(Macmillan)将其宣传为“美元小说”(Dollar Novels)系列之一，只是没有使用斯特吉斯的名字。也许在王尔德案(Wilde case)之前，斯特吉斯(和麦克米伦)对同性爱情故事的推广已不再多加掩饰。紧随其后，他于 1895 年出版了第二部小说《一切皆有可能》(*All That Was Possible*，1895)，讲述了一位女演员从伦敦退休到威尔士一个偏远山谷的故事，是以书信体的形式写成的。西比尔·克罗夫茨(Sibyl Crofts)被她的长期情人梅德门哈姆伯爵(Medmenham)抛弃，这位伯爵离开她与弗洛伦斯·马洛夫人结了婚。尽管故事情节本身具有说教性，但女主人公本人却很可爱、诚实，即便有模式化之嫌，她似乎并不让人觉得老套。然而，小说的老式风格使它无法成为一部更为优秀的作品，甚至可以说在 1895 年就已经过时了。故事似乎发生在 18 世纪，而不是 19 世纪。

在开始写第三部小说《贝尔乾伯》(*Belchamber*，1904)时，斯特吉斯向詹姆斯寻求帮助，他显然写得艰难。1902 年 1 月 1 日，他写信告诉弗朗西斯·詹金森(Francis Jenkinson)，“……我必须待在家里，努力完成我的一部拙作”[2]。然而，不幸的是，詹姆斯在那部“拙作”(wretched book)上提供的帮助可能导致了他们之间关系的恶化。詹姆斯对这部作品的创作提出了尖锐的批评，尽管斯特吉斯声称这些批评强化了小说的力量，但很难相信詹姆斯直言不讳的评论没有造成伤害。1903 年 11 月 8 日，詹姆斯发回了斯特吉斯提供的大量写作证据，而没有做任何标记和点评。他认为，“首先，微不足道的东西没有什么可做的；另外，即便是有可做的东西，现在做也太迟了”[3]。詹姆斯信中阐明了自己文学创作的严谨态度，具体评论了斯特吉斯的作品，对缺点进行批评，对优点加以鼓励。1903 年 12 月，斯特吉斯明显已经决定停止出版这部小说，詹姆斯劝他不要这样做，两人之间的友谊也随之减弱。

---

① STURGIS H. Tim：a story of school life[M]. London：Macmillan，1891：314.

② JAMES H. Dearly beloved friends：Henry James's letters to younger men[M]. Ann Arbor：University of Michigan Press，2001：119.

③ JAMES H. Dearly beloved friends：Henry James's letters to younger men[M]. Ann Arbor：University of Michigan Press，2001：131.

> 我昨晚回来后发现你太过悲伤的来信,你在信中说"撤回"你的小说——太悲惨、太可怕、太离奇了,我一刻也听不下去。如果你想到任何如此疯狂的事情,你会让我心碎,让我带着所剩无几的灰白头发,悲伤和羞愧地走向坟墓。为什么你会有一个如此反常、如此罪恶的灵感来源?如果是因为我对你说的话,我一定是用奇怪、可悲的笨拙方式表达了自己。①

当詹姆斯的小说《金碗》(*The Golden Bowl*, 1904)发表时,斯特吉斯继续热情友好地评论这部作品,似乎对詹姆斯没有任何恶意,但詹姆斯从未鼓励斯特吉斯继续写作。后来的读者似乎对《贝尔乾伯》的态度比詹姆斯更加友善。1934年,E. M.福斯特(E. M. Forster)在评论伊迪丝·华顿的传记作品《回首往事》(*A Backward Glance*, 1934)中说:"我觉得现在就像当时一样,(《贝尔乾伯》)精彩、有趣、尖锐、沉稳,充满了事件和人物,的确有望成为一部杰作。"②这部当年曾被作者"撤回"(withdrawing)的小说在1935年重新出版,牛津大学出版社于1986年重印。

在《贝尔乾伯》之后,斯特吉斯只出版了两个小作品,一篇短篇小说《在波特库姆檐口》(*On the Pottlecombe Cornice*, 1908)和一篇关于安妮·萨克雷·里奇(Anne Thackeray Ritchie)的纪念文章。斯特吉斯在某些方面吸收了詹姆斯的批评习惯,后来他对西奥多拉·博桑奎特(Theodora Bosanquet)的评论与她本人写的詹姆斯回忆录颇为相似。他告诉博桑奎特,一个陌生人在阅读她对已故的、受人尊敬的雇主的描述时看到的是一幅"风格怪异"(grotesque quality)的画面,"俨然是评论家切斯特顿和艺术家查尔斯·贝雷斯福德的复制品,穿得像个小丑——我相信你不是这样看待亨利的,也不想这样把他介绍给那些从未见过他的人"③。这种批评风格已成为他自己的风格,他早些时候曾提醒博桑奎特:"我有个很不好的毛病,就是喜欢告诉别人我对他们的作品的看法,尽管很多人都很欣赏,但也有一些人感到恼火。"④

然而,在经历詹姆斯文学批评上的严厉教训之后,两人的关系逐渐淡化,见面

---

① JAMES H. Dearly beloved friends: Henry James's letters to younger men[M]. Ann Arbor: University of Michigan Press, 2001: 135-136.

② FORSTER E M. Good society[J]. New Statesman and Nation, 1934, 23 (6): 957.

③ JAMES H. Dearly beloved friends: Henry James's letters to younger men[M]. Ann Arbor: University of Michigan Press, 2001: 120.

④ JAMES H. Dearly beloved friends: Henry James's letters to younger men[M]. Ann Arbor: University of Michigan Press, 2001: 120.

的次数也随之减少。不过，詹姆斯诙谐而热情的来信仍然持续不断。1904—1905年在詹姆斯返美旅行期间，斯特吉斯的美国表兄弟博尔特三人借居在拉伊的兰姆别墅，他们的行为表现让詹姆斯大为不满，但他似乎并没有因此以任何方式指责朋友斯特吉斯。1906年，詹姆斯一反常态，极力称赞斯特吉斯。有时候詹姆斯似乎有意推迟斯特吉斯的来访，1908年秋天詹姆斯告诉他，在拉伊没有适合斯特吉斯和“宝贝”居住的地方——而在20世纪初，詹姆斯则敦促斯特吉斯单独到兰姆别墅见他。詹姆斯和伊迪丝·华顿经常一起开车去皇后庄园(Queen's Acre)看望斯特吉斯，但斯特吉斯去拉伊拜访詹姆斯的次数似乎要少得多。

三、书信往来情意如初

詹姆斯1904—1905年的美国之行是他文学生涯中的一件大事，他在美国的活动和见闻在他的文学创作中留下了浓重的一笔，当然，许多珍贵的信息也记录在他与好友的通信之中。1904年9月，詹姆斯来到美国后与哥嫂暂住一起，斯特吉斯也于这一年的夏季到达美国，两人虽然没能结伴同行，但能在美国相见也是一件荣幸的事情。詹姆斯急切地在信中说，“我们一定要见面，我们一定要聊聊，我们一定要交流——我衷心希望，下个月我们能留出一些空闲时间尽情畅谈”[①]。1905年2月20日，詹姆斯写信给斯特吉斯，津津有味地谈论近来的旅行体验。

> 我把这些都告诉你，好让你知道我真的在努力寻找我的救赎之路。我不能仅仅为了波士顿滑稽剧团的美男子(即使加上冬天的红鼻子)而留下来。但请原谅我焦躁不安的离开——当我再次出现在你面前时，我会更值得你为我停留片刻。我总是想家——但我难以忍受，就像眼睛里带着灰渣旅行——这个国家的“社会奇观”有趣却令人讨厌——一点也不让人陶醉。[②]

詹姆斯在美国这段时间力图寻找一条自我救赎之路，任何美丽的景色都难以激发起他的浓厚兴趣。虽身处远方，詹姆斯仍惦记着斯特吉斯，时刻关注着《贝尔乾伯》(*Belchamber*，1904)的发行情况。他总是在想家，此时收到好友的来信也许

---

① JAMES H. Dearly beloved friends: Henry James's letters to younger men[M]. Ann Arbor: University of Michigan Press, 2001: 138.

② JAMES H. Dearly beloved friends: Henry James's letters to younger men[M]. Ann Arbor: University of Michigan Press, 2001: 141.

是最大的精神宽慰。

1907年2月27日,詹姆斯得知斯特吉斯同父异母的姐姐科德曼太太(Mrs. Codman)去世,情绪极度低落。生死离别,詹姆斯感同身受,便写信安慰斯特吉斯。

> 这件事对你产生的影响和给你留下的印象,简直就是我个人的过往经历,我现在一门心思地想找到你,希望传达这种深刻而清晰的理解。你是我见过的最优秀的天才,在命运的螺丝周期性地转动下畏缩——我从来都不希望你有任何情感危机。人们所能看到以它的名义提出的规劝"较少";但我绝对想和你分享更多——我甚至假装知道这些伤口最疼痛的地方和最疼痛的方式。①

1907年10月17日,詹姆斯主动写信给斯特吉斯,非常羡慕他在意大利中部的"华丽之都"托斯卡纳(Tuscany)度过一个幸福的夏天,迫不及待地想见到他,倾听他的心声,一段肺腑之言,真切感人,回味无穷。

> 我认为这是你所做的一件非常美妙的事情,一件非常令人羡慕和难忘的事情,来到托斯卡纳如此优美的环境中度过一个漫长的夏天,这终究是一段浪漫的旅程,所有的牧羊人和所有的羊群几乎都无法抗拒它的魅力。可是,唉,这让我多么想见到你,多么想听到你的声音,阿卡迪亚的香味依然在你的周围萦绕,托斯卡纳的语音依然从你的唇间冒出。②

1909年7月11日,詹姆斯告诉斯特吉斯自己当时的身体状况和内心感受,两天来身边只有医生和护士,他感到人生孤独无依,生活枯燥乏味,日子痛苦难熬,只好向知己斯特吉斯倾诉。心心相印的朋友,最懂得同甘共苦,彼此分忧解难。

> 我进步不大——进展缓慢,还遭遇挫折。昨天是美好的一天,今天是糟糕的一天,收到这封蹩脚的短笺。但这两天我都坐了五个小时,我会熬过去的。这一切都是那么凄惨寂寞——没有孩子,没有亲友,只有医生、护士和思想——这些糟糕的陪伴。但这不是一声痛苦的哀号,亲爱的霍

---

① JAMES H. Dearly beloved friends: Henry James's letters to younger men[M]. Ann Arbor: University of Michigan Press, 2001: 143-144.

② JAMES H. Dearly beloved friends: Henry James's letters to younger men[M]. Ann Arbor: University of Michigan Press, 2001: 148-149.

华德——这只是一个病人略带疲惫的叹息。[①]

1910年2月6日，詹姆斯在给斯特吉斯的信中说，从1910年起他的身体出现了一些问题，没有食欲，双手僵直，终于卧病在床。拉伊当地的医生找不出病因，怀疑他患有重度抑郁症，而他自己则认为是细嚼进食健康法(Fletcherism)所致。后来，侄子哈里(Harry)从纽约前来探望，哥哥威廉和嫂子爱丽斯也过来陪伴，詹姆斯的病情才慢慢趋于好转。不光是亲人的关爱，朋友的情谊也非常重要。尤其是，斯特吉斯多次探望，温暖呵护，詹姆斯不胜感激。

> 你的悉心关爱让我感动得热泪盈眶——我想让你知道我真的在好转。希望你也能尽快康复——(你的自我介绍)听起来一点也不像。当然，不能说"没有人了解你"——朋友们基本上都知道你和美味的面包一样可口。你看我正在康复；每天渐渐可以坐起来，终于进食不再有强烈的反感(尽管还没有食欲大开)，今天早上好心的医生用汽车带我出去玩了一个半小时。这里是一个美丽、柔和、灰色的早晨，一个最能恢复元气的时候。已经写了三四封这样没精打采的信(我还不能赶写稿件)，有点累了，但我会慢慢恢复过来。[②]

1910年5月的一天，詹姆斯再次写信向斯特吉斯致谢，艺术的追求和朋友的关爱是他的精神依托，对他的康复起到至关重要的作用。

> 我一直保持可怕的沉默，这也在所难免——到现在为止我只能沉闷地写作，付出很大的努力，做出这样的变化和这样的表现，我只是不想使你难受。但我终于感觉好点了——而且相信它还会更好——我想让你知道，这一切都归功于你的无限仁爱。[③]

1910年7月16日，詹姆斯信中说不幸的事情接连发性，感到非常无奈。他自

---

① JAMES H. Dearly beloved friends: Henry James's letters to younger men[M]. Ann Arbor: University of Michigan Press, 2001: 152-153.

② JAMES H. Dearly beloved friends: Henry James's letters to younger men[M]. Ann Arbor: University of Michigan Press, 2001: 153.

③ JAMES H. Dearly beloved friends: Henry James's letters to younger men[M]. Ann Arbor: University of Michigan Press, 2001: 154.

己的身体一直不太好,哥哥威廉的身体也出了问题。他打算陪同哥哥和嫂子一起回美国,旅途中也好有个照应。然后带哥哥去他在新罕布什州的乔科鲁阿(Chocorua in New Hampshire)农场,希望在那里他的健康能够好转。不幸的是,威廉于1910年8月逝世。人生变故,亲人离别,同样降临在詹姆斯身上,此时他最想倾诉的对象当然是自己的好朋友。

> 对我来说,事情一直是且仍然是非常困难,有时简直难以克服——现在仍未完结。星期二晚上,我们从"国外"回来,整个事情犹如一场噩梦(我亲爱的哥哥身体不太好是其中非常令人焦虑的原因),但情况已经大为好转,我经历了一系列不幸的日子(连续三天都非常糟糕,写这个要费很大劲),所以我极为担心,不能如你所愿制订计划。①

1911年10月10日,詹姆斯打算到伦敦度过秋冬季节,此时天气多雨,白天变短,无法正常出去散步,倍感孤独难耐。加之,过去几年的各种应酬已成为一种沉重的精神负担,使詹姆斯不堪其扰,他想尽早远离这种生活状态。闲暇之余,詹姆斯想与斯特吉斯相约一见。

> 迎来送往真是太可恶了。在过去的几年里,我已经受够了这一切,它让我的神经非常紧张,这就是我现在的问题所在——至少在很大程度上,我确信。我受不了了,其实我早就怀着一种强烈的愿望,要尽可能地彻底远离这种不良的环境。我悲哀地意识到,亲爱的老兰姆别墅(我至今仍坚守着它)实际上是一个累赘和负担。同时怀有一种虔诚的感激之情,我仍然幸运地拥有蓓尔美尔街的住所,在压力之下工作——就像暴风雨中一个安全的避风港。②

1912年12月10日,詹姆斯写信向斯特吉斯讲述自己的身体状况,几周来一直在极度痛苦中煎熬。医生专家也无能力,病情没有丝毫的好转。在医护人员的帮助下,得以转移到拉伊小镇的兰姆别墅,他想换一换环境,等稍有转机再返回伦敦的住所。上午11点到下午1点是他状态最好的时候,他想起床处理信件,但根本

---

① JAMES H. Dearly beloved friends: Henry James's letters to younger men[M]. Ann Arbor: University of Michigan Press, 2001: 155-156.

② JAMES H. Dearly beloved friends: Henry James's letters to younger men[M]. Ann Arbor: University of Michigan Press, 2001: 160.

无法坐立，更难以提笔写字。重病的詹姆斯仍想坚持与斯特吉斯通信，无法写信时则电话联系。对詹姆斯来说，感情的沟通和交流也许是一剂抑制病痛的良药。

我已经很久没有告诉你任何消息了，因为除了最令人沮丧的消息，我也没有什么可告诉你的。这几周(现在已经是 11 日)我真的如坠地狱，身陷渊底，紧咬牙关，一直痛苦地嚎叫。一开始我确实想让你知道，我是被一种不祥的、看起来真的很凶险的带状疱疹病毒感染——这种病的表现一直以来绝非言过其实。我真的经历了一场残酷的磨难，而且还没有就此罢休；因为最近几周情况变得特别不正常，甚至可以说是非常可怕，大有愈演愈烈的势头。①

1913 年 4 月 15 日，詹姆斯 70 岁生日之际，收到斯特吉斯的来信，语言生动优美，让他激动不已。多年来詹姆斯对斯特吉斯的关爱丝毫没有减弱，尽管在两人的交往经历过一些波折和困扰。重归于好是詹姆斯最大的期盼。“再也没有比你即将回家更好的消息了。我忍受着巨大的痛苦，迫切地想要见到你——尽管我自己(或者一直)很可怜，但我们各自都会为之而努力。”②

1914 年 1 月 12 日，詹姆斯收到斯特吉斯的来信心情无比喜悦，感慨如此短暂的人生无时无刻不值得珍惜，和知心朋友分享共同的志趣和畅想美好的未来则是一桩最令人高兴和难忘的事。在谈话的最后，詹姆斯感叹人生处在迷茫之中，身不由已会做出一些意想不到的事情，也许是在暗示人生的困境和无奈。

这在一定程度上解释了我的发现，我们似乎正在生活中表现出如此多的“愚蠢”的一面，有时我觉得自己无法承受——但又觉得除了不得不做，我别无他法。一个人——或者我们，越是深入到整个巨大的恐怖之中——它就会变得——越大、越黑、越红。③

当亨利·詹姆斯去世时，霍华德·斯特吉斯非常悲伤，他告诉西奥多拉·博桑

① JAMES H. Dearly beloved friends：Henry James's letters to younger men[M]. Ann Arbor：University of Michigan Press，2001：166-167.

② JAMES H. Dearly beloved friends：Henry James's letters to younger men[M]. Ann Arbor：University of Michigan Press，2001：168.

③ JAMES H. Dearly beloved friends：Henry James's letters to younger men[M]. Ann Arbor：University of Michigan Press，2001：174.

奎特,“我想人们应该感谢他,因为他没有遭受可能发生的事情以及意想不到的可怕的事情。但我似乎感觉到,这么多年的朋友已经走了,我再也见不到他了”①。书信情未了,旧友已亡故,也许给人生留下了无尽的遗憾,斯特吉斯才发出如此感慨。

斯特吉斯本人在1914年患上了胃病,后来被诊断为癌症。当时他做了手术,似乎很成功,但最终还是于1920年1月死于这种疾病。对此伊迪丝·华顿特别提出,“霍华德·斯特吉斯的病情本身就是一种不治之症,许多痛苦在所难免;所以他最好的朋友只能祈求病苦快点结束。幸运的是,他能以平静的心态坦然面对这一切”②。岁月沧桑,百年易老,往昔已成为今人追忆的历史,任人评说两位传奇人物书信传情的一段历史佳话。

第四节　写给休·沃波尔的信

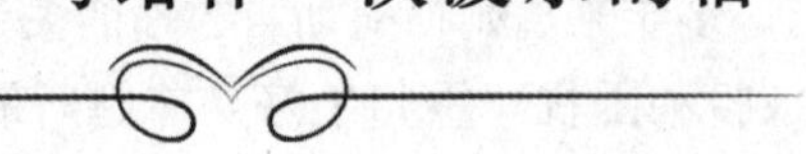

亨利·詹姆斯与休·沃波尔(Hugh Walpole, 1884—1941)之间的通信最早要追溯到1908年12月,当时65岁的詹姆斯收到一封来自24岁的沃波尔的自荐信,声称随着他的第一部小说被接受,他即将跨入“虚构艺术的门槛”(on the threshold of fictive art)③。令人惋惜的是,那封被詹姆斯后来称为“清新优雅”“令人欣慰”和“富有魅力”的信并没有保存下来。④ 1908年12月13日,在写给沃波尔的回信中詹姆斯对未能重温几天前那封恳切感人的来信深表遗憾,并对他将要从事的新闻业表示强烈的关注。“我猜想你即将投身于新闻业的深海之中——希望你能够安全地挺过更加险恶的惊涛骇浪(我曾遭受过无数次的打击)。”⑤ 1909年11月,沃波

① JAMES H. Dearly beloved friends: Henry James's letters to younger men[M]. Ann Arbor: University of Michigan Press, 2001: 120.

② WHARTON, E. A backward glance[M]. New York: Charles Scribner's Sons, 1964: 365.

③ JAMES H. Dearly beloved friends: Henry James's letters to younger men[M]. Ann Arbor: University of Michigan Press, 2001: 185.

④ JAMES H. Letters to A. C. Benson and Auguste Monod[M]. London: Elkin Mathews and Marot, 1930: 66.

⑤ JAMES H. Dearly beloved friends: Henry James's letters to younger men[M]. Ann Arbor: University of Michigan Press, 2001: 182.

尔辞去他在爱普生学院(Epsom College)低年级的教职,到伦敦文学社(London Literature Agency)工作。他近期一直在为《标准报》(*Standard*)撰写小说评论。在 1908 年 12 月 19 日的信中,詹姆斯又强调说:“不管从事新闻业还是非新闻业(这些都是非常重要的考虑因素),我强烈地请求你,一定要给我写信,给我寄书,还要来看我;最重要是,你要尽可能地控制自己的脾气,牢牢把握你令人羡慕不已的青春!”[①]这是一位长者对后生晚辈的殷切希望和对青春岁月的无尽羡慕。

随后发生的事情表明,休·沃波尔的那封信不只是他惯常“给作家写信”的又一例证。除了对詹姆斯的崇拜和对名望的追求之外,它一定还暗示了沃波尔反复关注的问题之一,即寻找理想的朋友,他本人称之为寻找“真正对的那个人”(the real right man)[②]。虽说这封信很冒昧,但詹姆斯却不以为然。相反,他热情地回复了这个年轻人,在与其他朋友的长期关系中至少为他提供了另一种“连接”(link)方式。然而,不断自我反思的詹姆斯不得不承认,在沃波尔早期的历程中有他自己年轻时的显著特征:出生在国外的英国国教牧师的儿子;于 10 岁前往返于新西兰、美国和英国之间的孩子;没有真正“家”的感觉和缺乏自信的学者;结交甚广但缺少密友的剑桥应届毕业生;即将来到伦敦的有志作家;“在某种程度上害怕女人”而“与自己同性别的人在一起总是相对轻松”的年轻男子。[③]从这位年轻人的青春活力、他的文学抱负以及他对知识经验的狂热追求中,年长的詹姆斯无疑发现了许多值得羡慕和钦佩的地方。无论如何,结果是一次通信便迅速发展为喜爱和友谊,很快就有了亲密的表示。

一、书信延续友谊

1909 年 1 月 8 日,詹姆斯满怀喜悦地回复沃波尔的来信,他说自己一百年来一直在写信,而年轻的沃波尔则是在“在辽阔的书信绿色草原之上咩咩跳跃的一只白色的羔羊”。[④]一老一少的鲜活形象跃然纸上,书信与友谊同在,绿色与生命共存,

---

① JAMES H. Dearly beloved friends: Henry James's letters to younger men[M]. Ann Arbor: University of Michigan Press, 2001: 183.

② HART-DAVIS R. Hugh Walpole: a biography[M]. New York: Macmillan, 1952: 32.

③ HART-DAVIS R. Hugh Walpole: a biography[M]. New York: Macmillan, 1952: 12-35.

④ JAMES H. Dearly beloved friends: Henry James's letters to younger men[M]. Ann Arbor: University of Michigan Press, 2001: 183.

言简意赅,寓意深刻,诙谐幽默。然而,直到1909年2月,两人才在伦敦第一次见面,沃波尔为此而作的日记记录也表明,他向詹姆斯寻求的不仅仅是他的认可:

> 在改良俱乐部与亨利·詹姆斯单独共进晚餐。他太棒了。迄今为止,他是我所见过的最伟大的人——但谦卑柔和,情深意切——十分惬意。谈起他自己、他的书和一些趣事滔滔不绝。那是一个美好的夜晚。①

后来沃波尔又在周末多次造访詹姆斯在拉伊的兰姆别墅,这些事件在沃波尔的日记中都有记录,结识这样的好友心喜之情实在让他难以用语言来形容。沃波尔在随后的文学创作中甚至用小说家亨利·盖伦(Henry Galleon)或"奥迪先生"(Mr. Oddy)的形象来描写亨利·詹姆斯,足见其对大师的崇敬和喜爱。②

1909年2月13日,编辑史密斯·埃尔德(Smith Elder)接受出版沃波尔的第一部小说《木马》(*The Wooden Horse*)之后,沃波尔在文学界将会有更好的发展前景,同时也即将走过漫长而艰难的创作历程。1909年3月28日,詹姆斯在写给沃波尔的回信中说:"在小休即将跨入虚构艺术的门槛之际,我有足够的柔情,会为他流下怜悯和同情的泪水。"③

1909年6月3日,詹姆斯在信中说,他几天来一直忍受痛风的折磨,晚上只能仰面而卧。"我本想通知你过来看我半个小时——后来又打消了这个念头,因为我觉得我不能——也绝不愿——向你展示我病弱沮丧的状态。"④可见,病中的詹姆斯考虑的不是个人的感受,而是对年轻朋友的体谅。

詹姆斯对他们俩之间短暂而紧张的关系也有过自己的描述。1909年6月5日,詹姆斯写信向朋友A.C.本森(A. C. Benson)道谢:"你最近送给我的最好礼物就是让我结识了可爱、有趣的年轻人休·沃波尔。"⑤在接下来短暂的六个星期

---

① JAMES H. Dearly beloved friends: Henry James's letters to younger men[M]. Ann Arbor: University of Michigan Press, 2001: 176.

② 参见休·沃波尔作品中对小说家肖像的描述:*Fortitude* (1913), *All Souls' Night* (1925), *The Apple Trees* (1932)。

③ JAMES H. Dearly beloved friends: Henry James's letters to younger men[M]. Ann Arbor: University of Michigan Press, 2001: 185.

④ JAMES H. Dearly beloved friends: Henry James's letters to younger men[M]. Ann Arbor: University of Michigan Press, 2001: 186.

⑤ JAMES H. Henry James letters, 1895—1916[M]. Cambridge: Belknap-Harvard University Press, 1984: 522.

里，则直接称之为“亲密的朋友”①。到10月中旬，沃波尔从兰姆别墅给母亲写信说，詹姆斯希望他“最好无限期”留下来。②尽管偶尔拜访而不是无限期停留就足够了，但沃波尔连续不断的来信的确让詹姆斯激动、兴奋和愉悦。坦率的詹姆斯肯定会感受到，这个令人羡慕不已的年轻人给他带来了书信的挑战。

1909年8月16日，詹姆斯在信中道出了自己的心声，沃波尔有着自己丰富多彩的生活，而他过着悠闲幸福的日子，两人以不同的方式共同书写着各自的艺术人生。

> 你的话语不多却很狂热，我充分理解：它们给我一种朦胧的感觉，一种与你在一起和你与我在一起的感觉，即便是你在生气发怒。天知道，不管你写不写信，你都是那样——但是当那种外在的、可见的小标志出现时，你会一时间散发出几分魅力(尽管微乎其微)。无论如何，你都有权过你的多样生活，在看似永恒的马戏团的铁环中不断跳跃……你必须按照我的套路去做。然而，这种告诫显然是不必要的。我在那里过着非常安静、悠闲——但富有成果，而且，我认为并相信，很幸福的艺术时光。③

1909年8月24日，詹姆斯信中表达了对沃波尔写作才华的高度肯定和对他未来发展的无限期待。

> 与其说是收到你的来信时你的文学或书信作品使我使我眼花缭乱、心驰神往，倒不如说是你的辉煌岁月和勇猛青春使然。在汹涌的社会波涛中，在广阔的接触与征服的海洋中，显然，你在尽情地遨游！我期待着你，深情地(请记住)，像一个无与伦比的采珠人一样(当你再次浮出水面时——我被隔绝的水面)，给我带来除你信中所包含的那些以外的、无价的颗粒——我显然指的是那些不包含在内的珍宝！④

---

① JAMES H. Letters to，A. C. Benson and Auguste Monod[M]. London：Elkin Mathews and Marot，1930：69.

② HART-DAVIS R. Hugh Walpole：a biography[M]. New York：Macmillan，1952：72.

③ JAMES H. Dearly beloved friends：Henry James's letters to younger men[M]. Ann Arbor：University of Michigan Press，2001：188.

④ JAMES H. Dearly beloved friends：Henry James's letters to younger men[M]. Ann Arbor：University of Michigan Press，2001：189.

朋友之间的相互吸引是多方面的,既有内在的品质又有外在的形象。1909年9月8日,詹姆斯信中形象化地描述了英俊潇洒的沃波尔,对他的存在充满天真的幻想,拥有这样一位年轻的朋友也给他带来无限的快乐。

然而,我或多或少地处于你存在的天真的幻想之下——我已经把你设定在我面前,当你从自己棕色的小沙漠里向外眺望我时,带着一种确实很优美的直接识别和智慧,我可以面对你年轻英俊的脸庞告诉你,这样拥有你给了我无限的快乐。你向我提出了一个想法,似乎是有意而为之——尽管我可以与其他一百个人分享这个小谬论;作为对这句话的回应,当我们的目光相遇时,我似乎要为我们令人钦佩、无与伦比的关系做点什么(以便守得更牢、抓得更紧)。①

1909年12月23日,詹姆斯在圣诞节前满怀深情地写信给沃波尔,为他送去最真诚的关怀、最真挚的问候和最真切的情谊。

非常感谢你对我的"喜欢你和我在一起"充满希望的假设。"爱我至死不渝"的话深深打动了我;它给了我一个如此美丽的保证,使我在某种程度上能够抵抗纯粹的地球灭绝。是的,我希望那样的事情发生,我内心深处想到:你的爱会一直持续下去——直到永远。②

1909年12月28日,詹姆斯写信给沃波尔,谈及他们面临的经济困境,愿意提供力所能及的帮助。急朋友之所急,想朋友之所想,患难之处见真情。

收到你如此动人的话语,我只想说一句:请不要用这可怜而不足的5英镑买写字台;把这点钱积攒下来(如果可以的话),作为购买力的一部分,我非常希望不久以后,我就能够进一步帮助你。年底和年初让我往往在经济上不堪重负、消耗殆尽——今年更是如此;但有望及早得到缓解,使我能够补充上述不足的资金——至少足以带来我们想要的某种相当体

---

① JAMES H. Dearly beloved friends: Henry James's letters to younger men[M]. Ann Arbor: University of Michigan Press, 2001: 191.

② JAMES H. Dearly beloved friends: Henry James's letters to younger men[M]. Ann Arbor: University of Michigan Press, 2001: 197-198.

面的结果。[①]

1910年2月6日，詹姆斯在信中说自己最近病得很厉害，简直无法写作，根本不适合出行，但他又不想一直封闭在家里，想换一换环境，改变一下氛围，更想见一见朋友沃波尔。病中的詹姆斯仍然关注着沃波尔的文学创作，就作品的主题表达，悉心地给予指导。

你的书对生活有一种强烈的感觉和热爱——但在我看来，它几乎像不假思索的特洛伊人一样幼稚，而且你的主要缺陷是你进入了一个主题——即马拉迪克和他的妻子、那个文人和他的妻子之间的婚姻、两性、室友关系——因为这些是整个事件的关键——必须加以处理和面对，才会有意义。[②]

休·沃波尔的小说《四十岁的马拉迪克》(*Maradick at Forty*)于1910年4月出版。在此之前，詹姆斯就小说的主题内容提出自己的批评，观点犀利，直中要害。他真的是从一个老批评家的视角，对后生晚辈的作品进行一番品头论足和刻意挑剔，丝毫没有顾及沃波尔的承受程度。也许这样严格的要求有助年轻人在职业生涯中的成长和发展。在大师看来，艺术创作和个人情感应区分对待，作品和生活绝不能混为一谈。

1910年7月20日，詹姆斯写信告知沃波尔，自己近况复杂，精神状态极差，加之，哥哥威廉旧病复发，使他焦虑不安，渴望与朋友相见。

是的，我们长久的分离既可恶又可怕——但可悲的是，这又不可避免。如果你的信没有来，这一刻我仍然会一直给你写信，我非常渴望见到你。我的情况很复杂，我不仅仍然遭受精神紧张之苦，每一小时——每一分钟都需要战斗，而且我哥哥病情不稳定（心脏病复发）以及许多生活和个人问题，使我极度焦虑和备受折磨。[③]

---

① JAMES H. Dearly beloved friends：Henry James's letters to younger men[M]. Ann Arbor：University of Michigan Press，2001：198.

② JAMES H. Dearly beloved friends：Henry James's letters to younger men[M]. Ann Arbor：University of Michigan Press，2001：200.

③ JAMES H. Dearly beloved friends：Henry James's letters to younger men[M]. Ann Arbor：University of Michigan Press，2001：201.

1910年10月27日,詹姆斯写信给沃波尔,诉说哥哥威廉去世后给他带来的沉痛打击,悲凉的处境、暗淡的时光和阴郁的心情几乎使他难以承受。此时,他更需要好友给予心灵上的抚慰和默默地陪伴,非常期盼命运转机,好日子早点到来。

我亲爱的休,我做得很好,我从等待中得到了收获,这两个星期以来,我似乎终于迎来了真正美好的一天,拥有了更加坚定的信念和强大的力量。……你当然会沉浸在欢快的工作中,也当然会畅游在社交的漩涡里。畅游吧,畅游吧,但切莫沉沦,尽管我愿意冒任何风险拯救你,但我现在离得很远,正忙于拯救自己。①

二、写作传递真情

1911年4月15日,詹姆斯在信中对沃波尔的第三部小说《珀林先生和特莱尔先生》(*Mr. Perrin and Mr. Traill*)提出具体的评论意见。在对这部作品的评析和解读中,明确表达了自己的艺术审美追求和文学批评理念。

你也知道,我是一个十分令人讨厌的读者——对欣赏有一种狂热,换句话说,对批评有一种狂热,因为后者是通向前者的唯一途径。欣赏是占有,只有通过批评,我才能把我所感兴趣的东西变成自己的。但在我长期以来所遇到的人当中,似乎都对这一过程无所作为——或者更确切地说,几乎每个人(正是因为"阅读"得较多)都讨厌它的应用。②

詹姆斯认为沃波尔的主要问题在于,找不出他写作的中心所在,那是个绝对不可缺少的固定要素和构成亮点,是审视人物的依据和选取素材的参照。写这封信时适逢詹姆斯68岁的生日,但他并未在信中提及此事。

我注意到这一点——你会深刻地感受到吗?——因为主题,你的主

① JAMES H. Dearly beloved friends: Henry James's letters to younger men[M]. Ann Arbor: University of Michigan Press, 2001: 202-203.

② JAMES H. Dearly beloved friends: Henry James's letters to younger men[M]. Ann Arbor: University of Michigan Press, 2001: 205-206.

> 题，有一个操作的、感觉的中心，会更加和谐、有效地表达自己。很明显，你之前写的这些题材都令人钦佩，总之，最亲爱的，最亲爱的休，已经促使你写一本书，这将极大地改善你的处境。所以（认识到这一点很重要），不要觉得你痴情的老朋友歧视只是为了摧毁——也就是说，摧毁对他的依恋，那是在你身上持久和强烈地感受到的他梦中的最爱！①

詹姆斯对沃波尔的作品批评多于赞赏，而沃波尔对他的作品则赞赏有加。1911年10月13日，詹姆斯了解到沃波尔在《标准报》（*Standard*）上发表评论，赞美他的作品《呐喊》（*The Outcry*，1911），言辞真切感人，便写信致谢。

> 我刚才吃早饭时读了《标准报》，被你那份迷人的侠义豪情打动、融化——而我对你的作品的关注却相对不温不火。针锋相对！好吧，亲爱的，亲爱的，小休，你做得确实很棒——我似乎沐浴在荣耀之中——下次出门时即便戴上我那顶节俭的旧帽子，也会像用纯金制成的海湾花环一样光彩照人。②

1912年9月27日，詹姆斯收到沃波尔的来信，感到无限的欣慰和欢喜，书信往来不断增进两人的感情交流，偶尔短暂的相聚会留下无限美好回忆。

> 你很幸运，死里逃生地穿过了严密的卢卡斯防线——你一定从有利的角度在想，在这场争夺中你的朋友似乎以很小代价在这里招待你，他的生活单调得可怕。开个小玩笑而已，因为我知道，最亲爱的小伙子，我们在一起的时光再也没有比那两个特别深沉的夜晚让我们感到更美好了。③

此时，两个朋友感觉到比以往任何时候都更亲近，他们彼此相处是那么美好、那么精彩和那么高雅。甚至那也算不了什么，因为他们坚信将来一定还会更好。再也没有比这更有情趣、更令人羡慕和更崇高的事情了！他们最终的心愿是能拥

---

① JAMES H. Dearly beloved friends: Henry James's letters to younger men[M]. Ann Arbor: University of Michigan Press, 2001: 206.

② JAMES H. Dearly beloved friends: Henry James's letters to younger men[M]. Ann Arbor: University of Michigan Press, 2001: 210.

③ JAMES H. Dearly beloved friends: Henry James's letters to younger men[M]. Ann Arbor: University of Michigan Press, 2001: 211.

有所有的美丽、真实和伟大。

1912年12月25日，一个闷热、阴暗的圣诞节早晨，沃波尔热情洋溢的来信在詹姆斯的心中激起了波澜，他在信中回复说："我的身体状况仍然很糟糕，我每次坐下来写作不到一两分钟，感觉'可恶的疾病'在加重。"①从1912年9月初，詹姆斯就患上了带状疱疹，症状日渐严重，对此病拉伊当地的医生和伦敦的医生都束手无策，实在是一种难言之痛。此时的沃波尔在《标准报》工作4年之后突然遭到辞退而备受打击，詹姆斯极力劝导。这是"日常工作中每天都会发生的事情"，要坦然接受"另一种命运的安排"。②詹姆斯对沃波尔嘘寒问暖，恳挚慰勉。

1913年4月15日，是詹姆斯的70周岁生日，隆重的生日庆典策划一度打破了他生活的平静。在珀西·卢伯克、休·沃波尔、埃德蒙·戈斯等人的组织下，詹姆斯的270位朋友赠送给他一个银质镀金汤碗，并委托著名画家约翰·辛格·萨金特(John Singer Sargent)为他画像。③ 1913年4月29日，詹姆斯写信向沃波尔致谢，并在信中谈到自己的最新传记作品《童年及其他》(*A Small Boy and Others*, 1913)及其对沃波尔的影响。

> 我非常感谢你对这个愚昧无知、自以为是的小男孩的耐心；这无疑是一次大胆的尝试，用我从6个月大到十几岁时罕见意识的描写来愉悦这个世界——更有甚者，当我开始挖掘源泉时，我发现它来了，清澈的溪流——我喜欢它到来的方式。它至少带着一份古老的虔诚和勇敢的期盼。你说有些段落把你"打败"(defeat)了，这让我有点不安——或者说非常不安——如果我明白你的意思的话。我把你的意思理解为，你觉得它们很难理解，晦涩难懂，或者迂回曲折——这是一阵剧痛，也证明了我是一个真正的不沟通的沟通者——一件非常糟糕的事情。④

1913年10月14日，詹姆斯与沃波尔通信中谈到他即将完成的第二部传记作

① JAMES H. Dearly beloved friends: Henry James's letters to younger men[M]. Ann Arbor: University of Michigan Press, 2001: 212.

② JAMES H. Dearly beloved friends: Henry James's letters to younger men[M]. Ann Arbor: University of Michigan Press, 2001: 213.

③ EDEL L. Henry James: the master, 1901—1916[M]. Philadelphia: Lippincott Company, 1972: 483-89.

④ JAMES H. Dearly beloved friends: Henry James's letters to younger men[M]. Ann Arbor: University of Michigan Press, 2001: 217.

品《作为儿子和兄弟的札记》(*Notes of a Son and Brother*, 1914),沃波尔也将要完成他的小说《雷克斯公爵夫人》(*The Duchess of Wrexe*, 1914)。命运迎来新的转机,两人满怀喜悦,打算相聚庆贺。

> 我们一起痛饮——源源不断的甘泉——庆祝彼此的胜利。把对你有利的因素都告诉我。我能否认为你在寂静的避难所得到了利益和安慰——但我仍会认为在伦敦战斗的乐趣适当的时候会让青春年少的你得意忘形。这就是我们命运的奇妙轮转——那是你的命运。而我的命运,感谢上帝,早已停止轮转,即使达到静止不动,我也由衷地感激。①

1913年11月3日,詹姆斯与沃波尔通信,表达了渴望与他相见的急切心情,以及跨越时间与他交流的坚定决心。

> 我非常渴望见到你,即便是我在你面前显得多么的窘迫和糟糕。当我无情地变老而你却越发年轻时,我们跨越时间(可怕的时间)的鸿沟进行交流;但是,让我们无论面临什么不利的情况,都尽我们所能去做——让我们在困难面前,留有足够的可能性。为此,首先,我将在几天之内把我对你提及的那部没完没了的作品清理干净——我将在一个几乎毫无牵挂的场景中接待你。②

然而,如此愉快的关系却相对短暂。在他们认识仅仅6年之后,也就是在1914年9月,沃波尔因弱视,不适合服兵役,便以记者的身份前往俄国。得知这一消息,詹姆斯深受感动,但一想到好友即将离开伦敦,难免有些伤心。他在写给沃波尔的信中这样说:

> 你的冒险具有最豪迈的勇气和最坚定的决心,一切都值得我为它祝福、欢呼和骄傲。这会让你产生极大的兴趣,给你带来各种利益,为你增添各种荣耀,但这并不能阻止我对你的强烈的思念,在痛苦的煎熬中对你

---

① JAMES H. Dearly beloved friends: Henry James's letters to younger men[M]. Ann Arbor: University of Michigan Press, 2001: 222.

② JAMES H. Dearly beloved friends: Henry James's letters to younger men[M]. Ann Arbor: University of Michigan Press, 2001: 223.

的想念。[1]

1914年10月29日,詹姆斯期盼已久才收到沃波尔如此简短的来信,内容几近空白。他一直牵挂着沃波尔在俄国的近况,只能从朋友平克(Pinker)那里间接地了解到一点消息,为此深感焦虑和不安。现如今极度失落的詹姆斯不禁发出了对灵魂的拷问,为什么人们这么残酷地对待友情。

> 我听到的关于你的一句明确的话来自善良的平克,好极了,从来没有像他最近表现这么好。三周前他跟我说的话,给了我一种渴望已久的肯定。然而,如果今天早上一看到你的笔迹,我的心怦然而动,而在你无情的空白,可以说,页面空白下,我的心瞬间坠落。我的这一页书信在寄给你的途中,也许会因为空白不够而感到痛苦:但我仍然不顾及个人的颜面,问自己为什么在如此忠诚的盟友之间,会被谴责为纯粹的赤裸相见。[2]

1914年11月21日,詹姆斯在信中谈到一战时期伦敦的萧条和冷落,人们很少见面,交往日渐减少。到处都是令人悲伤的人物,而那里的女人很让人钦佩,她们在默默地奉献。战争各国死伤惨重,詹姆斯在医院亲眼目睹了一些伤病员,还有无数青年,他认识的和不认识的,踊跃参军作战。书信中记述的一幕幕情景、一桩桩往事,是对战争的强烈声讨和严厉控诉,同时也表达了一位有良知的作者的道德追求和和平期盼,强烈的正义感促使詹姆斯在1915年加入英国国籍。

> 然后左右两边都是令人悲伤的人物——尽管是那么高傲挺拔——为他们遭受的打击而悲伤。那里的女人令人钦佩——母亲、妻子、姐妹;特别是母亲,因为被提供和夺走的正是如此年轻的生命,未来的优良种子。他们被夺走的速度令人震惊——但随后我想到法国和俄罗斯,甚至德国本身,看到的景象简直让人焦虑和心碎。“德国士兵的尸体,德国士兵的尸体!”[3]

---

① JAMES H. Dearly beloved friends: Henry James's letters to younger men[M]. Ann Arbor: University of Michigan Press, 2001: 227.

② JAMES H. Dearly beloved friends: Henry James's letters to younger men[M]. Ann Arbor: University of Michigan Press, 2001: 227-228.

③ JAMES H. Dearly beloved friends: Henry James's letters to younger men[M]. Ann Arbor: University of Michigan Press, 2001: 230-231.

1915年2月14日，詹姆斯收到沃波尔有趣又暖心的来信，感到格外欣喜。回信中叮嘱他在枪林弹雨中一定要保护好自己。“我这次只是深深地恳求你，不要把自己投入到激烈的军事行动中，因缺乏最起码的正常视力显然会使你陷入毁灭——你在之前的信中曾向我描述过那一刻不幸失明的情形。”[①]同时，鼓励沃波尔体验丰富多彩的生活，描写复杂多变的现象，记录阳光明媚的日子，这也是詹姆斯一直在倡导的文学创作理念。

书信寄托了对朋友无尽情思和的无限牵挂，但令人遗憾的是，自从1914年9月沃波尔离开英国，直到1916年2月詹姆斯去世前，他们再也没有机会见面。1916年3月13日沃波尔有一则日记记录，与他们第一次相见时那种欢快热烈的气氛描写形成鲜明的对比：“今天32岁！本应是快乐的一天，我却在报纸上读到亨利·詹姆斯的死讯，顿感乌云密布。这对我是个极大的打击。”[②]又过了16年，这位年轻的作家才对詹姆斯所说的“我们令人钦佩的、无与伦比的关系”作出更全面的评论：“我热爱他，害怕他，厌烦他，被他的智慧所震撼，被他的精细所惊呆，完全被他的善良、慷慨、孩子般纯洁的感情、始终如一的忠诚、调皮的幽默所征服。”[③]

三、艺术成就人生

詹姆斯的文学创作旨在追求优美的艺术形式和高尚的道德内容。“他是先有了那种思想，才有那种风格的。”[④]欣赏他的作品需要细读和耐心，只有在认真领略其外在美的同时，才能真正品味其内在美，全面透视其优美形式和高雅内容的完美统一。从理论上讲，无比辉煌的形式可以表现无限丰富的内容。然而，对于詹姆斯来说，书信只是他所有情感累积的外在的、可见的表象，一种难以言喻的情感的有形呈现，一种感激和友爱的象征，一种倾诉爱意的最简略甚至拙劣的方式。他是在用喜欢的、自由的、徒劳的方法努力作出如此善巧的表达。1911年4月15日，他在

---

① JAMES H. Dearly beloved friends：Henry James's letters to younger men[M]. Ann Arbor：University of Michigan Press，2001：235.

② JAMES H. Dearly beloved friends：Henry James's letters to younger men[M]. Ann Arbor：University of Michigan Press，2001：176.

③ JAMES H. Dearly beloved friends：Henry James's letters to younger men[M]. Ann Arbor：University of Michigan Press，2001：176.

④ MACNAUGHTON W R. Henry James：the later novels[M]. Boston：Twayne Publishers，1982：24.

写给住院治疗的沃波尔的信中使用了一个典型的比喻："那么让我这样向你稍微解释一下——我所指的亲密关系，简直就像我给你带来果冻、葡萄、《斯特兰杂志》(*Strand Magazine*)，甚至是阿诺德·贝内特(Arnold Bennett)的最新小说一样。"[①]原来在1911年3月，沃波尔不幸染上猩红热病，住进北伦敦医院(North London hospital)，詹姆斯得知消息后及时写信表示关切和问候。因为詹姆斯总以为他写给沃波尔的信比新闻和信息更有营养。其目的是建立密切的联系，点燃友爱的火焰，抚慰孤寂的心灵，缓解沉重的压力。但这种比喻性的表达总是违背了任何更加字面化或原始性的定义。

在经历40多年的写作之后，尽管詹姆斯以前与同样年轻的亨德里克·安德森(Hendrik Andersen)有过亲密关系，但他仍然竭力表达自己对沃波尔的友情。1912年5月19日，他在写给沃波尔的信中为自己对俄罗斯小说家的低评辩护："只有形式才能接受、持有和保存实质内容——使它免受连篇空话之苦。"[②]但在书信写作中詹姆斯用了一种完全不同的方式证明了这一观察的真实性。因为他对情书的形式一无所知，至少在他与沃波尔通信的早期，即使不完全是"连篇空话"(helpless verbiage)，也把他降低到陈词滥调、平淡乏味和重复放大的地步。例如，"所以现在说得已经够多了——尽管如此，仍觉得意犹未尽。谈得很深入——很深入、很深入、很深入"[③]。"对你绽放的、爆裂的、跳跃的活力，我感到无限欣慰(请原谅我的俗套!)"[④]"我不知道该如何生动地表述，我多么渴望轻拍你的背，或者真正把你留在我心里。我感受它、了解它、喜欢它。"[⑤]诸如此类的话不胜枚举。简而言之，詹姆斯的"执行力"(powers of execution)不足以满足他的"内心渴望和梦想"(inward yearnings and dreams)，这或许只是说，私人情感和公开表达之间的鸿沟无法弥合。如果詹姆斯愿意写在纸上的东西是有限度的，那么他能够写在纸上的东西也是有限度的。在写给沃波尔的信中，他曾使用一个意象表达："大象如此仁慈

① JAMES H. Dearly beloved friends: Henry James's letters to younger men[M]. Ann Arbor: University of Michigan Press, 2001: 204-205.

② JAMES H. Dearly beloved friends: Henry James's letters to younger men[M]. Ann Arbor: University of Michigan Press, 2001: 177.

③ JAMES H. Dearly beloved friends: Henry James's letters to younger men[M]. Ann Arbor: University of Michigan Press, 2001: 185-186.

④ JAMES H. Dearly beloved friends: Henry James's letters to younger men[M]. Ann Arbor: University of Michigan Press, 2001: 189.

⑤ JAMES H. Dearly beloved friends: Henry James's letters to younger men[M]. Ann Arbor: University of Michigan Press, 2001: 177-178.

地抓住你”。[1]里昂・埃德尔解释说，大象的意象与沃波尔的其中一部小说相关联，它在一些信中反复出现，明显带有喜剧的色彩。[2]在很多情况下，我们能够感觉到这种意象从根本上是正确的，大象确实在尽其所能地引导着沃波尔的写作。

这种缺乏精确性的现象不仅仅是书信的惯例，不仅仅是单纯的语言无法传达真实情感的借口，不仅仅是对语言无法充分传达意义或现实的后现代咒语的某种预期。这也不是简单地起因于沉默或谨慎，尽管沃波尔后来认为詹姆斯在相当大的程度上具有第一种性格特质。1913 年 1 月 30 日，詹姆斯口述并打印了这封信，在信的手写附言中，他声称“他对你的感情，要知道，是无法在雷明顿困惑的脸上流露出来的”[3]；但他也发现，即使在午夜的笔下，他对沃波尔的感情也是无法表露的。对詹姆斯来说，谈情说爱的书面语言显然来之不易，也不自然。1911 年 10 月 13 日，有一封信的问候语“从朋友（说得委婉一些）到朋友，从大师到学生”[4]，表明了一个反复出现的问题：如果不仅仅是不愿说出实情，詹姆斯真不知道该如何称呼他与小休的亲密关系，意识到“朋友”这个委婉的说法根本没有给他们两人提供多少帮助。虽然在最后的表述中可能更加明确，但詹姆斯仍然觉得有必要使用法语词“maître”和“elève”，或许他认为，这些词语的异域性正是区别和提升这种关系的关键所在。在 1909 年 12 月 23 日的另一封信中，詹姆斯试图把他在语言上的失败归因于拉伊的沉闷氛围。他抱怨道：“在我们可怜、俗气的小街道的粗陋土地上，情感的表达增长与否根本不值得谈论或思考。”[5]但事实上，束缚他的是心灵的地理，而不是拉伊的地理。

当然，除了写信之外，增进情感更可取的方式往往是拜访和谈话，有机会就“紧紧相依”“倾心交谈”。他们见面时，显然并不缺乏相互理解。但沃波尔在这段关系中凸显的“困惑”（bewilderment）也不少。他强调詹姆斯“在我认识他的大部分时间里还是个病人，而我那时候非常健康，充满活力，就像游乐场上的旋转木马一样。

---

① JAMES H. Dearly beloved friends：Henry James's letters to younger men[M]. Ann Arbor：University of Michigan Press，2001：178.

② EDEL L. Hugh Walpole and Henry James：the fantasy of the “Killer and the Slain”[J]. American Imago，1951，8：363-364.

③ JAMES H. Dearly beloved friends：Henry James's letters to younger men[M]. Ann Arbor：University of Michigan Press，2001：215.

④ JAMES H. Dearly beloved friends：Henry James's letters to younger men[M]. Ann Arbor：University of Michigan Press，2001：210.

⑤ JAMES H. Dearly beloved friends：Henry James's letters to younger men[M]. Ann Arbor：University of Michigan Press，2001：197.

正是这种活力吸引和迷惑了他”[1]。因此,聪明颖悟的詹姆斯也常常被沃波尔弄得不知所措,笨嘴拙舌的詹姆斯对表达爱意的语言既缺乏信心又不明确,当谈到沃波尔相对大胆进取而充满活力的生活时詹姆斯便充满溢美之词。詹姆斯的语言通常强化了一个过度夸张或过度动情的年轻人的形象。这些书信揭示了沃波尔在何种程度上作为一个“勇敢的青年”而不是一个“怯懦的婴儿”为詹姆斯而存在。沃波尔拥有“令人羡慕不已的青春”和欢乐,但正如我们所知,生活并不全是欢乐,生活也不全是工作。他即将投身于“新闻业的深海”,“跨入虚构艺术的门槛”。他是一个“充满活力”,“过着多样生活”,经受过“无情历练”的人物。对于一个既满足于观察个人表现,又热衷于塑造职业生涯的詹姆斯来说,这一切是那样令人眼花缭乱和痴迷陶醉。

面对这些迥然不同的回应,当代读者很难确定两人之间是否真的没有晦涩难懂或模棱两可之处。借用詹姆斯写给A. C. 本森的信中一句迂回曲折的话来说,他与沃波尔的通信“让人对终极定义的渴望有点不够满足”。[2]但即使不能给出终极定义,也仍有可能进行比喻性的描述。各种各样的主题在这里勾勒出远离伦敦的生活的孤独和孤寂,在别人看来可能是完全自给自足的生活中度过的岁月,一个年轻的伴侣终于缓解了漫长的孤独、交流的困难、青年和老年之间的巨大分歧、受教育者对未受教育者应承担的责任,最重要的是,一个年轻人对“大师”的忠诚,“他对我的爱超过了他以前对任何事物的爱”[3]。这是18世纪英国著名小说家丹尼尔·笛福(Daniel Defoe, 1660—1731)在其经典作品《鲁滨孙漂流记》(*Robinson Crusoe*, 1719)中说过的一句名言。1909年10月23日,在写给沃波尔的信中,詹姆斯这样总结他与休·沃波尔关系的特点:“我梦见金色的岛屿,在那里与你相伴,和我同行,为了我的忠实奴仆。”[4]

---

① JAMES H. Dearly beloved friends: Henry James's letters to younger men[M]. Ann Arbor: University of Michigan Press, 2001: 179.

② HORNE P. Henry James: a life in Letters[M]. London: Penguin, 1999: 433.

③ DEFOE D. Robinson Crusoe[M]. New York: Norton, 1975: 166.

④ JAMES H. Dearly beloved friends: Henry James's letters to younger men[M]. Ann Arbor: University of Michigan Press, 2001: 193.

小　结

这些具体的通信表明，詹姆斯与四位年轻后生的关系发展程度略有不同。与亨德里克·安德森的友情前后不够稳定。他们的第一次会面显然是在1899年春天发生在罗马，但俩人的友谊在大师临终时有所淡化，安德森甚至在1907年写道："詹姆斯对我来说毫无意义"。[①]难怪，詹姆斯的笔记中一次也没有提到过安德森，然而，笔记中确实包含了许多提及与珀斯、斯特吉斯和沃波尔的会面和谈话。因此，后三段友谊似乎更持久，对珀斯和沃波尔的特殊感情最终反映在遗嘱中，留给两个年轻人的100英镑便是最好的证据。

詹姆斯一生著述浩繁，书信数量极为庞大。从大量的通信中选择一些书信进行分类对比，不失为一种正确的研究方法。对于詹姆斯晚年与年轻人的关系，书信虽说不是详尽的叙述，但至少提供了一个丰富和新鲜的视角。这四个人的书信在性质上是如此相似，放在一起就共同的主题展开分析和研究，不同的读者总是能从中找出适合自己的兴趣点和探讨问题的切入点。这类通信在内容上又有密切的关联性，广泛地涵盖了詹姆斯的各种同性爱慕和吸引。但这并不是说这些书信在基调或内容上都是一成不变或始终如一地充满激情或情欲。看似平庸或乏味的书信，有时候在某种意义上却能说明每一种关系的广度和深度。此外，詹姆斯关于吸引和欲望、承诺和融合的语言，总是在与各种不同的力量抗争，而这些力量绝不只是出自微妙的关系或情欲的表达。在他生命的最后几十年，身体时好时坏，环境时近时远，品味、意志和性情相冲突，青年和老年不可避免地会有不同的需求。简言之，我们在这里想寻找对热情的单一持续记录未免会感到失望。但是，我们若能欣赏这种微妙复杂的关系——也就是，欣赏詹姆斯的本质主题——就能在这几种关系的多变轮廓中找到满足。这也是詹姆斯书信的任何出版都会受到读者欢迎和赞赏的原因。詹姆斯书信也受到众多评论家慷慨而真诚的赞美，它们甚至被誉为"詹姆斯崇拜者的必备读物"。[②]的确，一篇好的亨利·詹姆斯书信带给我们的是永远

① JAMES H. Dearly beloved friends：Henry James's letters to younger men[M]. Ann Arbor：University of Michigan Press，2001：23.

② DEMOOR M. James's letters to younger men[J]. English Literature in Transition，1880—1920，2005，48(1)：108-111.

的快乐。

从历史语境来看待亨利·詹姆斯与晚辈后生的关系，也许更加科学、合理，更符合客观事实。追溯19世纪末和20世纪初男性间情感概念的历史，有助于更好地将情感的摇摆和书信语言的暗示情境化，至于19世纪末和爱德华时代的文学世界中是否存在着日益严重的同性恋现象，应该结合19世纪大部分时间里同性恋关系的严重程度来综合考量，另外，还要具体考量性学、心理学、法律上的论述对男性之间的感情所施加的重要影响。不同的作品中对"同性恋"(homosocial)的界定不尽相同，况且，也无法确定詹姆斯是否是一个"同性恋男性"(homosocial male)，因此，这与其说是历史问题，不如说是术语问题，与表演性的概念(notion of performativity)更是没有多大关联。研究詹姆斯书信关键在于书信的实质内容，书信材料本身潜藏着巨大的力量。细读詹姆斯从1899年到1915年所写的书信，从中可以了解詹姆斯对同性男性吸引和欲望不断变化的语言和态度。书信提供给我们的是一种类似档案的阅读选择，无形中会增加我们对书信研究的深度和精度。丰富的书信内容从不同方面反映了詹姆斯作品创作思想和情感生活追求。尽管以男性友谊为主题来研究詹姆斯书信可能会在某种程度上限制书信材料的学术用途，但是性别和性取向的主题已经成为近年来詹姆斯学术研究的核心内容，因此特别关注这一点也不失为一个及时的选择。

詹姆斯的性取向问题(sexuality)已经在学术界讨论了几十年，追踪詹姆斯写给晚辈后生的书信并没有发现这方面的任何新的重要信息。此外，酷儿政治(queer politics)[①]和学术研究的发展降低了人们寻找确凿证据的兴趣。这些书信的真正意义在于，里面有一种更加微妙的感觉，詹姆斯绕开了性取向和崇拜的问题。显然，同性兴趣或许是为了寻求一种新的吸引概念，而这种吸引不会立即引发性行为的问题。这反倒给我们一种启示，在探索詹姆斯书信的过程中，可以寻找一种类似暗示友谊和吸引的语言，当然，作为詹姆斯文学创作的一个最重要的部分，这种语言也可能大量出现在他的小说作品中。而本章内容聚焦于研究詹姆斯与晚辈后生的通信，最大的好处就是让我们有机会一同沉浸在詹姆斯的友谊之中，对他本人的情感和欲望概念有一个更加深刻的认识。

詹姆斯晚年与这些亲密伙伴的通信似乎被赋予了某种特权，是因为这些书信

---

① "酷儿"(queer)由英文音译而来，原是西方主流文化对同性恋的贬称，有"怪异"之意，后被性的激进派借用来概括他们的理论，含反讽之意。酷儿理论和酷儿政治的产生与发展是与酷儿活动家的斗争联系在一起的，但"酷儿"一词并没有得到普遍接受。福柯关于性取向的建构论对酷儿理论与政治具有重要影响，他对性史与资本主义发展之间联系的否认以及他的权力概念都颇具争议。

记录了詹姆斯对自己的浪漫冲动和情感越来越坦诚的态度。作为令人信服的个人证据，书信在支持一种文学观察，“一旦跨越了新世纪的边界，詹姆斯允许自己写一些他以前不敢写的东西”。[①]借助尘封已久的情感表达，詹姆斯在通信过程中勇敢地去实现一种自我超越。可以假定詹姆斯早期对青年才俊有所依恋，世纪之交他更愿意表露自己隐秘的情感。根据当时的社会历史条件，詹姆斯剖析自己真实情感的想法受到外界环境的制约。由于“王尔德审判”(the Wilde trials)[②]等事件的曝光，勒索者在诉讼过程中扮演了重要角色，詹姆斯对自己的不快情绪更加讳莫如深，对自己要诉诸笔端有伤风化的想法更加小心谨慎。令人欣慰的是，随着詹姆斯学术研究的深入展开，之前未发表过的一些书信越来越为大众所熟知，不断为读者揭秘詹姆斯丰富的内心世界提供新的证据。

在写给霍华德·斯特吉斯的信中，詹姆斯曾认真考虑过他们“同居”的话题：“是的——我本可以和你生活在一起。”[③]这句话被一再重复：“我再重复一遍，几乎有点轻率，我可以和你生活在一起。与此同时，我只能尽力过没有你的生活。”[④]作为詹姆斯晚年充满激情和坦诚的标志，詹姆斯在1887年写给罗伯特·路易斯·史蒂文森(Robert Louis Stevenson)的信中同样充满了不温不火的通信内容。詹姆斯计划为《世纪》(*Century*)杂志写一篇赞颂史蒂文森的文章，他打趣道：“我将在下周末之前完成它——所以在即将到来的这几天里，我将真正地与你同居。请为我祈祷——但愿我没有冒犯你。如果我冒犯了你，那只是因为奶油太浓了——但我要尽量做到不太过油腻。”[⑤]

---

① JAMES H. Dearly beloved friends：Henry James's letters to younger men[M]. Ann Arbor：University of Michigan Press，2001：3.

② “王尔德审判”起因于1895年，昆斯伯理侯爵(Lord Queensberry)发现儿子阿尔弗莱德·道格拉斯(Lord Alfred Douglas，昵称为“波西”，Bosie)与王尔德有长达四年的非正常交往，便控告王尔德的不道德行为，斥责他是一个好男色的“鸡奸者”(sodomite)，因为当时还没有“同性恋”(homosexual)这个名词。因这项指控损坏了他的名誉，王尔德立刻提起上诉，但结果惨遭失败，反被控告曾“与其他男性发生有伤风化的行为”(committing acts of gross indecency with other male persons)。根据英国1855年的《刑事法修正案》(*Criminal Law Amendment Act*)第11条，王尔德被判处服两年苦役的罪行。

③ JAMES H. Dearly beloved friends：Henry James's letters to younger men[M]. Ann Arbor：University of Michigan Press，2001：133.

④ JAMES H. Dearly beloved friends：Henry James's letters to younger men[M]. Ann Arbor：University of Michigan Press，2001：115.

⑤ JAMES H. Henry James：letters，1883—1895[M]. Cambridge，Mass.：Belknap-Harvard University Press，1980：157.

同样,詹姆斯在对乔斯林·珀斯身体魅力的描述时,写道:“抖落你头发上的帕纳萨斯的露珠”[①],这句话并不比他在1885年把患有肺结核病的史蒂文森(Stevenson)描述为成“年轻的阿波罗”更富于幻想或浪漫。[②]詹姆斯对史蒂文森的迷恋与日俱增。“拥抱着温柔的幻想”,1890年春天史蒂文森很快就会回到英国,詹姆斯抱怨道:“我们所有人最美好的希望都破灭了,历史只在最著名的风骚女郎和妓女的行为上展示了一种类似的方式。你真的是男版克利奥帕特拉(Cleopatra)或者深海的海盗蓬帕杜(Pompadour)——游荡于太平洋的万顿(Wanton)。你带着每一种挑衅和希望游入我们的领地——当你不朽的背影转向我们时,仍处在更加强烈的激情之中,我们唯有及时地张开双臂迎接你。寓意是我们都必须有道德,无论我们喜欢与否。”[③]

就是这样,晚年孤独的詹姆斯用隐含幽默的文学语言描述了对几位风流儒雅、富有才情的年轻人的情感依恋。感情的交流和友谊的发展并非恒定如一的,随着时间的推移往往会发生改变。詹姆斯起初果敢地向斯特吉斯寻求心理慰藉,坦率地向沃波尔写信讲述他的抑郁和健康问题,而在1910年1月至1911年6月之间的一年多时间里却没有与安德森通信(除非有些信件丢失),当他再次恢复通信时对自己的困难轻描淡写,因为它清楚地表明了友谊的质量。就此终了,作为书信的读者我们仍然意犹未尽、心有不甘,对这些书信中透露的生动文字的和激情表达存有更高期待和更多的幻想,想进一步揭示更深层的书信文本内涵,去详细解读詹姆斯当时的心理状态和写作动机。至于詹姆斯与女子的通信还是与男子通信,哪些最有意义和代表性的问题,时间是最好的考验,读者是公正的裁判。

---

① JAMES H. Dearly beloved friends: Henry James's letters to younger men[M]. Ann Arbor: University of Michigan Press, 2001: 90.

② JAMES H. Henry James: letters, 1883—1895[M]. Cambridge, Mass.: Belknap-Harvard University Press, 1980: 103.

③ JAMES H. Henry James: letters, 1883—1895[M]. Cambridge, Mass.: Belknap-Harvard University Press, 1980: 278.

结　语

从小说家亨利·詹姆斯的数千封书信中，要想挑选出“最好的”或“最具代表性的”，“最友好的”或“最有文学性的”无疑是徒劳无功的。这些书信都很友好，当然也都具有文学性。首先对一些现有的书信进行分门别类，再去寻找那些最能说明这些类别的书信。本研究力图在这方面做出一些有益的尝试。我们知道，小说创作是詹姆斯终其一生孜孜以求的事业，而书信写作是他文学创作不可分割的一个重要组成部分，书信是他文学作品的有益补充或自然延伸。在亨利·詹姆斯的小说里，经常出现书信被焚烧的情景。把书信付之一炬，小说中的人物认为是做了一件“很了不起的事情”(a great thing)，这在詹姆斯的世界里——沉默、隐私、匿名，也是“非常适当的事情”(a real right thing)。小说的写作规则无形中支配着他的生活。詹姆斯在他的兰姆别墅的花园里点燃了一堆篝火，几乎把所积攒的全部信件投入火中。他烧掉的是别人写给他的信件。他可以毁掉同时代人的书信，却无法燃掉50多年来他写给大洋两岸数千人的私密内容。这些书信因为用华丽的语言表达友谊的快乐而弥足珍贵，或者因为它们之中倾注了大量的情感，或者说，最重要的是因为它们代表了亨利·詹姆斯充盈丰富的天才，自然流溢出一种伟大的创造力，同时也赋予了它们一种强大的生命力。据保守估计，詹姆斯现存的书信有7000多封，而且不断有更多信件出现。尽管他一再告诫别人把他的书信烧掉，但那些收信人并未遵从他的意愿，而是悄悄保存了下来。在詹姆斯看来，真正的书信，尤其是亲密的书信，是从来没有被完整表达的，其他的书信也许只是一种必要而又字斟句酌的产物。探索亨利·詹姆斯书信这个隐秘的世界，本身就具有空前的挑战性，同时也充满了无穷的诱惑力。

从时间上来看，亨利·詹姆斯书信的写作可划分为早、中、晚三个阶段，各个阶段的书信带有明显不同的特点。亨利·詹姆斯的“早期”书信大都是写给家人的书信，具有形象化和纪实性(pictorial and documentary)的特点，似乎这位未来的小说家正试图在一页页的书信上捕捉和留住飞逝的青春时光——他对意大利的印象，发现艺术世界时他的情感和“激动”，他对欧洲风俗的感受以及对美国人的看法。作者的父亲自豪地把这些书信读给爱默生(Ralph Waldo Emerson，1803—1882)听，编辑查尔斯·埃利奥特·诺顿(Charles Eliot Norton，1827—1908)也曾把收到的来信转送给朋友约翰·拉斯金(John Ruskin，1819—1900)欣赏，足见人们对詹姆斯早期书信的喜爱和兴趣。

詹姆斯的"中期"书信，从19世纪70年代到19世纪90年代，总体上简洁生动，体现了一个男人生命运动的无限能量，专注于自己的创作，他总是有明确的目标。这些年来，他通信时往往使用半页信纸(half-sheets)，似乎表明他很少有足够的时间写信，只能限制自己的内容，做到礼貌简略。但在1895以后，他逐渐习惯于直接向打字员口述，从都市伦敦搬到拉伊乡下，他的书信经历了显著的变化。在这个盐滩附近的宁静小镇，临近大遍沼泽和咆哮的大海，现在有漫长寂寞的夜晚。有时冬天的风暴肆虐，狂风呼啸吹进兰姆别墅的旧烟囱，詹姆斯没有暴风骤雨的忧患，在明亮的火炉旁能够没完没了地和他的老朋友交谈。

詹姆斯的"晚期"书信指的是那些写给同时代人，尤其是写给他的艺术家同行们的书信，它们属于一流的思想交流，尽管观点一般都不在书信中讨论。人们更喜欢具体的事物而不是普遍的和抽象的概念。詹姆斯在写给诺顿的信中说："我认为历史的前进，就像一个无知或无助的人骑在火车头上，去感受火车的前行。无论如何，要保持在上面，甚至去享受路过的风景，这就是我所有的心愿。"[①]他应当补充说，他还想留下一些坚持在上面的冒险和这种吸引他的景色的记录。亨利·詹姆斯的头脑不幻想伟大普遍的主题；他不属于寓言化的头脑，也不追求神秘和深奥的符号来表达自己。他写给同时代人的书信里包含着大量充满讽刺意味的智慧，以及只是顺便谈到的他对艺术的激情和幻想，这是他所坚守的全部"创作的奥秘"。他的视角总是具有审美趣味，他对艺术思想的概括发展成熟，出现在他后来的小说艺术的序言和他的小说作品之中，而且从他独特的小说创作实践中都能了解到。他总是把经验当作理性的存在，用深厚的感情去理解人在生命老化之前的无助。他可以接受死亡，带着同情和温柔，使他的一些吊唁信成为优美的散文挽歌。

詹姆斯白天口述，晚上仍用笔写作。现在他在整页纸(full sheet)上写信，享受闲暇的自由。在写给威尼斯老朋友丹尼尔·萨金特·柯蒂斯夫人(Mrs. Daniel Sargent Curtis)的信中，他描述了自己晚年书信的本质特征：

---

① JAMES H. Selected letters of Henry James[M]. London：Rupert hart-Davis，1956：73.

> 我似乎觉得自己什么都没做，只是沉溺于道歉之中。当我不为延迟的信道歉时，我便用雷明顿式的语言写信安抚。通常我两者一起做——为机器口音中糟糕失误的认错，现在肯定取代了我根本不能处理或控制的笔迹，但同时本质上也是和平无害的笔迹。我不能说它的长度像广度一样——我指的是口述书信的问题：由于在解释的云中移动，它便拥有所有的空气，变得如此之长。[①]

书信表达变得更冗长、更复杂。“詹姆斯后期风格”(late style of James)，把委婉语、插入语、词形变化、华丽隐喻、细微印象、押韵句子，从小说一直延伸到了写信。书信也是文学，詹姆斯书信是其更具文学特色的文学创作。詹姆斯的朋友们说，这些最好的晚期书信听起来就像小说家在拉伊小镇度过悠闲时光的漫谈。有时候这些书信好像很老套和敷衍，因为通信不能始终保持在艺术的高度。有时候句子深奥难懂，听起来好像詹姆斯已经走进了一个自己制作的迷宫，更多关注的是通过展示技巧从中走出来而不是去完成书信。萨金特(John Singer Sargent，1856—1925)用一个画家的眼光来阅读它们，觉得他“正在观看热带丛林里一只天堂鸟的进化”[②]。相反，哈罗德·拉斯基(Harold Joseph Laski，1893—1950)用一个社会理论家的眼光来阅读它们，则认为“这些书信让我呕吐”[③]。可见，从不同的视角来看待詹姆斯书信，会有完全不同的感受。有的把它们当作变幻无穷的艺术蜕变，有的把它们视为令人反感的文字垃圾。这些极端的感觉使我们了解更多的是书信的读者而不是书信本身，他们也许认可亨利·詹姆斯书信能够唤起强烈的情感，尽管它们可能褒贬不一。无论是萨金特的描述性的赞赏，还是拉斯基的强烈不满，两者都没有充分考虑这些信都不是为了他们的眼睛而写的事实。实际上，它们只属于两种生活——詹姆斯和他的收信人。阅读文学名家的书信，毕竟是一种被社会接受的偷听形式，我们必须永远记住，我们所听到的是在另一个房间里说出的声音——并不是针对我们而说的话。

如果想充分领会詹姆斯书信的情感表达内涵，就必须全面了解詹姆斯书信的文字表现技巧。当然，亨利·詹姆斯有他自己辉煌的文字墙。这是特别为那些书

---

① JAMES H. Selected letters of Henry James[M]. London：Rupert hart-Davis，1956：19.

② JAMES H. Selected letters of Henry James[M]. London：Rupert hart-Davis，1956：20.

③ JAMES H. Selected letters of Henry James[M]. London：Rupert hart-Davis，1956：20.

信保留的,要求他作为一个名人发挥作用,确认已收到不速而至的礼物,或者表达对急于求成的小说家写的书感兴趣,很多人想从大师那里寻求一句点评、一种示意或一种赞同。这种对他私生活的侵入都得到了詹姆斯巧妙有效的处理。他总是借用语言歧义和讽刺隐晦。这是一个十分迂回的过程,根据他的通信人的虚荣,只会阅读那些使他们高兴的话,他则设法做到坦诚相见。在给他的好友写信时,詹姆斯并不采取这种间接的手法。例如,对于休·沃波尔的新小说,他没有含糊其辞地加以赞美,而是直言不讳地指出作品中存在的问题,进行客观公正的批评。其他的书信表明詹姆斯明显地掌控着局势,凡是能使用一系列缓冲词的地方他都加以赞扬,围绕事实表达或者作为一种直接的缓解措施。有时缓冲词中和了批评的程度,以至于通信人往往忽略了所说的真实意义,这也是我们读者在阅读詹姆斯书信时需要特别留意的地方。从另一角度来看,这些书信则教给我们了阅读詹姆斯书信的方法。它充分说明,我们必须非常重视他的反复告诫,甚至他的每一句话都需要细心阅读品味,因为每个词的使用都有特定的目的。例如,有一些书信里詹姆斯谈到作家和画家的"聪明"(clever),这似乎是赞扬,直到我们发现小说家并没有记录多少聪明(cleverness)。这就是他的方式,经常考虑的不仅仅是表面的能力而是更深层的智力和情感。

詹姆斯写给家人的书信有好几百封,可是发表的却寥寥无几。最优秀的家信非常长,通常只有节选的部分。一系列的书信片断出现在珀西·卢伯克编辑出版的两卷本《亨利·詹姆斯书信集》(*Letters of Henry James*, 1920)里。如果全文收录的话,需要占好几卷的篇幅。写给父母的早期书信是旅行书信。当时,他是在旅行中进行职业练习,书信便成为他在伦敦、罗马、巴黎生活的正式记录。有很多都是业务细节,因为有好几年老亨利·詹姆斯和妻子玛丽都充当了儿子的美国非正式代理人,接收杂志社寄来的支票,处理尽快出版问题,需要快速决策和理性回信。父母去世后,主要是亨利和他的哥哥威廉之间的书信往来。这份手足之情以书信传递的独特的方式延续了将近30年,实现了著名哲学家和杰出小说家之间跨大西洋的思想和心灵的完美与对等交流。詹姆斯家人是一个善于表达的群体,每一个人的才华在他们高效的书信交换中都能得到淋漓尽致的发挥。

从整体上看,可以说亨利·詹姆斯的通信是他那个时代文学家中最怪异的。尽管写信人对许多男性来说往往有太多的问题,但是大量保存下来的詹姆斯书信,反映出他复杂的个性特点和广泛的人际关系。詹姆斯书信以他的生活环境和日常经历为基础,书信中饱含了他执着的审美信念和不变的艺术追求。由于这些书信有许多被看作艺术,即使我们是在阅读中窃听到的,我们也应该合乎情理地把它们当作他的一些作品所产生的必然结果。数量众多的书信只是从表面意义上来阅读,就会严重脱离他的生活背景。必须看到它们与小说家日常经历相连的所有的附着点。如果这对任何作家的书信来说在一定程度上是正确的,那么我们在这里也必须坚持它的重要性,因为詹姆斯的附着点具有多样性。然而,假如一个人要寻找它们绝大多数都具有的共同点,必定会把它们看作詹姆斯对他的美学信条奇异奉献的反映:对他来说艺术是至高无上的,即使它处理粗糙的现实,在创造它的想象过程中也有与生俱来的美感。他总是在说,艺术家必须活在他的世界里,他所说的"活"指的是看得见,摸得着,感受到:痴迷于对真理的表达。他必须对自己的技艺引以为自豪,对自己的权利心生嫉妒,在自豪中产生激情,用激情引发自豪。首先,他必须做到善良、慷慨和热情。

亨利·詹姆斯拒绝将自己作为他的同伴的评判人,他想从多方面观看《人间喜剧》(*Comedie Humaine*)。就连在他最华丽的书信中也能找到这种怜悯之情。他充满人类温情的书信艺术,无疑推动了众多通信人把他的书信厚厚地捆扎起来,完好地存放在一边,而没有任凭时间的火焰把它们无情地焚毁掉。可以说,正是詹姆斯非凡的人格魅力促使这些书信保存了下来,构成一份伟大的文学遗产,因此,特别值得我们加倍珍惜、认真阅读和仔细理解。

参 考 文 献

[1] ADAMS H, SEARLE L. Critical theory since Plato[M]. Beijing: Peking University Press, 2006.

[2] ANESKO M. "God knows they are impossible": James's letters and their editors[J]. Henry James Review, 1997, 18 (2): 140-148.

[3] ANESKO M. Letters, fictions, lives: Henry James and William Dean Howells[M]. Oxford: Oxford University Press, 1997.

[4] ANESKO M. Monopolizing the master: Henry James "publishing scoundrels" and the politics of modern literary scholarship[J]. The England Quarterly, 2009, 82 (2): 205-234.

[5] ANESKO M. Monopolizing the master: Henry James and the politics of modern literary scholarship[M]. Stanford: Stanford University Press, 2012.

[6] ANON. Who owns Henry James? [J]. Time, 1962, 80 (11): 98.

[7] ARTHUR G. The letters of Lord and Lady Wolseley, 1870—1911[M]. New York: Doubleday, 1922.

[8] AUSTENJ. Lady Susan, the Watsons, sandition[M]. Harmondsworth: Penguin Books Ltd., 1975.

[9] BELLM. Edith Wharton and Henry James: the story of a friendship[M]. New York: George Braziller, 1965.

[10] BELLRINGER A W. Modern novelists: Henry James[M]. New York: St. Martin's Press, 1988.

[11] BENNETTA, ROYLE N. This thing called literature: reading, thinking, writing[M]. New York: Routledge, 2015.

[12] BROWN J. The gardening life of Beatrix Jones Farrand, 1872—1959[M]. New York Viking, 1995.

[13] DAVIDSON R. The master and the dean: the literary criticism of Henry James and William Dean Howells[M]. Columbia and London: University of Missouri Press, 2005.

[14] DAY M S. A handbook of American literature[M]. New York: Queensland University Press, 1975.

[15] MONTAIGNE M. The complete works of Montaigne[M]. Trans. Donald M. Frame. Stanford：Stanford University Press，1957.

[16] DEFOE D. Robinson Crusoe[M]. New York：Norton，1975.

[17] DEMOOR M. James's letters to younger men[J]. English Literature in Transition，1880—1920，2005，48 (1)：108-118.

[18] EDEL L，POWERS L H. The complete notebooks of Henry James[M]. New York：Oxford University Press，1987.

[19] EDEL L. Henry James，the complete biography[M]. New York：Avon Books，1978.

[20] EDEL L. Henry James：a life[M]. New York：Harper and Row Publishers，1985.

[21] EDEL L. Henry James：the master，1901—1916[M]. Philadelphia：J. B. Lippincott Company，1972.

[22] EDEL L. Hugh Walpole and Henry James：the fantasy of the "killer and the slain"[J]. American Imago，1951，8：363-364.

[23] EDEL L. Letter to Mark Carroll，April 10 [D]. Edel Archive：McGill University，1972.

[24] EDEL L. Henry James：a life[M]. New York：Harper and Row Publishers，1985.

[25] EDEL L. The complete tales of Henry James[M]. Philadelphia and New York：Lippincott，1964.

[26] EDEL L. The diary of Alice James[M]. New York：Dodd，Mead，1964.

[27] EIMERS J. "A brief biography of Henry James" in a companion to Henry James[M]. Oxford：Blackwell Publishing Ltd.，2008.

[28] ELLIOTT M H. John Elliott：the story of an artist[M]. Boston：Houghton Mifflin，1930.

[29] FEINSTEIN H. Becoming William James[M]. Ithaca：Cornell University Press，1984.

[30] FLETCHER H. Fletcherism：what it is or how I became young at sixty[M]. Carlisle：Applewood Books，2008.

[31] FOGEL D M. Introduction to the correspondence of William James：William and Henry，1885—1896[M]. Charlottesville and London：University Press of Virginia，1993.

[32] FORSTER E M. Good society[J]. New Statesman and Nation，1934，23 (6)：957.

[33] FOWLER V. Henry James's American girl：the embroidery on the canvas[M]. Madison：University of Wisconsin Press，1984.

[34] GARD R. Henry James：the critical heritage[M]. London：Routledge & Kegan Paul，1968.

[35] GOLDSMITH E C. Writing the female voice：essays on epistolary literature[M]. Boston：Northeastern United Press，1989.

[36] HALLMAN J C. Wm & H'ry：literature，love，and the letters between William & Henry

James[M]. Iowa: University of Iowa Press, 2013.

[37] HART-DAVIS R. Hugh Walpole: a biography[M]. New York: Macmillan, 1952.

[38] HILL G. Women in English life: from medieval to modern times[M]. London: R. Bentley and Son, 1906.

[39] HOLLERAN A. Ground zero[M]. New York: Morrow, 1988.

[40] HORNE P. "Letters and notebooks" in Henry James in context[M]. Cambridge: Cambridge University Press, 2010.

[41] HORNE P. Henry James: a life in letters[M]. London: Penguin, 1999.

[42] HOWELLS W D. Henry James, Jr.[J]. Century Magazine, 1882, 25 (11): 25-29.

[43] HOWELLS W D. Review of Hawthorne[J]. Atlantic Monthly, 1880, 45 (2): 282-285.

[44] HOWELLS W D. Selected letters of William Dean Howells[M]. Boston: Twayne, 1979.

[45] HOWELLS W D. Selected literary criticism[M]. Ulrich Halfmann. Bloomington: Indiana University Press, 1993.

[46] HOWELLS W D. The rise of Silas Lapham[M]. Boston: Ticknor, 1885.

[47] JALLAND P. Women, marriage, and politics: 1860—1914[M]. Oxford: Clarendon Press, 1986.

[48] JAMES H. A letter to Mr. Howells[J]. North American Review, 1912, 195 (4): 558-562.

[49] JAMES H. A small boy and others[M]. New York: Charles Scriber's Sons, 1913.

[50] JAMES H. Autobiography[M]. New York: Criterion Books, 1952.

[51] JAMES H. Dear munificent rriends: Henry James's letters to four women[M]. Ann Arbor: University of Michigan Press, 1999.

[52] JAMES H. Dearly beloved friends: Henry James's letters to younger men[M]. Ann Arbor: University of Michigan Press, 2001.

[53] JAMES H. Henry James letters [M]. Cambridge: Belknap-Harvard University Press, 1974.

[54] JAMES H. Henry James: autobiographies: a small boy and others / notes of a son and brother / the middle years / other writings[M]. New York: Library of America, 2016.

[55] JAMES H. Letters to, A. C. Benson and Auguste Monod[M]. London: Elkin Mathews and Marot, 1930.

[56] JAMES H. Literary criticism Ⅰ: essays on literature, American writers, English writers [M]. New York: Library of America, 1984.

[57] JAMES H. Literary criticism[M]. New York: Library of America, 1984.

[58] JAMES H. Notes of a son and a brother[M]. New York: Charles Scriber's Sons, 1994.

[59] JAMES H. Review of Italian Journeys[J]. North American Review, 1866, 106 (1):

336-339.

[60] JAMES H. Selected letters of Henry James[M]. London：Rupert Hart-Davis，1956.

[61] JAMES H. The complete letters of Henry James，1878—1880[M]. Nebraska：University of Nebraska Press，2014.

[62] JAMES H. The complete letters of Henry James：1855—1872[M]. Lincoln：University of Nebraska Press，2006.

[63] JAMES H. The complete letters of Henry James：1872—1876[M]. Lincoln：University of Nebraska Press，2008.

[64] JAMES H. The correspondence of Henry James and Henry Adams，1877—1914[M]. Baton Rouge：Louisiana State University Press，1992.

[65] JAMES H. The critical Muse：selected literary criticism[M]. London：Penguin Books，1987.

[66] JAMES H. The letters of Henry James[M]. London：Macmillan，1920.

[67] JAMES H. The question of our speech and The lesson of Balzac[M]. Boston：Houghton，Mifflin，1905.

[68] JAMES H. The wings of the dove[M]. New York：Modern Library，1937.

[69] JAMES H. Transatlantic sketches[M]. Boston：James R. Osgood，1875.

[70] JAMES H. William Dean Howells[J]. Harper's Weekly，1886，30 (19)：394-395.

[71] JAMES W. A case in autom natic drawing[M]. Popular Science Monthly，1904，64 (1)：200.

[72] JAMES W. The correspondence of William James[M]. Charlottesville：University of Virginia Press，1992-2004.

[73] JAMES W. The principles of psychology[M]. New York：Cosimo Classics，2007.

[74] JAMES W. The varieties of religious experience[M]. Cambridge：Harvard University Press，1985.

[75] JONESM C. European travel for women：Notes and Suggestions[M]. New York：Macmillan，1900.

[76] JONESM C. Lantern slides[M]. Boston：D. B. Updike，Merrymount Press，1937.

[77] KAPLAN F. Henry James：the imagination of genius，a biography[M]. New York：William Morrow and Company，Inc.，1992.

[78] KINGSLEY C. "The sands of Dee" (1849) in Poems[M]. London：Macmillan，1907.

[79] LEWIS R W B. Edith Wharton：a biography[M]. New York：Harper & Row，1975.

[80] Longinus. "On the sublime" in Selected readings in classical Western critical theory[M]. Beijing：Foreign Language Teaching and Research Press，1999.

[81] LUBBOCK P. Mary Cholmondeley：a sketch from memory[M]. London：Jonathan Cape，1928.

[82] LUBBOCK P. The diary of Arthur Christopher Benson[M]. New York: Longmans, Green; 1926.

[83] LUTZ T. American neruousrless: 1903[M]. Ithaca: Cornell University Press, 1991.

[84] MACNAUGHTONW R. Henry James: the later novels[M]. Boston: Twayne Publishers, 1982.

[85] MAHER J. Biography of broken fortunes: Wilkie and Bob, brothers of William, Henry and Alice James[M]. Hamden, Conn.: Archon, 1986.

[86] MATTHEWS B. Letters that give the real Henry James[J]. New York Times Book Review, 1920, 4 (4): 151-152.

[87] MATTHIESSEN F O. The James family[M]. New York: Knopf, 1947.

[88] MCDERMOTT J J. "Introduction" to selected letters of William and Henry James[M]. Charlottesville: University Press of Virginia, 1997.

[89] MCWHIRTER D. "Introduction" to Henry James's New York edition: the construction of authorship[M]. Stanford: Stanford University Press, 1995.

[90] MOORE G. Confessions of a young man[M]. Montreal: McGill-Queens University Press, 1972.

[91] MOORE R S. Review of Henry James and Edith Wharton: letters, 1900—1915[J]. The Henry James Review, 1992, 13 (1): 92-93.

[92] NOVICK S M. Henry James: the young master[M]. New York: Random House, 2007.

[93] PERRY R B. The thought and character of William James[M]. Boston: Little, Brown, 1935.

[94] PETERSONJ M. Family, love, and work in the lives of Victorian gentlewomen[M]. Bloomington: Indiana University Press, 1989.

[95] PETHICA J. Lady Gregory's diaries, 1882—1902[M]. New York: Oxford University Press, 1996.

[96] PHIPPS G. Henry James and the philosophy of literary pragmatism[M]. New York: Palgrave Macmillan, 2016.

[97] POOLER M. Reading the language of friendship in Henry James's letters to Edmund Gosse[J]. The Henry James Review, 2014, 35 (1): 76-86.

[98] POWERS L H. Henry James and Edith Wharton: letters, 1900—1915[M]. New York: Scribner's, 1990.

[99] ROTHENSTEINW. Men and memories[M]. New York: Tudor Publishing, 1950.

[100] SANTAYANA G. Scepticism and animal faith[M]. New York: Scribners, 1923.

[101] SKRUPSKELIS I K, BERKELEY E M. Selected letters of William and Henry James [M]. Charlottesville: University Press of Virginia, 1997.

[102] STROUSE J. Alice James: a biography[M]. Boston: Houghton Mifflin, 1980.

[103] STURGIS H. Tim：a story of school life[M]. London：Macmillan，1891.

[104] SWAN M. Henry James and the heroic young master[J]. Harper's Bazaar，1955，9：227.

[105] TEAHANS. Review of Wm & H'ry：literature，love，and the letters between William & Henry James by J. C. Hallman[J]. The Henry James Review，2018，39（3）：E17-E19.

[106] TINTNER A R. Review of Letters：William & Henry James[J]. English Literature in Translation，1998,41(4)：492-495.

[107] TURSI R. Review of Pierre A. The complete letters of Henry James：1855—1872[J]. Henry James Review，2008，29：212-215.

[108] WALPOLEH. Henry James：a reminiscence[J]. Horizon（London），1940，1：78-80.

[109] WALPOLEH. The apple trees：four reminiscences[M]. Waltham Saint Lawrence，Berkshire：Golden Cockerel，1932.

[110] WATERLOWS. The problem of Henry James[J]. Athenaeum，1920，4695（4）：537.

[111] WELLS H G. Boon，The mind of the race，The wild asses of the devil，and The last trump[M]. London；Adelphi Terrace：T. Fisher Unwin，Ltd.，1915.

[112] WHARTON E. A backward glance[M]. New York：Appleton-Century Company，1934.

[113] WHARTON E. The letters of Edith Wharton[M]. New York：Scribner's，1988.

[114] ZACHARIAS G W. "Timeliness and Henry James's letters" in a companion to Henry James[M]. West Sussex：Blackwell Publishing Ltd.，2008.

[115] 亨利·詹姆斯.小说的艺术[M].朱雯,译.上海:上海译文出版社,2001.

[116] 霍华德·马文·范斯坦.就这样,他成了威廉·詹姆斯[M].季文茂,译,北京:东方出版社,2001.

[117] 蒋晖.英美形式主义小说理论的基石:亨利·詹姆斯的《小说的艺术》[J].清华大学学报,2014(1):86-99.

[118] 拉尔夫·巴顿·佩里.威廉·詹姆斯的思想与性格[M].波士顿:小布朗出版社,1935.

[119] 吕长发.西方文论简史[M].开封:河南大学出版社,2006.

[120] 沈之兴.西方文化史[M].广州:中山大学出版社,2019.

[121] 威廉·詹姆斯.心理学原理[M].唐钺,译.北京:北京大学出版社,2013.

[122] 张首映.西方二十世纪文论史[M].北京:北京大学出版社,2003.